日朝古典文学における男女愛情関係

17〜19世紀の小説と戯曲

山田恭子［著］

勉誠出版

日朝古典文学における男女愛情関係——17～19世紀の小説と戯曲◉目次

目次

一　序論

一―一　研究目的

現在まで成立する日朝文学の比較研究は大部分が近代文学作品を対象とするものであった。古典作品としては『剪燈新話』に影響を受けた朝鮮の『金鰲新話』と日本の『伽婢子』などの比較研究がなされたことはあったが[1]、現在まで日朝古典作品の比較研究は、主に直接的な影響、すなわち受容関係を究明するあまり、活発な発展を成し遂げることができなかったのも事実である[2]。

このような問題点をある程度克服できたのは口碑文学関連の研究である[3]。これらは主に文学作品の構造と型式の共通性に着眼して日朝両国の作品を比較研究したものである。口碑文学を中心とする研究は、民俗や文化の範疇にまで及んでおり、文学研究とは規定しがたい内容も少なからず含まれているが[4]、沈滞状態にあった日朝比較文学の研究を活性化させるのに一翼を担ったといえる。

近年、邉恩田はパンソリと語り物に表れた構成上の特徴を中心に比較研究を試みた[5]。この本で著者は『浄瑠璃物語』と『春香伝』を対比させ[6]、両作品の男性主人公が女と会う場面に出てくる四方障子に描かれた絵の特殊性に注目し[7]、それが『金鰲新話』に描かれる四季画と関係があることを明らかにした[8]。さらに、文学の変容の過程において、日本画の様相を明らかにし、その独自性を解明する点に意義をおいた。(9) このような緻密な比較研究はそれ自体が価値のあるものである。しかし作品間の影響や受容関係だけにとらわれた研究(10)では、その幅自体を萎縮させてしまうこともまた事実といえよう。このことから本書では、両国の文学の独自性を探し出すのに必ずしも影響や受容関係にだけとらわれる必要はなく、本研究が比較文学の視野を広げるための新しい契機になればと考えた。

これと関連して、比較的早い時期に日朝口碑文学の研究を試みた福田晃の主張は、日朝比較文学研究の全般において適応できる論理である。

　異なる民族の文化を真に理解することは不可能なのであろうか。その一つの扉を切り開くのが、民族学であり、文化人類学であった。すなわち、これは、人間の普遍性をたよりとして、その異文化把握を志しているのである。そしてもう一つの扉は、その言語・社会・歴史においてきわめて近く、直接的かかわってきた近隣の民族との比較研究である。すなわち、それは、両民族の近似性・共通性をたよりとして、その文化の異質性確認を目途とするものと言える。(11)

本研究ではこのような見解を基に、十七〜十九世紀の日朝の敍事文学に表れた男女の愛情という普遍的なテーマを比較研究する。そのために、まず作品に描かれた男女の血縁過程の様相、主人公の身分、葛藤要素、話素などを比較分析し、その類似点と相違点が両国の思想や文化または社会制度とどのような関連があるのかを考察する。

この方法は同じ漢字文明圏でありながらも、総体的に見て相当異なる趣向を持った日朝古典敍事文学を比較研究するのに有効な方法となる。また、今まで影響ないし受容関係に拘るあまり、活発に試みられなかった日朝比較文学研究の裾野を広げるのに多くの助けとなることであろう。

近年に刊行された染谷智幸の『西鶴小説論』もまた軌道を同じくするものだといえる。『西鶴小説論』では金剛経をキーワードにしつつ、十七世紀の東アジア文学で花開いた一夫多妾の関係を描いた小説が盛行したことに注目し、[12]中国小説『金瓶梅』にまでその範囲を広げ、『九雲夢』と『好色一代男』の比較研究を行った。[13]そして東アジアの共通宗教である仏教的側面から『好色一代男』の恋愛観を新しい変化と捉え、それが法華経と法華宗の体験主義と重なっているとした反面、『九雲夢』の恋愛観は秩序への志向であり、曼陀羅や密教の思索中心主義と重なっていることを指摘した。これは今までなかった比較文学の方法であり、今後、両国の古典叙事文学を比較するのに新しい観点になるであろう。ただその研究対象があまりにも限られており、その全体像をみるには不足な点が多い。[14]従って男女の愛情関係という観点から複数の作品を対象とする本研究は、今まで提起された比較文学研究の方法上の限界を突破する重要な役割を果たし、十七〜十九世紀を中心とする日朝の古典叙事文学の全体像を比較するのに大きな助けとなるものである。さらに十七〜十九世紀は両国で古典小説をはじめとする叙事文学が大量に生産された時期であり、この点に置いても比較研究するに値するといえよう。

一方で、本書で論ずる十七〜十九世紀の日朝叙事文学は作家層が異なるため、その性格や位相において相当な違いがある。これは基本的に両国の社会構造および身分制度によって生じるものである。このように差がある両国の作品を比較研究するというところには少なからず難点がある。この点で本研究は多分に試論的性格を持つ。

しかし一旦このような点を認めたとしても、同じ時期の日朝叙事文学に表れた男女愛情関係とその特徴を考察する作業は無意味なものではない。本書で取り扱う作品に反映された男女の愛情関係は各国の社会制度や宗教思想と深い関連を持っており、本研究を行うことにより、そのような関連、ひいては両国の文化の特徴をより明らかにすることが期待でき、これを通じて巨視的な側面での両国の叙事文学に対する理解の幅と深さを向上させるのに役立つからである。

元来、日本と朝鮮は同じ漢字文明圏に属しながら儒・仏・道の三教を受容したが、その方式は各自異なり、それが叙事文学に表れた男女の愛情関係にも少なからず影響をおよぼした。したがって本書では叙事文学に描かれた男女の愛情関係が両国の宗教思想および文化制度とどのように関連しているのかについても検討する。このような研究は現在まで日朝比較文学研究において試みられなかったことであり、意義あることといえよう。

一―二　資料・問題・方法

本書では、先に述べた目標に従い比較研究を行うため、男女の主体的意思による愛情関係を主題とする十七世紀から十九世紀の叙事作品を主な対象とする。これはその基本が「二人の男女がお互いに愛して結合すること」による。したがって、親の婚約決定による婚事障害を内容とする作品、毀節譚[15]などの純粋な男女の愛情関係から逸脱した作品は対象から除外した。また、主に小説を対象とするが、パンソリや浄瑠璃などの戯曲でも、男女の愛情関係を表す重要作品は対象とした。一方、日本の遊女と朝鮮の官妓の場合、彼女たちの男女関係が主体的だと断定することは難しい。遊女が客を迎えることや、官妓が両班に奉仕することは、愛情とは関係せず主体的とはいえないからである。しかし男女主人公が互いに情を感じ、その愛を成就しようとする内容に限っては対象作品に含んだ。このような基準で選んだ日朝両国の作品をジャンル別に挙げると以下のようになる。また引用した底本は、すべて対象作品の注に示した。

朝鮮の作品

伝奇小説：『韋慶天伝』(16)『崔陟伝』(17)『雲英伝』(18)『相思洞記』(19)『洞仙記』(20)『王慶龍伝』(21)『白雲仙翫春結縁録』(22)『沈生伝』(23)『憑虚子訪花録』(24)『折花奇談』(25)『布衣交集』(26)

野談系小説：〈簪桂重逢一朶紅〉（『天倪録』収録）(27)

夢字類小説：『九雲夢』(28)『玉楼夢』(29)

英雄小説：『趙雄伝』(30)『白鶴扇伝』(31)

家庭小説：『淑英娘子伝』(32)

パンソリ系小説：『春香伝』(33)

家門小説：『花門録』(34)

その他の小説：『尹知敬伝』(35)『劉生伝』(36)『月下僊伝』(37)

パンソリ：『ピョンガンセ歌』(38)

日本の作品(39)

浮世草子：『好色一代男』(40)『椀久一世の物語』(41)『好色五人女』(42)〈忍び扇の長歌〉（『西鶴諸国ばなし』巻四第二話収録）(43)

〈嗲嗒という俄正月〉（『武道伝来記』巻一第三話収録）(44)〈野机の煙競べ〉（『武道伝来記』巻八第一話収録）(45)

浄瑠璃：『曽根崎心中』(46)『冥土の飛脚』(47)『心中天の網島』(48)『袂の白しぼり』(49)

読本：〈死首の笑顔〉（『春雨物語』収録）(50)〈宮木が塚〉（『春雨物語』収録）(51)

人情本：『仮名文章娘節用』(52)『清談若緑』(53)『娘太平記操早引』(54)『春色梅児誉美』(55)『閑情末摘花』(56)

以上の作品は、その内容が、すべて男女の愛情関係と関連している。これらの作品を表にすると以下のようになる。

朝鮮作品の男女主人公の身分

作品名	創作年代および作家	男主人公	女主人公	男の身分	女の身分
韋敬天伝	十七世紀前半	韋敬天	蘇淑芳	士族	士族
雲英伝	十七世紀前半	金進士	雲英	士族	宮女
崔陟伝	一六二一年　趙緯韓	崔陟	李玉英	士族	士族
洞仙記	十七世紀前半	西門勣	洞仙、劉氏夫人	士族	妓女、士族
王慶龍伝	十七世紀前半	王慶龍	玉丹	士族	妓女
相思洞記	十七世紀前半	金進士	英英	士族	宮女
憑虚子訪花録	未詳	憑虚子	朴梅英	士族	中人(訳官)
白雲仙翫春結縁録	未詳	白雲仙	李玉燕、池月蓮	士族	士族、妓女→中人(訳官)
沈生伝	十八世紀末　李鈺	沈生	某女	士族	中人(戸曹計士)
折花奇談	一八〇九　石泉主人	李生	舜梅	士族	賎民(方氏婢)
布衣交集	十九世紀後半	李生	楊楚玉	士族	賎民(官婢)
簪桂重逢一朶紅	十七世紀後半　任埅	沈喜寿	一朶紅	士族	士族→妓女
九雲夢	一六八七年頃　金万重	楊少遊	秦彩鳳、桂蟾月 鄭瓊貝、蘭陽公主	士族	士族、妓女 士族、公主
玉楼夢	十九世紀前半　南永魯	楊昌曲	江南紅、碧城仙	士族	妓女
劉生伝	一八九八年　筆写	劉正玉	方栄愛	士族	士族
趙雄伝	未詳	趙雄	張小姐	士族	士族
白鶴扇伝	未詳	劉伯魯	趙銀河	士族	士族
淑英娘子伝	未詳	白仙君	淑英娘子	士族	富家(?)

春香伝	未詳	李夢龍	春香	士族	退妓の娘
ピョンガンセ歌	未詳	ピョンガンセ	雍女	下層民(流浪民)	下層民
花門録	未詳	花璟	李蕙蘭、胡紅梅	士族	士族、士族
月下僊伝	一八七六年　筆写	黄直卿	月下僊	士族	官妓
尹知敬伝	未詳	尹知敬	崔蓮愛、延貞翁主	士族	士族、翁主

まず朝鮮の作品の場合、漢文小説か国文（ハングル）小説かで分けられる。漢文小説では伝奇小説、伝奇小説と英雄小説の複合型小説、野談系小説[57]などがある。伝奇小説は、主に唐代の愛情伝奇小説[58]の影響を受けており、作品数が最も多い。その特徴としては、文飾を重視し、叙事を軸とするが、漢詩も重要な要素であり、叙情と叙事の結合によって内容が展開しているという点があげられる。特に愛情伝奇小説の場合、漢詩の応酬を通じて男女が情を交している。

伝奇小説と英雄小説の複合型小説としては『劉生伝』があげられる。この作品は前半部で男女主人公の出会いと結縁という伝奇小説の類型を持ちながら、後半部に朱元璋の興国と軍談による英雄小説の要素が挿入されている。

野談系小説としては、〈簪《チャム》桂《ゲ》重《チュン》逢《ボン》一《イル》朶《タ》紅《ホン》〉がある。この作品は野談から小説として発展したものである。この外に『尹知敬伝』のように、上で取り上げたどの形式にも属しない漢文小説がある。

国文小説として挙げた対象作品は家庭小説を除く夢字類小説、家門小説、英雄小説、パンソリ系小説があり、戯曲としてはパンソリを挙げた。

基本的に男女の愛情関係を扱った小説は、伝奇小説の影響を受けて、漢文、国文を問わず、文芸志向的な結縁方式、すなわち詩歌による男女の応酬がよくみられる。しかし伝奇小説に表れる愛は、権力に対する問題を提起

日本作品の男女主人公の身分

作品名	創作年代および作家	男主人公	女主人公	男子の身分	女子の身分
好色一代男	一六八二　西鶴	世之介	吉野	商人	遊女
椀久一世の物語	一六八二　西鶴	椀屋久右衛門	松山	商人	遊女
忍び扇の長歌	一六八五　西鶴	中小姓	大名の姪娘	下級武士	上級武士
口参嗒という俄正月	一六八七　西鶴	十太郎	太夫	武士	遊女
野机の煙競べ	一六八七　西鶴	虎之助	年上の女性	武士	庶民
姿姫路清十郎物語	一六八八　西鶴	清十郎	お夏	商人(手代)	商人（主人妹）
樽屋物語	一六八八　西鶴	樽屋	おせん	工人	奉行人
暦屋物語	一六八八　西鶴	茂右衛門	りん、おさん	商人(奉公人)	奉行人、主人の妻
八百屋物語	一六八八　西鶴	小野川吉三郎	お七	浪人	商人
源五兵衛物語	一六八八　西鶴	源五兵衛	おまん	武士(?)→僧	商人
曽根崎心中	一七〇三　近松	徳兵衛	はつ	商人(手代)	遊女
冥土の飛脚	一七一一　近松	忠兵衛(養子)	梅川	庶民(飛脚)	遊女
心中天の網島	一七二〇　近松	治兵衛	おさん、小春	商人	商人、遊女
袂の白しぼり	一七一一　紀海音	久松	おそめ	商人(丁稚)	商人（主人の娘）
死首の笑顔	一八〇八　上田秋成	五蔵	宗	商人	庶民（親戚）
宮木が塚	一八〇八　上田秋成	十太兵衛	宮木	豪農(庄屋)	貴族→遊女
仮名文章娘節用	一八三一～一八三四　曲山人	金五郎(養子)	おかめ→こさん	浪人→武士	庶民→遊女
清談若緑	一八三四　曲山人	金之介	お政	武士	庶民
春色梅児誉美	一八三二　為永春水	丹次郎(養子)	お蝶、米八	庶民(貴族の庶子)	庶民、芸妓
娘太平記操早引	一八三七～一八三九　曲山人・松亭金水	繁兵衛	お千代、お玉	商人	庶民、庶民
閑情末摘花	一八三九～一八四〇　松亭金水	米次郎	遠世	庶民(隣家)	豪商

※長い題目は略称を用いた

しているとも多く、愛と権力の板挟みが見られることから、それ以外の小説とは明確な差がある。これは十七世紀の朝鮮愛情伝奇小説が、基本的に権力に屈しない男女一対一の排他的愛情を描いているのに対し、後の『九雲夢』を含めた、その他の国文小説は、一夫多妻、男性中心の家父長的な面を増幅していることからも、その違いが分かる。そしてこのような差は伝奇小説『白雲仙翫春結縁録』の作風の変化をみる時、国文小説の要素が逆に伝奇小説に入っており、その交渉の上に成立したことを窺わせる。

日本の作品の場合、まず小説として扱われる作品として、浮世草子、読本、人情本があり、戯曲としては浄瑠璃が挙げられる。(59) 浮世草子は日本近世小説の一ジャンルで、一六八二年に出版された西鶴の『好色一代男』以降、一七七二年から一七八九年頃までに、主として京都と大阪で出版された人情と世相風俗を描いた小説類をさす。ただし、これは学術上の名称であり、当時は西鶴の作品も仮名草子と称された。後に江戸で読本が盛んになると、それらと区別して、浮世草子という名称が生じた。『好色一代男』の画期性は前代にあった啓蒙的な教訓書や実用書、または非個性的な文体で書かれた仮名草子から脱し、現世の世界をリアルに描いたというところにある。西鶴作品の形式的な特徴は一つの主題のもとに何編かの話が紋述されており、俳諧特有の手法が活用されている点にあるといえよう。また『好色五人女』のような作品の場合、実話をモデルに創作したという点で朝鮮の野談系小説とも類似の趣向を持つ。

読本は主に中国作品の翻案に基づいているが、十八世紀以後に大阪や京都で怪異短篇小説として発展した前期読本と、十九世紀に江戸で長篇伝奇小説、さらに演義体に発展した後期読本とで分けられる。ここで扱う作品は全て前期読本にあたる。そして一八三〇年代を中心に創作されたジャンルが洒落本から発展した人情本である。人情本とは男女間の恋愛を主題にした巷の恋愛話やそれに係わる義理人情を描いた作品をさす。形式は大部分三編九巻以上で構成され、江戸に住む人々を登場人物に設定、芸妓の世相を描いた作品が多い。

戯曲には近松の浄瑠璃作品をあげた。これらは十八世紀初冬に創作され、それが劇場で上演されると同時に台本として売れ、多くの人々に読まれるようになった。その内容は大阪を舞台とし、商人たちの義理人情による葛藤を描いたものだが、特に男女が愛情行脚の末に心中する内容は、当時の話題と人気を博した。

ところで、比較研究の際に問題となるのは、既に述べたように、両国の作品がその性格や位相において相当な差があるという点である。したがって、直接、作品を並べて比較するには難点が多い。その原因として、まず両国の作品の作家層が違うということが挙げられる。朝鮮の作品は大部分が作者未詳であり、それ以外の知られている作者は「士族」すなわち「士大夫之族」をさし、いわゆる両班とされる社会的支配層である。一方、日本のそれは町人と呼ばれる商人などの庶民たちである。このような作家層の差は作品にも大きく作用される。たとえば作中の人物設定で、朝鮮の作品は両班である士族が一番多い。一方、日本作品では庶民層が一番多い。そして内容でも、朝鮮作品が虚構の創作であるのに比べて、日本の作品、特に十七、十八世紀の作品は実際あった事件を題材として描いたものが多い。したがって、朝鮮と日本の作風は相当に異なっている。朝鮮の作品は虚構の創作が大部分であるため、作家層である両班の理念や他の作品の影響を大きく受けるが、日本作品は脚色はあるものの、その頃の庶民の姿をより赤裸々に描いている。

作品に登場する人物類型については、両国の作品とも多様である。以下、朝鮮と日本の男女主人公の身分を表にまとめた。ここでは『九雲夢』『玉楼夢』など、一夫多妻によって、その身分が複数に及ぶ作品は統計から除外した。『白雲仙翫春結縁録』に対しては士族である李玉燕と中人である池月蓮を統計に反映させた。また、日本の作品で傍線を引いたものは女主人公が芸妓や遊女であることを示し、その件数を括弧に入れて示した。[60]

朝鮮の作品は男主人公がほとんど士族で、全体の人物の比重から士族が占める比率が非常に高いことが分かる。女主人公もまた士族が最も多いが、中人、妓女、宮女、賤民を庶民とすると、男女すべてが士族である場合が八件、男が士族で女が庶民である場合が十二件、男女ともに庶民である場合が一件となる。一方、日本の作品は庶民が十五件で最も多く、士族対庶民は四件、士族同士は一件で、士族が作品に占める比率が非常に低い。すなわち朝鮮の作品と日本の作品の身分構成は正反対になり、対照的だといえる。これは当時の両国の小説作家層および享有層の差と関係するが、いったんこのような身分差は作品内容の把握において重要な要件になる。

朝鮮の作品に表れた男女主人公は士族が大部分であり、作家層もまた両班を中心に形成されている。これにくらべて日本は主人公も作家層も大都市に暮す庶民たちである。また朝鮮の作品には『ピョンガンセ歌』のように

朝鮮作品の男女主人公の身分

男	女	件数	作品
士族	士族	八	『韋慶天伝』『崔陟伝』『白雲仙翫春結縁録』『劉生伝』『趙雄伝』『白鶴扇伝』『花門録』『尹知敬伝』
士族	中人	三	『憑虚子訪花録』『白雲仙翫春結縁録』『沈生伝』
士族	妓女	五	『洞仙記』『王慶龍伝』『春香伝』『月下僊伝』〈簪桂重逢一朶紅〉
士族	宮女	二	『雲英伝』『相思洞記』
士族	賎民	二	『折花奇談』『布衣交集』
賎民	賎民	一	『ピョンガンセ歌』

日本作品の男女主人公の身分

男	女	件数	作品
士族	士族	一	〈忍び扇の長歌〉
士族	庶民(妓女)	四(二)	〈嘮嗒という俄正月〉、〈野机の煙競べ〉、『仮名文章娘節用』、『清談若緑』
庶民	庶民(妓女)	十五(七)	〈姿姫路清十郎物語〉、〈樽屋物語〉、〈暦屋物語〉、〈八百屋物語〉、『好色一代男』、『椀久一世の物語』、『曽根崎心中』、『冥土の飛脚』、『心中天の網島』、『袂の白絞り』、〈死首の笑顔〉、〈宮木が塚〉、『春色梅児誉美』、『娘太平記操早引』、『閑情末摘花』

男女の身分が賤民である場合があるが、日本の作品には賤民は登場しない。以上の点から、日朝の作品は男女主人公の属性、内容とジャンル的な特性の面に置いても差異があるといえよう。

しかし対象作品の様式や内容、主人公たちの身分の差を越えて、作品に登場する人物類型、そしてそれらの言動の方式や話素の差を考察することは、男女の愛情関係をみるために有効な観点になるといえる。したがって、第二章では、このような身分差とともに作品に登場する主人公の性格の相違、及び敵対人物や補助人物に対して言及する。これは第三章で論ずる結縁方式、すなわち結縁の契機と媒介形式を論ずる前提となる。そして第四章の愛情葛藤の様相では、男女の愛情関係において何が決定的な問題要因になるのか、葛藤はどのような形で表れるのか、また作品に表れた日朝愛情葛藤の様相の差が各国の社会制度とどのように関連しているのかについて論ずる。第五章では愛情話素について論じ、日朝の作品中の男女の愛情関係のパターンについて比較することで、両国の作品の差をより具体的に明らかにする。さらに第六章では第四、五章で論じた愛情葛藤の要因および、話素の違いの根本である宗教思想と文化制度との関連性について言及する。これは日朝の作品に共通して表れる儒仏道の影響とその愛情関係との関連を考察するものである。文化制度については、両国の男女の愛情関係と直結する密通についての規定、そして妓女の(61)存在、及びその特性の違いについて論ずる。

注

（1）丁圭福『韓国文学과 中国文学』（国学資料院、一九八七）。

（2）金泰俊は林羅山の『棠陰比事諺解』が朝鮮本を翻訳したものであり、これが、十七世紀後半には『棠陰比事物語』として再翻訳され、西鶴の『本朝棠陰比事』として発展したという阿部吉雄の説を挙げた。金泰俊「한・일소설의 비교문학」（華鏡古典文学研究会編『古典小説研究』一志社、一九九三）。阿部は林羅山が著した『仙鬼狐談』三巻

と『怪談』二巻が朝鮮本から翻訳されたと主張した。そして林羅山がこのような興味本位の怪談集に手を染めたことが『金鰲新話』『剪燈新話句解』など、主に朝鮮本の影響によることを示唆した。中村はまた『狐媚鈔』が朝鮮本から翻訳されたことを述べた。『狐媚鈔』は『仙鬼狐談』三巻の中で〈狐談〉に該当し、『太平広記』説話の翻案であるといえるが、朝鮮本から翻訳された可能性が高い。かれはこの他にも林羅山の『化女集』の原典が『三綱行実図』の「烈女」篇であると指摘した。『三綱行実図』は世宗十三年に偰循によって編纂され広く流布されたものであり、朝鮮の役の時、日本に渡り、林羅山の『化女集』はこの本の忠実な翻訳であり、説話の配列もまた同じであると指摘されている。阿部吉雄『日本朱子学と朝鮮』（東京：東京大学出版会、一九六四）、趙東一「김시습과 一五세기 귀신론의 전개」（『문학사와 철학사의 관련양상』한샘、一九九二）、中村幸彦「林羅山の翻訳文学『化女集』『狐媚鈔』を主として」（『中村幸彦著述集 第六巻』東京：中央公論社、一九八二）。金泰俊は朝鮮の孝子説話集と日本の仮名草子との関連研究について言及したが、これらは『三綱行実図』や『続三綱行実図』などの影響を受け、作られた作品であり、文学作品というよりは教訓書的な役割をなすものである。金泰俊、上掲書、三二四～三三九頁。孝子説話と仮名草子との関連についての研究は次のものがある。徳田進『孝子説話の研究 近世編』（東京：井上書房、一九六三）、中村幸彦「朝鮮説話集と仮名草子」（『朝鮮学報』四九、天理：朝鮮学会、一九六八）、花田富士夫「孝行者とその周辺」（『国語国文学』二二号、熊本：熊本大、一九八五）、崔博光「朝鮮通信使와 日本文学――三綱・続三綱実図를 중심으로」（『大東文化研究』二二号、成均館大学校大東文化研究院、一九八七）。『三綱行実図』と『続三綱行実図』の影響をうけて作られた作品として、浅井了意の『堪忍記』（一六五九）と『孝行日記』（一六六〇）、山崎闇斎の『大和小学』（一六六〇）、芳菊軒某母満の『賢女物語』（一六六九）などがある。

（3）白川豊「韓日 口碑文学研究小考판소리와 語り物을 중심으로」（『日本学』四、東国大日本学研究所、一九八四）、金賛会『本地物語の比較研究日本と韓国の伝承から』（東京：三弥井書店、二〇〇一）。

（4）崔仁鶴ほか『한・중・일 설화 비교 연구』（民俗苑、一九九九）。

（5）パンソリと比較できる日本の口承文芸をさす。白川豊、上掲論文、二二〇、二四五頁の図表参照。

（6）邊恩田『語り物の比較研究 韓国のパンソリ・巫歌と日本の語り物』（東京：翰林書房、二〇〇二）。

（7）四面の障子戸をさす。

(8) 邊恩田は、中国大連図書館で発見された朝鮮版『金鰲新話』に「養安院蔵書」印が押されていることから、「豊臣秀吉の朝鮮侵略の一五九二年四月に、朝鮮に侵攻した宇喜田秀吉は、いづこからか書籍などを大量に略奪し、日本に持ち帰ったが、その後夫人の豪姫が怪疾をわずらい諸医の治療でも治らないでいたのを、曲直瀬正琳によって快癒したことに感謝し、金銀財宝以外に数千巻の書物を贈ったのが一五九五年（文禄四年）であったというのが、その所蔵のいきさつとして判明している」とし、それを林羅山が入手して訓点をつけたと推定されている。また、このような授受関係についての研究が、「日本近世において浅井了意の『伽婢子』（一六六六）をはじめとする怪異小説盛行につながる外国文学の受容の背景を解き明かす研究としても重要なものである」とした。上掲書、二六六〜二六七、四〇九頁。しかし、韓国では『金鰲新話』が怪異小説ではなく、愛情伝奇小説とされている文学史的脈絡を考えると、怪異小説との関連性だけを強調することは出来ない。むしろ、朝鮮において、怪異小説が発達しなかった経緯を考えると、朝鮮ではなく、中国小説が日本小説に及ぼした影響や日本の怪異小説の特徴を考慮した研究が重要であるといえよう。愛情伝奇小説としての『金鰲新話』についての研究には、朴熙秉『韓国伝奇小説의 美学』（돌베개、一九九七）参照。中国小説との関連については、王健康「『太平広記』と近世怪異小説――『伽婢子』の出典関係及び道教的要素」『藝文研究』巻六四（東京：慶應義塾大学藝文学会、一九九三）参照。

(9) 邊恩田、上掲書、四〇九頁。

(10) 김학동『비교문학론』（새문사、一九八四）、一五〜一六頁。国際間の文学的影響関係をもとにその因果関係を強調する方法をさす。

(11) 福田晃「巫覡文学の展開日韓の比較を志して」（『伝承文学研究』三二、東京：伝承文学研究会、一九八六）一一頁。

(12) 染谷智幸『西鶴小説論対照的構造と〈東アジア〉への視界』（東京：翰林書房、二〇〇五）、二四頁。ここでは日韓両国で偶然にも「一夫多妻制」を基本とした恋愛小説が作られたとした。しかし「一夫多妻」については厳密にいうと「一夫一妻多妾」であり、『九雲夢』の場合、王命によって鄭小姐を公主とし、蘭陽公主といっしょに正妻になったという特殊な事情がある。また『好色一代男』の場合、正妻となった人は吉野の一人であり、残りの女性たちはただの情事の相手に過ぎない。一方で、彼女が、世之介の家族から認められたという点で正室とみなすことはできるもののそれは持続的な関係ではなく、話の一部に過ぎない。その後も世之介は恋愛遍歴を重ね最後には定まった妻子もないまま女護の島に他の好色な友人たちとともに移住する点を考えると、吉野もまた関係をもった多くの女性の一人に過ぎない。結局『好色一代男』は一対一の男女の愛情関係というよりは好色男の話または遊女判定記としての話に重点をおいて叙述されたものだといえる。

(13) この他にも日・中・朝、三国の作品を比較研究した成果としては次のようなものがある。趙東一『소설의 사회사 비교론』三（知識産業社、二〇〇一）一五～四八頁。송진영「古代 동아시아의 通俗小説研究――『金瓶梅』・『好色一代男』・〈변강쇠가〉를 중심으로」『중국어문학지』一二（중국어문학회、二〇〇二）。정병설「十七세기 동아시아 소설과 사랑〈九雲夢〉〈玉嬌梨〉〈好色一代男〉의 비교」『관악어문연구』二九（ソウル大学校国語国文学科、二〇〇四）。정길수「十七세기 동아시아 소설의 편력구조 비교――『九雲夢』・『肉蒲団』・『好色一代男』의 경우」（『古小説研究』二一、韓国古小説学会、二〇〇六）。

(14) 郷歌と『万葉集』など、古典詩歌文学の比較研究など（ハングル削除）については対象作品の時代は異なるが、事情は大きく異ならないと言える。이연숙『한일 고대문학 비교연구』（博而精、二〇〇二）。

(15) 妓女が建前ばかりの両班男性の節を曲げさせようと誘惑する『裵裨将伝』などがその典型である。

(16) 임현택「전기소설의 연애주제와 위경천전」（『東洋学』二二、檀国大東洋学研究所、一九九二）。本文の引用はすべて以下による。朴熙秉『韓国漢文小説　校合句解』（소명출판、二〇〇五）四九四～五一五頁。

(17) 天理大学附属天理図書館本『崔陟伝』の原本は『金華寺記』と合綴されている。本文の引用は次の本に拠る。이상구訳註『十七세기 애정전기소설』（월인、一九九九）。異本に関しては拙稿「『崔陟伝』（上）」（『近畿大学教養・外国語センター紀要』第一巻第一号、東大阪：近畿大学教養・外国語センター、二〇一〇）を参考されたい。

(18) 本文の引用は韓国国立中央図書館本『三芳要路記』に拠る。

(19) 上掲書。異本としては金起東本と先賢遺音本がある。간호윤『조선후기 필사본 한문소설집 선현유음』（以会文化社、二〇〇三）三二頁。

(20)『洞僊辭』（朝　四八　二〇五、韓国国立中央図書館本）、『洞僊記』（한古朝四八―二一九、韓国国立中央図書館古典運営室本）。申相弼は次の論文付録で校勘を行った。申相弼「『洞仙記』연구――十七世紀에 있어서의 伝奇小説의

한 変貌様相」（成均館大学校漢文学科　碩士学位論文、一九九八）、七四～九七頁。翻訳は、尹栄玉『洞仙記』의国訳과 解釈」（『嶺南大　国語国文学研究』二五、嶺南大学校、一九九七）などを参照した。以下、本文の引用は全て申相弼の校勘本に拠る。

（21）정학성訳註『一七世紀漢文小説集』（삼경문화사、二〇〇〇）。以下、本文の引用はすべてこの本に拠る。『王慶龍伝』は唐代伝奇『李娃伝』を改作した明代小説『玉堂春落難逢夫』の翻案小説であり、『愼獨齋手澤本伝奇集』に集録されている。

（22）金起東・이종은共編『古典漢文小説選』（教学研究社、一九八四）。以下、本文の引用はすべて『古典漢文小説選』に拠る。

（23）李佑成・林熒澤訳編의『李朝短篇小説集（上）』（一潮閣、一九七三）。以下、本文の引用はすべてこの本に拠る。

（24）朴魯春「憑虛子訪花録・白雲仙翫春結縁録略考――既紹介〈英英伝〉과의 同一作家説에 重点을 두고――」（『한메金永驥先生古稀記念論文集』蛍雪出版社、一九七一）。以下、本文の引用はすべてこの本に拠る。

（25）김경미・조혜란訳註『十九世紀 서울의 사랑 折花奇談 布衣交集』（여이연、二〇〇三）。以下、本文の引用はすべてこの本に拠る。その際『折花奇談』（鄭良婉「折花奇談에 대해서」『韓国学報』六八、一志社、一九九二）の影印本も参照した。

（26）『布衣交集』の引用文は全て김경미・조혜란の訳註本による。その際『布衣交集』（ソウル大学校奎章閣本）を参照した。

（27）박용식・소재영・大谷森繁編『韓国野談史話集成　四』（影印本、泰東出版、一九八九）四三一～四三八頁。

（28）인권환・설중환・장효현・전경욱編『韓国古典小説選』（太学社、一九九五）九三～二一七頁。

（29）東国大学校韓国学研究所編『玉楼夢』（活字本古典小説全集　六、亜細亜文化社、一九七七）。

（30）梨花女子大学校韓国文化研究院編『韓国古代小説叢書　三』（通文館、一九五八）。上巻三〇張、巻之二三〇張、巻之三三二張の完板本である。

（31）『빅학선전』国立中央図書館本（朝　四八―一三三）。

（32）황패강訳註『淑香伝／淑英娘子伝』（韓国古典文学全集　一五、高麗大学校民族文化研究所、一九九三）。

(33) 薛盛璟訳註『春香伝』（韓国古典文学全集　一二、高麗大学校民族文化研究所、一九九五）。

(34) 『厳氏孝文清行録・花門録』（韓国古代小説大系　三、精神文化研究院、一九八二）。以下、本文の引用はすべてこの本に拠る。

(35) 『尹知敬伝』の異本については、漢文本の他に、ハングル本であるソウル大本、金東旭本、ハーバード大本の三種類がある。漢文本がもっとも先に書かれたとされるが、筆写状態が良くないので本校では漢文本『尹仁鏡伝』（東国大所蔵本）を定本とするが、ソウル大本も参考とし、名称は『尹知敬伝』として統一する。

(36) 『劉生伝』（李相澤編『海外蒐逸本　韓国古小説叢書』八、太学社、一九八八）。

(37) 이강옥「교주〈月下僊伝〉」（『배달말』一〇、배달말학회、一九八五）。以下、本文の引用はすべてこの本に拠る。

(38) 金泰俊訳註『韓国古典文学全集　一四　興夫伝／변강쇠가』（高麗大学校　民族文化研究所、一九九五）。

(39) 各作品の内容に関しては次の本が参考になる。김현정『日本古典小説総論』（牙山財団研究叢書　第一七四集、集文堂、二〇〇五）。

(40) 暉峻康隆、東明雅校注訳『井原西鶴集　一（新編日本古典文学全集　六六）』（東京：小学館、一九九六）。

(41) 麻生磯次、富士昭雄訳注『椀久一世の物語　好色盛衰記　嵐は無常物語（対訳西鶴全集四）』（東京：明治書院、一九八三）。

(42) 暉峻康隆・東明雅校注訳、上掲書。巻一に〈姿姫路清十郎物語〉、巻二に〈情けを入れし樽屋物語〉、巻三に〈中段に見る暦屋物語〉、巻四に〈恋草からげし八百屋物語〉、巻五に〈恋の山源五兵衛物語〉が収録されている。

(43) 宗政五十緒・松田修・暉峻康隆校注訳『井原西鶴全集二（新編古典文学全集　六七）』（東京：小学館、一九九六）、一〇八〜一一一頁。

(44) 富士昭雄・廣嶋進校注訳『井原西鶴集四（新編日本古典文学全集六九）』（東京：小学館、二〇〇〇）。

(45) 上掲書、一〇八〜一一一頁。

(46) 鳥越文蔵・山根為雅・長友千代治・大橋正叔・阪口弘之校注訳『近松門左衛門集二（新編日本古典文学全集　七五）』（東京：小学館、一九九八）、一三〜四三頁。

(47) 正式な表題は『冥土の飛脚』となっている。鳥越文蔵・山根為雅・長友千代治・大橋正叔・阪口弘之校注訳『近

松門左衛門集　一（新編日本古典文学全集　七四）』（東京：小学館、一九九七）一〇七～一五四頁。

（48）鳥越文蔵・山根為雄・長友千代治・大橋正叔校注訳、上掲書（新編日本古典文学全集　七五）三八三～四三二頁。

（49）正式な表題は『おそめ久松　袂の白しぼり』となっている。近松のライバル作家である紀海音が著しており、一七一一年（正徳元年）四月八日から豊竹座で上映された。一説では初演時期が一七一〇年（寶永七年）二月頃だという。横山正校注訳『浄瑠璃集（日本古典文学全集　四五）』（東京：小学館、一九七一）一七～一八、九五～一四四頁参照。同じ説話を脚色した作品に一七八〇年（安永九年）九月二八日から（竹本座）で上映された近松半二の脚本『新版歌祭文』がある。国民図書株式会社編輯『名作浄瑠璃集　下（近代日本文学大系　九）』（東京：国民図書株式会社、一九二七）一一頁参照。

（50）中村幸彦・高田衛・中村博保校注訳『英草紙　西山物語　雨月物語　春雨物語（新編日本古典文学全集　七八）』（東京：小学館、一九九五）四七二～四八六頁。作者は上田秋成。内容は実際にあった事件を脚色したものである。文化三年（一八〇六）四月建部綾足が脚色した『西山物語』は登場人物がすべて武士階級となっている。これは建部綾足が浪人の身であったことと関係するだろう。

（51）上掲書、四九九～五四〇頁。

（52）作者は曲山人（未詳～一八三六）である。三文舎自楽または筑波仙橘という筆名を使用していた。作品は三編九巻になっていて、歌舞伎『裏模様伊達染』の内容にヒントを得て、書かれたものとされる。中村幸彦、『中村幸彦著述集　第四巻』（東京：中央公論社、一九八二）四七九頁。しかし曲山人が著作の途中で亡くなってしまい、初・二編は一八三一年に、三・四編は一八三四年に松亭金水（一七九七～一八六二）がその遺稿を引き継ぎ出刊した。正式な表題は『小さん金五郎　仮名文章娘節用』である。近世には国語辞典の一種である節用集が刊行されたように、その中には一七五二年に出版された『早引節用集』の「早引（はやびき）」を引用して題目をつけたと考えられる。国民図書株式会社 編輯『人情本代表作集（近代日本文学大系　二二）』（東京：国民図書株式会社、一九二七）五三頁参照。

（53）作者は曲山人である。内容は『小さん金五郎　仮名文章娘節用』の連作であり、小さんと金五郎の間に生まれた金之介を中心として、小さんの姉の養女お玉との恋愛話を描いた内容である。国民図書株式会社編輯、上掲書（近

代日本文学大系　二二）一四三～二九三頁。
（54）初編、二編の上巻までは曲山人、二編の中巻以降は松亭金水が著した。表題は『栄枯盛衰　娘太平記操早引』となっている。上掲書、三九三～五六二頁。
（55）作者は為永春水。『春色梅児誉美』は、前編に『春色恵の花』、後編に『春色辰巳園』を合わせた、三部作となっている。為永春水著作・古川久松校訂『梅暦』（岩波書店、一九五〇）。
（56）作者は松亭金水である。国民図書株式会社編輯、上掲書（近代日本文学大系　二二）七二三～九四〇頁。
（57）野談系小説とは朝鮮後期の漢文短編で、社会を風刺したものや世態を表したものをさす。朝鮮古典小説のジャンルについては、拙稿「文学からの接近：古典文学史」（野間秀樹編『韓国語教育論講座』四巻、東京：くろしお出版、二〇〇八）二一～四一頁参照。
（58）伝奇小説の中でも男女の愛情関係をストーリーの中心とするものをさす。
（59）浮世草子、読本、人情本の説明に関しては、谷山茂編『日本文学史辞典』（京都：京都書房、一九八六再版）四八、四一六、五六六頁の各項目を参照した。
（60）主に吏族、すなわち両班の下で働く下級官吏をさす。また両班の庶子もこの階級に属した。科挙には文科、武科、雑科があるが、中人は文科に応試できない層をさす。もともと両班は文・武科の両方をさしたが、十七世紀以降は武科の地位が低下し、両班とは文科に及第した層をさすようになった。雑科には訳科、医科、陰陽科、律科があり、これらの実務は専ら中人が担当した。
（61）本書でいう妓女とは、朝鮮での妓生、日本での芸妓、遊女などの総称として用いた。

二　人物類型

二―一　主人公の類型

この章では朝鮮と日本の男女主人公の上下身分格差に注目して、その類型をみる。男女の身分の差は愛情関係を分析するのに有効な手段になるからである。しかしながら三角関係、または複数の女性が関わる場合は、愛情関係が一番明らかに表れた男女のみを統計に反映させた。『白雲仙翫春結縁録』は両班の娘と妓女、両方との愛情関係が成立したとみなし、すべて統計に反映させ、女性の名を括弧に入れて示した。一方『九雲夢』の秦彩鳳、桂蟾月、鄭瓊貝、蘭陽公主と『玉楼夢』の江南紅、碧城仙に関しては、排他的な愛情関係ではないため、統計から除いた。まず、朝鮮の主人公の身分の上下差をみてみよう。

次頁の統計を見ると、男が女より身分の高い場合は十二件、同じ場合は九件で二分される。ここで男の身分は『ピョンガンセ歌』を除いて、全て士族で、女も士族の場合が半分になる。女が男より身分が低い場合、女は妓女、宮女、中人の娘、婢に分けられる。一般的に女が男より身分の高い例はなく、考えられるものとしては、男が王女の婿である場合だが、これは愛情関係ではなく定婚による関係にしかならない。『韋慶天伝』『崔陟伝』で

朝鮮作品における男女の身分の上下差：全二十二件

男が女より身分が高い	十二件	一．『雲英伝』 二．『洞仙記』 三．『王慶龍伝』 四．『相思洞記』 五．『白雲仙翫春結縁録』（池月蓮） 六．『憑虚子訪花録』 七．『沈生伝』 八．『折花奇談』 九．『布衣交集』 一〇．〈簪桂重逢一朶紅〉 一一．『月下僊伝』 一二．『春香伝』
男女の身分が同じ	九件	一．『韋慶天伝』 二．『崔陟伝』 三．『白雲仙翫春結縁録』（李玉燕） 四．『趙雄伝』 五．『劉生伝』 六．『白鶴扇伝』 七．『尹知敬伝』 八．『ピョンガンセ歌』 九．『花門録』
未詳	一件	一．『淑英娘子伝』

は、女の方の家門が男の方より高い可能性が考えられる。しかし、この場合にも男女主人公が士族階級であるので同じ身分とみなせる。また身分が確かではない『淑英娘子伝』があるが、男女の縁は天定で成立している[1]。

概して十七世紀の愛情伝奇小説の男主人公は科挙試験に対して志を持たず、詩酒を楽しむ風流人であることが多い。しかもこれらは皆すぐれた容姿と文才を持っている。女主人公もまた身分を問わず、全て才色兼備である。したがって、男女ともに、漢詩で応酬するほどの文才があるという点で、朝鮮の作品に登場する主人公は才子佳人型であるといえる。ただパンソリ『ピョンガンセ歌』のピョンガンセと十九世紀の作品『布衣交集』には愚夫も例外的に登場する。『趙雄伝』『劉生伝』『白鶴扇伝』『尹知敬伝』などの英雄小説に登場する女主人公は皆士族で大部分は政治や婚事による苦難を経験する。一方、十九世紀の作品である『玉楼夢』『布衣交集』に登場する女主人公は、身分は高くないが、佳人であり、侠気ある人物として描かれる。

次は日本の場合を見てみよう。

男が女より身分の高い場合は四件で、全て武士階級に属

日本作品における男女の身分の上下差：全二十一件

男が女より身分が高い	四件	一．〈嘇嗒という俄正月〉 二．〈野机の煙競べ〉 三．『仮名文章娘節用』 四．『清談若緑』
女が男より身分が高い	三件	一．〈姿姫路清十郎物語〉 二．〈忍び扇の長歌〉 三．『袂の白しぼり』
男女の身分が同じ	十三件（七件）	一．『好色一代男』 二．『椀久一世の物語』 三．〈情けを入れし樽屋物語〉 四．〈中段に見る暦屋物語〉 五．〈恋草からげし八百屋物語〉 六．『曽根崎心中』 七．『冥土の飛脚』 八．『心中天の網島』 九．〈死首の笑顔〉 一〇．〈宮木が塚〉 一一．『娘太平記操早引』 一二．『春色梅児誉美』 一三．『閑情末摘花』
未詳	一件	一．〈恋の山源五兵衛物語〉

する。女が男より身分の高い場合は三件である。上の統計を見れば、日本作品の男女主人公の間には同じであるものが十三件で最も多い。

この中で〈恋草からげし八百屋物語〉は男が元武士階級だが、浪人という存在なので、ここでは庶民とみなした。そして傍線を引いた作品は相手が妓女であり、その件数を括弧内に示した。

日本の身分は貴族、武士、平民の三種類で分けられる。この中で平民はさらに農民、工人、商人の順で分けられ、かつては農民が一番身分が高いとされた。しかし経済的には商人が最も裕福であり、平民の間の身分の違いはほぼないといえる。そして江戸のような大都市に支店を構えるような商人を除いた大部分の平民たちは、元の土地を離れて、他の藩で生活することは禁止されており、先祖代々同じ場所で同じ事をしながら生きていた。また、主人と奉行人や主君と臣下の関係にみられるように、身分以上に家内での職位が重視された。したがって二人が同じ身分であっても、主従関係にある時には、地位的な差があるといえる。よって女が男より身分が高いとする三件の事例は、正確には身分ではなく主従関係に起因したものである。〈姿姫路清十郎物語〉『袂の白しぼり』の男女主人公は平民、〈忍び扇の長歌〉の男女主人公は武士で、共に身分は同じであるが、女が主人の家族で、男は下人なので、お互いに立場が異なり、格差があるとみなした。一方で、日本の妓女は賎民ではなく庶民とした。芸者や遊女は、朝鮮の妓生と異なり、賎民の身分ではなく、職業の一つに過ぎないからである。しかしながら、仮に芸者や遊女を低い身分と見なした場合、男が女より身分が高い四件に傍線を引いた七件が含まれ、全十一件になり、男女の身分差は朝鮮のそれとほとんど同じになる。

日本作品の男主人公は町人または商人が圧倒的に多く、貴族や武士は少ない。女主人公は町人の娘が一番多く、その次は遊女であり、その他には農民と庶民の娘となる。近松の作品に登場する男主人公は概して町人で、相手は遊女が圧倒的に多い。この時、男主人公は人間的に懦弱であったり、人格的に欠陥がある人物に設定されている。妻や家族を省みず遊女と関係を持ち、逢うための金を用意することができないと、結局心中してしまうのがその具体的な例である。

一方、日本の読本の主人公は朝鮮愛情伝奇小説の主人公ほどの文才はないが、決して教養がないわけではない。そもそも大部分の作品で、愛情関係に至る過程において、主人公の教養水準はあまり問題視されない。このような違いは、朝鮮の作品の主人公がほとんど両班階級であるのに対し、日本の作品の主人公はそうではないことから生じている。

二―二　敵対人物の類型

先に主人公の類型について考察したが、ここでは周辺人物、その中でも敵対人物の類型についてみよう。周辺人物は敵対人物と補助人物に分けられる。敵対人物とは男女主人公の愛情成就を妨害する者をさす。

朝鮮の作品で愛情成就の妨げになるものは、戦争、身分、科挙及第などの社会的要因と関係する。そしてこのような社会的要因は政治問題と結び付くこともある。敵対人物は愛情成就を妨害するだけでなく、政治的な立場からも害を加えたりする。例えば、『尹知敬伝』では、邪悪な檜安君が、延貞翁主(2)との婚礼を王に進言し、主人公を駙馬(3)にしようとするなど、敵対人物が政治的な圧力を加える。『劉生伝』では権臣の達目が女主人公に請婚するなどして、二人の仲を妨害する。男女主人公が両班の身分である場合、このような傾向が見られるが、登場する政治的な敵対人物の悪事が露見し、必ず処刑されることで、問題が全て解決する。

日本の作品でも、社会的要因が愛情の障壁となっている。しかし、日本の作品での障壁は主従関係に因るものが大部分であり、この点で日本の作品は朝鮮の作品と異なる。また日本の作品では政治的な問題はみられないが、経済的な問題が深刻な愛情の障壁となっており、この点は日本の作品の特徴といえる。

読本である〈死首の笑顔〉では、同じ一族同士であるが女の家が貧しいという理由で男の父親が結婚に反対し、女は愛情を成就できないまま死んでしまう。このように、家の主従関係が経済問題と結合する場合がみられるが、特に浄瑠璃の作品は、その大部分がこれに該当する。この時の敵対人物は主人公に近い友人、店の主人、養母など主従関係、或は養子関係にあることが多い。故に日本の作品に登場する敵対人物は皆悪人であるとは言えず、悪人であったとしても必ず処罰されるわけではない。これは敵対者が主人公と近い関係にある上に、当事者たちの愛情成就自体が社会的に認められない状況にあるということと関連する。

例えば『袂の白しぼり』に登場する主人は二人の間を裂こうとするが、悪人ではない。この点は朝鮮の作品である『雲英伝』に登場する安平大君と類似している。雲英と金進士の仲を裂くのは安平大君である。しかし雲英にとって大君は主人であり、庇護者としての恩もある絶対的な者として君臨していた。したがって、雲英と金進士の愛情関係は最後に破綻をきたす。これは敵対者が主人公と近しい周辺人物である場合も同じである。『曽根崎心中』で遊女を愛する主人公は叔父の奉公人であり、叔父の妻方の姪と結婚することを条件に、継母が金を受け取ったため、それを返そうと苦労する。普段から欲深い継母を説得させることは非常に困難であり、金を返すために、村人の助けを借りて何とか懐柔させようとする。そして金は何とか取り返せたが、悪友にその金を盗まれたことで、どうしようも行かなくなり、遊女との自殺に追い込まれてしまう。これは遊女との愛情を成就しようとした過程において発生した悲劇であり、悪友は全く処罰されない。たとえ処罰されたとしても、遊女との無謀な愛を正当化することはできない。問題解決の根本は当事者と店の主人との関係如何にかかっているのである。

次に、社会的要件と関係なく両国の作品に共通して登場する敵対人物に対して見てみよう。朝鮮の作品に登場する妓生の母は、大部分が現実主義者ないし拝金主義者として描かれている。

ああ、悲しい。他人をどうして恨もうか。これは全てお前のせいだ。お前がいくらそうしても、雛が鳳になり、妓生が烈女になろうか。長官の命を聞いたらこんな鞭も受けず、良いようになったものを。金や米を使うときに使い、蜜餅、油、石首魚《いしもち》で老いた母を滋味深く養っておくれ。金の切れ目が縁の切れ目、古きを送り新しきを迎えるが妓生というものではないか。私も若い頃、親しく奉る時には、上は監兵水使、下は各邑の長官まで、数知れず仕えてきた。金をたくさんくれたのは、一生忘れられないよ。ああ、困ったこと。守節、守節、南無節、守節か。後日、もし尋ねられたら、言い訳せず、言うことを聞いて、懇ろにお世話申し上げよ。お前が死ねば、私も死ぬ。私にはお前だけだよ。(4)

このような妓母の特性は『王慶龍伝』でも同じである。『王慶龍伝』に登場する妓母は慶龍に金品を奪われた後、薄情な態度を取る。そして妓女の玉丹と別れさせた後、彼女を金持ちの趙賈の妾にしようとする。従って妓女と妓母はたいてい対立的な立場にあるものとして設定される。その一方で、日本の作品に表れた妓女と妓母の関係は朝鮮のそれとはかなり異なる。〈宮木が塚〉に登場する妓母は、ある程度経済的な利益を考えて妓女をなだめるが、主人公たちの仲を引き裂くようなことはしない。(5)

また、侍女と下人たちも時には敵対人物になりうることがある。彼らはたいてい主人公に忠誠を尽くし、命まで捧げる時もあるが、そうでない場合も見られる。『雲英伝』に登場する「特」は男主人公である金生の下人でありながら、雲英の身の回りの品物を盗み、雲英を自分の妻にしようと、とんでもない祈願までおこなう。『淑英娘子伝』に登場する侍女は淑英娘子と郎君の関係を妬み、淑英娘子が他の男と密通しているようにみせかけ、淑英娘子を追い出そうとする。しかし、このような下人や侍女は全て最後に死罪となる。これは彼らの反道徳的な行動に対する懲戒であるといえる。一方で日本の作品には主人公の愛情成就を妨げる下人はいない。主人の愛情成就を妨害する行為そのものが、仕える者としての道理から外れるからである。それだけ日本の作品では主従関係が絶対的であるといえる。

このほかに、女主人公を横恋慕する求婚者が、仲を妨害することもある。『尹知敬伝』『劉生伝』『白鶴扇伝』の場合、主人公が他の求婚を断ったことで困難に陥っている。尹知敬は、檜安君からの求婚を拒んだことで、その恨みを買い、敬嬪朴氏の娘である延貞翁主の婿になるよう命じられ、愛する崔蓮愛と別れさせられてしまう。(6)『劉生伝』の女主人公の方栄愛は皇帝の後宮になることを拒んだために父親が獄中に入れられてしまう。そして敵対者である達睦の求婚を拒みきれず、最後に自決してしまう。『白鶴扇伝』に登場する崔国良は女主人公の趙銀河を妻に迎ようとして、拒否されると、その仕返しに、銀河を官婢定属するように命じ、(7)出戦している劉伯魯を捕虜にしてしまう。また『趙雄伝』に登場する江湖刺史は妻を亡くし、張小姐を後妻に迎ようとする。しかし張小姐はその求婚を断り、父の遺言に従って侍婢を連れて降仙庵《カンソンアム》に隠遁してしまう。一方で、これらの横恋慕による妨害と関連し、日本の読本作品である『宮木が塚』に登場する藤太夫の場合をみてみよう。藤太夫は美しい妓女の宮木を一人占めする十太兵衛に嫉妬し、医者と結託して十太兵衛を殺してしまうが、これは政治的なこととは無関であり、美人を一人占めしたいという個人的な欲望に過ぎないものである。したがって、朝鮮の作品に見られる政治的な敵対者とはかなり性質が異なる。

二―三　補助人物の類型

補助人物とは主人公たちの愛情成就を助ける人をさす。従って補助人物は主人公の愛情成就に決定的な役割を果たす人であり助力者である。朝鮮の作品に現れた補助人物としては、侍女、老婆、母の親戚、下人、乳母、亡くなった父、父の旧友、僧侶、などがあるが、その中でも、侍女と老婆が圧倒的に多い。老婆の場合、『王慶龍伝』に登場する店屋の老婆を除外して、全て補助人物として登場している。その他に母の親戚もまた、補助人物として大きな役割を果たしている。これは儒教理念が強かった朝鮮社会において、厳格な関係を維持する父方より母方の親戚ほうが、相談しやすい位置にあったからであろう。主人公にとって、自身の恋愛問題は母方の叔父などに、より話しやすい環境だったといえる。『白鶴扇伝』の主人公である劉伯魯は母方の叔父の助けによって趙銀河と再会している。銀河が求婚を断ったことで官婢定属されそうになった時、叔父がその災いから免れるようにし、後に劉伯魯が白鶴扇を与えた女性について父母に明かせなかった際も、その事情を聞いてやり、趙銀河であることを知らせている。

この他に下人が補助人物になる場合がある。『月下僊伝』にみられるように主人公の元で恩を受けた官奴や胥吏たちは、好意的な態度を取っている。また亡き父や僧が補助人物として登場する作品としては『趙雄伝』があげられる。ここでは父が夢の中で啓示を与え、主人公を危機から救う。趙雄と母は夢に現れた父の啓示にしたがって身を隠す。そして父が生前に千金の財を寄進した月暻大師の導きによって降仙庵で過ごすことになる。女主人公の姜小姐もまた江湖刺史の強引な求婚を避けるため父の遺言に従って降仙庵へ身を隠す。ここで彼女は趙雄の母と出会い、趙雄からもらった扇を媒介として、趙雄の妻になる人であることを認められる。従って、ここでの補助人物は啓示を与えた父と、実際に身をかくまってくれた僧であるといえる。僧は亡き父の言葉に呼応するかの如く、補助者として、男女の再会に大きな役割を果たしている。趙雄は山で道士と出会うが、道士は趙雄に姜小姐が病で危篤であることを伝える。これを聞いた趙雄は姜小姐のもとに行き、彼女を看護し、二人の縁は僧たちの助けによって実を結ぶ。さらに仏の助力による例もある。例えば『崔陟伝』では仏の啓示が男女の再会に大きな役割を果たしている。仏の助力は日本の作品『清談若緑』にも表れており、両国共通の特徴であるといえる。『清談若緑』では男女が駆け落ちをして旅館に滞在することになるが、金がなくなり、やむなく女が芸妓になり、座敷に出て稼ぐようになる。そして客が女と同衾を強要する場面になって、仏が現れ、彼女を救ってくれるという設定である。父の旧友については〈簪桂重逢一朶紅〉に登場する盧宰相が挙げられる。彼は沈喜寿が科挙に及第するときまで一朶紅《イルタホン》を保護してくれ、二人が出会う場を提供する。

一方で、日本の作品に登場する補助人物はそれほど多くない。朝鮮の作品にしばしば登場する補助人物の老婆であるが、日本の作品では〈情けを入れし樽屋物語〉と『閑情末摘花』の二作品にだけみられる。〈情けを入れし樽屋物語〉に登場する老婆は主人公のために、一緒に伊勢参りに行き、男の心情を伝える機会を作るなど、二人の間のなかだちをしている。しかし最終的に最も重要な役割を果たすのは女の働く店の主人であり、その斡旋で二人は結婚することになっている。また『閑情末摘花』に登場する老婆もやはり同様である。老婆は家出する途中で心中しようとする隣家同士の男女主人公を説得させ、自分の家に留まるよう勧めただけで、実際に二人の結婚の手助けをするのは従妹夫婦などの周辺人物である。

『清談若緑』では侍女が補助人物として登場するが、この侍女は主人公の下女ではなく、主君の家にいたお局であり、厳密には、朝鮮の作品に登場する侍女とは性格が異なる。この侍女もまた二人を助けはするが、結縁過程において決定的な役割をする者ではない。実際に二人の縁が結ばれるのは家長の許可である。この他の作品で補助の役割をする人物は特にみられない。従って既に言及したように日本の作品には主人公の愛情成就の力になる人物が朝鮮作品に比べて極めて少ないといえる。それは日本の作品に表れた愛情関係が社会的成功や立身揚名とは距離のある個々人の問題や家内問題に過ぎないということを意味する。そして朝鮮の作品のような下女や下人が補助人物として介入する余地がないということは、男女主人公が同じ家中の人である場合が大部分であり、家中での恋愛が秘密裏に行われていたことと関連する。家中での恋愛は一歩間違えれば不義に該当し、大罪に処されることもあったため、他人に露見するようなことはできるだけ避けたといえる。

『娘太平記操早引』には主人公繁兵衛の正妻のお千代を強奪しようとした伝吉という人物が登場する。彼は元来髪結いをしていたが、お千代の夫に横恋慕をするお玉に買収されお千代を強奪する。しかしその後は、お玉の奸計で約束していた金も貰えないまま村から出ていかねばならないはめになる。数年後、伝吉は寺内にある火葬所で仕事をしていた。そしてそこで偶然にお千代の死体を処理することになるが、その時、ちょうどお千代が蘇生し、伝吉は驚きながら彼女に今まであった出来事をありのまま話し、心を入れ替える。そして伝吉はお玉の悪事を暴くために努力する。『娘太平記操早引』は既婚男性を横恋慕する女が妻を追い出し、その後釜に収まったという点で『花門録』と類似した構図を持つ。しかし、『娘太平記操早引』では下女や下人が補助人物として登場しない。『娘太平記操早引』の後半部では繁兵衛の叔母の沖瀬の店を譲り受けた磯次郎と妓女のお松の話や、お松を強奪しようとする沖瀬の養子で悪者の藤八の話が続く。磯次郎との婚約を、磯次郎の養父の次郎八《じろはち》に告げようと家を出たお松は、藤八のわなにかかり、行方不明になる。繁兵衛は川縁で偶然お松に出会い、そこでお千代を伴った伝吉とも再会し、全ての真実を知る。その後、お玉を懲らしめるために策を図り、その悪事を全て暴く。お玉は離縁され、お千代は元通り妻として迎えられる。そして磯次郎とお松は無事に祝言を挙げ、幸せに暮す。ここでは八百屋を営む養子の繁兵衛と、一家の叔母の店を継いだ人々を中心に話が叙述されていく。これに対して『花門録』では川に身を投げた李夫人とその弟の李康を救助した蘇昌が李夫人と兄妹の縁を結び、その妹の蘇氷艶が李康の妾になる話が挿入されている。蘇昌は李夫人の夫のである花璟の母である韓夫人の六親等にあたる姻戚で、二人とも主人公の姻戚関係を通じて問題が解決していく点では共通する。しかし朝鮮の作品ではほとんどが、母方の叔父のように、自分より上の世代の人物が助けてくれる場合が多いのに比べ、日本の作品では兄弟やいとこなどの同世代の人物になっている。

二―四　比較論議

朝鮮の作品に登場する男女主人公は、同じ身分同士か、男が女より身分が高いかの、二つのケースに分けられる。男女の身分はたいてい両班であるのが普通で、女の身分が低い場合は、妓女が一番多く、その他には、中人の娘、宮女、婢女が登場する。主人公のほどんどは才子佳人で、文芸志向が高い。これは朝鮮の作品の作家層が主に両班であり、儒教理念の強い朝鮮の特殊性と関連する。その中で、女主人公は身分を問わず、才子佳人であるが、特に、十九世紀の作品の『玉楼夢』に登場する江南紅と『布衣交集』に登場する楊楚玉は俠気ある女性として描かれている点で新しい女性像をみせている。

一方で、日本の作品に登場する男女主人公は町人が多い。これは男女主人公がほとんど両班階級である朝鮮の作品と比較する際、もっとも顕著な違いであるといえる。また日本の作品では男女主人公の文才については特に言及されない。これは科挙制度があった朝鮮とそうではなかった日本の差と言える。また身分的に武士階級の例があまりないのは作家が庶民層だったという点、(8) さらには武士階級は恋愛による婚姻が極めて少なかったことと関係している。下級武士を除けば、武士は家を維持するために親や主君が決める許嫁《いいなずけ》と結婚するため、恋愛感情が介入する余地は少なかったと見なければならない。藩主に至っては婚姻を結ぶ時に、幕府の許可を得なければならず、意のままに婚姻することもできなかった。そのため作品に登場する男主人公が武士の場合、相手は遊女に限られることが多く、その他は、武士の身分を隠したまま庶民の女と付き合う例がみられるだけである。したがって、これらの男女主人公の類型はその国の社会構造と密接な関係にあるといえる。

身分や愛情成就による障碍は社会的要件によって様々な形態で現れる。朝鮮の作品では政敵が、日本の作品では家中で主従関係にある目上の者が敵対人物として多く登場する。これは朝鮮の主人公の大部分が両班であるのに対し、日本の主人公は庶民であるという点と深く関わっている。すなわち朝鮮の作品の主人公たちは、科挙に合格するとか、武功によって立身揚名する過程で、敵対者と対立する構図になっている。これに比べて日本の作品の主人公たちは、商家や町人など、その家中で仕事をする人々が多く、敵対者も同じ家中の人物や友人など、周辺人物である場合が多い。これは日本の作品で恋愛対象になる男女が、遊女を除いて、家内や親戚などの人に限られ、その愛情成就もまた家の主人の許諾なしに成立しないということと関連している。

また妓女が登場する作品では妓母が敵対人物になる場合もある。特に『王慶龍伝』の場合、妓母が商いする老婆と結託し、女主人公の玉丹を欺き、男女の仲を引き裂く。また朝鮮の作品に登場する老婆は大部分、主人公たちの助力者の役目をするのに、商いする老婆だけが悪人として描かれているのも特徴的である。これに比べて日本の作品に現れた妓母に対する認識はそれほど悪くはない。〈宮木が塚〉に登場する妓母は、十太兵衛の死後、経済的なことを思って他の男を勧めるが、基本的に男女の愛情関係に対してほとんど干渉しない。朝鮮で妓母が非常な拝金主義者に描かれ、商いする老婆も悪者になっているのは、作家である両班階級の認識が表れていると考えられる。また妓女が登場する作品では、守節という儒教理念を強調するために、妓母が操を奪おうとする敵対人物に設定されているといえる。

朝鮮の作品では老婆が二人の結縁に決定的な役割を果たすが、日本の作品では主人や親戚などの周辺人物がそれを果たしている。また朝鮮の作品では主人公の下女や下男が補助の役割を果たすが、日本の作品ではそれに該当する者はほとんど登場しない。これは両班階級が主に登場する朝鮮の作品と庶民層が登場する日本の作品の差といえるが、根本的に日本の作品に現れた男女関係が、当事者のみの秘事とされることと関連がある。この点は日本の作品の男女主人公が、普段からの知り合いであったり、同じ家内の者同士の場合が多く、特に家内では、主人の娘と下人の場合、厳格に処罰されたということとも深く関係する。一方で、朝鮮の作品に登場する、補助人物としての父親や僧侶は、日本の作品には見られず、両国の作品における差が確認される。

注

（1）郎君というよりは身分の低い富豪だったと推定される。金一烈『淑英娘子伝研究』（亦楽、一九九九）一四七頁。

（2）翁主とは庶子の王女をさし、嫡子の王女は公主という。朝鮮古典小説で奸臣側と関連するのは常に後宮やその庶子たちである。

（3）駙馬とは王の婿をさす。

（4）이고이고 셜운지고 남을 어니 원망ᄒᆞ리 이거시 다 네 탓시라. 네 아모리 그리ᄒᆞᆫ들 닭의 삿기 봉이 되며, 각관기싱 렬

녀되랴. ᄉᆞ또 분부 드럿더면 이런 미도 아니 맛고 쟉히 조흔 ᄉᆡᆨ판이랴. 돈 쓸ᄃᆡ 돈을 쓰고, 쌀 쓸ᄃᆡ 쌀을 쓰고, ᄉᆞᆯ병 기름 염셕어를 늙은 어미 잘 먹이지 이진정쇼(利尽情疎) 송구영신 기싱되고 아니ᄒᆞ랴. 나도 졀머셔 친구 볼제, 치치면 감병슈ᄉᆞ(監兵水使) 나리치면 각읍슈령 무슈히 겻글 젹의, 돈 곳 만히 쥬량이면 일싱 잇지 못ᄒᆞᆯ네라. 심난ᄒᆞ다, 슈졀 슈졀 남졀이 수졀이냐. 훗날 만일 또 뭇거든 잔말 말고 슈쳥 드러 실살귀나 ᄒᆞ려무나. 너죽으면 나도 죽ᄌᆞ. 바라ᄂᆞ니 너뿐일다.(『春香伝』四二二〜四二四頁)。句読方法や「利尽情疎」は筆者による。なおこの箇所の一部解釈で呉永三氏の助言を参考とした。感謝申し上げる。

（5）日本での妓母とは主に娼楼の主人である忘八の妻または遣手婆のような引退後の老妓をさす。

（6）宗室檜山君、励心艶慕内即求婚、尹公語以崔家之有約不従焉。是時後宮朴氏有一子二女子、即福城君女延義翁主適駙馬洪祥須、延貞翁主時年十四、檜山君深啣尹公之不許婚、至上前曰「壯元尹仁敬、年十七、未有配偶、特下綸旨結婚於延貞、如何于斯特也。」(『尹知敬伝』)。

（7）罪を犯したことで官婢となることをさす。

（8）近松は元来武士階級だったが、幼い時に父が浪人となり京都に行ったので、庶民層とみなした。

三　男女の結縁方式

三―一　結縁の契機と様相

第三章では作品に表れた結縁の契機と様相、そして結縁の媒介形式を考察する。まず、結縁の契機は主に次の五つが挙げられる。

①偶然の出会いである場合
②親戚または隣人の場合
③天定または夢の啓示の場合
④妓女の紹介で会う場合
⑤奉公人と主人の家族の場合

ところでこれらの①から⑤は日朝の作品に共通に表れるのではなく、一方にだけ表れるものもある。次にそれを示す。

①②日朝の作品に共通して表れる
③④朝鮮の作品にだけ表れる
⑤　日本の作品にだけ表れる

これらをみると、日朝の作品に共通、あるいは別々に表れるものがあることが分かる。以下それぞれの場合をさらに詳しく考察する。

三―一―一　日本と朝鮮の作品に共通して表れるもの

日朝の作品に共通して表れる結縁の契機は①偶然の出会いや、②親戚または隣人との縁によるものである。ここでは共通して表れる結縁の契機を朝鮮の作品と日本の作品で分けて言及する。

まず、朝鮮の作品に表れる契機では偶然の出会いが最も多い。『韋慶天伝』『雲英伝』『王慶龍伝』『相思洞記』『白雲仙翫春結縁録』〈簪桂重逢一朶紅〉『九雲夢』『沈生伝』『趙雄伝』『劉生伝』『春香伝』『ピョンガンセ歌』などがそれに該当し、その内容を簡略に述べると、次のようになる。

『韋慶天伝』の場合、酒に酔って、うっかり楼閣に入り込んでしまった韋慶天が、庭を散策している途中、十七、八歳ほどの天女のような美人を見つける。

『雲英伝』の場合、安平大君の邸宅を尋ねて来た金進士と、応対をした雲英が偶然出会い、互いに一目惚れに陥る。これは男女主人公が安平大君という媒介を通じて、限られた状況において、偶然に出会ったケースである。

『相思洞記』の場合、主人公の金生が春のうららかな日に花見をしている途中、一美人と会って一気に恋に陥る。

『白雲仙翫春結縁録』の場合、白雲仙が科挙試験を受けに行く途中で、刺繍をしている美人を見つけ、二人が互いに惹かれあい、老婆を通じて縁を結ぶ。その後、壮元(1)した白雲仙は妓生の月艶とも出会う。

〈簪桂重逢一朶紅〉の場合、主人公の沈喜寿は本家の寿宴で、容姿と資質が優れている妓生の一朶紅に出会う。一朶紅も神仙のような沈生の容姿を見て、密かに心に留めている中、その後、通りで偶然に出くわし、話を交わすようになる。

『九雲夢』では楊生が科挙試験を受ける途中、華州でしばらく休み、美しい柳を見て詩を詠ずる。一方で、秦彩鳳は欄干にもたれかかり、楊柳詞を詠む声を聞き、楊生と目が合う。その席では、一言も発することの出来なかった二人であるが、後で秦彩鳳が「女子の丈夫に従うは終身大事である」と決心し、文をしたため、乳母に楊柳詞を詠じた男を捜して伝えるよう命ずる。

『沈生伝』の場合、王の僥倖を見物する沈生が偶然、大きな包みにくるまれたまま下女におぶさっていく一人の若い娘と目が合ったところから始まる。その娘に惹かれた沈生は三十日間、夜になるとその娘の家を訪れ、その心を悟った女は両親に相談した上で、関係を結ぶ。

『趙雄伝』の場合、修学を終えた趙雄が母親のいる降仙庵に行く途中、張進士の家に留まり、そこで張進士の娘と出会い、情を通わせ、将来を約束した文を扇に書いて、信標(2)として送る。

『劉生伝』では十六歳になる劉正玉が進士に壮元した後、祖先の墓に報告して、帰る途中、美しい娘の姿を垣根越しに見てから、恋煩いにかかる。息子にその理由を聞いた父の劉洪は、娘の父親である方尚書に求婚の手紙を届ける。

『春香伝』では、春のうららかな日に、広寒楼見物に行った李道令が偶然、美人がぶらんこに乗っている姿を見て心を奪われる。

『ピョンガンセ歌』では、十五歳の時から夫と毎年のように死別して、そのことによって村を追い出された玉女が南部地方に下っていく途中、ピョンガンセと出会い、夫婦として暮すようになる。

次は②の親戚または隣人との縁に当たる作品を見よう。朝鮮の作品としては『崔陟伝』『尹知敬伝』『憑虚子訪花録』『折花奇談』『布衣交集』『花門録』が挙げられる。

『崔陟伝』では、崔陟の気性に惚れた李玉英が、自らの夫になる人と決めて、手紙を窓の空き間から投げ入れる。二人の心を確認した後、玉英は士族の娘として、貞節と信義を守り、舅姑への孝を尽そうとする意志を伝え、仲人を立てることを頼み、崔陟は父を通して結婚の意志を伝える。

『尹知敬伝』では伝染病が流行し、尹判書が息子の知敬を連れて従妹の夫である崔興一参判の家に避難するが、そこで偶然、崔参判の先妻李氏の娘の蓮愛と出会う。知敬は蓮愛に恋し、母に父から結婚の意志を伝えるよう頼む。

『憑虚子訪花録』では丙子胡乱を避け、ソウルから嶺東に行く主人公の憑虚子が、朴時碩の妹で、十六歳になる梅英の美貌にひかれる。憑虚子は朴時碩とその仲間の李春武と一緒に計画して、梅英と二人きりになる機会を作る。梅英は最初、憑虚子の求愛を拒否するが、避けられない事態であることを悟ると、生涯心変わりしないことを約束し、身をまかせる。

『折花奇談』では壬子年（一七九二）、ソウル帽洞の門閥である李家の部屋に暮す李生は、方氏の下女で既に夫のいる舜梅に一目惚れする。ある日、舜梅が置き忘れた銀のノリゲ（装身具）を手にした李生は、舜梅と二人きりになる機会を得るが、舜梅は銀のノリゲを受け取らないまま、そのまま去ってしまう。李生は居酒屋の老婆を買収し、舜梅と会えるように頼む。老婆の口添えで李生はようやく舜梅と会うが、折り悪く舜梅の叔母がやって来て、夫が探しているといいながら、舜梅を連れて行く。このようなことが続いた末に、八回目にようやく、二人は情を通じて、男女関係を結ぶ。

『布衣交集』は愚夫である湖南出身四十歳の李生と十七歳の佳人である楊楚玉との恋愛談である。李生は、ソウルに暮す張承旨の養子になった張進士をつてに、張家に寄食していた。楊楚玉は元々、南寧尉宮の下女であり、詩文をよくしたが、楊家の嫁になり、十九歳になる夫がいた。ある日、李生は美しい楊楚玉の姿に目が釘付けになり、堂婆さんに、楊楚玉がどんな人なのか尋ねる。一方、楊楚玉もまた、李生が号令する凛凛しい声を聞いて彼にひかれる。そして李生の部屋の軒先に鳳仙花を投げ、お互いの境遇が一致することを話した後、漢詩を送る。そして堂婆の手引きで二人は逢う。

『花門録』の場合、明の左丞相であった花雲の夫人、韓氏が、高齢で息子の卿を生む。花卿は十歳の時に、李尚書の娘と婚約する。しかし花卿は母方の実家へ行った際、楼閣で詩を詠じていた胡閣老の娘と出会い、互いに恋情を通じる。花卿は李小姐と婚礼を挙げるが、胡小姐を忘れられず、科挙に及第した後、李尚書の許可を得て、胡小姐を妾にする。

『崔陟伝』『尹知敬伝』『花門録』は全て親戚の家での、『憑虚子訪花録』は避難中での出会いである。そして『折花奇談』と『布衣交集』は間借り暮らしの男と、そこに住む下女との関係を描いたものである。

一方、日本の作品には作中での結縁の契機と様相そのものは叙述されない場合が多い。これは朝鮮の作品が主に「出会い―別れ（苦難）―再会」の三段階を通じて話の構造が形成されているのに比べ、日本の作品ではそういう構造を持たないことが多いからである。故に結縁の契機に関する叙述がなく、始めからすでに男女の愛情関係が成立しているものとして設定されている。特に遊女との愛情関係は、結縁の契機に関する叙述が初めから省略されている。このような違いを念頭に置いて、朝鮮の作品と共通する出会いのパターンを挙げると、まず①の偶然の出会いである場合に該当する日本の作品は〈恋草からげし八百屋物語〉〈野机の煙競べ〉がある。

〈恋草からげし八百屋物語〉は火事のため避難していたお寺で出会った、十六歳の小野川吉三郎と同い年であるお七の話である。彼女は吉三郎に指のとげを抜いてもらったことがきっかけとなっている。とげを抜く間に、男は女の手を握り締めていたため恋心が生じ、互いにその場を去り難くなる。その後、女の母が気付いたため、仕方なく別れなければならなかったが、その際に男が持っていたとげ抜きをわざと持ち帰ってしまう。その後、また男の所に戻り、その手を握り返したことで二人は恋仲となる。そして寺にいた小僧に、男の素姓をききだし、手紙を送り始めるのである。

〈野机の煙競べ〉では父親の仇を討つため商人になった武士の虎之助が年上の美人と出会う。彼は敵の目を避けるため、商人の姿をしていたが、ある日、酒に酔って辺りで乱暴をはたらく武士が現れる。その時、二十歳過ぎの美人が自分の家に身を隠すよう虎之助に声をかける。これを機会に二人は互いに恋仲になる。

すでに言及したが、日本の作品では結縁の契機に当る叙述自体が少ないため、朝鮮の作品に比べて偶然の出会いがあまり見られない。特に日本の作品に登場する妓女との関係では、結縁過程が全て省略されているのが普通である。というのも、当時の遊女との出会いは、遊郭の制度とも係わっており、全て限定された空間の中で成立したのであり、偶然の出会いとしては設定できなかったといえよう。この点は、官妓と判書の息子との愛情を描いた朝鮮の作品『月下僊伝』に、その出会いの過程が描かれないのと同じだといえる。官妓と判書の息子の関係も偶然ではなく、任地で有名な官妓を呼んだことに過ぎないからである。

次は②親戚または隣人の場合による日本の作品をみてみよう。〈情けを入れし樽屋物語〉〈死首の笑顔〉『仮名文章娘節用』『清談若緑』『娘太平記操早引』『春色梅児誉美』『閑情末摘花』が②に該当する作品である。このパターンは日頃互いに知っている間柄で、たまたま恋仲になる場合であるが、読本や人情本など比較的、後代の作品で多く表れる。その中でも、特に人情本では、ほとんど親戚あるいは隣人との出会いに限定されている。

〈情けを入れし樽屋物語〉は樽屋で働くおせんと彼女を片思いする男の話である。彼は隣家に住む老婆に、おせんへの想いを打ち明ける。老婆は男と二人きりになる機会を作るため、おせんを伊勢参り(3)に連れ出す。しかし何も知らないおせんの母とおせんを恋慕する久七まで一緒に付いて来る。男は帰路途中の弁当屋で、なんとか自分の心をおせんに伝える。その後、久七は主人に内緒で伊勢参りしたという理由で店を解雇され、他の女と結婚する。おせんは自分のみを愛してくれる樽屋の男を想うあまり、病気になり、その理由を知った家の主人は二人を結婚させる。

〈死首の笑顔〉は経済的な理由による悲恋話である。主人公の五蔵は常に他人を思いやる人物で皆が彼を仏蔵殿と称えていた。近くに宗という親戚の美しい娘がいて、母の家事を手伝って暮していた。宗は毎晩、母と古典を読み、文を書く練習を怠らなかった。宗はしばしば五蔵を師匠として学問を教わっていたが、いつしか互いに心通じる間柄になり、将来を約束する。

『仮名文章娘節用』と『清談若緑』は連作になっている。前半部の『仮名文章娘節用』では同じ家で暮す息子と養女との愛情関係、後半部の『清談若緑』では孫息子とその叔母の養女との愛情関係がそれぞれ描かれている。

主人公が養子や養女の場合、彼らを実子の許嫁にすることが多く、二人の出会いについては全く叙述されない。(4)ところが『仮名文章娘節用』では養女が家出して妓女になり、再び許嫁だった男と偶然に会う点で①と②の両方に該当する。(5)

『娘太平記操早引』は男女の三角関係を描いており、その点で、朝鮮の作品『花門録』と類似した構造を持つ。主人公の繁兵衛は妻のお千代と八百屋を営んでいた。隣に住む三味線の師匠のお玉は美人だが色好みで十四歳から多くの男と付き合った挙げ句、繁兵衛に横恋慕する。ある日、お玉は伝吉という男を使って、繁兵衛と一緒に観音参拝をする機会を得る。繁兵衛と同船したお玉は、折しも雷が鳴っている中で、繁兵衛にしがみついて誘惑する。

『春色梅児誉美』は前後編からなる連作小説である。主人公は置屋である唐琴屋の養子、丹次郎で、女主人公は唐琴屋の娘お蝶と、芸妓の米八である。後半部では、米八が経済的に援助してくれた娼妓の仇吉が行方不明になり、丹次郎の娘を生むが、最後に再び登場する。この作品の男女関係は主人公の養家である唐琴屋を中心に展開される。

『閑情末摘花』は横浜町に暮す兄妹の米次郎と遠世、そして隣家の清之助をめぐる恋愛話である。遠世は隣家に遊びに行くうちに清之助と恋仲になる。しかし彼女は上州にいる従兄と許嫁の関係だった。二人は家出するが行く当てもなく、心中しようと決意する。その時ちょうど、老婆に留まるように説得され、しばらく老婆の家で暮す。その後、金もない二人は、いつまでも老婆の世話になるわけにいかず、いったん別れることにする。清之助は遠世と別れて一人、帰る当てもなく、結局家に戻り、米次郎に事の顛末を打ち明ける。一方、遠世は別離の悲しみで自殺をしようとするが、老婆の娘で、後に米次郎の妻になるお里に引き留められ、老婆の家にそのまま残ることになる。そして、紆余曲折の末、二人は周囲の助けによって、結婚することになる。

日本の作品で①に該当するのは西鶴作品中に二篇あるだけで、②に該当する作品は主に十八世紀後半から十九世紀全般に描かれた読本と人情本に多くみられる。

三―一―二　朝鮮の作品にだけ表れるもの：天定と夢の啓示

③の天定または夢の啓示で結縁するものは朝鮮の作品にだけ見られ、『洞仙記』『白鶴扇伝』『淑英娘子伝』『玉楼夢』などがそれに該当する。

『洞仙記』は宋代を背景に、西門勣《ソムンジョク》という人が天定によって洞仙と結縁する話である。彼は豪放で、科挙試験に何度か落ちた後、同志の崔念と張万富を説得して遊覧の途につく。西門勣は楊州で妓女の雪英《ソリョン》、徐州で瓊瓊《キョンギョン》と出逢った後、杭州で美貌の洞仙と情を交す。その時、二人は同じ夢を見て、その縁が天定であることを知る。

『白鶴扇伝』に現れた男女の出会いは、胎夢での啓示によるものである。内容は、柳泰俊夫婦が祈子致誠(6)を行い、秦氏夫人が胎夢を見た後、息子の伯魯を出産する。その後、夢に、子供の配偶者は西南の土地の趙氏であるから忘れないようにと、お告げを得る。一方、趙成魯と夫人の柳氏の間にも子供ができず、祈子致誠を行っていた。ある日、夫人の夢に天女たちが降りてきて、娘の配偶者は南京の尹氏であると告げられ、娘の銀河を出産する。銀河は十歳の時、乳母とともに母方の実家に行く途中で伯魯と出会う。銀河の美しさに心引かれた伯魯は彼女が持っていた柚子をもらった後、白鶴扇に恋文を書いて彼女に与える。以後、紆余曲折を経た後、伯魯は母方の叔父の助けで白鶴扇を大切にしていた銀河と再会する。

『淑英娘子伝』は白仙君と淑英娘子の再生結縁譚である。朝鮮世宗王の頃、慶尚道安東に住む白尚君夫婦は子供がおらず、名山に上がって天地神明に向かって子供ができるように祈願する。玉皇上帝が仙君を与えることを告げながら、淑英娘子と戯れた罪によって謫降(7)したことや娘子と縁があることを予言する。仙君が十五歳になると娘子は仙君の夢に現れて「天定配匹」であることを知らせ、厄を避けるため、三年待つように告げる。以後、仙君は恋煩いにかかり、その病が重くなると、娘子は夢中に現れ、玉縁洞を訪ねるように告げる。仙君は玉縁洞を訪ね、三年待つ約束を破り、淑英娘子と情交を結ぶ。

『玉楼夢』は五個明珠と一枝蓮花に喩えられた一男五女が縁を結ぶ話である。天上界にいた仙人の文昌は仙女である玉女、天妖星、紅鸞星、諸天仙女、桃花星たちと月見をして、戯れたという罪で、謫降され、それぞれ楊昌曲、尹小姐、黄小姐、江南紅、碧城仙と一枝蓮として生まれ変わる。そして最後の部分で菩薩が「天定因縁は人力の能く致す所に非ずなり(8)」といったところで、すべて天が定めた運命的な縁であることを再確認する構造になっている。最初は、江南紅が、酒宴の末席にいた楊昌曲の漢詩をみて彼が普通の男でないことを悟り、後に契を交した後、尹小姐との縁組を推薦するなど、江南紅を中心に、楊昌曲と五人の女性たちがそれぞれ縁を結ぶ方式をとっている。

ここで天定というのは、いわゆる超越的存在の介入で、男女の縁があらかじめ決まることを意味する。朝鮮の作品では上帝や青衣童子を含めた多くの天上界の人物たちがよく登場する。彼らは主に夢の中に現れ、男女が天縁であることを知らせ、結縁のための様々な事を啓示する。天上界では上帝が最高者として君臨しており、どのような人物と結ばれるのか決めるのが通常だが、実際作品に現れる形態は多様である。

『洞仙記』では洞仙曲にある内容が話の展開の伏線になっている。ここで男主人公の西門勣は下降し、女主人公の洞仙は別曲を弾き間違えて謫降する。これはまさに主人公たちが前世からの愛情関係にあり、二人の出会いが偶然ではなく天定によるものであることを暗示している。そして夢で黄色い帽子をかぶった青衣童子が現れて「洞賓、洞賓、汝は洞仙と逢うから、三生好縁というべし(9)」と伝え、二人はその縁が必然であることを知る。また天上界の人は『白鶴扇伝』や『洞仙記』に見られるようにほとんど仙界の人である。しかし一方で『玉楼夢』

と一緒に天上界の最高神である上帝をはじめ、菩薩などがあまねく存在していて、道仏融合の世界が見られることもある。(10)

このように天定、または夢の啓示で男女が出会うパターンは、朝鮮の作品にだけ現れる特徴である。日本の作品にも天女の現れる作品があるが、男女の結縁とは関係しない。『椀久一世の物語』では、最初の場面で主人公の椀久に教訓を与える弁天天女が登場する。天女は椀久の夢の中に現れるが、蔵の鍵を与えながら女色に対して警戒するように伝えるだけである。(11)このことは天上界と地上界の二元的世界観を持っている朝鮮作品とそうでない日本作品との差であるといえる。また天定による男女の結縁には謫降話素と関係するものが多い。

④は『九雲夢』にも見られるように妓女の紹介を受けて、箱入り娘と縁を結ぶ場合である。特に『九雲夢』に表れた鄭小姐との出会いが代表的だと言える。楊少游はあらかじめ彼女がどんな人か知りたくて女装してその姿をうかがう。そして後に二人が結ばれる形となっている。一方『玉楼夢』でも楊昌曲が江南紅の紹介を受けて尹小姐を知るようになるが、もとより天定で結ばれた縁である上に、男が直接的な行動に出たのではなく、彼女が尹小姐の侍女となり、再会するのを待つ形式になっている。以後、江南紅は行方不明になるが、一方で楊昌曲と尹小姐は仲人の婆を通じて父に告げ、正式な婚礼を行う。(12)

三―一―三　日本の作品にだけ表れるもの：家内での恋愛

日本の作品にだけ表れる結縁の契機としては⑤の奉公人と主人の家族の場合が挙げられる。

⑤に該当する作品は、〈姿姫路清十郎物語〉(13)〈中段に見る暦屋物語〉〈忍び扇の長歌〉『袂の白しぼり』がある。これらの作品はすべて同じ家の中で主人と使用人の関係にありながら、恋に陥る内容である。〈忍び扇の長歌〉は、道端で美しい女性に恋した男が、それをきっかけに、女の家で仕事をすることになるので、厳密に言えば①

にも該当するが、ここでは一応⑤に分類した。

〈姿姫路清十郎物語〉は姫路の但馬屋の娘お夏と手代(14)である清十郎の恋愛事件である。本来、清十郎は裕福な家庭に生まれ、多くの遊女たちに愛され、恋文を受け取っていた色男である。しかし、清十郎の父親が遊郭に来て、彼を叱責したので、清十郎との別れを悲しく思った遊女は自殺する。以来、清十郎は仕方なく姫路の但馬屋で仕事をすることになる。ある日、清十郎には、一緒に仕事をしていた下女へ帯の仕立て直しを頼んだところ、その中に遊女たちからもらった数多くの恋文が入っていた。それを横で見ていたお夏は清十郎を好きになり、目で恋心を知らせ、下女たちの助けも得ながら恋文を送る。春になり、花見の機会に乗じてこっそりと情を交した二人は家を出で、駆け落ちしようとするが、途中で捕らえられる。

〈中段に見る暦屋物語〉は、暦屋の主人の妻おさんと、そこで仕事をしていた下女りんと手代の茂右衛門をめぐる不倫話である。下女のりんは茂右衛門にお灸をした際、彼の肌に触れたことをきっかけとして恋心を感じる。りんは、恋文を書いて、茂右衛門にその心を伝えようとするが、文字が書けず、その変わりに主人の妻であるおさんが代筆してやることになる。茂右衛門からの返事を見たおさんは、その野暮な内容に心憎さが芽生え、なんとしてもこの男の心を動かそうと、恋文を代筆して送る。茂右衛門は、その内容に感銘を受け、二人が会う日を書いた手紙を送る。おさんをはじめとする下女たちはまんまと策に落ちたことを多いに笑い、りんの代わりに茂右衛門と会おうとする。ところが、夜明けまで一緒に待っているうち、いつの間にか皆寝入ってしまう。その間に訪ねてきた茂右衛門はおさんをりんと勘違いして情を通じる。目を覚ましてみるとおさんは、既に茂右衛門と関係を持った後だった。仕方なく二人は駆け落ちするが、最後には家内の人に捕らえられ、おさんと茂右衛門、そして二人に関与した下女たちは処刑される。

〈忍び扇の長歌〉は、大名(15)の姪が家臣の若い下級武士と恋仲となり、処刑された物語である。その家臣は、ある春の日に道端で籠に乗る女性を見る。女性は二十歳くらいになったが、窓の隙間から見える姿がこの上なく美しかった。思いがけず後をつけていき、使用人たちに彼女の素姓を尋ねてみると、ある大名の姪であることが分かる。男はその女のいる場所で下人を求めているということを聞き、そこで仕事をすることになる。二年ほど下働をしている間、あちこちに行くたびに、彼女の籠に従い、注視するので、女性の方でもその心を見抜く。女性は侍女に命じて彼の元へ黒い骨の扇子を投げて送らせた。男がその内容を見ると、長歌が書かれており、今宵の内に駆け落ちしようというものだった。男は夜になるのを待って、女と一緒に駆け落ちする。しかし、半年後に隠れていた場所も見つけられ、男は処刑、女は自害を拒否した後、尼になり、男の魂を弔う。

『袂の白しぼり』は、油屋という名前が付いている質屋の一人娘お染と丁稚久松の恋愛談である。久松は主人の娘お染といつの間にか恋仲になったが、彼女は父の取り決めで別の家に嫁に行く予定だった。これを心配したお染の母は「金が延命の妙薬だから大切にし、いつも身につけていなさい」(16)と、二人が駆け落ちするためのお金を与える。しかし、母親の深い心を知らないお染は、すぐその金で久松と乳母たちの着物を買うため使い切ってしまい、母が深慮していた二人の駆け落ちも出来ず仕舞いとなる。後で久松とお染の仲を知った父は、久松が店の金を盗んだと、疑いをかぶせる。その結果、久松は蔵の中で、お染は外で、同時に自害する。家の使用人と主人が恋愛関係に陥るのは、当時の法律では犯罪だったので、これに該当する作品の結末は、すべて悲運となっている。

三―一―四　比較論議

これまで日朝の作品に現れた結縁の契機と様相について検討した。前項でも既に述べたが、全体的に朝鮮の作品では、結縁過程に関する記述は、全作品にもれなく表れているのに対し(17)、日本の作品ではそうなっていない。

結縁過程は省略されることも多い。特に女主人公が妓女の場合、朝鮮の作品では、『月下僊伝』を除いて、『王慶龍伝』『白雲仙翫春結縁録』〈簪桂重逢一朶紅〉『春香伝』などのすべての作品に結縁の契機と様相が描かれるのに対し、日本の作品では全く表れない。

これは、日本の妓女が遊郭という限られた場所で人と会うという事実と関連している。日本で妓女との愛は自由な空間ではなく、遊郭という限られた場所で、男が指定した妓女と出会うことで始まるので、それに関する様相をいちいち記述する必要がなかった。(18)この点は、巷の酒場で妓女と遊ぶ機会があった朝鮮とはかなり異なっている。すなわち、朝鮮の妓女は、身分的制約があったが、場所の制約はなく、日本の妓女は、身分的制約はないが、場所の制約を受けたのである。したがって、ヒロインが妓女である場合、これらの違いが、その出会いの様相を異にする要因となる。また、妓女の性格の違いのほか、朝鮮の作品には偶然の出会いのパターンがかなり多く、作品全体の大半を占めている。『王慶龍伝』『雲英伝』『相思洞記』『白雲仙翫春結縁録』『沈生伝』〈簪桂重逢一朶紅〉『趙雄伝』『劉生伝』『春香伝』『ピョンガンセ歌』などがすべて①に該当する。このように朝鮮の作品に比較的、偶然による出会いのパターンが多い理由はいろいろと推測することができるが、その出会いが、基本的に唐代愛情伝奇の影響を受けて創作された才子佳人の運命的なものであることと、実際に科挙制度があり、旅先で女と会う機会が多かったこと、そして日本のような親戚同士での結婚は厳しく禁止されており、親の許可なく身近な人と恋愛する機会が少なかったという点が挙げられる。(19)

一方、日本の作品の場合、偶然の出会いであるパターンは、初期の作品である〈恋草からげし八百屋物語〉〈野机の煙競べ〉の二編しかない。(20)特に後期の作品で、偶然の出会いがほとんど見られないのは、身分による世襲が時代が下るにつれますます強化された点と、封建制度によって人々の居住地域がほぼ限定されていた点と関係する。すなわち、朝鮮のように科挙試験を受けることもなく、一定の土地にずっと住んでいた日本の社会構造と関連がある。

②に該当する親戚や近所の人と恋愛関係になるパターンは、朝鮮の作品では、『崔陟伝』『憑虚子訪花録』『折花奇談』『布衣交集』『尹知敬伝』『花門録』などがある。親戚の場合、父親側の親戚とは法的に結婚できないため、母方の遠戚に制限され、『尹知敬伝』や『花門録』は、これに該当する作品である。また、そのほとんどが、「避接」すなわち疫病を避けるための避難、または科挙のため親戚や知人の家に行くことによるもので、これらが男女が出会う良い機会になったことが分かる。

一方、日本の作品で②に該当するのは、〈情けを入れし樽屋物語〉〈死首の笑顔〉『仮名文章娘節用』『清談若緑』『娘太平記操早引』『春色梅児誉美』『閑情末摘花』などがある。この中で『仮名文章娘節用』と『春色梅児誉美』は男主人公が女性の家の養子に設定されている。そして人情本の作品が、すべてこのパターンにあるので、後代になればなるほど、親戚や養子など、すでに知っている人や近くの人同士で結婚する傾向が強まったことが分かる。これは江戸時代の日本の社会制度や風習と関連があり、当時の養子制度がかなり一般化していたことが分かる。すなわち最終的に世襲制の強化に加えて、家を守るために確立された制度であり、江戸初期の作品に比較的①のパターンが多く、後期の作品に②のパターンが増えてきたことと相関関係にあるといえる。

一方、天定または夢の啓示や妓女の紹介で出会うパターンは朝鮮の作品にだけみられる。これは恋愛が野合とみなされ、それが儒教理念に反する行為であったとする両班たちの意識と関連がある。妓女の紹介で会うことになるのは『九雲夢』『玉楼夢』に該当するパターンである。妓女が自分の身分をわきまえるのと同時に、豪傑な貴男子は多妻多妾または一妻多妾が認められる論理による。『九雲夢』で紹介を受けた楊少游が女装して鄭小姐と会う機会を持つが、『玉楼夢』の場合、もともと天定によるもので、楊昌曲の直接的な行動がなく、江南紅と尹小姐がひたすら待つ形をとっている。一方で、奉公人が主人の家族と関係を持つ場合は、日本にのみ該当するものである。これは主に十七、十八世紀に創作された作品が商家を背景にしたものが多いためといえる。

全体的に見て朝鮮の作品は、「出会い→苦難→再会」のプロットで男女の関係が展開されるので、その出会いの場面も運命的かつ劇的であり、人生の歴史を記したようになっている。これに比べて日本の作品のそれは日常的でありながらも恋愛至上的であり、生活の一部を断片的に見せたり、恋愛心理を記述したものが多いといえる。

三―二　結縁の媒介形式

結縁の媒介形式とは、男女が会って愛情を達成するまで、どのような過程を経たのかを意味する。その方法は、相手に恋愛感情を抱き、自分の存在と心を知らせるため文を送ることもあり、そのような手続きなしでいきなり縁を結ぶこともある。本書で対象とした朝鮮と日本の作品が示した結縁の媒介形式は次のとおりである。

①老婆
②周辺の人々
③歌または詩の応酬
④手紙
⑤客地での留宿
⑥信標
⑦守節
⑧夢のお告げ

⑨恋煩い
⑩知人之鑑(21)

①は老婆、②は周辺の人々の助力によって、③は歌または詩、④は手紙のやりとりを通じて、⑤は客地での留宿をきっかけとして、⑥は信標となる贈物をしたことによって、⑦は守節すなわち、貞節を守ることによって、⑧は夢のお告げによって、⑨は恋煩いが親に露見したことで、⑩は知人之鑑すなわち、その人となりを知って結縁したことを意味する。この中で一つの形式だけみられるものと複数の形式がみられるものがある。ここでは、このような媒介形式を通して日朝の作品に表れた結縁過程をみる。

三―二―一　朝鮮の作品の場合

すでに上で述べたように朝鮮の作品には必ず結縁の媒介形式が描かれる。その大部分は老婆や侍婢などを介して縁を結ぶ。

①老婆を介して縁を結ぶ作品に『王慶龍伝』『相思洞記』『沈生伝』『白雲仙翫春結縁録』『折花奇談』『布衣交集』などがあるが、男が女の素姓をよく知らない場合は、その近くに住む老婆に訊ねるパターンが多い。この場合、老婆に金品を惜しみなく与え接するのが普通であり、老婆は女性に関する情報を与え、仲人の役割を担うことになる。

②周囲の人々の助力で縁が結ばれる作品には、『雲英伝』『崔陟伝』『相思洞記』『白雲仙翫春結縁録』『九雲夢』『憑虚子訪花録』『春香伝』『花門録』などがある。周辺の人々には『雲英伝』に登場する宮女の紫蘭や、『憑虚子訪花録』に登場する朴梅英の内従弟である朴時碩とその友の李春茂などが挙げられる。しかし、たいていは下女

が仲介役として機能している。

『崔陟伝』には春生、『相思洞記』には下男の莫同《マクトン》、『白雲仙翫春結縁録』には李玉燕《イオギョン》の下女、『九雲夢』には陳彩鳳《チンチェボン》の乳母、『春香伝』には房子、『花門録』には胡紅梅の下女のヤクナンが登場し、主人のために意思伝達の役割をする。

また、女側の下女はほとんどの場合、従順に意思伝達の役割を果たすが、男側の下男の場合には、『相思洞記』の莫同のように積極的に塀を越える方法を教え手助けする反面、『雲英伝』の特のように雲英の器物を盗むなど、主人に対する裏切りを起こしたりもする。たいてい男は老婆を通じて女と会おうとし、女は下女を使って自分の意思を伝えるパターンが一番多いといえる。

③の詩歌のやりとりを通じて結縁する場合は、相手の意志を訊ねたり自分の心を示すためのものである。これに該当するものとしては『王慶龍伝』『相思洞記』『九雲夢』『ピョンガンセ歌』『花門録』などがある。内容は『ピョンガンセ歌』を除けば、すべて漢詩になっていて、二人の詩才が発揮される機会を作り、才子佳人であることを確認させる役割を果たしている。主に二人が縁を結ぶ前に応酬する形式になっており、そのほとんどが、詩歌のやりとりになっているが、文を交わすこともある。

いったんやりとりが成立すれば、男女の関係が成立したものとみなし、特に相手が妓女である場合、すぐに交渉を持つことも少なくない。また詩ではないが、音楽を奏でることによって縁が結ばれることもある。『洞仙記』は、「洞仙曲」を弾く女の琴の音を聞いた男が、玉簫を奏でることで、やりとりをする。『鄭雄伝』の場合は、玄琴と玉簫の応酬によって生まれた縁として扇に「張氏芳縁趙雄詩」と記される場面がみられる。[22]

④手紙を通して縁が結ばれる作品には、『雲英伝』『崔陟伝』『白雲仙翫春結縁録』などがある。『雲英伝』の場合、自から手紙を送るが、『崔陟伝』『白雲仙翫春結縁録』の場合、下女を介して相手の意思を尋ねる。一般に手

紙は男女が好意を持っていることを示すものであり、お互いの愛情を確認して、物理的な関係や婚約の意思を示す「詩」とその役割を異にしている。

⑤客地の宿において偶然縁を結ぶパターンは、『趙雄伝』『白雲仙翫春結縁録』などがある。『趙雄伝』に示された男女の縁は、修行を終えて帰る途中に起こったことであり、英雄小説によく見られるパターンといえる。一方、『白雲仙翫春結縁録』は、科挙を受けに行く途中で縁を結ぶことになっている。留宿はないが、『九雲夢』や『玉楼夢』など、男主人公が科挙を受けに行く道中で結縁の約束をすることもある。このパターンの場合は、最後には一人の男が複数の女性を率いる結果となり、一夫一妻という排他的な男女の愛情を描いた伝奇小説などに比べて、その愛情の深さは大きく低下する。

⑥信標を送り、それを媒介に縁が結ばれる作品には、『雲英伝』『憑虚子訪花録』『白鶴扇伝』『趙雄伝』『春香伝』などがある。この中で、『雲英伝』『憑虚子訪花録』『春香伝』では、女の方から信標を送っているが、これは縁を忘れてはならないという意味に過ぎない。雲英は漢詩と銀の簪を一緒に包んで進士に送り、春香は自分の玉の指輪を李道令の鏡と互いに交換している。

一方、『趙雄伝』や『白鶴扇伝』のように男の方から送られた信標は後で二人を再会させるために大きな役割を果たしている。『白鶴扇伝』は劉伯魯が父から受けた家宝である白鶴扇を銀河に与える。これにより銀河は劉伯魯と縁があることを悟り、親を説得させ、伯魯が再び現れるのを待ち、最後には白鶴扇の由来を知っている伯魯の母方の叔父を通して二人は再会する。『趙雄伝』では趙雄が残した「張氏芳縁趙雄詩」が書かれた扇が、後に張小姐にとって趙雄の妻になる人であることを証明する物品となる。

⑦の守節すなわち貞節を守り抜くことで縁が結ばれる作品には、『王慶龍伝』『白雲仙翫春結縁録』『憑虚子訪花録』『月下僊伝』『春香伝』などがある。その中で、妓女と関連している作品は、『王慶龍伝』『白雲仙翫春結縁

録』『月下僊伝』『春香伝』で、すべて貞節を守ることで縁が結ばれる。したがって、妓女が主人公として登場する場合には、貞節を守ること自体が愛情の成就と直結している。もちろん守節の誓いは妓女以外のヒロインにも表れるが、全体的に見ると、その割合が低い。ここで、各作品に現れた守節への誓いの言葉を見る。

「妾は汝墳の貞操を高く慕い、河澗の淫節をつねに憎んでおりました。今もし公子に一度逢いましたなら、誓って再び他人とは逢いません。公子がわたくしを路柳墻花となし、一度手折ったまま永遠にお捨てになるのではと恐れております。故に敢えて命令に従わないのです。（中略）公子の風裁は神秀であり、その才調が清高なので、巾櫛を奉仕したくないわけではありませんが、妾の心所がこのようですので、公子はそれを是とお思いください」龍は驚き喜び、起きて拝して曰く、「恭しく言い至りますを聞くに、嬉しく慰めになることこの上ありません。もし素性が貞静でなければ、どうしてここに至りましょうぞ。僕の醮三の礼はなしと雖えども、娘が一義に従守せざるはなし。娘子との偕老を終得するを誓いましょう」丹は笑いて應じて曰く、「もしそう出来ましたら、ご恩は浅からずといえましょう」

（『王慶龍伝』(23)）

李玉燕「伏して願うに、郎君は妾を卑賎とせずお置きくださり、箕箒を奉まつるなら、この上なき幸せでございます。」生がいうには「誠にもし娘子がそう言ってくださるなら、謹しんで教え奉わりましょう」

（『白雲仙翫春結縁録』(24)）

「妾は本来、青楼の所属で、名は斉における笑伎娼と雖えども、常に汝墳の高義を慕ってまいりました。願わくば君子のような伴侶を得たのは、天の使い、神の助けでございます。その幸せは翰林の顧恩に値するものです。この卑しき言葉を敢えて告げるには、伏して郎君を望むに、卑しき物と蔑むことなく、貴室の側に置いてくださるなら、箕箒の任を奉り、この上なき幸せです」（『白雲仙翫春結縁録』[25]）

梅英はその声を聞いて驚きいぶかしみ、足を回して回避しようとしますが、すでに生は彼女の手首を捕まえたので抜け出せない状況だった。梅英は逃れられないことを知り、花の下に座り込み、手で涙を拭きながら言った。「公子は両班の子弟ですのに、人の手をつかんで動けなくし、貞節を奪おうとは、無礼ではありませんか。永く巾櫛を奉ろうにも、桑中の一度の逢瀬では婚礼とはいえませんし、女の節を踏みにじる行為です。どうして百年末永く私を可憐とおぼさず、空しく不幸にさせるのですか」生が面白くない顔で言うには「うべなるかな、うべなるかな。まことに娘子の言葉は正しいです」生はしばらく黙っていたが、ようやく口を開き、「私は生涯夫婦として、死してなお同穴に入ることを拒否するわけではありません。これならよろしいですか」梅英はやっと目を開いて、やおら秋波を送った。（中略）梅英が曰うには「果たして、このように深い恩をいただけるのでしたら、妾は死して貞節を守り、他へ嫁がぬことをお誓いいたします」（『憑虚子訪花録』[26]）

「妾は一度体を許した後は、どんな賤人であれ貞節を守ること金石のように固いのです。貴方様と離別した後は青春を虚しく過ごし、美人薄命の如く、貞節を守ることで一生を終えてしまう事でございましょう。それ故に尊き命にも従えません」といいながら、眉間をひそめ、最後まで言うことを聞かないので、直卿が（中略）「たとえ天が破れ、地が裂けようとも私の心もあなたの言葉と同く変りありません」言い終わると蘇雲の家に行き、誓約書を書き、天に誓って永遠に寝食を共にした。[27]

「妾の志を無理に折り気ままに関係を結ぶことはできません。妾が願うことは堯帝、蘇軾、許渾のような人であり、越国の范小佰や、そうでなければ漢武帝代の厳子陵、唐国の李光弼、晋国の謝安石、三国時代の周公瑾、宋の文天祥、でなければ大元帥印を奪い帯び、金壇に高々と座り、千兵万馬を指揮官に預け進退する大将郎君でございますので、万一そうでなければ、白骨が塵退しようとも独り空房を守り貫くつもりです。（中略）貴方様は貴公子であり、妾は賤しいのです。今はまだ欲望だけでいろいろおっしゃいますが、長官がソウルに御帰りの際には公子も良家の正妻を娶られることでしょう。良家のお嬢様と夫婦仲も良ろしき時、わが身は哀れこの上なき。（中略）貴方様の固い志があり、妾もまた恐れ多くもお仕えしたく存じますが、難しきことでありまます。後のことを考えますと、何も証拠がないままではできません。契約書をおつくりになり、妾を安心させてください。
（『春香伝』[28]）

これらをみると、妓女ではない『白雲仙翫春結縁録』の李玉燕と『憑虚子訪花録』の朴梅英を除いて、すべての妓生が後で見捨てられることのないように、一人の男だけを守ることを誓っている。これは純粋な愛情の印としてであると同時に、妓籍にいる以上、その身分を変えられないので、将来有望な男の妾となることで、その役を免れ、身分上昇を図ったとも見ることができる。

⑧夢の啓示で縁が結ばれる作品には、『洞仙記』『趙雄伝』『淑英娘子伝』などがある。この中で夢の啓示のみが表れる作品としては『趙雄伝』が挙げられる。張小姐は夢中で亡くなった父からの啓示を受け、趙雄と情を通じる[29]。また、父親の遺言どおり降仙庵に行き、そこに避難してきた趙雄の母と出会い、趙雄が与えた扇を媒介として姑婦之間であることが判明し、その縁が完結される。一方で、残りの作品は、すべて天定であり、夢中で玉皇上帝の使者である仙女や童子が二人の縁を伝えることによって、男女が結ばれる。

⑨相思病すなわち、恋煩いが露見し、親の話し合いによって縁が結ばれる作品には、『韋敬天伝』『劉生伝』が挙げられる。『韋敬天伝』『劉生伝』は、男女が互いに同じ身分であり、恋煩いにかかり、病の床で、その理由を親に告げることで、親が仲人を送っている。一方で、『憑虚子訪花録』のように、身分差がある場合には、女が恋煩いにかかり、最後まで親には告げられずに死んでしまう。

⑩知人之鑑で縁を結ぶ作品には〈簪桂重逢一朶紅〉がある。十五歳の沈喜寿は権門勢家の聞喜宴で(30)十六歳の妓生一朶紅の姿を見て、名前を周りの人に尋ねる。そして、十日ほど後、大通りで偶然再会し、互いの心を確認する。(31)この時、一朶紅は沈喜寿の手を握りながら挨拶するなど、積極的な態度を見せ、叔母の家に沈喜寿を連れていき、将来を約束する。以来、一朶紅は沈喜寿が科挙に合格するまで貞節を守ることを誓い、老宰相家の元で、その理由を話し、下女をしながら五年間待つことになる。これは貴公子が美人の妓生に魅かれてではなく知人之鑑、すなわち妓生の先見の明と、老宰相の計らいで縁を結んでいる。⑦とは別の出会いのパターンといえる。一方で沈喜寿が科挙に合格するまで貞節を守ることから⑦のパターンも兼ねており、妓生の愛情成就が守節と直結していることが分かる。

全体的に見ると、比較的早い時期に書かれた作品は、媒介者なしで自から縁を結ぶことが多い。『韋敬天伝』に登場する男主人公は女の寝室に入り込んで縁を結んでおり、(32)『雲英伝』『崔陟伝』に登場する女は、自ら男に手紙を投げる。(33)このような恋愛の雰囲気は、時代の状況とも関連があり、(34)そのほとんどが愛情伝奇小説に属するという点で、中国の伝奇小説との関連もあるといえる。(35)

また、婚事が行われるためには、男側だけでなく女側の母親が特に重要な役割を果たしている。『趙雄伝』に登場する母親は、一人娘によい婿を迎えようと部屋を作って、そこに人を泊らせ、その人となりを窺っており、趙雄が現れた時も、娘の婿にふさわしい人物であることを知って非常に喜んでいる。一方、女側の母親が婚約に反対する場合もある。『尹知敬伝』では、知敬の母親を通じて、父の判書が崔家に結婚を申し込むが、愛蓮の母である李夫人は尹知敬が妓生と遊ぶ放蕩者であるという理由から、その申し込みを断っている。これをみると、婚約を結ぶ際には女側の母親の意見がかなり重視されていることがわかる。

三―二―二　日本の作品の場合

日本の作品に見られる結縁の媒介形式は、①老婆、②周辺の人、③歌や詩の応酬、④手紙、⑨恋煩いなどであるが、そのほとんどが②、または④の型に対応している。

結縁の媒介形式において、①の老婆が登場する日本の作品は、〈情けを入れし樽屋物語〉だけである。この作品は、前にも述べたように、樽屋の男が近所に住んでいるおせんに片思いしてから、その思いを告げるために、偶然出会った老婆に相談することで話が始まる。老婆は伊勢参りに行くことを口実に、二人が一緒に話す機会を作る。これにより、樽屋はやっと自分の思いを打ち明ける。ところが、ここに登場する老婆の記述を見ると、男が女のための情報を求めている場面がない。老婆を介さなくても、すでにどの家の誰なのかを知っている状態であり、老婆に相談する前に、直接手紙を送っている。ここでは、当事者たちの恋愛感情が容易に露見すると良くないという心理が作用していることが分かる。また、最終的に結婚することになったのは女の主人の斡旋によってなので、②にも該当する。したがって、日本の作品では、老婆が登場することはほとんどなく、この点で、その役割が小さかったといえる。そして家の主人の斡旋で婚事が行われたのは、当時は親子間よりも主従関係が重視され、その助力があってこそ事がうまく運んだということが分かる。一方で、『閑情末摘花』では、結縁ではなく駆け落ちする男女へ自殺しないように助言する老婆がいる。(36) このように、日本の作品には、互いに知らないまま、偶然に縁を結ぶよりも、すでに知っている間柄で恋愛関係が始まるパターンが多く、当事者同士で恋愛成就させようとする傾向が強い。

②に該当する作品では、〈情けを入れし樽屋物語〉を含む〈姿姫路清十郎物語〉〈中段に見る暦屋物語〉〈恋草からげし八百屋物語〉〈忍び扇の長唄〉などがある。

〈姿姫路清十郎物語〉の主人の娘からの清十郎への心に気が付いた侍女は、彼女と心を同じくして、その恋心を伝える。〈中段に見る暦屋物語〉は奉公人として働いていた主人公りんのために、女主人が手紙を代筆してくれる。〈恋草からげし八百屋物語〉では、火災のため、避難所である寺に男女が一時的に居所しており、手に刺さった棘を抜いてやったことをきっかけにお互いに恋心を抱くようになる。その後、雷の鳴る夜に女が、男の部屋がどこにあるのか探そうとしたところ、運よく小坊主が密かに教えてくれ、二人は結ばれる。〈忍び扇の長唄〉では、女が侍女を使って、男のいる窓の隙間から、歌のかかれた扇を投げ入れさせる。しかし侍女は二人が縁を結ぶのに決定的な役割を果たしておらず、最終的に駆け落ちするのは男女個人の意志と行動による。

③は、朝鮮の作品によく見られるパターンで、日本の作品には詩を応酬する結縁の形式はほとんど現れない。ただし歌を送った作品に先の〈忍び扇の長唄〉があるが、〈忍び扇の長唄〉では、男に自分の心を知ってもらうために、駆け落ちしようという意思を伝えた長歌があるだけである。したがって、日本の作品には、相手の詩才や文才自体を思慕するような場面はなく、それらは意思を伝えるための道具にしか過ぎない。また詩歌による心理描写よりは、むしろストーリーに重点を置いている。これは、恋愛感情を表す際に和歌を多く用いた平安時代の貴族たちとは異なり、散文を多く用いた江戸時代の庶民たちの時代的背景とも関係している。したがって、〈忍び扇の長唄〉で、唯一、長歌を送った場面が現れたのは、女主人公が上級階級であったこととも関連するといえる。また漢詩が表示されないのは、日本人にとって外国語である漢文で恋愛感情を伝えることがなかったからだと考えられる。したがって、手紙を送る時も、仮名の散文を使用したのであり、③の詩の応酬形式がほとん

どない代わりに、④の恋文を送る形式は多い。

④に該当する作品には、〈姿姫路清十郎物語〉〈情けを入れし樽屋物語〉〈中段に見る暦屋物語〉〈恋草からげし八百屋物語〉〈恋の山源五兵衛物語〉『娘太平記操早引』などがある。これらは〈情けを入れし樽屋物語〉を除けば、全て女の方から恋文を送っている。しかし、これらの手紙はそれを媒介に不倫関係に陥った〈中段に見る暦屋物語〉を除けば、ほとんど自分の心を伝える程度であり、結縁の媒介形式上で必要不可欠なものではない。朝鮮の作品では恋文が結縁のための必要不可欠な形式として認識されている一方、日本の作品では、当事者の直接的行動が結縁のための最も重要な役割を果たしている。これは日本の作品に登場する男女が互いに知っている周辺の人物が多いという点、老婆などの媒介人物がほとんど登場しない点などを見てもよくわかる。その理由は、周りの人にたやすく恋愛感情が露見してはいけないという認識のためであろう。

以下は、⑨に該当する、恋煩いで病が重くなり縁を結ぶ作品には〈死首の笑顔〉がある。〈死首の笑顔〉は、親戚の男女がお互いに愛しているのに男の父親の反対にあって、女が恋煩いとなり、最後には死んでしまう物語である。恋の病にかかった状況は、朝鮮の作品の『韋敬天伝』『憑虚子訪花録』『劉生伝』などにも見られるが、親に告げることができないことから生じたものであり、身分が異なる場合、そのままどちらか一方が死んでしまう。一方で、たとえ親の反対を受けたとしても、同じ身分である場合、最終的に解決されて、その縁は結ばれる。しかし、日本の作品では、恋煩いにかかっても親に告白することはなく、互いの心が通じたとしても、親の反対があれば、心中するか駆け落ちするしかない。これは、男女の縁が婚事と直結している朝鮮の作品と必ずしもそうではない日本の作品との違いといえる。また〈死首の笑顔〉で男が父親の反対を受けた理由は、女の家の経済的貧しさであったことから、身分的制約だけではなく経済的理由も結婚への障害になったことが分かる。一方、〈死首の笑顔〉では、女性が死んで、その男の妻として、墓碑を立ててくれとお願いする場面があるが、これは

『憑虚子訪花録』にも見られ、両国の作品に共通して表れる。

先にも述べたように、日本の作品での結縁の媒介形式は、朝鮮の作品のように第三者を挟んでの方法などの段階を踏むよりも、当事者の直接行動によるところが大きい。この点は、親戚や、すでによく知っている者同士で恋愛している場合が多く、その心が他人に露見しないようにする傾向があることと関連している。当事者の直接行動を描写したものでは、先に述べた〈姿姫路清十郎物語〉が挙げられる。ここに登場するお夏が自分の家で働いていた清十郎を好きになった理由は、偶然目にした清十郎への遊女からの文が細やかに書かれており、彼が本当に人気のある色男だったという点である。そして侍女の助けを得て手紙を送り、その気持ちを伝えるが、実際の結縁は、彼らの直接行動によるものである。すなわち、後に二人は春の花見の際、家族らが獅子舞を見物する間に、密かに肉体関係を結ぶ。彼らの結縁過程に関する記述は、次のとおりである。

いづれを見ても、皆女郎のかたより、ふかくなづみて、気をはこび、命をとられ、勤めのつやらしき事はなくて、誠をこめし筆のあゆみ、「これなれば傾城とても、にくからぬものぞかし。又、この男の身にしては、浮世ぐるひせし甲斐こそあれ。さて、内証に、しこなしのよき事もありや。女のあまねくおもひつくこそゆかしけれ」と、いつとなくおなつ、清十郎に思ひつき、それより明け暮れ、心をつくし、魂身のうちをはなれ、清十郎が懐が入りて、我は現が物いふごとく、（中略）後は、我を覚えずして、恥は目よりあらはれ、いたずらは言葉に知れ、「世になき事にもあらねば、この首尾なにとぞ」と、つきづきの女も、哀れにいたましく思ふうちにも、銘々に清十郎を恋ひ侘び、お物師は針にて血を絞り、心のほどを書き遣わしける（中略）なほおなつ、便を求めて、かずかずのかよはせ文、清十郎ももやもやとなりて、御心には従ひながら、人めせはしき宿なればうまい事はなりがたく、しんいを互に燃やし、両方に恋にせめられ、次第やせに、あたら姿の替り行く月日のうちこそ是非もなく、やうやう声を聞きあひけるを楽しみに、命は物種、この恋草のいつぞはなびきあへる事も、と心の通ひぢに兄嫁の関を据ゑ、毎夜の事を油断なく中戸をさし、火の用心、めしあはせの車の音、神鳴よりはおそろし。（中略）その折から、人むら立ちて、曲太鼓、大神楽のきたり、（中略）おなつは見ずして、独り幕にのこりて、虫歯の痛むなど、すこしなやむ風情に（中略）清十郎おなつばかり残りおはしけるこころを付け、松むらむらとしげき後道よりまはりければ、おなつまねきて、結髪のほどくるもかまわず、物もいはず、両人鼻息せはしく、胸ばかりをどらして、幕の人見より目をはなさず、兄嫁こはく、跡のかたへは心もつかず。[37]

〈姿姫路清十郎物語〉の場合、店の主人の妹と奉公人の間柄であったため、人目を意識しながら、皆が獅子舞に興味をとられている間に関係を持った次第である。この他にも、当事者たちの直接的な行動によって結縁過程が描写されたものには以下に挙げる人情本作品がある。

『娘太平記操早引』に登場する悪女お玉は同じ町内に住む既婚男性である繁兵衛を好きになり、何度か手紙を送る。しかし繁兵衛からなんの返事もないので、逢う機会を作るため、観音参拝に行く繁兵衛と同じ船に乗る。そして胸が痛むふりをしながら、彼に心を打ち明け、万一聞き入れてくれなければ、川に身を投げると脅迫する。これに対して繁兵衛は次のような刹那的な恋愛感情が起こり、お玉と関係を結んでしまう。

「お前さんに嫌はれて、何楽しみが御座りませう。南無阿弥陀仏。」と覺悟を決め、止めてもとまらぬ顔色故、繁兵衛も流石に岩木にあらねば、斯くまで慕う志、不便と思えば襟元から、ぞっと吹き込む恋風に、心もそぞろにときめきて、末始終はともかくも、かかる美人を此儘に、捨ておく男のあるべきと、忽ち変わる心の中、亂れ初めしが禍ひの、初めとなりしぞ是非もなし。「それ程までに思ひ詰めて、惚れ込んで呉れた志、どうして受けずに居られようか。（中略）「そんならいよいよ、今夜から二世も三世もかはらぬ夫婦。」（中略）折しもぱらぱら雨の音。ぴかぴかぴかぴか、ゴロゴロゴロゴロ。「ソリャこそつよく鳴つてきた。是れこそほんに二人が縁を結ぶの雷さま。」「おおうれしい。」二人は夢中で、「くはばら、くはばら、くはばら。[38]」

この後、繁兵衛はお玉の色におぼれ、妻はもちろん父の意見さえも無視してお玉と共に放蕩生活を送る。一方でお玉は繁兵衛の妻が不倫をしているかのように見せかけ、二人を離婚させて、代わりに自分が繁兵衛の妻に収まる。

次の引用文は『清談若緑』と『閑情末摘花』に登場する男女に関する描写であるが、互いの頬を指で突っつき、見つめ合うなどの、具体的な行動で恋愛感情が生じている。

「さあ、どんなのが好きだヨ、左様お言ひ。」ト、猶摺り寄って覗き込めば、お政はそのまま逃げもせず、「ハイ、此様なのが好きで御座います。」ト、と思い切って言ひながら、人差し指で金之介が、頬の辺りをちょいと突けば、金之助は思わずも、ぞっと身に染む恋風の、やるせなきまで可愛くなり、抱き付かんとする」（『清談若緑』[39]）

「貴郎なんぞのお眼は誠によう御座いますわ。」「へエ、左様でございますか、どれ一升は買はざァなるめえ。」「あれさ真実で御座いますよ。」ぢろりと見る目に含みたる、心の情けあらはれて、ぞっとする程愛嬌の、身に染み渡る恋の風、（中略）清之助は遠世が顔をじつと見つめて、「お前そりやァ真実かえ。」トいはれて有繋恍惚気に、「アイ。」ト答えも俯く顔。その後は互いの言葉もなし。（『閑情末摘花』）[40]

このような男女の直接的な行動は互いに恋心を持つことを確認させる行為であり、特別な過程を経なくても二人がすでに心を通わせていることを表すものである。したがって他の人を介して相手がどのような人物であるか知ったり、互いの気持を確認しながら結縁していく過程の描写が省略される。これは『清談若緑』と『閑情末摘花』の男女主人公がいとこ同士だったり、隣家であるために起ったことである。また各作品の展開は男女が駆け落ちをして、再び家に戻り、周囲の人々に認められ幸福な結末を向かえているという点で共通している。

この他に『春色梅児誉美』は遊郭唐琴屋の養子丹次郎とその婚約者であるお蝶そして芸妓米八の三角関係を扱った作品であるが、結縁に至るまでの話はなく、互いの行動とそれに伴う心情だけが描かれるのみである。

ついしたことから若旦那と深くいひかはして、身儘《みまま》になつては、いふにおよばず今でも一所に居ないばかり、お客の座敷に出で居ても心ははなれぬ夫婦仲（中略）それゆゑわたしが何も角もといふはどうも失礼だが、手のとどくだけ身を入れて、みつぐといふ程ではないけれど、マア若旦那のたそくになる気、だんだん聞けばおもはんも、どうか気がねな今の様子、かならず遠慮をしないますな。およばずながらおまはんも、ずいぶんみつぐしがくをして」ト半分聞いて、お長もまた年はゆかねど恋の意地「まことにご親切有がたふ。しかし宅にいた芸者衆に、二人が二人お世話になつちやァお気の毒だから、私もどうか若旦那の手助けになるように、これからちつと気を付けて」トきいて米八さげすみわらひ「オヤそうかへ。それじや若旦那のお仕あはせだ」（中略）「つい夫婦におなりか。」「何夫婦になるものか。」「それでも末は一所になるといふ約束じゃありませんかへ」（中略）「おかみさんは米八より十段も美しいかわいらしい娘がありやす」「ヲヤ何処にヱ」「これ爰にさ」といひながらお長をしつかり抱き寄せて歩行。(41)

ここに登場する丹次郎は十八、九歳ほどのいい若旦那であったが、番頭にだまされ、他の場所で病に悩まされながら貧しく暮している。一方、米八は唐琴屋の人気芸者としてお金に余裕があり、時に恋人関係にある丹次郎に経済的な援助をしている。

ところが、同じ唐琴屋の娘で丹次郎の許嫁であるお蝶はこの二人の仲を認められず、米八からの助けを借りずに生計を立てようと苦心する。(42)

ここには丹次郎と米八の間に関して、「ついしたことから若旦那と深くいひかはして」というだけで、二人がどのようなきっかけで深い仲になったのかはっきり言及されていない。このように大部分の日本の作品には男女がどのように縁を結んだのかが分からない場合が多い。この傾向は特に遊女が主人公である作品に多くみられる。つまり遊郭という限られた場所での男女関係は言わずもがなということなのだろう。

結論からいえば、朝鮮のたいていの作品では男女の結縁が必然的かつ運命的なものとして把握され、その結縁過程が重要視されるのに対し、日本の作品ではそうではないということになる。

三―二―三　比較論議

この節では結縁の媒介形式について考察した。朝鮮の作品には男は老婆を通して女と会い、女は下女を使って意思を伝達するというパターンが一番多い。詩歌、手紙、信標などは、縁を結ぶ前後に行われ、相手の意思を聞いたり、自分の気持ちを示すために使われるものである。朝鮮の作品では男女の結縁過程で文才があることが重要視され、漢詩を通じた応酬が多くみられる。これは、二人が才子佳人であり、運命的、必然的な縁であることを確認させる役割を果たす。また、手紙は男女の縁を作るきっかけになるのに対し、詩は互いの愛情を確認して、物理的な関係、あるいは婚約の意思を確認する道具となる。一方、日本の作品では、老婆が登場したり、詩歌のやりとりをするものはほとんどない。これは朝鮮の作品で才子佳人の運命的な出会いが展開されるのに比べて、日本の作品ではたいてい親戚や地理的に近い人との日常的な出会いが描かれ、結縁が当事者のみで行われるという点と、当時の日本の人々は恋愛感情を表すために漢詩を使用しなかったこととも関連する。また手紙を送る場合は多いが、ほとんど自分の感情を伝えるために使用するだけで、結縁の媒介形式として決定的役割を果たしていない。結縁するのに最も重要なものは、当事者の直接行動であり、男女の関係が親族や隣人、主従関係にあることや、その関係が内密に行われることとも関係するのであろう。

留宿、信標、夢の啓示、守節、恋煩い、知人之鑑などは朝鮮の作品にのみ表れる結縁の媒介形式である。留宿している途中、偶然に縁を結ぶパターンは『趙雄伝』のような英雄小説に現れる。また、『白雲仙翫春結縁録』では、科挙試験を受けに行く途中で、男女の縁が結ばれる。このパターンは、日本の作品ではほとんど見られないものである。これは科挙試験がない封建社会であって、許可なしに藩の外を行き来することのなかった当時の日本の社会的背景と関係するだろう。

信標を媒介して縁が結ばれる場合、女側から送られた物品は、自分を忘れてはならないという意味に過ぎない。一方で、男の方から送られた信標は後に二人を再会させるために大きな役割を果たしている。『趙雄伝』や『白鶴扇伝』に登場する男が女に扇を送ったのがその例である。一方で、日本の作品には、信標があまり表されない。これは、朝鮮の作品とは異なり、日本の作品では、互いに近しい男女間で結縁することと関連しているだろう。

朝鮮の作品で女主人公が妓女の場合、守節、すなわち貞節を守ることを誓った後で縁を結ぶため、守節自体が愛情達成に決定的な作用をする。守節の誓いは、純粋な愛情に由来するものである一方、身分上昇への欲求とも深く関連している。妓女は自らの身分を代えることは不可能であるため、社会的支配層である両班の妾となることで生活的安定を得ようとするものである。これに比べて日本の作品においては、貞節は男女の結縁とは無関係のものである。また遊女は抱主によって経済的、居住的束縛を受けており、身分的制約以外は比較的自由だった妓女とは性格がかなり異なっている。(43)

夢の啓示で縁が結ばれる場合、父が遺言を残したり、夢に現れたりする。しかし、ほとんどの男女の縁は天定によるもので、夢の中に玉皇上帝の使者である仙女や童子が現れ、その縁を伝えることで、二人の関係が成就する。

ここでの知人之鑑は、男女が偶然出会い、お互いの外貌から、その資質が優れていることを悟り、縁を結ぶパターンとなっている。〈簪桂重逢一朶紅〉に登場する沈喜寿と妓女の一朶紅の出会いがそれに該当するが、後で彼女が守節をしたという点では、その愛情達成の方法において、守節による結縁と類似している。

主人公が恋煩いにかかり、親がその真意を知って縁が結ばれるパターンは、朝鮮の作品で男女が互いに同じ身分である場合にのみ該当する。日本の作品では、男女が恋の病にかかったからといって、必ず二人の縁が結ばれるわけではない。また男女が同じ身分であっても、親の反対で結婚できない場合もある。朝鮮の作品を見ると、婚約する際に、女側の母親が強く意思表示をする時があるが、『尹知敬伝』がその例である。これは恋愛がすぐ婚事と直結しており、母子の間柄が近い朝鮮とそうではなかった日本との差であったこと、当時の両班の娘が日常生活で自由に外出することが制限されていたこととも関連するだろう。

全体的に朝鮮の作品では、一定の手続きや方法を介して結縁が成立するのに比べて、日本の作品では、当事者の直接行動によって男女が結ばれる。これは男女の結縁がそのまま婚事と直結し、人倫大事とされてきた朝鮮と、そうでなかった日本の違いということができる。また、朝鮮の作品では男女の結縁は必然的かつ運命的なのに比べて、日本の作品では非常に日常的なものとして描写されている。

注

(1) 壮元とは科挙に主席合格することをさす。

(2) 信標とは二人が将来いっしょになることを約束する贈り物ないし物的証拠をさす。

(3) 当時の人々は自由に他の藩を往来することはできなかったが、伊勢参りだけは許可された。

(4) この点は人情本『春色梅児誉美』でも同じである。

(5) 二作品の内容の詳細は次のようになる。鎌倉にいる斯波家の家臣の仮名屋文字之進には長男の文之丞と次男の文次郎がいた。文之丞は斯波家の侍女玉章と恋に落ち京都に駆け落ちする。二人の間に生まれたのが金五郎である。金五郎は養女お亀といっしょに育ち、二人は似合いの美男美女であったため、互いに恋心を抱く間柄であった。金五郎が十七歳になった時、文次郎は金五郎を宗嗣として迎え、一人娘のお雪と結婚させようとする。それを知らないお亀は金五郎が家を出たあと、便りのない日々を暮していたが、ある夜に気を失って家出し、川に身を投げた。その後、一命を取り留めたが、かどわかしにあい、遊郭に身を売られ、小さんという娼妓になる。ある日金五郎は遊郭で偶然小さんに出会い、情を交し、後にお亀であることを知り金之助が生まれる。しかしその事実を知らない文字之進は小さんに金五郎と分かれてくれとこっそり頼みに来る。将来を悲観した小さんは自らの命を絶ってしまう（以上『仮名文章娘節用』）。金五郎の息子の金之助はお亀の姉で叔母である紫雲の家にいる養女お政と親しくなる。ある日、お政に斯波家から侍女として仕えないかとたよりがくる。丁度そのとき、豪商からもお政に求婚話が舞い込んでくる。求婚話にはっきりと返事をしないお政に心配した紫雲はそのまま斯波家の侍女として送る。ある夜、お政は斯波家で金五郎と出会い、自分の心を打ち明ける。その時、ちょうど、老人の侍女が現れて、二人を船に乗せて城内から駆け落ちさせる。逃げる途中で金五郎は病になり、旅館に留まることになる。金が尽きて、お政はやむを得ず、そこで芸妓になり金を稼ぐ。お政を思慕する新家佐重という客が現れ、お政のために巨額を使った挙げ句、お政と肉体関係を持とうと姦計を図る。あわやという時に菩薩が現れ、お政を救ってくれる。ようやく金五郎の病が直ると父母の許可を得て、家に戻り、二人は結ばれ、多くの子孫を得て幸せに暮す（以上『清談若緑』）。

(6) 祈子致誠とは山神、仏、岩、古木などに子供が生まれるよう祈る儀式をさす。

(7) 謫降とは天上界の神仙が罪を犯し、天上界を逐われ、地上界の人間として生まれ代わることをさす。

(8) 「天定因縁、非人力所能致也」もとの本文では分かち書きされていないが、筆者が任意で分かち書きをし訳した。以下、同様。『玉楼夢』六三四頁。

(9) 洞賓洞賓、汝逢洞仙、可謂三生好縁。（『洞仙記』八〇頁）。

(10) 최종운「玉楼夢에 나타난 道教思想」（大邱大学校碩士学位論文、一九九五）。

(11) 「汝に鎰《かぎ》を渡す事、外より取込む福徳にはあらず。親代に溜置きたる内蔵を、母親自由にさせぬを不憫に思ひ、この合鎰さづくるなり。今より富貴にはならぬ身なれば、ずいぶんずいぶん色ぐるひを細長うすべし。わが物ながら何ほどあるともわれはしるまじ。汝が母千貫目持にもあらず、わづか有銀七百六十貫目餘なり。子供ぐるひを折々のなぐさみと思ふべし。傾城ぐるひを必ずとまるべし。やめずは末々絵莚《えむしろ》折《おり》か道心者になるべき」（『椀久一世の物語』五～六頁）。

(12) このような点で楊昌曲は楊少遊のような好色な人物ではない。『玉楼夢』四回にある江南紅の言葉「私は公子の風流男と徒にしており、どうして道学君子の風範を兼ねるを知ろうか（吾ㅣ 徒之公子之風流男ㅣ러니 豈知兼道学君子之風範이리오）」からも分かるように、主人公は風流男であると同時に儒教的な道徳心をもつ道学君子として描かれている。『玉楼夢』四四頁。

(13) この作品は実話を脚色したものである。お夏と清十郎を主人公とする作品としては西鶴の〈姿姫路清十郎物語（新編日本古典文学全集　六六）〉と近松の『お夏清十郎五十年忌歌念仏（新編日本古典文学全集　七五）』がある。

(14) 商人の店で主人を助け下々のものを直接統率する人を番頭、その下で仕える人を手代という。当時の徒弟制度には丁稚、手代、番頭があり、奉公する期間によってその地位が高くなった。丁稚は入って十年以内の奉公人である。彼らは独立する時まで主人と生活をともにした。

(15)主に一万石以上の石高を持つ上級武士をさす。

(16)さもしいやうな物なれどしなでかなはぬじせつにも命をのぶるめうやくぞ。大じにかけてかたときも必ずはだをはなすな(『袂の白しぼり(日本古典文学全集 四五)』一〇一頁)。

(17)これは朝鮮古典小説が中国文学の影響をより受けているということと関連がある。宋代話本の中で男女の愛情を扱ったを作品をみると、既婚と未婚を問わず、「出会い、離別、再会」の型式を持っていることが多い。そして唐代の伝奇小説『鶯鶯伝』やそれらを基に作られた元代の戯曲『西廂記』もまた才子佳人の「出会い、離別、再会」の型式となっている。才子佳人式の恋愛については、張競『恋の中国文明史』(東京:筑摩書房、一九九七)第六章、一六九~一九五頁を参考されたい。

(18)このような日本の遊郭の特殊性については本書の六章二節で詳しく述べる。

(19)高麗時代にすでに母方のいとこである外家四寸との結婚が禁じられた。『高麗史』巻八四志、巻第三八、刑法、奸非条。

(20)『閑情末摘花』は導入部で米次郎と彼が愛する遊女清鶴の妹、中盤で米次郎の友と、米次郎の婚約者にあたる従妹が道で偶然に会う場面がある。しかしこれらの出会いは最後に大団円となる伏線となる構造なため、偶然の出会いの例には入れなかった。

(21)知人之鑑とは、信頼おける第三者の判断、または先見の明によって、二人が結ばれることをさす。梁恵蘭『朝鮮朝奇峰類小説研究』(以会文化社、一九九五、二三~二四頁)、정명기、上掲書、一二~一五頁参照。

(22)『趙雄伝』五二頁。

(23)「妾尚慕汝墳之貞操、毎悪河澗之淫節。今若一媚公子、誓不再事他人、恐公子以我為路柳墻花、而一折永棄。故不敢従命焉。(中略)公子風裁神秀、才調清高、非不欲奉仕巾櫛、而妾之所蘊若是、公子其思是」龍驚喜起拝曰「恭聞至言、不勝欣慰。若非素性貞靜、何以至是。僕雖無醮三之禮、娘未守従一義耶。誓與娘子、終得偕老」丹笑而應曰「若能如此、為賜不浅」(『王慶龍伝』一四〇~一四一、一九五~一九六頁)。

(24)伏願、郎君無以妾質鄙賤、以置座側、幸奉箕箒、千万千万。生曰「誠若娘子之言、謹奉教矣」(『白雲仙翫春結縁録』三五一頁)。

(25)「妾本青楼之所属、名雖斉於笑伎娼、常慕汝墳之高義。願得君子之侶、天之所使、神之所助、幸値翰林之顧恩。敢告此區區鄙賎之言、伏望郎君、無以陋質唾、置之於貴室之側、以奉箕箒之任、千万幸甚」(『白雲仙翫春結縁録』三五二頁)。

(26) 英聞声、驚訝、逡巡欲避、遂為生所把、而不得脱。(中略) 英知不可免却、坐花下、玉手揮涙曰「身為世子、無故出門、行己虧矣。臂為人把、不能断去、節己毀矣、礼已非矣。欲令妾質永奉巾櫛、而桑中一会。元非六禮、玄都一節。豈久百年、可憐吾生、空成薄命」生不悦曰「宜乎宜乎。正宜娘子之言」應口失之曰「生当偕老、死当同穴、餘所否者、即有如此矣」月英始開暗注秋波。(中略) 英曰「果若如此為腸不浅、妾則守死秉節、誓不適他矣」(『憑楼虚子訪花録』二〇七～二〇八頁)。

(27)「소인은 한번 몸을 허 (許) 한 후ᄂᆞᆫ 아모리 쳔인니라도 정절 (貞節) 곳치지 아니ᄒᆞ올 마음이 금셕 (金石) 갓ᄉᆞ오니 셔방님을 한번 니별ᄒᆞ온 후의 청츈을 허송ᄒᆞ고 홍안 (紅顔) 박명 (薄命) 을슈절 (守節) 일시 빈방만 즉힐지라. 이러무로 죤명 (尊命) 을 좃지 못ᄒᆞ나이다.」 하고 아미 (蛾眉) 를 슉이고 죵시 듯지 아니ᄒᆞ거날, 직경이 (中略)「비록 ᄒᆞ날이 거츨고 싸히 느러져도 ᄂᆡ 뜻도 네 말과 갓치ᄒᆞ여 변치 아니 ᄒᆞ리라.」 언필 (言畢) 의 소운의 집의가 제문지어 ᄒᆞ늘긔 밍세ᄒᆞ고 길히 침셕을 한가지로 ᄒᆞ리라.(『月下僊伝』二頁)。

(28)「쇼첩의 뜻을 간ᄃᆡ로 썩거 마음ᄃᆡ로 인연을 못 밋ᄉᆞ오리이다. 쳡의 워ᄒᆞᄂᆞᆫ바ᄂᆞᆫ데요더당시젹 쇼부 허유 ᄀᆞᆺᄒᆞᆫ ᄉᆞ람이나, 월나라 범소ᄇᆡᆨ ᄀᆞᆺᄒᆞᆫ ᄉᆞ람이나 그러치 아니頁 한광무젹 엄ᄌᆞ릉 ᄀᆞᆺᄒᆞᆫ 니나, 당나라 니광필ᄀᆞᆺᄒᆞᆫ ᄉᆞ람, 딘나라 샤안셕ᄀᆞᆺᄒᆞᆫ 니나, 삼국젹 쥬공근 ᄀᆞᆺᄒᆞᆫ 니나 송나라 문쳔상 ᄀᆞᆺᄒᆞᆫ 니나, 이런 ᄉᆞ람 아니오頁 ᄃᆡ원슈인 빗기 ᄎᆞ고 금단의 놉히 안ᄌᆞ 쳔병만마를 지휘간에 너허 두고 좌즉진퇴 ᄒᆞ옵시ᄂᆞᆫ ᄃᆡ장낭군이 원이오니, 만일 그러치 아니ᄒᆞ오頁 ᄇᆡᆨ골이 진퇴되여도 독슉공방ᄒᆞ오리이다」(中略) 도련님은 귀공ᄌᆞ시고 쇼쳡은 쳔기라. 지금은 아직 욕심으로 그리져리 ᄒᆞ엿다가 ᄉᆞ또 체귀ᄒᆞ신 후의 미당가젼 도련님이 권실 아니ᄒᆞ오리가。 권문세가와 진신거둑에 뇨됴슉녀 권귀ᄒᆞ여 금슬좋고 즐기실제, 헌신ᄀᆞᆺ치 바리시頁 속절업ᄂᆞᆫ 나의 신세 가련이도 되거고나. (中略) 도련님 구든 뜻이 그러ᄒᆞ실진ᄃᆡ 요마쇼첩이 불승황공이라 엇지 봉승치 아니리잇고. 다만 셰ᄉᆞ를 난측이오니 후일 빙거지물이 없지 못ᄒᆞᆯ지라. 일당문셔를 민ᄃᆞ라 쇼첩의 ᄆᆞ음을 실히옵쇼셔(『春香伝』二六二、二六四、二六六頁)。

(29) 소제 쉬괴ᄒᆞ여 별당의 드러가 등촉을 발키고 침금의 의지ᄒᆞ야 잠간 조으더니 비몽간의 부친이 와 이로ᄃᆡ 네으 평싱

호귀을 다려왑스니 오날 밤 가연을 일치말나 천지무가긱이라 한번 가면 만나기 어려올지라 ᄒᆞ고 손을 잡고 나오거늘 소제 부친을 싸라 초당의 나오니 황용이 온운의 싸이여 칠셩을 희롱ᄒᆞ다가 머리을 드러 소제을 보거날 소제 놀ᄂᆡ여 안으로 드러오니 그 용이 소제으 초미을 물고 싸라와 몸의 감기거날 놀ᄂᆡ 씨다르니 평싱ᄃᆡ몽이라（『趙雄伝』四八〜四九頁）。

（30）科挙を合格した時の祝宴をさす。

（31）「吾於是日、望見君顔、殆若天仙焉、間于傍人、人有識君者曰、此乃沈家児郎、其名喜寿、再名盖世云。吾自是願一見之、而無其路、思念日深。今適逢君、実是天幸」餘笑答曰「我心亦如之」（中略）自是、兩情沈或、昼夜掩門不出。（中略）「妾之終身事君、意已決矣。但君上有夫母、而未娶正室、即今豈許君之先畜一妾乎。妾観君、器度才品、必当早登科第、位跡卿相。妾従今日、辭君而去、当為君、潔身全節、以待君之登科、遊街三日之內、復興君相会、以此為金石之約」（『天倪録』四三三〜四三二頁）。

（32）即欲冒死逞情、（中略）狂心大発、六馬同奔、終莫能製。（中略）生褰衣而入、女忽驚愕曰「誰家蕩子狂暴至此」（中略）生低声細語、曲盡所由、則女稍似小薄、而拒至亦不如初也。（中略）生春雲蕩漾、濃態未停、極盡繾綣而罷。正襟而臥、鴛鴦枕上、花影婆娑。女缺伸撫郎昔、而長嘆曰「人間歓楽、不到深閨。此生於世、始見今日」（中略）女見生之起、挽其手掩面、低声曰「三生好縁一宵綢繆。将子無疑、昏以為期」（『韋慶天伝』五〇〇〜五〇三頁）。

（33）「一見郎君、魂迷意闌。郎君亦顧妾、而含笑頻頻送目。（中略）妾自是寝不能寐、食減心煩、不覚衣帯之緩、（中略）其後、大君頻接進士、而以妾等不相見。故妾每従門隙而窺之。一日、以雪搗牋、写五言四韻一首。（中略）以詩及金鈿一雙同裹、重封十襲、欲寄進士、而無便可達。其夜月夕、大君開酒大会。（中略）妾穴壁作孔而窺之、進士亦知其意、向隅而坐。妾以封書、従穴投紙、進士拾得帰家、折而視之、悲不自勝、不忍釈手、思念之情、倍於曩時、如不能自存。（中略）妾滅燈同枕、喜可知矣。夜既向晨、群鷄報曉、進士起而去、自是以後、昏入曉出、無夕不然。情深意密、自不知止」（『雲英伝』一四、一八、一九、三八頁）講学之時、輒有丫鬟、年纔二八。雲鬟花顔者、隠伏於窓底、潜聴誦声。一日、上舎因食入内、陟獨坐詠詩、忽於窓隙投一小紙、（中略）卒業而退、門外有青衣児娘、尾行而来曰：（中略）「児是李娘子之女婢春生也。娘子使我、請郎君和詩也」（中略）陟饋酒食、因以赫蹄報曰「朝承玉音、実獲我心、（中略）則庶、遂三生之願、不復同穴之盟。書不盡言、言豈悉矣」玉英得書甚喜、翌日又送春生答曰、（中略）「妾雖蔑識、源来士族、初非倚市之徒、寧有鑽穴之心。必告父母、終成沓禮、則投詩先私、雖犯自媒之醜、貞信自守、庶追案擧之敬。往来私書、尤失幽閑貞徳、肝膽相照、不復書札而浪伝。自此之後、必須媒妁、毋令妾身胎詰行露、千万幸甚惟是之企。（『崔陟伝』三〇七〜三〇九頁）。

(34) 朝鮮の役と丙子の役を背景とする『崔陟伝』や『憑虚子訪花録』をみれば戦乱を理由に子女たちが結婚を急いでいたことがいえる。「年已及於受聞縭、未結於所天、毎念玉碎於難保、常恐珠於強暴、以致老母之憂傷、自悼此身之難保」（『崔陟伝』三〇八頁）「試看今日之域中、此何等疇也。京城一陥、江都全沒、近聞、名公巨卿之家少婦愛女之輩、惑身誇跨紫駝者、有之、惑手策青驪者、有之、美者、夢甘甘氈車、次者、僅入皮布、甚於受辱。百月成誓、彼尚如此、他何足説、此観此地。雖云險阻、既非金城、又非湯地。故盧之言曰「烏飛烏飛、人性人性、一朝飄忽席捲而東則、誰能禦之、誰能遏之。方当鳥竄魚駭之曰：縦免氈帳毳布之、俘狂風暴泛、行露沾之則、一失其行、将置何地、不如因以與也、俾得早為所也」（『憑虚子訪花録』二〇五〜二〇六頁）。

(35) これと関連して、儒教道徳から抜け出た男女関係を描いた中国愛情小説について、「元などの異民族の影響が大きいといえる」という説がある。張競、上掲書、二二四頁。しかし、『鶯鶯伝』は唐代伝奇であるので、元の異民族の影響だけを持っているとは論じられない。すなわち中国愛情小説は元来から異民族との関係なく、恋愛的要素を持っている文芸物が存在したといえる。

(36) 後述する五章一節五項を参考されたい。

(37) 〈姿姫路清十郎物語（新編日本古典文学全集　六六）〉二六一〜二六五頁。

(38) 『娘太平記操早引（近代日本文学大系　二一）』四二九〜四三〇頁。

(39) 『清談若緑（近代日本文学大系　二一）』一五二頁。

(40) 『閑情末摘花（近代日本文学大系　二一）』七五二頁。

(41) 『春色梅児誉美』六五〜六六、六九頁。

(42) お蝶は後に丹次郎に金を与えるため体を打って芸妓になる。「さてもお蝶は、丹次郎が本家へ出入り、身を立る其手土産に、先達つて松兵衛が横取せし金子を、今少しなりとも、調達したしといふ内心をきいて、その金のために身を売って、男に操をあらはさんとせり。かくして見れば、歳ゆかねどその心ざし貞勇にて、いはゆる侠気の娘といふべし。わづかの間に身を再度代らんとするは、尤かんしんすべきことか。」（『春色梅児誉美』一八三頁）。

(43) 詳細は六章二項で論ずる。

四　愛情葛藤の様相

四―一　日本と朝鮮の作品に共通して表れる葛藤

四―一―一　三角関係による葛藤

日朝の作品に共通して表れる対立は、男女の三角関係と身分の違いによる葛藤の二種類がある。ここではまず、男女の三角関係による葛藤を見てみよう。三角関係による葛藤は、基本的には恋愛で結縁した女や妻との間に表れる。

まず、朝鮮の作品で士族の男性が、士族の妻や妓女と三角関係になった場合の葛藤はほとんど現れない。妻と妓生は身分の差があるからである。例えば、妓女が苦労の末に恋を成就しても、原則として正妻になることがなく、妾としか認められていないからである。これは『王慶龍伝』『白雲仙翫春結縁録』などの作品で確認することができる。

『王慶龍伝』では王慶龍が玉丹と別れた後、父の命で、劉氏夫人と結婚するが、夫婦関係を持とうとしない。そして玉丹と再会してからは玉丹を正妻に迎えようとする。しかし玉丹はこれに対して頑なに拒絶し、もし劉氏を追い出したら、彼女も死ぬまで一人で貞節を守るという(1)。

『白雲仙翫春結縁録』の場合は、まず白雲仙と将来を約束した李玉燕の父の尚書李雲影が、訳官出身で妓生の月蓮の父、池晩年と互いに親しい間柄に設定されている。池晩年は李雲影の部下で、流罪になった李雲影に代わり、戦中の李玉燕一家を率いていた。玉燕と月蓮からの手紙を見た白雲仙は李雲影を救うために王に上訴し、同時に池訳官を登用するよう推薦する。このような戦乱中であるいきさつから、李玉燕は、戻らない白雲仙を待ち焦がれているという月蓮の話を侍婢から聴いても嫉妬せず、共に悲しんで同情心を抱く(2)。結末では白雲仙が李玉燕と結婚し、しばらくして李尚書の斡旋で池月蓮も妾として迎えられる(3)。

このように、身分の差がある場合、女たちの間には葛藤が生じない。『王慶龍伝』と同様に、女が妓女である場合、あくまで妾としての分際を守り、正妻と仲よく暮すだけである。『白雲仙翫春結縁録』では、池月蓮が正妻妻李玉燕の父の斡旋によって副室として認められるというところから、正妻と対等な関係ではないことは明らかである。つまり妻と妾との区分が厳しいことで、その葛藤が生じないようになっている。これは、多くの女性たちが登場する『九雲夢』でも同様である。妓女とそれ以外の女たちは互いに身分差があることを認識して「姉妹之縁」を結び仲よく過ごす姿まで描かれている(4)。

これに対し、身分差がない両班の娘同士である場合には、ライバル意識が働き、三角関係による葛藤が表れる。それに該当する作品が『花門録』である。『花門録』では士族の男女が互いに両想いでありながらも、父親が定めた人と結婚しなければならず、その結果、葛藤が生じている。胡紅梅の美貌に惹かれ恋に落ちた主人公の花璟は父親の意志と反する行動をとるが、最終的に父親の意に背くことはできず、李蕙蘭と婚礼を上げる。一方、胡紅梅は花璟以外の人の許へは嫁に行かず、絶対に二人の仲をあきらめないと決心する。

わたくしはすでに両班家の閨秀として花生と互いに見初め合い、正式ではないため媒妁人も婚礼もございませんが、心を許しあっており、夫婦の義があるのでどうして他の処に嫁げましょうか。李氏の美貌がすばらしく花生の寵愛を受けようとも、わたくしは花家の嫁として、荘姜、班妃の志操に従い、他人のお世話をする気はありません。叔母さまはこのわたくしをどうか哀れに思し召しください。(5)

このような胡紅梅の心は、花環が科挙試験に合格し、胡紅梅が李夫人の父の許可を得て花家に入った後、嫉妬心に変わるようになる。胡夫人は花環の愛を独り占めするために、李夫人が不倫しているという陰謀を図り彼女を花家から追い出す。後に彼女は反省しながら、花環が「斉家」(6)を誤ったことが、嫉妬と悪事の原因になったとする。(7)つまり愛情の葛藤を斉家問題に帰納させているのである。

一方、日本の作品に登場する遊女は、遊女奉公といわれたことからも分かるように、職業の一種だったので朝鮮の作品に見られるような身分上の差別はない。奉公期間が終われば普通の庶民と同じように暮せたからである。したがって、遊女が未婚の男性に「身請け」(8)されれば、多くはその妻になることを意味する。もちろん実際には、既婚男性の家の近くに別宅などを作って妾として居所させることも行われたと思われる。(9)要するに、『白雲仙翫春結縁録』のように一族の妾として成婚関係を結ぶ例は見られない。これは、十七、十八世紀に書かれた日本の作品を見ても同様であり、一対一の排他的な男女関係がその基本として描かれている。(10)

ゆえに『心中天の網島』には、妻に子が二人もいながら遊女小春と深い仲になった妻帯者治兵衛の破滅的な人生の物語が記述される。彼は、昔から紙を売っていた商家の主人であり、いとこであるおさんと結婚していたが、偶然、情深《なさけぶか》い遊女小春と懇ろになる。ところが、このような二人の間を良からずと思った遊郭の抱主が彼女に逢うことをやめるようにいう。よりによって二人の子を抱えた紙屋の既婚男を客に迎えなくても、独身かつ裕福な男たちがたくさんいるからである。これに対して二人は、次回の逢瀬を最後に、心中することを手紙で約束し、毎日その思いでいっぱいである。このような夫の心情に気付いたおさんは、夫の治兵衛が死なないようにしてくれと小春にお願いする。おさんに直接頼まれた小春は仕方なく、ある日、他の客である太兵衛に、治兵衛と死にたくないから、経済的に支援してほしいという嘘をつく。その噂を聞いて怒った治兵衛は家に帰ってきて、おさんにその話をする。するとおさんは、小春が一人で死ぬつもりであることに気付いて、夫に女としての義理があるから小春を救ってくれという。

小春殿に不心中芥子ほどもなけれども、二人の手を切らせしは、このさんがからくりなり。こなさんがうかうかと、死ぬる気色も見えし故、あまり悲しさ、女は相身互ひごと、切られぬところを思い切り、夫の命を頼む頼むと、書き口説いた文を感じ、身にも命にもかへぬ大事の殿なれど、引かれぬ義理合ひ、思い切るとの返事。わしやこれ、守りに身を離さぬ。これほどの賢女がこなさんとの契約違え、おめおめ太兵衛に添うものか。女子は我人、一向に思い返しのないもの。市にやるわいのわいの。アアアアひょんなこと。サアサア、どうぞ助けて助けてと。（中略）ああ、悲しやこの人を殺しては、女同士の義理が立たぬ。まずこなさん早う行ってどうぞ殺してくださるなと、夫に縋り、泣き沈む。(11)

しかし、小春を救うことは、最終的に彼女を身請けして家に連れて来ることであり、そうなれば、おさんの妻としての座がなくなることになる。一方、小春が死んだ場合は、心中させまいという女同士の約束を破った結果となり、治兵衛を巡る二人の女性の苦悩が深まる中、おさんは、小春を救うために自分の身の回りのものを売ってお金に変えようとする。おさんの悲痛さは次の治兵衛との会話によく表れている。

請け出してその後、囲うておくか、内へ入るるにしてから、そなたはなんとなることぞと、言われてはつと行きあたり、アツアさうじゃ、ハテなんとせう。子供の乳母か、飯炊きか、隠居なりともしませうと、わっと叫び、伏し沈む。(12)

以降、治兵衛はおさんが用意してくれた金で小春を身請けしようとするが、その時、ちょうど自分の義父であり母方の叔父が登場し、二人を強制的に離婚させる。面目がなくなった治兵衛は、小春と網島にある寺へいって別々に自殺する。二人が別々に自殺したのは小春の提案であり、おさんへの義理を守るためであった。(13)

このように、日本の作品では、たとえ相手が遊女であっても、男女間の三角関係による葛藤が深刻に表れているといえる。遊女は遊郭という限られた場所に住んでおり、自由の身になるには客に身請けされることが、最低限の条件であったので、それに伴う悲劇も大きかったといえる。

ところで、これらの葛藤は、十九世紀に書かれた人情本『春色梅児誉美』が登場してから次第に変化を見せている。結末から言えば、この作品は、最後に三人の女性たちがお互いを認めながら仲よく暮していくという内容である。作品で妾として登場する芸妓米八は遊郭唐琴屋の主人の養子である丹次郎の経済的な支援をし、彼の婚約者であり、唐琴屋の娘のお蝶の面倒まで見ようとする。したがって愛人である米八が、実際に男主人公が愛している女であるといえるが、彼女に子供ができず、妻であるお蝶には跡継ぎが生まれたという点で、彼らの葛藤はそれほど深刻化しないように設定されている。また、『春色梅児誉美』の最後の場面では、妻のお蝶をはじめ妾になる女たちが一同に会し、大団円を結ぶ構造を持つが、これは作者が意図して設定した結果であり、人情本の特徴ともいえる。(14)

これに対し、妻に子がなく妾に子がある時は、また異なる局面を迎える。人情本『仮名文章娘節用』は、まずその人物設定からして特異である。女主人公であり、妾に設定されているお亀は、主人公金五郎の妹として養育され、将来は夫婦となる仲であった。しかし、金五郎が本家の娘の婿がねとして養子となり、二人が別れたことで問題が発生する。お亀は彼と離れてしまった悲しみのあまり、行方不明となり、そこで悪人に拐かされ、こさんと改名して遊女となる。そして偶然、客となった金五郎と出逢い息子を産む。

一方、本家の養子である金五郎は従妹である本家の娘お雪と結婚する。金五郎の祖父である文之丞は、こさんに息子がいることも知らずに、お雪が子を産むまで、こさんとは別離することを勧める。このため、苦悩していたこさんは自殺を決意する。ここでは妻妾間の直接的な葛藤はないが、家を維持するために愛する金五郎や息子と別れなければならないこさんの苦心は察して余りある。

内の嫁のお雪の中に子供の一人も出来るまで遠ざかってもらいたい。さすれば世間の思わくもよし。子供でも出来てからは、こなさんを内へ入れても大事ない。（中略）ただ若旦那や皆様のおためになります事ならば、たとへこがれて死すまでも、ふつつり思ひ切りませう。（中略）金五郎と縁切っても、わしはやっぱり孫嫁の心、この後なんぞ不自由あらば、かならず遠慮なう、なんなりとさう言うてよこさつしやれ。こなさんの身の落ち付くまでは、いつまでも私が貢ぎますぞや。(15)

文之丞のこれらの言葉を聞いたこさんは、本家の養子に入った金五郎がお雪と結婚して世継ぎを望むことは当然だと思い、縁を切る覚悟をする。しかし、縁が切れたら生きていてもしかばね同然と考えて自害することを決意する。この時、金五郎の下女が、なぜ金五郎との間に息子がいることを伝えなかったのか、尋ねる場面がある。するとこさんは縁が切れるときには父親が息子を育てるようになっているので、もしそうなれば、金五郎にまた心配をかけることであり、自らも息子と離れて暮すことは生きる喜びがなくなるので、そうするしかないと答える。それとともに、金五郎との縁が切れたとしても、他の男に嫁ぐ意思もなく、また、今のように生きていくのだから、これからも息子の世話をしてくれる下女に後のことを頼み、自分の決意を悟らせないようにして、その日の夜に自殺する。

一方、遊女や芸妓ではない女が既婚の男と関係を持つ作品に『娘太平記操早引』がある。その内容は、三味線の師匠でもある十六歳のお玉が、近くに住んでいる繁兵衛を好きになり、巧みに関係を結び、その妻のお千代を追い出す物語である。この作品の場合、好色男に教訓を与えるための目的を持った作品であるため、妻のお千代は婦徳を守り最後まで嫉妬心を表していない。その一方、お玉は容姿が優れており、繁兵衛と付き合う前に、すでに多くの男性と交渉した好色女に描かれている。(16) お玉の好色なことを知っている繁兵衛の父はお千代に、息子とお玉の縁を切るように勧めるが、これはむしろ逆効果となり、お千代が夫の愛を失う結果となってしまう。しかし、最後にお玉の悪事が発覚し、以前の夫婦関係を回復することになる。この作品は、深刻な愛情葛藤を示したものではないが、好色な夫、自己中心の欲求を満たそうとする女と、婦徳を守るだけの妻という三角関係の構図を持っている点で『花門録』と通じる。

男女の三角関係を示した作品は、一般的には、女が男の心を独り占めしたり、子供が出来るなど、妻の地位が侵され、家中を乱す場合にのみ葛藤を引き起こし、そうでない場合は問題にならない場合が多いといえる。この点は両国の作品に共通している面といえる。言い換えれば、朝鮮の作品の場合は、妓生の身分が賎民として認識され庶子差別があったため、妻の地位を毀損することなく、互いに仲よくしているが、女が両班出身同士、すなわち格が同じである場合、三角関係による葛藤が表される。

また、十七世紀から十九世紀までの小説の場合、これら一夫多妻の結末を描く方法が後代に行けば行くほど慣習化されており、これは日朝文学の共通点といえる。すなわち、初期の作品には比較的男女の排他的な愛が記述されているのに比べ、時代が下がるに従って、一人の男に複数の女性が関係し、女たちも互いを認める形に変化している。(17) これに関しては、この時期を通して、婦女子たちを対象にした教訓書が広く読まれており、それが文学創作に反映された結果だと解釈することができる。教訓書が普及することで、文学作品にも婦徳が強調される一方、夫が蓄妾をしても正妻を中心に互いに分を守って暮す女性像の登場する直接的契機として作用したといえる。このような傾向が、朝鮮では十七世紀以降の小説で、日本では十九世紀以降の小説で見られるようになったといえる。(18)

四―一―二　身分による葛藤

朝鮮の作品での身分による葛藤を起こす経緯としては、両班の男性と妓女の関係が挙げられる。これに該当する作品として『王慶龍伝』『月下僊伝』『春香伝』がある。ところがこれらの作品に登場する妓生たちはすべて守節によって愛情関係を成就し、男の科挙合格後は身分による葛藤もなくなっている。

しかし先に言及したように、妓女は最後には両班の妾になるのが普通であり、妻になったのは春香しかいない。また『月下僊伝』を除いては、ほとんど妓女は上京した男が科挙に及第し、地方長官である府使として再赴任してくるのを待つしかなかった。これは朝鮮の「妓」が賎民であったという身分的な制約があったためである。特に公に仕える官妓は府使に守庁、すなわち夜伽などの世話を行うのが日常であり、その男の愛情を成就するためには、運良く妾になる以外、方法がなかった。(19) このような状況は宮女の場合も同じであった。宮女は主人の所有物であるのだが、『雲英伝』や『相思洞記』に表れる葛藤がまさにそれに当たる。『雲英伝』では主人である大君の恩恵と金進士への愛の間で深刻な葛藤が生じる。漢詩から男を思慕する心が表れたため、大君から詰問された雲英は、金進士に別れを告げ、「三生の縁」[20]として、後世に再び逢おうと約束する。そして雲英の器物がなくなったことが発覚すると、大君は他の宮女たちを呼び、刑罰を加え、殺そうとするが、これに対し、雲英は次のように述べている。

「主君の恩は山や海の如く。それでも貞節を守れないのは、第一の罪です。かつて作った詩を主君がご覧になって疑われたのに、最後まで正直にお答えしなかったのが第二の罪です。西宮の無罪の人々が私のために同じく罪を被ることになったのが第三の罪です。このように、三つの大罪を犯しながら、どの面をさげて生きていけましょうか。もし死を遅らせたとしても、当然自決するでしょうから、処分を待つのみです。」（中略）大君の怒りが徐々に解けて、私を別堂に閉じ込め、残りの人を全て解放しました。その夜、私は絹の布で首を絞め自害しました。[21]

雲英は、主君への恩と金進士への愛の間で葛藤し、自分の事で他の宮女たちまで罪に問われたため、自ら死を選択する。一方、『雲英伝』とほぼ同じ葛藤要素を持つ『相思洞記』の場合、二人が別れた後、檜山君の死によってすべての葛藤が解消される。英英恋しさのあまり病になってしまった金生は、檜山君夫人の甥である友人、李楨資が見舞いの折に事情を告げ、檜山君夫人の助けを借りて、英英と一緒になる。

このほか、身分差による恋の葛藤が見られる作品には『沈生伝』『憑虚子訪花録』があり、これらの作品は全て中人の娘と両班の息子の間の愛情関係を描いている。ここでは、互いの関係を親に告げていないという点、そして愛情を達成できずに悲劇的に終わるという点が共通の特徴として挙げられる。

まず、『沈生伝』の例を見てみよう。先にあるように女は、中人の娘であり、沈生は、両班の息子だが、彼らは偶然、小広通橋で目が合って恋に陥ることになる。沈生は三十日もの間、女の居所に通い詰めるが、これに感動した女は、二人の縁を避けられない運命と思い、自分の親を説得する。

この身はただの中人の娘にすぎません。傾城でもなければ、特別な美人でもないのに、君はとんびが鷹を見るがごとく、誠の心で、毎日いらしているのです。私がもし君に従わずば、天が必ず私を厭い、福をお与えくださらないでしょう。私は決意致しました。父上と母上にお願いしたきことがございます。こうなった以上はご心配なさらないでください。これまで親は老いて、兄弟もないので、婿でも得て、親を養い、祭祀をきちんとすれば満足だと思っていましたが、思いがけずこのようになってしまった以上、「天よ」といってみたところでどうしようもございません。女の親は互いの顔をじっと見つめていたが、他にいう言葉もなく、沈生もまた何もいえなかった。(22)

一方で、沈生は二人の関係を親に告げられず、女の家で美しい衣類を準備してくれても、親が変に思うと考え、着られなかった。従って、男が親から寺に行き科挙試験のための勉強をするように命じられた折も、何も言えないままであった。この点は女が残した遺書の中の二、三番目の項目に指摘されている。

女が嫁に行けば、たとえ年端の行かない童女であっても、門にもたれて客を待つ妓女でなければ、夫がおり、また舅姑がいるでしょう。世に夫の両親が知らない嫁がございましょうか。少女のような体は、人に欺かれ、数ヶ月が過ぎても、君のお宅の老婆、下女の一人もお送りくださらなかったので、生きて不正な跡を残し、死んで帰る場所のない魂《たましい》になるのが第二の恨みです。妻が夫に仕えるのに、食事と衣服を整えることより大事なことがございましょうか。君と再会した後、年月が久しくないわけでもなく、お仕立てした衣服が少ないわけでもないのに、一度も君は家で食事を召し上がることなく、一枚の服もお召しにならず、君を迎えたのはただ寝室でだけでした。これが第三の恨みです。(23)

引用文から分かることは、男から正式の妻として扱われなかったことを恨みに思っている点である。舅姑も知らない嫁で、男に逢うのはただ寝室だけとは、たとえ縁を結んだとしても全く認められない結婚だったことを述べる。そして「願うことは、私にかまわないで、ただひたすら科挙の勉強にいそしみ、青雲の志を成し遂げ下さい、大事なお体、なにとぞ大切に」(24)という女の最後の言葉は、身分が違うために、自分の愛情成就を諦めざるを得ない辛い心をよく表している。これは『周生伝』の俳桃《ペド》が最後に残した言葉「君よ、君よ。尊いお体をなにとぞ大切に」(25)とい虚った一言と同じ性格を持つ。すなわち身分の違いを認め、大切な君が出世して自分に合った人生を送ってほしいという願いをこめたものである。(26)

『憑虚子訪花録』もやはり中人の娘が、両班の息子の遊び心のため、不幸にも死んでしまう話である。主人公の憑虚子は、丙子胡乱の時に避難してきた両班の子弟で、近所に住む李春武とその内従弟である朴時碩と身分は違うが親しくしていた。ある日、憑虚子は、李春茂と碁で賭けごとをしていた時、一人の美しい女性が塀の隙間にちらつくのを見て、心を奪われる。以降、憑虚子は、恋煩いにかかって寝込んでしまう。李春茂は恋煩いの原因が朴時碩の妹の朴梅英であることを悟る。そして、春茂は梅英が万一、胡兵に犯されてしまったらどうするのか、憑虚子に託すべしと朴時碩を説得する。しかし、この時、婚礼を取り仕切るべき朴時碩の父は、上京しており、式を挙げることもできなかった。春茂は乱中の婚姻だから、母でも代行できるというが、憑虚子は軽率に他人に知れ渡れば、死に値するといい、司馬相如が卓門君を誘惑した方法を使いたいという。これに対し時碩は、そのような不正な方法を使ってはいけないと反対する。憑虚子は、女性とは、一度貞操を奪われたら、その次は生涯従うものだから、梅英の人となりを見ればうまく行くか行かないかが分かるという。そして詩を作って梅英に送るが、梅英は淫乱な詩であると酷評し、相手にもしない。これに春茂は悪巧みを図り、三月三日、梅英の母が外出した隙をみて、梅英を後苑に連れ出し、憑虚子と逢わせようとする。何も知らない梅英は、時碩、春茂と庭に出て花見をしながら一緒に詩を詠んでいたが、急に二人は消え、突然、憑虚子が彼女の前に現れる。もはや到底避けることができないと思った梅英は覚悟を決めて、憑虚子と縁を結ぶ。その翌日、梅英は春茂に怒りをぶちまけるが、彼は、後日、憑虚子が栄達すれば、お前も尊いお方になれるのだからといって言いくるめる。(27)

梅英がその家にこっそり行って春茂を責立てていうには「あんたたちの悪巧みで私を売るなんて、恥ずかしいと思わないの。こんなこと我慢できない。だれが我慢できると思うの。こんな卑しい身は捨てても惜しくないけど、ご先祖様に恥と思わないの。こんな情事《こと》、ひょっとして誰かに知られたら、あんたたちどうなるか考えたことある」春茂が「おれたちが知ったことか。お前の考えが足りんのだ。とっくの昔に嫁に行く年なのに、こんな状況になって、身の安全も守れないかも知れないというのが第一だ。坊っちゃんは素晴らしい人だし、お前のせいで病気になって、朝夕、今にも死にそうなのに、仕方ないというのが第二だ。姑に通達しようとおもっても、ご婦人ってのは疑い深いし、そう簡単に大事を決断しきれないから、言わなかったというのが第三だ。しかし花中での行為があっただけで、もし誠に事を定め家に帰って婿選びとなり、式を挙げることになれば、幸せこの上なし。もし異郷に流され、過ちでもあったら、それこそ悔やんでも悔やみきれず。坊っちゃんは卑しい方にはあらず。将来志を得られ一気に栄達すれば、花月での功への称賛は我々のもの、どうして浅い考えだといえようか」梅英が「こうなってしまった以上、どうすることも出来まい。身を滅ぼしご先祖の墓を穢すも、卑しい身が尊くなるも、みな兄さんにかかっています」この時、梅英は内で便りをし、春茂は外で伝えるので、逢瀬は頻繁になり、互いの気持も深まったが、人に知られるのではないかと恐れ、情を尽くすこともできず、ただ乳繰り合うのみであった。(28)

元来、梅英の兄である時碩は憑虚子の放蕩心を悟り、その不義を論じたが、李春茂が積極的に憑虚子の肩を持ち、悪巧みを図って二人の逢瀬が成功する。一方、梅英は李春茂をなじるが、放蕩心からでも立身揚名すれば将来は妾として尊ばれるだろうという李春茂の言葉に説得されてしまう。ゆえに彼女は身が滅びるか、尊ばれるかは、すべて李春茂にかかっていると、運命のままになる。ここでは中人の娘という身分的制約のために、堂々と婚礼を挙げられない彼女の悲しみを表しているのと同時に、両班である憑虚子が立身出世すれば、自分も尊ばれるかもしれないという一抹の期待も読み取ることができる。

しかし梅英の父が訳官として都（潘陽）に赴任したことで二人は離れ離れになり、梅英は憂いの余り死んでしまう。一方、殿試を受けに上京した憑虚子は梅英の家に駆けつけるが、彼女が死んだことを知り、その遺書を読んで号泣する。その夜、枕にもたれていた憑虚子の前に梅英の亡霊が現れる。彼女は貞操を守ったことを天が奇特に思し召し、ここに来ることができたという。そして憑虚子に、立身出世したら自分の墓に何官、某の妻の墓であると刻んでくれるようお願いする。そして是非体を大切にするよう言い残すと、凄然として泣きながら消えた。

妾が薄命で早く死んだから、公子のように富貴を享受することができません。いたずらに先に死んだため、恨みが深いことこの上ございません。後日、立身揚名してもお忘れなければ、一杯の土で三人の碑を立てるようにし、長く指して賞賛され、これは何官某の妾の墓であり、意志と願いをかなえたとさせてください。君、何卒お体を大切になさってください」といい、凄然として泣き、突然消えた。(29)

ここで、「君、何卒お体を大切になさってください（公子珍重珍重）」という言葉は、『周生伝』の俳桃や、『沈生伝』の娘の最後の言葉と同じである。特に俳桃は自分の遺骨を周生が行き交う道端に埋めてくれとお願いするが、これは梅英の遺言とも類似する。

このように、身分の差がある恋愛関係の場合、親に告げられず、女は男が科挙に合格するまで一人で待たねばならず、恋が成就しなければ、悲しい結末になるといえる。この点は、両班の男女同士であれば、恋煩いになっても、すぐ親に告げられる状況とは異なる。

一方、日本の作品の中で、身分の差が愛情成就と関連している作品は、主に女性の方が身分が高く、主君筋の親族である場合がほとんどである。この時、男女は互いに機会をみて縁を結ぶが、結局駆け落ちし、事が発覚して処刑される。日本では同じ身分であっても、主君と使用人の関係は厳密に区分されており、主君の許可なしでの恋愛はご法度と考えられた。したがって、日本の作品に現れた身分の差とは身分自体ではなく、主君と家臣や主人と奉行人など、家中での地位によるところが大きい。

まず、身分の高い女と身分の低い男の愛情関係を示した作品には〈忍び扇の長歌〉〈姿姫路清十郎物語〉『袂の白しぼり』が挙げられる。〈忍び扇の長歌〉は、同じ武士階級だが、男は下級武士であり、女性は身分の高い主人の姪に設定されている。桜見物をして通り過ぎる行列の中で、偶然にも輿に乗った美しい女性を見ることになる。

この男やうやう中小姓(30)くらいの風俗、女のすかぬ男なり。おもふにおよばぬ御方を恋ひ初め、跡より行く中間にたづねしに、「去る御大名の姪御さま」と、あらまし様子を語りすて行く。されはとその所を知りて、奥かたへの御奉公をかせぎしに、よき伝ありて相済み、二年ばかり勤めしうちに、あなたこなたへの御供申せし折ふし、思ひ入れし御乗物に目をつけけるに、縁は不思議なり、あなたにもいつともなう、おぼしめし入られ、するずるの女に仰せ付けられ、長屋の窓より、黒骨の扇を投げ入れける。（中略）ひらき見るに、筆のあゆみ、只人のぶんがくにもあらず。おぼしめす事ども、長歌にあそばしける。よくよく読みて見るに、「我をおもわはば、今宵のうちに、連れて立ちのくべし。男にさま替へて、切戸をしのび、命をかぎり」(31)

こうして二人は一緒に駆け落ちし、転々とするが、生活が貧しくなると、女が洗濯をして日銭を稼いでいた。しかし、大名の姪であった女が慣れない手つきで洗濯をする姿が不自然に映り、近所の人々がおかしいと噂する。そんな中、家中からは五十人もの家臣に命じて、姪の行方を探し、半年後に居場所が発覚し、その日の夜の内に男は死刑に処せられる。以来、女は一間の部屋に蟄居させられ、自害を強要されたが、なかなか自害しない。この時、家臣たちが不義をした以上、覚悟を決めて自害すべきだと主張している。しかし、これに対し、女は次のように答えている。

我命惜しむにはあらねども、身の上に不義はなし。人間と生を請けて、女の男只一人持つ事、これ作法なり。あの者下々をおもふはこれ縁の道なり。おのおの世の不義といふ事をしらずや。夫ある女の、外に男を思ひ、または死に別れて後夫を求むるこそ、不義とは申すべし。男なき女の一生に一人の男を不義とは申されまじ。又下々を取りあげ、縁を組し事は、むかしよりためしあり。我すこしも不義にはあらず。その男は

殺すまじき物を(32)

以降、彼女は髪を切り、尼となって男の霊を慰める。先の引用文を見れば、身分の高い者が目下の者と縁を結んだり、一人の女が一人の男を愛することは、全く不義ではないとする彼女の一貫した倫理観がうかがえる。また、このように一貫した女の主張から、いつまでも独り身で過ごさなければならず、嫁にも出してくれない主君に対する女の不満も込められているのかもしれない。当時の日本では、長男による家の継承が一般的だったので、次男以下は養子に出されるなど、家への経済的負担を与えないようにするのが普通であった。したがって、主君の立場では、家中にいつまでも居座る弟や姪が目障りであったことも考えられる(33)。

〈姿姫路清十郎物語〉も主人の妹と、その家で働く男との恋愛話である。お夏は男の容姿にこだわり、十六歳になっても嫁に行かず、家で働く手代の清十郎が遊女たちからもらった手紙を見た後、彼を気にし始める。その手紙の内容が、通り一遍ではなく、これほどの手紙を女に書かせるのはかなりの色男であると想像できたからである。お夏が清十郎に手紙を送るようになると、清十郎もお夏を意識し始め、互いに恋に落ちる。しかし二人はお夏の兄嫁の目が恐ろしく、なかなか恋を成就できない。ある日、家中総出の花見の隙を盗んで縁を結んだ後、駆け落ちする。

乗りかかったる船なれば、しかまづより暮れを急ぎ、清十郎、お夏を盗み出し、「上方へのぼりて、年波の日数をたて、うき世帯もふたり住みならば(34)」

奉公人が主人の妹と密通したという事実が発覚すれば、処罰されるしかない。それを避けるために、清十郎はお夏と駆け落ちする。しかし、結局二人は船に乗る途中で、追いかけてきた人々に捕らえられ、清十郎は監獄に入れられてしまう。その後、清十郎は主人の娘を盗んで逃走したという事実だけでも重罪に値するのに、店にあったお金を盗んだという嫌疑までかけられ、最終的に処刑される。本来、清十郎は酒屋の息子だったが、遊女と遊び、分に合わない生活をしたという理由で、父の怒りを買い、お夏の兄の店で仕事をすることになった者である。

したがって、お夏と恋に落ちても人目につかないように慎重に事を運べば、少なくとも死ぬことはなかっただろう。しかし、若い二人の情熱は、身を破滅の道に追いやり、最後には清十郎の処刑に終わってしまう。その後、お夏もまた自害しようとしたが、「まことならば、かみをもおろさせ給ひ、するずるなき人をとひ給ふこそ、ぼだいの道なれ」(35)と侍女たちに引止められ、そのまま出家して尼になっている。

「袂の白しぼり」は、先にも述べたように主人の娘、お染と恋仲になった丁稚久松の悲恋譚である。久松は七歳から働き、その傍ら主人の妻から書道、珠算、四書を学んだ人で、店主夫婦に大きな恩を受けていた。(36)しかし、そのような久松が主人の娘と縁を結ぶことは、不義を犯したのと同じである。二人の仲を知っているお染の母親は、娘が久松と心中してしまわないか心配して、久松の親戚に、これまでの事情を手紙に書いて、二人を駆け落ちさせるよう計画する。

しかし、そのような母の心を知らないお染と久松はお染の母から受け取ったお金を、奉公人たちの服を買うために使ってしまう。お染の父は娘を他の店に嫁がせることに決めていたので、店にあったお金を盗んだ者がいると騒ぎ立て、お染めが買ってくれた服を着ている久松にその疑いをかける。一方、このような事情を知った久松の父は、家に帰ってきて、隣家の娘と結婚しろと命じる。どうすることも出来ない二人は心中する覚悟を決め、店の倉の内外で同時に自殺する。これは十八歳の若い男女の悲恋譚であり、母から与えられたお金をなにも考えずに使ってしまったことから生じた悲劇だったといえる。

全体的に見て、日本の作品は、男が主人の娘や、その親戚筋の女性と恋愛する際に問題が発生する。そして、これは厳密な意味での身分差というよりも、主人と奉公人という境遇の違いによる葛藤といえる。また事実が発覚したときに処刑されて、女は尼になったり、共に自害して終わっている。

朝鮮の作品で男女の身分の違いは、すべての女性が男性よりも低い場合にのみ表れる。それが日本の作品に表れなかったのは、養子制度があり、庶子差別がそれほどひどくなかったという点と関連している。つまり身分の低い女性の場合、身分の高い人の養女となった後、身分の高い男性と結婚することができたし、妾になって子を産んでも正妻に子がないときは嫡子として認められる場合が多かった。特に大名の息子の場合、諸事情で正妻より側室から産まれた庶子が後継ぎとなる確率が高く、庶孽禁錮法が厳格に適用された両班階級社会とは異なる。[37]

これは血統を重視する朝鮮と血統より家制度[38]と呼ばれた苗字と家の温存を重視した日本との違いともいえる。すなわち、日本では血統より家とその一族が持っている姓を維持することをより大事にし、家族構成については、他の家からの養子制度などが認められていた。したがって、通常は嫡者である長男が家を受け継ぐが、病死など、やむをえない理由があれば、庶子や後妻から生まれた子が後を継いでも問題がなかった。さらに、家の財産相続についても、その家の家長権を継承した長男以外に権利がなかった武家では、次男以下は、商人の養子となる場合も少なくなかった。また、武士階級では、徹底した父系継承が守られたが、庶民層では必ずしもそうではなかった、特に商家では、親族以外の者を養子として店を継がせることも一般的であった。このような社会構造のため、日本の作品では、身分の違いより、家内での人間関係による葛藤の方がはるかに多かったのである。

四―二　両国作品の一方にだけ表れる葛藤

四―二―一　朝鮮の作品にだけ表れる葛藤

朝鮮の作品にだけ表れる葛藤には科挙合格、戦争、政治的権力によるものがある。科挙合格が男女の愛情成就と関連する場合は女子の身分が妓女である時に多く表れる。該当作品には『王慶龍伝』『月下僊伝』『春香伝』『淑英娘子伝』などがあげられる。

この中で『淑英娘子伝』を除外した作品は女主人公の身分が妓生であるという共通点がある。すなわち女の身分が妓生の場合、父母に告げたり、結婚したりは出来ないため、男が科挙に合格することが二人の愛情を成就させるための一番重要な要件となる。

『王慶龍伝』で王慶龍は三年間の学業の末に科挙に主席合格を果たし、御史になり、玉丹がいる徐州に行く。そして窮地にある彼女を助け出すことで、二人は再会する。『春香伝』もまた李夢竜は科挙に合格した後、暗行御史になり、南原に赴任し、獄中にいた春香を救う。『淑英娘子伝』の場合、科挙の勉強をするためにソウルへ赴いた夫の仙君が淑英娘子と分かれるのがつらくて再び家に戻ってくる。これによって淑英娘子は他の男と密通した疑いをかけられ刀で自決する。そして科挙に合格した仙君が翰林になり、家に帰ってきて、淑英娘子の胸に刺さっていた刀を抜くと、そこから飛び出した青鳥三羽が真相をつぶやき、淑英娘子は蘇生する。また『白雲仙翫春結縁録』に登場する池小姐、そして『花門録』に登場する胡小姐なども皆、男が科挙に合格した後、二人の関係が成就する。したがって科挙合格とは男が社会的に認められる証であり、女を堂々と囲える一つの免罪付がわりになるものといってもよい。科挙合格はすべての恋愛の障碍と葛藤要素を解消させる必須条件だといえよう[39]。

戦争による葛藤で男女が別れなければならない状況もある。ここで男女が別れたままになる場合と、苦難を克服し再会する場合の二パターンがある。『韋敬天伝』には韋敬天が蘇小姐と夫婦になった後、戦場にでるため、永遠に別れてしまうストーリーが描かれる。『洞仙記』では女主人公の洞仙は、客地で縁を結んだ西門勣と再会しようとするが、戦事に巻き込まれ軍で働くことになる。その後、捕虜となった西門勣に会うため、軍士たちの中で貞操を守るため手首を切り落とすなどの苦難を経る。『崔陟伝』もやはり、婚約した崔陟が義兵として出征し、その間に梁生という裕福な家の息子が玉英に求婚し一騒動が起きる。無事結婚した後も、戦乱に巻き込まれ家族離散の悲劇が起る。このように戦争が二人の縁を切り裂く最大の障碍となる作品は主に十七世紀の愛情伝奇小説に表れる。これは実際に朝鮮の役と清国との戦いを経たことと関連する。その他に、男女の結縁と直接の関連はないが、戦争の話が挿入される作品も多い。『趙雄伝』『劉生伝』『白鶴扇伝』『九雲夢』『玉楼夢』などがそれに該当する作品だが、ここでは戦争が男女の離合だけではなく、男の出世にも関わる。このように作品内容に戦争の要素が入っているのが日本の作品との大きな違いである。(40)

政治的な権力による葛藤を誘発する場合は、王命への反逆や政敵との対立で、男女の結縁が妨げられることを意味する。これに該当する作品としてはまず『劉生伝』が挙げられる。皇帝が劉生と婚約した方英愛を後宮に選んだことと、権臣の達睦が皇帝の承諾を得て方英愛に息子との結婚を申し込んだことがそれである。最初の試練は皇帝の命令に逆らった理由で両家の父親が獄に入れられるが、太子が即位することによって釈放される。そして二度目の試練は結婚式の当日、婚礼の行列の輿の中で自害してしまうのである。英愛が自害したのはこれ以上父母に迷惑をかけるわけにはいかないという孝の心によるものである。よって彼女はあの世で再び逢おうという言葉を残して自害するが、最後には、その心に感銘を受けた上帝の計らいにより、生き返り結縁成就する。

その他に政治勢力と関係するものとして、公主または翁主との勒婚がある。勒婚とは王命による王女の降嫁で、代表的な例としては『尹知敬伝』『花門録』が挙げられる。『尹知敬伝』の場合、知敬が庭試(41)に主席合格した後、王族である檜安君が尹氏に王女との結婚の申し出をするが、すでに崔氏と婚約したことを理由に断わり、それによって問題が発生する。婚姻を「人倫大事」とみなしていた朝鮮時代には婚姻の申し出を断ることは相手への侮辱だとされることもあった。したがって、申し出を断られた側が後に報復をする場合も多かったのである。檜安君は婚姻の申し出を断られたことを王に告げ、知敬を敬嬪朴氏の娘で十四歳になる延貞翁主の婿にするよう薦める。これを再び断った知敬は王の怒りに合い、父親の尹判事と共に監獄に入れられてしまう。しかし他の大臣たちの助言もあり、王は尹判事親子を釈放し、一方的に延貞翁主との婚事を決めて、その旨を伝える。知敬は仕方なく王と朴氏に礼して、延貞翁主と婚礼を行うが、その後は顔を見ようともしない。

そして崔氏と密通していたことによって、二人は別々に流罪の刑に処せられる。このような状況は敬嬪朴氏が世子を呪詛したという事件が発覚し、延貞翁主といっしょに流罪にされるまで続いた。ところが、最後に知敬は、たとえ朴氏が罪を犯そうとも娘である翁主とは何の関係もないことを主張し、翁主を釈放するよう王に訴える。そして翁主は崔氏と共に夫人として扱われるという結末になっている。これは政治的権力、特に悪党によって男女の愛が引き裂かれた例だといえるが、悪党は常に檜安君や朴氏など、王の庶子や後宮などを取り巻く奸臣たちとなっている。したがって主人公の行動は表面上、王命への反逆のようにみえるが、実際は後宮や奸臣たちに惑わされている王に対する忠であるといえる。

このような勒婚のパターンは男女の葛藤までには至らなくても多くの作品に表れる。『九雲夢』で帝は、楊少游に婚約した鄭小姐がいることを知りながらも、彼を公主の婿にしようとする。この時、公主は自ら身分を隠したまま鄭小姐と出会い、その人柄に感服し、帝の養女とし、互いに同じ公主の立場で結婚できるようにする。また『花門録』では悪事が発覚し、花氏家門から追い出された胡氏が李夫人に対する嫉妬心から自分の母方の親族である厳貴人と結託して帝を動かし、花氏を厳貴人の娘の翁主の婿にしようとする。しかし後に厳貴人と奸臣たちの悪事が発覚し、それに連累した人たちは処刑される。

ここからいえることは勒婚の対象が公主である場合、葛藤が避けられる反面、翁主の場合、その母が奸臣たちと結託することで処罰を受けており、ここには庶孼差別の意識がみられる。

四―二―二　日本の作品にだけ表れる葛藤

日本の作品に表れる葛藤の原因は金、養子、家制度などの家内問題によるものである。大部分の作品では主にこの三つの要因が合わさって表れる。その中でも町人と遊女の場合、金を用意できず、主人や養父母に対する義理と遊女に対する愛との間で葛藤が生じる。

これに該当する作品としては『曽根崎心中』『冥土の飛脚』などがあるが、これらはすべて遊女との関係を描いたもので、男主人公が遊女を身請けするために、金を工面しようとして、最後には心中することになる。

『曽根崎心中』に登場する徳兵衛は、金を巡って主人や周辺人物との問題が起り、愛を成就できずに心中している。徳兵衛は元々遊女の初と深い間柄であったが、主人が妻の姪と結婚させようとしていたため、それを断るには、徳兵衛の継母が主人から受け取っていた金を返さなければならなかった。以下は、それにまつわる徳兵衛の言葉である。


おれが旦那は主ながら、現在の叔父、甥なれば、ねんごろにも預かる。また身どもも奉公に、これほども油断せず。(中略) この正直を見てとつて、内儀の姪に二貫目付けて、女夫にし、商ひさせうという談合。(中略) 在所の母は継母なるが、我に隠して、親方と談合極め、二貫目の金を握って歸られしを、このうつそりが夢にも知らず、後の月からもやりくり出し、押して祝言させうとある。そこで俺もむつとして、やあら聞えぬ旦那殿、私合点いたさぬを老母をたらし、たたき付け、あんまりななされやう。お内儀様も聞こえませぬ。今まで様に様を付け、崇まへた娘御に、銀を付けて申し受け、一生女房の機嫌取り、この徳兵衛が立つものか、いやと言ふからは、死んだ親仁が、生き返り申すとあつても、いやでござると、言葉を過す返答に、親方も立腹せられ、おれがそれも知つてゐる、蜆川の天満屋のはつめとやらと腐りあひ、嬶が姪を嫌ふよな、よい、この上は、もう娘はやらぬ。やらぬからは銀を立て。四月七日までにきつと立て、商ひの勘定せよ。まくり出して、大坂の地は踏ませぬと、いからるる。それがしも男の我、オオ、ソレ、畏つたと、在所へ走る。またこの母といふ人が、この世があの世へ返つても、握った銀を放さばこそ。（中略）一在所の詫び言にて、母より銀を受け取つたり。(42)

彼は継母が主人から受け取った金を返すために大変な苦労をする。継母は一度手にした金をやすやすとは返してくれず、故郷の知り合いの助けを借りてようやくその金を手にする。しかし悪友の九兵衛に騙され、金を失い、面目が立たなくなった徳兵衛はついに遊女と心中する。徳兵衛にとって主人へ返すべき金はそれほど大変重い物であったといえる。

しかしながら究極的には、主人の望む結婚を断ったがために発生した問題である。徳兵衛は叔父である主人の下で、養子同様に育ち、主人の妻の姪との結婚話まで出ていたところであった。そして自ら育ててくれた主人への恩義と遊女への愛との間で葛藤しながら、その代価として継母がもらっていた金を返さなければならなくなり、葛藤の原因はその家族関係にあったともいえる。

『冥土の飛脚』(43)は遊女との愛を描いた作品であるが、主人公忠兵衛の葛藤はやはり、身請のための金がないことから生じる。飛脚である忠兵衛は友人八右衛門におくられてきた手形五十両を、遊女の梅川を身請するために使ってしまう。それで八右衛門から金の催促をうけても、忠兵衛は泣くばかりである。

何を隠そう、この銀は十四日以前に上りしが、知ってのとほり梅川が田舎客、銀づくめにて張合ひかける。此方は母、手代の目を忍んで、わづかに二百目、三百目のへつり銀、追ひ倒されて、生きた心もせぬところに、請け出す談合極まって、手を打たぬばかりといふ。川が嘆き、我らが一分、すでに心中するはずで、互ひの喉へ脇差のひいやりとまでしたれども、死なぬ時節か、いろいろの邪魔ついて、その夜は泣いて引き別れ、明くれば当月十二日、そなたへ渡る江戸金がふらりと上るを、何かなしに、懐に押し込んで、新町まで一散に、どう飛んだやら覚えばこそ、だんだん宿を頼んで、田舎客を談合やぶらせ、こっちへ根引きの相談しめ、かの五十両の手付けに渡し、まんまと川を取り止めしも、八右衛門といふ男を友達に持ちし故と、心のうちでは朝晩に、北に向ひて拝むぞや、さりながら、いかにねんごろなればとて、先に断り立ておいて、使へば借るも同前、後ではいかがと思ふうち、其方からは催促、嘘に嘘が重なって、初手のまことも虚言となれば、今何を言うても、まことには思はれじ。されども遅うて四、五日中、外の銀も入るはず、いかやうともしおくって、一銭一字損かけまじ。この忠兵衛を人と思へば腹も立つ、犬の命を助けたと思うて、了簡頼み入る。[44]

忠兵衛は友達の八右衛門に許しを請い、彼の五十両でいったん梅川を田舎客に身請けされずにすんだが、後日、遊廓の主人から忠兵衛はろくな男ではないから近付かないようにいわれ、面目を失いかけた忠兵衛は八右衛門に借りた五十両をすぐ返すと啖呵を切り、他の客から引き受けた金に手をつけてしまう。そして残りの金で梅川を身請けする。これによって盗みの罪を犯した忠兵衛は梅川とともに故郷に逃げるが、最後には捕まり処刑されてしまう。

遊女との愛を成就するためには当然のことながら身請金が必要で、金が尽きた時がそのまま縁の切れ目となる。このように男女の愛の成就と金が結びついた理由は、当時の日本の商人が大きな富を蓄え、すでに経済中心の社会であったこととも関連する。金が男女の愛と大きな関わりを持ったことは〈死首の笑顔〉をみても同様である。この作品では同族である男女の愛を描いた作品であるが、金への執着心が強い主人公の父親の姿から、当時でも経済問題が婚姻問題にまで発展していたことが分かる。以下の引用文は〈死首の笑顔〉に登場する主人公の父親である鬼曽二の金に対する執着の度合いがよく描かれている。

鬼曽二あざ笑ひて云ふ。「我が家には福の神の御宿申したれば、あのあさましき者のむすめ呼び入るれば、神の御心にかなふまじ。とくかへらせよ。そこ掃ききよむべし。」（中略）「おのれは何の神つきて、親のきらふ者に契りやふかき。ただ今思ひたえよかし。さらずば、赤はだかにていづこへもゆけ。不孝と云う事、おのれがよむ書物にはなきか」とて、声あららか也。（中略）「おのれはいかで貧乏神のつきしよ。ざい寶なくしたれど、又かせぎたらば、もとの如くならん。難波に出でてあき人とならん。かんだうの子也。我がしりにつきてくな」とて、つらふくらしつつ立ち出でて、いづこにか行きけん。(45)

かれは貧しい親戚の娘と恋愛関係にある息子を憎み、周りのものが結婚への世話をしようとしても「我が家には福の神の御宿申したれば、あのあさましき者のむすめ呼び入るれば、神の御心にかなふまじ。とくかへらせよ」と追い払うくらいの人物である。そして息子には貧乏な家の娘と結婚するのは不孝であるという。結局このことによって相手の娘は病にかかり、愛する人の前で兄の介錯によって死ぬという事件に発展する。裁判を受けた鬼曽二は家財を没収され、追放の憂き目にあうが、「又かせぎたらば、もとの如くならん。難波に出でてあき人とならん」と相変わらず金に対する執着心は捨てていない。

このように経済的な要因のほかに、日本の作品には男女の愛の障壁になる要因として養子としての葛藤がある。(46)上でもすでに述べたように、近松作品にはそれが主に養子である男の立場の苦悩として描かれており、人情本になると養子制度によって生まれる様々な苦労が、女の立場から描かれる。次の引用文は『仮名文章娘節用』に登場する養子金五郎のいとこで妻のお雪が下女と語る内容である。

「おまえさまがもうちつと大人らしく遊ばせばよいのに、ほんのねね様で、若旦那の女狂いを遊ばすを、知らぬ顔でお出で遊ばすから、私はもうじれったくってなりません。」と云はれてお雪は気の毒そうに顔を赤めて猶あばひ、「それでもアノおあにいさんは、おぢいさんや皆さんに、誠にお心づかひを遊ばすから、おかはいそうだものを、ちつとは御保養のお遊びを遊ばしてもよいではないかえ。」「それは又知れた事。あなたはお家のお嬢様、若旦那は御血筋でも、御養子でござりますもの、お心遣いも遊ばす筈を。」(47)

お雪は普段から父や祖父に気を使う夫を不敏に思い、外で他の女と逢うことを許そうとしていた。これに対して下女は金五郎がいくら跡継ぎとなっても婿養子であることにはかわりなく、お雪の立場を考えて行動するべきだと主張する。一方で金五郎は幼い夫人のお雪を顧みず、養子になる前にいっしょに暮していたお亀すなわちこさんにばかり心を通わせ次のように述べている。

「そなたもかねて知る通り、心にそまぬお雪の事、とやかく内で云ふ故に、のっぴきならぬ義理づめで、しぶしぶ請けはうけたれど、松に桜は見かへられず、そなたに勝った花があろうか。必ずそれを苦にしねぇがいい。しかし親を捨て両刀を捨てて、矢立をさして町人にならうとおもへば、一も二もねぇ心やすい世界だのう。」「サァ、それがいやさに苦労になります。ただあなたが全に、お宿のお守備のよいように、お雪さんともお中よく、皆様にご安堵させて、わたくしをも見捨ててさへ下さらねば、どのやうな切ない暮らしをしても、少しもいとひは致しません。」（中略）「俺もその真心を見抜いたゆゑ世間はれて、内にいれてぇと思ふけれど、なにをいっても養子の悲しさ、昔の身ならいさくさなしに、おつけぇはれて夫婦だが、かへって今の身の上が思ひ廻せばつまらねぇ。」(48)

金五郎の父、文之丞は斯波家の後継ぎであったが、侍女の玉章と恋に落ちて二人は京都に駆け落ちする。武士の身分を隠し、武道の師範をしながら生計を維持していた。二人の間に生まれた子供が金五郎であるが、養女のお亀と一緒に養育され、許嫁の仲であった。しかし文之丞の弟である文次郎に娘お雪しかいなかったことで、金五郎は文次郎の養子になり、従妹であるお雪と結婚して斯波家の後を継ぐことになる。金五郎は既に恋仲であったお亀と別れなければならず、斯波家存続のための犠牲を負うことになる。

ところが、ここで注目されるのは、金五郎がその後、恋仲になる遊女こさんは、失恋のあまり家出をしたお亀であり、二人はもともと夫婦になるはずの仲だったことである。この人物設定は、好色性や浪漫性を持ち合わせていた既存の男女関係とは異なり、その結縁が極めて限定的な範囲の中で行われているものである。したがって、これらの結縁は結局のところ家の安定のためのものであり、父母の介入による愛情関係であり、そのまま儒教思想の強化に繋がるものだといえよう。

四―三　比較論議

男女が恋愛関係にある時、ほとんど例外なく生じるのが葛藤である。これは関係を結んだために起こるもので、時には二人の愛を成就するのに障害となる。このような男女の愛情葛藤の様相を両国の作品に共通して表れるものと、そうでないものについて考察した。第四章では、両国の作品に共通して表れる葛藤には三角関係と身分によるものがある。三角関係による葛藤とは、一方の男が複数の女性と関係を結んだ時に起こる問題である。朝鮮の作品では相手が妓女である場合、賎民という身分の制約があるため互いの分をわきまえており、葛藤がそれほど深く表れない。ゆえに『玉楼夢』に登場する黄小姐が嫉妬心で妓女碧城仙を殺そうとする例を除外して、ほとんど葛藤が表れない。黄小姐の場合、父母の決定ではない勒婚によって、楊家に入ってきたことと、貞淑な正妻である尹小姐と対照的な人物として設定されているため、愛情葛藤が起きたものとみられ、あくまで例外的である。反面、日本の作品の場合、相手が遊女であったとしても、心中に至るほどの大きな葛藤が生じる。また大部分の日朝の作品では、後代になるほど、妻妾が仲よく暮すという傾向が強くなっている。

男女が同じ身分である三角関係の場合、両国の作品すべてに葛藤がみられ、当人同士の恋愛関係によって後から入ってくる女性が、正妻を追い出すというパターンになっている。この時、正妻は婦徳ばかりを守る人物として、後から入ってくる女性は、容貌は美しいが、男の愛情を一人占めしようとする嫉妬深い人物に設定されている。『花門録』と『娘太平記操早引』がその例に挙げられるが、朝鮮作品『花門録』では後妻である胡夫人の懺悔があり、大団円を結ぶのに対し、日本の作品である『娘太平記操早引』では後妻の悪事が発覚し、悲惨な結末を迎えている点で違いがみられる。これは朝鮮の作品が斉家に重点をおいているのに対し、日本の作品では好色への警戒に重点をおいていることから起因する違いであるといえる。

身分による葛藤の場合、朝鮮の作品で庶子差別が明確に表れているが、庶子差別による葛藤は主に中人層の娘と両班の息子との間で描かれる。一方で、日本の作品では身分より、家内での関係、即ち主従関係がより厳格に反映される。家を維持するためには妾の息子でも嫡男に迎えることがあり、その反対に元の身分がどうであれ、商家の養子に入れば、その店の家長である主人に従わなければならなかった。したがって、日本の作品に見られる身分による葛藤とは、身分よりその家中での主従関係によるものである。

朝鮮の作品だけに表れる葛藤としては、科挙及第または戦争や政治権力によるものがあり、日本の作品では金や養子との関連や、家の拘束などによるものである。これは当時の両国の社会制度と密接に関係する。この点は科挙制度と政治的な面が大きく作用した当時の朝鮮社会と、商人を中心に貨幣経済が発達していた日本社会との違いによるといえる。しかし一方で両国は共通して儒教を中心とした国家が運営されていたので、為政者に対抗するような理念はほとんど排除されている。たとえば後代への儒教理念の強化は、両国の作品に表れた共通点であり、何よりも孝にそれが表れている。これはすなわち家長を中心とした秩序の強化であり、男女の愛情関係もまたそれから逸脱することはできなかったのである。このことは朝鮮の作品ではもちろん、日本の作品においても心中を描いた作品の禁止や、二人の愛情関係の成就が家長の許可の元に行われるようになるなど、その作風の変化にもみられる。一方で教訓書の普及は女性たちに大きな影響を及ぼした。日・朝の両国の作品が時代が下るにつれて、一人の男と複数の女性との関係が描かれ、女たちが互いに仲の良い関係で大団円を迎えているのは、その点と関連するだろう。

注

（1）娼家賎質、受而媚君、身已陋矣、巧言令色、瞞人而守約、節已畢矣。欲図生還、以計殺人、謂善乎、久在縲絏、為世所陋、可為吉乎。妾之所以忍而不死以至日者、徒欲更待君子、得奉布巾衣、以遂平生之約而已。是可謂賎妾之幸矣、公子之楽也、豈以葑菲之微質、遽遽充実蘋蘩之奉乎。況見内子貞操雅態、甚合家母。公子亦復離而黜之、彼家父母、必奪其志。然則内子之不欲事、於他人者、猶玉丹之不欲媚於趙買也。以我方人、誠甚怜惻。若離内子、妾亦当退。（『王慶龍伝』二三六～二三七頁）。

（2）小姐聞其侍女之言、亦為悲之、心自惻之曰「嗚呼。人誰知如許之情境乎。我豈知情之人、同在於咫尺之地乎哉。心甚惻然」（『白雲仙翫春結縁録』二一五頁）。

（3）明朝、出于外堂、池頓令来請婚説、尚書即為許諾。丞相大悦曰「白郎盡無家親、又無親戚無可有主婚者矣。而我雖不敏、於郎之翁夫也。為其婦翁者、主婚亦豈非好事耶」待其礼日、丞相與尚書倶詣池頓令家、仍以成婚、大小人人、何莫不称之也。（『白雲仙翫春結縁録』二一九頁）。

（4）しかし例外的な現象も見られる『玉楼夢』に登場する両班の娘黄小姐と妓女碧城仙の関係がそれに該当する。黄小姐は楊昌曲の二人目の夫人として楊家に入った女性である。しかしその婚姻が父母の意志と関係なく皇帝の命令による勒婚であった点と、婦徳の権化である正妻尹小姐と対象的な人物として設定されている点で特殊性を持つ。すなわち作者は黄小姐を、嫉妬心が多い不道徳な女性にするため、恋愛で結ばれた碧城仙を害する人物として設定しており、男女の愛情関係から発生する葛藤とは性格が異なる。したがってこのような例外的な場合を除けば通常の妻妾間では葛藤が表れない。심치열「玉楼夢研究」（誠信女子大学校博士学位論文、一九九四）一四九頁参照。

（5）쇼질이 임의 공문 규슈로 화싱을 셔로 보와 비례（非禮）의 힝ᄉᆡᆨ 잇ᄉᆞ니 이셩（異姓）의 합근ᄒᆞ미 아니오. ᄆᆡ작（媒妁）의 신을 통ᄒᆞ미 업ᄉᆞ나 마음의 허ᄒᆞ여 부부의 의（義）잇ᄂᆞ니 엇지 ᄎᆞ마 다른 셩을 셤기리오. 니시 ᄉᆡᆨ용이 비록 절츌ᄒᆞ여 화싱의 은ᄋᆡ를 쳔ᄌᆞ（擅恣）ᄒᆞ나 쇼질은 화가 셩명을 의지ᄒᆞ여 장강（莊姜）반비（班妃）의 ᄌᆞ최를 ᄯᆞᆯ와도 타인을 셤기지 아니리니 바라건ᄃᆡ 슉모ᄂᆞᆫ 어엿비 너기쇼셔.（『花門録』一〇頁）。

（6）家をととのえ治めること。

（7）셕일의 쳡이 허물 지음도 명공이 졔가의 편벽ᄒᆞ무로 비로ᄉᆞ미라. 명공이 만일 졔가의 공번되고 쳡의게 엄졍히 경계

ᄒᆞ여시면 쳡이 엇지 방ᄌᆞᄒᆞ여 원비ᄅᆞᆯ 히ᄒᆞ리오. ᄋᆞ녀ᄌᆞ로 ᄒᆞ여금 졈졈 교긍（驕矜）ᄒᆞ믈 길너 동노동혈（同老同穴）과 쳥산녹슈（青山緑水）로 언약ᄒᆞ니 어린 녀ᄌᆞ 독ᄒᆞᆫ 쥴 몰나 졈졈 ᄃᆡ죄의 ᄉᆡᆨ지미 ᄯᅩᄒᆞᆫ 명공의 허물이오ᄃᆡ 이졔 다다라 흘노 쥰졀ᄒᆞ미 이ᄀᆞᆺᄒᆞ니 쳡이 원컨ᄃᆡ 그ᄃᆡ 압히셔 쥭어 마음을 쾌히 ᄒᆞ리니 ᄉᆞ오년 은의ᄅᆞᆯ 뉴련ᄒᆞ거든 시슈ᄅᆞᆯ 거두어 무ᄃᆞ믈 쳥ᄒᆞ노라.（『花門録』一四四頁）。

（8）たいていは身請け金を出してくれた者の妻妾となった。韓国の妓女のばあい代婢贖身といい代わりの婢で身をあがなったが、日本では遊郭の主人に金を払った。

（9）江戸時代には妾奉公と呼ばれる契約を結び、妾になる女もいたが、これは婚姻ではなく、主人と奉公人という関係になる。

（10）『椀久一世の物語』上巻七話〈世界は夜が昼〉をみれば妻が椀久のために松山を妻に迎るため金を準備してやる場面がある。しかしこれは妓女に魂を失い、商売をまともにしない夫に対する対処であったが、実際はそうはならなかった。椀久は妻が工面した金を意味もなく遣い、落ちぶれてしまい、松山は他の客に身請けされてしまうのである。また『好色一代男』を見ても主人公が妻としたのは遊女吉野だけであり、あとは遊郭や外での多くの女と戯れており、それらの情事は一時のものに過ぎない。

（11）『心中天の網島（新編日本古典文学全集　七五）』四一〇～四一一頁。

（12）請け出してその後、圍うておくか、内へ入るるにしてから、そなたはなんとなることぞと、言われてはつと行きあたり、アツアさうじゃ、ハテなんとせう。子供の乳母か、飯炊きか、隠居なりともしませうと、わっと叫び、伏し沈む。（『心中天の網島（新編日本古典文学全集　七五）』四一二頁）。

（13）妻の頼みを聞いて遊女が仕方なく男と分かれる例も実際にあった。万治年間（一六五八～一六六一）に吉原玉屋の花紫太夫は情人の山谷大盡の妻の頼みを受けて、他の男に与えんと小指を切り、男を裏切るふりをして二人は分かれるが、その後事実を知った山谷大盡は花紫太夫が妻の頼みを受けて小指を切ったという俠気と情意にほだされ、そのまま巨額の金を出して身請けさせ、他のところに嫁に出したという。上村行彰編『日本遊里史』（東京：春陽堂、一九二九）二六三～二六四頁。

（14）『仮名文章娘節用』を除外した他の人情本作品はすべて大団円を迎えている。

（15）『仮名文章娘節用（近代日本文学大系　二一）』八五頁。

（16）二七といへる春よりして、男に肌を触れしかども、未だ夫と定むるものなく、己が心に思う程なる、優れし男に逢はざりしかば、世によき男はなきものぞと、人にも語り、心の中にも、深くこれを愁へ居たるが、かの八百屋の繁兵衛を過ぎし頃より思い初めて、見る度度に心を悩まし、目元で知らせ、心のたけを文にて送りなどしけるが、（『娘太平記操早引（近代日本文学大系　二一）』四〇〇～四〇一頁）。

（17）これについては次のような鋭い指摘がある。「一七世紀前半の『洪吉童伝』やいくつかの愛情小説で見せていたほどの真摯さと深さが後代に十分に継承されなかったのではないか。一七世紀後半以来の婦女も含む士大夫階層を読者層として、全盛した過程小説と家門小説に至っては却って時代を逆行する感じさえする」張孝鉉「중세해체기 소설에 나타난 賎妾의 형상」（紀念論叢刊行委員会編『陽圃李相澤教授還暦紀念論叢韓国古典小説과敍事文学（上）』集文堂、一九九八）二二三頁。

（18）婦徳の強調は畜妾を肯定する男性に対する絶対的な貞節を強く主張するものである。この傾向が文学に及ぼす影響は十七世紀中盤に二十世紀初まで書かれた中国弾詞小説にも表れており注目される。方蘭によると、「弾詞」とは十六世紀頃、中国の南海岸沿いの大都市で流行した大衆演芸であり、珍しい故事、歴史伝説、唐代の色恋物語などを説話師が琵琶や三弦などを演奏しながら大衆に聴かせるもので、閨秀の婦女子たちは女説話師を家に招待してその内容を聴いたとされる。一六五一年頃に書かれた陶貞懐の『天雨花』は女性作家によって創作された弾詞小説であり、その主な内容は明の滅亡に対する悲憤を描いたとされる。主人公の左惟明は武事の守護神である武曲星の生まれ変わりで、真の忠臣とはいかなる人間であるかを世に示すために、天帝から地上に遣わされたということになっている。明の万歴（一五七三～一六一九）年間に湖北の襄陽に生まれ、明末の暗黒の世に大いに忠義忠誠を輝かすこととなる。一方でこのような内容の裏面には、当時の女性たちがどれほど婦徳に縛られ生きてきたか、よく表れており、婦徳を守ろうとする純粋な夫人が姑の命令で寝床を侍女に譲り、夫の妾にあてがって暮らしたり、「守宮砂」という薬を腕に塗って、色が変らなければ処女であると判断するなどの内容が描かれる（方蘭『エロスと貞節の靴　弾詞小説の世界』東京：勉誠出版、二〇〇三、二～五、三九、五七、八五頁参照）。このように侍女を夫の寝床に送るような話素は『九雲夢』の鄭夫人と侍女の春雲、『花門録』の李夫人の侍女の緑蟾などに見られる。また処女性の要求は家門小説『昌蘭好縁録』で鸚鵡の血を処女であるか調べる内容として描かれている。『玉楼夢』でも江南紅と碧城仙の処女性を証明する場面が描かれている。これについて金用淑は「この風俗は中国明清小説にも時々みられる事で、朝鮮朝末まで宮女選出方法に適用されたのは中国からの輸入とみられるとしている（金用淑『朝鮮朝宮中風俗研究』一志社、一九八七、三四頁）。従ってこのような内容は前代の小説では見られない新たな話素であり、弾詞小説をはじめとした中国古典小説の影響をうけたものといえよう。

(19) 拙稿「朝鮮文学の花・妓女（妓生）——日朝遊女比較論の前提として」（染谷智幸・崔官編『日本近世文学と朝鮮』東京：勉誠出版、二〇一三）一四六〜一五八頁。

(20) 「三生の縁」については、六章一節三項の仏教思想との関係を参照。

(21) 主君之恩、如山如海、而不能苦守貞節、基罪一也。前一所製之詩、見疑於主君、而終不直告、基罪二也。西宮無罪之人、以妾之故、同被其罪、其罪三也。負此三大罪、生亦何顔。若或緩死、妾当自決、以待処分矣。（中略）大君之怒梢解、囚妾于別堂、而其餘皆放之。其夜、妾以羅巾、自縊而死。（『雲英伝』四九〜五〇頁）。

(22) 「児身、不過一中路家処子也。非有傾城絶世之色、沈魚羞花之容、而郎君見鴟為鷹、其致誠於我。若是其勤然而、不従郎君者、天必厭之、福必不及、児之意決矣。願父母、勿以為憂噫。児親老而無兄弟、嫁而得一贅壻、生而盡其養、死而奉其祀、児之願足矣。而事匆至此、此天也、言之何益」其父母、默然無可言、生亦無可言者。（『沈生伝』四三三頁）。

(23) 女子之嫁也、雖丫鬟桶的、非倚門倡妓、則有夫壻、便有舅姑。世未有舅姑所不知之媳婦。而如妾者、被人欺匿、伊来数月未曾見郎君家一老鬟、則生為不正之跡、死為無帰之魂矣、此一恨也。婦人之所以事君子者、不過主饋而供、治衣服以奉之。而自相逢以来、日月不為不久所手製衣服、亦不為不多。而未嘗使郎、喫一盂飯於家、披一衣於前、則是所以侍郎君者、惟枕席而已、此二恨也。（『沈生伝』四三四頁）。

(24) 惟願郎君、無以賎妾関懐益勉工業、早致青雲。千万珍重、珍重天万。（『沈生伝』二六六、四三四頁）

(25) 周郎、周郎、珍重。（『周生伝』二四三頁）。

(26) 同じ言葉は『雲英伝』や『相思洞記』にも見られる。「伏願郎君、此別之後、毋而賎妾置於懐抱間、以傷思慮。勉加学業、擢高第、登雲路、揚名後世、以顕父母」『雲英伝』四四頁。「伏願郎君、此別之後、無置妾面目於懐抱間、以傷思慮。善保千金之軀、不廢学業、択高第、登雲路、以尽平生之願、幸甚幸甚」（『相思洞記』一八頁）。

（27）朴魯春、上掲論文、二〇四～二〇八頁参照。

（28）英潜其家、利責春茂曰「子等何如人哉」春茂曰「是豈知我哉。餘已思之熟缺也。花月年長、而時事倥偬、祖先羞辱、獨不為念、人或知情事、謂子等何如人哉」春茂曰「是豈知我哉。餘已思之熟缺也。花月年長、而時事倥イ忽、強暴難禦則、不可保者一也。公子才俊、而因妹致病、朝夕難救則、不可失者二也。姑氏通達、而婦人多疑、大事難断則、不可告者三也。然則、花間一行為可已乎、誠若事定、還家択婿親迎則、何幸如之。苟或流離異郷、事乃大謬則、雖悔曷追、而況公子不是庸庸者也、他日得志、栄顕一走則、花月之所以称功於我者、豈夫浅浅也哉」英曰「事已如此、為之何哉。敗身覆宗、亦由兄矣、変賎為貴、亦由兄矣」於時、英乗便於内、春茂伝於外、聚会頻数、恩義俱感、畏被人知、不能放情、或時猥倚翠戯諧而已。（『憑虚字訪花録』二〇八頁）。

（29）「妾身命薄年促、不與公子同享富貴。徒以死先累、悠悠此恨、曷有其極。他日、立身揚名、如有不忘、命於一杯之土、立以三人之碣、使千万世、多少指點称之曰、此乃某官某之妾之墓云、爾即志願畢矣。公子珍重珍重」凄然而泣、倏然而逝。（『憑虚字訪花録』二一一頁）。

（30）中小姓とは、主人の身辺を守る下級武士をさす。

（31）〈忍び扇の長歌（新編古典文学全集　六七）〉一〇八～一〇九頁。

（32）〈忍び扇の長歌（新編古典文学全集　六七）〉一一〇～一一一頁。

（33）〈忍び扇の長歌（新編古典文学全集　六七）〉一〇八～一〇九頁、注参照。

（34）〈姿姫路清十郎物語（新編日本古典文学全集　六六）〉二六九頁。

（35）まことならば、かみをもおろさせ給ひ、するずゑなき人をとひ給ふこそ、ぼだいの道なれ。（〈姿姫路清十郎物語（新編日本古典文学全集　六六）〉二七六頁）。

（36）手ならいそろばん其のあいに四しよのそよみもならはして（『袂の白しぼり（日本古典文学全集　四五）』一三七頁）。

（37）将軍の正室は公家出身が多く、もともと虚弱だったのに加え、三十歳を過ぎれば出産が難しいという理由で若い侍女に寝床を譲らなければならないいきまりがあった。これは妾といえども同じであった。庶子の将軍が多かった理由もここにある。高柳金芳『江戸時代選書三大奥の秘事』(東京：雄山閣、二〇〇三)七六頁。

(38) 家制度とは一般的に、家を一単位と見なし、個人より家を重視するところからくる法や慣習をさす。家門を重視するのは朝鮮でも同じであるが、日本のそれは若干異なる。世襲制度とも関係し、戸主を忠臣にその家に代代伝わる土地や家系、その家に伝わるものを重視する側面をさす。家を守るためには他門から養子を迎えるなどの処置がとられた。一方で家を一単位として考える慣習が生じたのには元禄から享保期(一六八八～一七三五)にかけて作られた宗門人別帳に拠るところが大きい。宗門人別帳とは一家の家族の名前と年齢そして宗教を記録した名簿である。もともと寛永年間(一六二四～一六四三)のキリスト教禁圧令に端を発し、それが全国的なものになるのは寛文期(一六六一～一六七二)の禁教の再強化にともなってである。この時に、人別帳に宗門を記録した宗門人別帳が一般化された。一八五三年に成立した法令集、荒井顕道編『牧民金鑑』下巻によれば、夫婦は同宗が原則で、子供は父の宗派に従うことが書かれている。明治時代になって戸籍が作られ庶民も氏を持つようになるが、現在に至るまで夫婦同姓とされるのは、このような家制度によるといえよう。戸籍自体は収税のため、奈良時代にも作られたが、貴族たちが私有地を所有するようになると無効化し、江戸時代に成立した宗門人別帳が現在の戸籍の基礎になったのである。宗門人別帳に記録された人は庶民であり、武士や貴族はここに記録されなかった。武士階級では庶民層と異なり、婚姻するのに様々な制限があり、養子を迎える際にも父系血統が重要視された。福島正夫『戸籍制度と「家」制度』(東京：東京大学出版会、一九五九)三一、五五～六〇頁参照。

(39) 青鳥は愛の使いとされる鳥で、李商隠の艶詩に「蓬山此去無多路、青鳥慇懃為探看」という句がある。吉川幸次郎『吉川幸次郎全集　第一巻』(東京：筑摩書房、一九六八)四八二～四八四頁。

(40) 『雨月物語』(一七七六)に集録された〈浅茅が宿〉という作品が戦争による夫婦の離合を描いているが、これは中国小説『愛卿伝』を翻案したものとして極めて例外的である。

(41) 朝鮮時代の王室の慶事が有った時や特定地域の儒生や官僚を対象に実施した特別の科挙をさす。

(42) 『曽根崎心中(新編日本古典文学全集　七五)』二一～二三頁。

(43) 飛脚は何人かで組み、大阪と江戸の間と行き来し、手紙や金品など、商人のやりとりする手形を配達するのが主な仕事だった。当時は京都大阪内で郵便物も配達していた。西鶴の『好色盛衰記』三巻三話に京都で遊郭に手紙を送る仕事を始めた〈反古と成文宿大尽〉九助の話がある。

（44）『冥土の飛脚（新編日本古典文学全集　七四）』一一六～一一七頁。

（45）〈死首の笑顔（新編日本古典文学全集　七八）〉四七四、四八六頁。

（46）近松作品『卯月紅葉』『心中宵庚申』では養子としての葛藤が、主人公の深刻な苦悩としてよく表れている。「米糠三合あるならば入堺すなとは、我が身のたとへかや。十貫目という敷き金を、あの女目にちやかさりよかと涙がこぼれて口惜しいわいのう。」（『卯月紅葉（新編日本古典文学全集　七五）』九一頁）「この書置きにも書く通り、養子になって十六年以降、十方旦那の機嫌を取り、暇のある日には町中を振り売りし」（『心中宵庚申』四七九～四八〇頁）。

（47）『仮名文章娘節用（近代日本文学大系　二一）』六一頁。

（48）『仮名文章娘節用（近代日本文学大系　二一）』八二頁。

五　愛情話素

五―一　日朝共通話素

五―一―一　烈女話素

日朝の烈女話素に対する考察は、まず烈女に対する概念の違いから始めなければならない。朝鮮では朝鮮時代に入って、貞操が強調されると共に、烈女の概念がそのまま「貞節を守ること」すなわち「守節」と直結するようになった。元来、貞節に対する規定と法的制度化は中国から輸入されたものと思われる。高遭の「我邦貞節堂制度的演変」によると貞節の観念が特に強調されたのは宋代以降のことであり、元代には貞節を守った女性を公的に称揚するようになり、明代には「民間の寡婦で三〇年以上、貞節を守ったものは表彰し、本家の賦役を免除する」(1)という勅命まで下された。また董家遵の「歴代節婦列女的統計」によると貞節の美徳を守った寡婦とさらに命を省みず貞節を守った女性、この二つの女性を「節婦」または「烈女」と称した。すなわち「節婦」とは女としての幸福を犠牲にしたり体を毀損させても貞操を守った女性を、烈女とは命を犠牲にしたり、貞操を守るために殺された女性をさす。(2)

ところでこのように中国から入ってきた貞節に対する法的な規範は朝鮮でより強調されて表れた。朝鮮では守節はもちろんのこと、再婚までもが禁じられる方向に至ったのである。恭譲王元年（一三五二）九月には六品以上の妻妾の夫が死ねば、その後三年間は再婚を禁止し、自ら貞操を守ったものを表彰すると定められた。(3) 成宗十六年（一四八五）には明律に従って制定された『経国大典』が頒布され再婚が禁止された。これによって再嫁女子孫禁錮法(4)が大きく影響を及ぼし、再婚した女と不貞を働いた婦女の子孫は文科試験を受けられなくなった。このため「女必従一、不事二夫」は金科玉條になったのである。そしてこのような烈女への評価は大きく次の三パターンに分けられる。

一　婚姻の約束だけした間であっても守節すれば高く評価される。
二　若い寡婦の守節は最も高く評価される。
三　強姦される前に自決すれば高く評価される。(5)

このパターンの中で特に一と三は作品に多く表れる。『王慶龍伝』や『淑英娘子伝』で父母が定めた夫人である盖氏や任小姐は、実質的な夫婦生活をしていなくても、一度婚姻を結んだ以上は再婚せず、守節しようとする態度がその例だといえる。また三は特に家門小説(6)でよくみられるパターンである。『花門録』では強姦されそうになった李夫人と胡夫人がそれぞれ川に身を投げている。

守節についての盲目的な行為は貞操を守る朝鮮の烈女像の典型である。それらは古典小説においては『春香伝』にみられるように妓女の烈としてよく描かれ、一夫従事を絶対的なものとして強調されている。『洞仙記』『王慶龍伝』〈簪桂重逢一朶紅〉『月下僊伝』『春香伝』などは主人公である妓女の烈が描かれているが、すべて男と出会った後、他の男とは逢わないことを誓っている。そして貞操を守るためには手段と方法を選ばない。

『洞仙記』では洞仙が胡孫達嬉に手を捕まれると貞操を守るために自ら手首を切る行動に出ている。貞節を守るためには自らを害することも躊躇しないのである。

『王慶龍伝』で玉丹は、強欲な妓母のせいで趙賈の囲い者になるが、守節のため趙賈を避け、その妻の筆跡をまねて巫夫に手紙を出して、妻と巫夫を姦通させ、窓の外からその様子を伺っている。妻と巫夫はこのことが露見するのを恐れ、玉丹をなきものにするために、毒薬を入れた粥を食べさせようとするが、自分は口にせず、趙賈にだけ味見をさせて毒殺する。

〈簪桂重逢一朶紅〉では一朶紅は八十余歳の老宰相の世話になることで自らの貞操を守る。『月下僊伝』『春香伝』では官妓が貞操を守るため、ありとあらゆる抵抗を試み、杖刑を受ける。彼女たちが主張するのは「忠臣之義、烈女之節」であり、ここでは守節と忠烈が一つになっている。したがって相手への忠誠を尽くし、貞操を守った苦節の末には必ず応報があり、儒教理念の勝利で幸せな結末を迎える。この時、妓女は守節を通して両班の妾になるが、これらは彼女たちの身分上昇意識と深く関わっている。『春香伝』が異本によっては両班の妻となっているのも、妓女、ひいては賤民の身分上昇意識の表れともいえよう。歴史上、十五世紀には両班の正妻になった妓女や王の後宮になった張緑水など、王の承認があれば、妓女ですら、その身分を変えることは可能であった。この傾向は十六世紀を境にしてみられなくなるが、十七世紀には戦争を通じて賤民の身分移動がみられ(7)、十八世紀以降は金で両班の身分を買えるようになったことは『両班伝』にも記されており、十九世紀の両班の急激な増加はすでに身分社会の維持が崩壊していたものといえる。また妓女の守節は、愛情成就に対する自らの意志を見せる手段であり、儒教的理念がより色濃く反映されることにもなった。

一方、日本には唐の律令制度の導入を通じて烈女の概念が入ってきた(8)。聖武帝、天平十四年（七四二）秋八月に孝子、順孫、義夫、節婦、力田などを称揚し、賦役を免除したという記録(9)を通じて、節婦の表彰を行ったことが分かる。ただこの時には律令制度として導入されたものであり、実生活上での慣習とは解離していたことも考えられる。新たな律令制度や文化が入ってきても、最初は概念の輸入だけに留まりやすく、実際の生活では受け入れられているかはまた別問題であるといえる。したがって実際に法令の実効性をもっているのかは分からないが、制度としては取り入れていたことが分かるのみである。

よって、概念としての烈女はあっても、実生活での反映は、はるか後のことであり、十七世紀になって儒教思想が庶民層にまで普及し、貝原益軒（一六三〇～一七一四）[10]の『女大学』のような女訓書の流行によって、その認識が広がったといえる。[11]

この頃から『女大学』をはじめとする、女訓書が多く出版されたことを考えると、当時の女性たちは、これまでにないほど儒教道徳に多く縛られたといえる。『好色一代男』巻二「女はおもはくの外」に登場する寡婦は主人公世之介が劫奪しようとすると、額を棒で血が出るほど殴っている。[12]しかし、日本では再嫁を禁ずる法もない上に、科挙制度のない世襲社会であったため、烈女がそのまま守節と直結しているわけではない。寡婦が貞操を守るか否かは個々人の状況によるところが大きい。

『本朝二十不孝』巻一〈跡の剝げたる嫁入長持ち〉に登場する裕福な商家の娘は何度も離婚した挙げ句、最後には家の財産を使い果たして、貧乏になり、哀れな死に方をする。彼女は自ら「男よく、姑なく、同じ宗の法花にて、奇麗なる商売の家に行く事を」[13]と決めながらも、いざ嫁に行くと夫が嫌になり離婚を繰り返す女であった。ところでこれらの作品に出てくる西鶴の言葉をみると、当時の人々は一人の男に添い遂げるのが女の道理と認識しているようである。

総じて、女の一生に男といふ者、獨りの事なるに、その身持ちあしく、去られて後夫を求むるなど、するずゑの女の事なり。人たる人の息女は、たしなむべき第一なり。縁結びて二たび帰るは、女の不幸、これより外なし。「もし又、夫縁なくて、死後には、比丘尼になるべき本意なるに、今時の世上、勝手づくなればとて、心のさもしき事よ」(14)

故に十七〜十九世紀には日本でも、「再嫁女子孫禁錮法」のような法的な制度にまでは至らなくても、教育や思想的な面で、儒教道徳の影響を大きく受けた時期であったといえる。その当時の日本では前漢の劉向（紀元前七七〜紀元前六）が撰した『烈女伝』を翻訳した北村季吟（一六二五〜一七〇五）の『仮名列女伝』（一六五五）をはじめ、浅井了以が叙述した『本朝女鏡』（一六六二）(15)、黒澤弘忠（一六一二〜一六七八）の『本朝列女伝』（一六六八）(16)などが相次いで刊行された。その他にも幕府時代の諸侯婦人の中から賢婦烈女を選び叙述した『古今列女伝』(17)が発刊されるなど、十七世紀はすでに儒教の影響の大きい時期だったことが分かる。また『本朝列女伝』(18)のように後の時代にその内容を抜粋した本なども多く刊行された。明治八年には疋田尚昌編輯の『本朝列女伝』、明治十二年には松平直温編纂の『本朝列女伝』(19)が各々東京と大阪で刊行された。

この中で黒澤弘忠の『本朝列女伝』巻之七「妓女伝」の冒頭をみると「妓は女楽なり。古に未だ妓有らず、漢武が営妓を置きしが始まりで、軍士で妻の無き者を接待した」(20)とし、一陸奥前采女、二竹岡尼、三妓王附刀自妓女仏、四侍従、五千寿、六静、七江口尼、八遊女妙、九大磯虎、一〇微妙という妓女たちの伝記が叙述されたが、これらは大部分、十二世紀以前の人物である上に、朝鮮文学作品によく登場する節婦とは大きな差がある。

一は八世紀、二は十一世紀の人物である。三、四、五、六、九、一〇は全て十二世紀の源平の争いと鎌倉幕府の成立によって生じた話、または悲恋譚である。(21)その他には西行法師（一一一八〜一一九〇）と関連して歌の上手な遊女に関する話が、七、八に所載されている。その中で、二だけが遊女の守節と恋に関する内容になっている。二に登場する室の遊女竹岡尼は、中納言である源顕基の寵愛を受けたが、別れた後に室に戻り貞操を守る。ある日、彼女は源顕基の臣下たちのいる船を見つけ、髪を切って、和歌一首を書いた紙に包み、船の中に投げ入れる。後には尼になったが、仏道に専念し、男を恨むそぶりも見せず亡くなった。竹岡尼が亡くなった後、源顕基は彼女が詠んだ和歌の内容をみて大層後悔をし、自ら出家して居士となる。その後、病にかかり、周りの者に有名な外国人医師の治療を受けることを勧められたが、拒否して死んでしまった。したがって、この話は女の和歌に男が感激して出家したという内容であり、愛する男女がどのような理由で別れたのかが分からない上に、女が貞節を守り、男と再会したというパターンでもない。すなわちここでは守節自体に対する意味の付与ではなく、残した和歌に対しての、彼の風流と懐古意識をよく表している。昔から日本の貴族社会では和歌をうまく詠めることが美人の条件とされていた。ここで登場する遊女たちはすべて十二世紀以前の人物であり、みなその条件の範疇にいる。そして愛する人と別れた後に、尼になったということは、俗世を去るのと同時に現世での死を意味するので、それが日本での烈女としての姿を表しているといえよう。

実際に十七〜十九世紀の日本の文学作品に登場する遊女は盲目的な守節よりは死によって己の愛を表す場合が多い(22)。

銀が敵の身なれば貴賤のかぎりもなく逢ひ見し中に、馴染みを恋の種となし、正しくその御方の心の通ひ、懐妊せし程の男も、今宵はじめての君にくらべて、富士の煙と、長柄の水底程の思はく違ひ、いかなる縁にや、これ程いとほしらしき御方に、逢ひ参らするも、不思議の一つ。酒まゐりて、二世までと約束のこの男奴、大方ならぬ因果」（中略）「八月十四日に相果つる至極」、段々に聞かせ、男泣きに前後を忘れ、身にたわいはなかりけり。太夫は聞くになほ哀れのまさり、「死なせ給ひて」済む事ならば、所にかまひは候ふまじ。いざ自らと同じ道に」と、思い切つたる気色 （〈嗲嗒という俄正月〉(23)）

引用文は、遊女が仮初めに縁を結んだ男をいとおしく思い、命を捨てても惜しくないという。しかし遊女が命を捨ててもかまわないというのは、客を通わせるための一つの手段でもある。遊女は金を稼いで早く奉公を終え、遊郭を脱するために、数多くの男と枕を交すのを生業とする。したがってたとえその中で愛する男が出来たとしても、その真心を見せる方法もない。故に自らの命を絶つことによって、またはその人のために命をかけることで示すのである。ここで遊女は男の疑いをはらすために、指を噛んで血で誓文を書こうとする。一方で、主人公の十太郎は敵討ちによる殺人罪で、数日後には処刑される身であった。ゆえに遊女にその事情を告げるが、相手はまったく気にもとめず、いっしょに死のうと願うのである。そして女は十太郎が処刑される日を待たずに遺書を残して自殺する。

女、十太郎を思ひにこがれ、十四日の月見るまでは待たずして、身事書置したため、「心ざしは万里に通へ。これより女の追腹」と、男のすなるやうに、この自害のさま、ほめぬ人なく、「後代にもためし有るまじ」と聞き伝へて、袖をひたせり。 （〈嗲嗒という俄正月〉(24)）

この女のうわさを聞いた人々は、あたかも十太郎を慕って殉死したかのように伝え、誉め称えないものがいなかった。このような二人の関係はあたかも武士の主人と臣下の関係の如きである。

次はある武士を愛した女の話である。彼女は偶然家の近くで敵討をするため、商人のふりをして状況を探っていた男と親しくなる。事情を聞いた女は敵の家に入り、敵討するのに都合の良い日を知らせることを約束する。

そなた様を、最前から、世のつねの商人とは見受けず、いかなる事ぞかし。女の無用なる尋ね事ながら、かりそめながら契りをこめて、子細を聞かでは置かれじ。先づ自らが命は、貴様へ参らせおくからは」（中略）「欲捨てて、浪人して、そなた様にふしぎの縁を結びぬ。命を進らすべしといふ一言はたがへじ。（中略）行く先の三月五日より、そこへ奉公に出で、自ら手引きをして、心任せに討たせ申すべし。」（中略）虎之助涙をこぼし、「いまだなじみもなきうちに、身に替へての心ざし、二世までも忘れおかじ」と、なほなほ情けを掛けあひける。（『野机の煙競べ』）(25)

その後、女は男のために敵の家の侍女として、敵の寵愛を受け、その子供まで生む。ゆえに一時は心が揺れるが、再び固く決意し、敵討のための準備を最後まで遂行する。そして男が敵を殺し、願いをかなえると、女は子を刺し殺してそのまま自害してしまう。

かの女来て、歎く事を歎かず、はじめの段々を語り、「この子も、我が腹はかし物」と、そのまま刺しころし、その手にて自害して、目前の落花とはなりぬ。この女仕方、惜しまぬ人はなかりき。（中略）虎之助は、かの女の事を思ひやりて、叡山にのぼり出家して、その跡を弔ひけるとなり。（『野机の煙競べ』）(26)

引用文をみると日本の烈女とは、相手のために貞操を守ることよりは、命をかけることが出来るのか否かが重要視されている。すなわち十七～十九世紀に表れた日本の妓女の中から烈女とされる者は朝鮮でいう義女に近い存在であるといえる。烈女の基本は一夫従事であるが、それが朝鮮の場合、再嫁女子孫禁錮法[27]と徹底した父兄社会によって、貞操を守ること、すなわち「守節」という行為になって表れる。日本の場合、「守節」自体にはそれほど重点をおかない反面、武士社会の主従関係を投影した「殉死」という行為で烈女意識が表れたといえる。

五―一―二　不倫話素

日朝両国において不倫という言葉は女にだけ適用される法であったといえる。既婚男性の場合、蓄妾は法的な処罰を受けないが、既婚女性が夫の他の男性と姦通した場合、当時の法によって処罰されるためである[28]。作品に表れた不倫もまた、既婚女性が他の男と通じたという意味で、両国は共通する。

しかし両国の不倫の様相は当然のことながら異なっている。まず朝鮮作品の場合、男女の身分差があり、男は両班で、女は賤民である。そして男は相手が既婚の女であることを知りながら恋情を抱くという特徴を持つ。身分の差については万一、士族女すなわち両班の娘と不倫行為を犯した事実が発覚すれば、本人の罪だけではなく、家門全体の罪となるため、そのようなことをするパターンは全くみられず、女の身分が男より低い場合のみに該当している。仮に士族の女が不倫した場合、その累は子孫にまで及び、科挙試験を受けられなくなるため、彼女たちにとっての不倫とは自分の事ではなく、一族を破滅させることであり、絶対に犯してはならない罪だった。一方で男の立場からも士族女との不倫はそのまま死罪を意味しており、士大夫としてはあってはならない事であり、それを文学作品化すること自体、考えられないことだったといえよう。したがって不倫話に登場する既婚女性たちの身分が賤民として低く設定してあるのも当然の事であったといえる。またその恋情に対しては周りの目を恐れるあまり、男が愛情を放棄したり、その不誠実によって長く持続せず、二人の関係は中断してしまう。これは両班家門の男が仲立ちを経ない場合、女に対する率直な感情を理性で抑え、心情を表せなかったものとみられる。

一方で日本の作品に表れる不倫は、身分とは関係なく恋情によってよりは偶然のきっかけで始まっている。この時の不倫行為は女の能動的な態度によって成立しているが、男が周囲の目を気にして、その関係を貫徹できなかったり放棄したりするのではなく、最後に発覚し、処刑されることによって話が終結している。この点は既婚女が不義を犯したときに厳しく法で裁かれること、不義は必ず発覚すれば処罰され、既婚女性の過ぎた好色は慎まなければならない、とする作家の叙述意図による結果である。このような特徴を念頭において、両国の不倫話素をもつ作品を考察する。

不倫話素をもつ朝鮮作品には『折花奇談』と『布衣交集』がある。両作品の不倫関係は相手に対する主人公の恋情から始まる。まず『折花奇談』の場面から見てみよう。

舜梅は年の頃十七、顔は繕わなくても、完全無欠であり、身は整えていなくても、艶やかなことを完備していた。その腰は柳、頬は桃、唇は桜桃、髪は漆黒で正に絶世の美人であった。彼女は方氏の下女で、結婚して髪を上げてからすでに何年か経っていた。李生がその姿を一目見た時から、魂は飛び、心はそわそわ、ここにあらずの状態となった。(29)

主人公の李生は二十歳ほどで、血気盛んな青年だった。彼は井戸端にいた美しい舜梅を見るとその情を忍ばすことが出来ず、下女から入手した彼女のノリゲをきっかけにして関係を持とうとし、言葉をかけた。

李生は情を抑えることができず、言葉をかけた。「思いがけずこのノリゲ一つで佳き縁を結ぶことになりましたね。人生は喩えるなら水中の泡、草の上の露の如く。青春は再び訪れず、楽しき事は無情だと申しますから、幸い今宵の縁をためらうことなく、三生の願を成し遂げるというのはどうですか」女は含み笑いをして答えず、そのまま水汲みをして、飄々と去ってしまった。李生は呆然としてどうすることも出来なかった。(30)

李生の言葉は相当にあからさまであり、夫のいる舜梅にこのような行為をすること自体が大胆であるといえよう。これは彼がまだ二十歳にしかならない血気盛んな青年であることと関係するが、基本的に家を省みず、ただ欲望だけを満たそうとする放蕩心によるところが大きい。このような彼の放蕩心は最後の場面で舜梅の叔母の艱難から叱責を受けた折の言葉によく表されている。

怒り声で李生に向かって言うことは「相公は明徳君子であるのに、なぜこんな不義な事をなさったりするのですか」李生が「一体何のことかな。おまえは何も知らないのだ。私が舜梅と親しくしてすでに何年か経っている。この前おまえといっしょに酒を飲んだのも、おまえの口と耳をふさぐための計だったのだ。それなのにおまえは東西も真実か嘘かも分からずに、今になって責めるとは。責めることでもないのに、全くお笑いだ。計り事をしたのもこの老婆だし、お前の目を欺いたのもこの老婆だ。一にも老婆の罪だし、二にも老婆の罪だ。私がおまえと一体何の関係があるっていうのか。今後、私はお前の姪の婿になるのを遠慮はしない。いったいあちこち通って私のために便りしてくれるのならどれだけ幸か」言葉を終えると李生は大杯に酒を注いであおぎ、仰天した心を落ち着かせようとした。(31)

李生は全ての罪を老婆のせいにして、自分は何の責任もないとうそぶく。あとで李生は次のような詩を残すが、そこには自ら縁を絶ち切ってしまったむなしさが隠されている。

ああ、後日の逢瀬は難し。一人枕を撫でながら恋しさばかり。先の出会いは天が既に隔たり、雲がぽつんと流れるばかり。自ら断ち切ってしまい永遠に別れてしまった痛み。両想いの極まりなきを嘆き、天が荒れ、地が老いようとも、この恨みは消し難し。日や月がどれだけ経っても、この情はなくならない。率直な心を伝え、真心を表し、言葉には限りがあるが、この情は終わりなき。云々。(32)

『折花奇談』にみられる既婚女性との不倫は男のちょっとした愛欲によるものである。このような不倫関係は心の呵責と周辺人物の妨害によって結末を迎え、持続できなくなってしまい、ことが表沙汰になる前に終わってしまい、男の切ない情だけを残している。

ところで彼の不倫に対する『折花奇談』の序跋をみると、その内容はたとえ男女の不倫ではあるが、実際の目的は好色に対する警戒と不朽の文章を記すところにある。作者である石泉主人の序文とその友人の南華山人の序跋文をみれば次のようになっている。

石泉主人：自らどうすることもできなくなり、その心を禁じえず、誤らせてしまうのは、美しい女の姿そのものである。(中略)一度逢う約束をして、二度違え、二度会う約束をして、三つ失ってしまう。鬼神の弄ぶ如く、天が導くが如く、今後は、まさに人が色に惑わされ易きことが分かるであろう。(33)

南華散人：十回逢って、九回遇って後に、初めて事が始まり、天縁の所在を始めて信じることができた。惜しいかな。遇う前に断つほど痛きものはなし。然るに、一度見た後、自ら絶ったのは幸いといわねばなるまい。（中略）志が極まっており、情に篤いこと、このように観るべきものがある。（中略）俗俚であるが、既に詳びらかで盡くされており、君の文章は非常に大きいことよ。(34)

石泉主人の李生は自ら色におぼれたことを論じ、友達である南華山人は男女の縁を天縁として認めているが、色におぼれることを警戒して、その文章を非常に大きいことを論じる。ここでは不倫を過去の視点から見る二人の冷徹な視線とそれをいかにうまく表現したかについての考えが述べられている。

『布衣交集』に登場する李生もまた美しい楊氏を見て心ひかれるところから始まっている。これは地方よりも開放的なソウルで、李生が寄宿していた西軒近くで起こった二人の偶然の出会いである。しかし彼はすでに四〇になる貧乏な士であり、若く聡明な楊氏への気持ちは消極的なものだった。

李生もその女の様子を伺っていたが、秋の霜のように、凛として美しい。年が若くないだけでなく、故郷には若い妻もいるのに、客地でわびしく過ごしているといって、どうして浮気する考えなど持てようか。しかし女の姿だけは慕って羨望していた。(35)

彼は始終理性的であり、美しい楊氏、すなわち楊婆を見ても、自分の年と妻がいることを考えている。したがって、実際に二人が不倫関係になったのは楊楚玉の積極的な態度にあった。楊楚玉は李生の厳粛な号令の声を聞いて、彼を気に入り、李生が硯の水入れに水が一杯になっていたにもかかわらず水を汲んでくるように命じたことで、李生の自分への気持ちにいち早く気づいたのである。それほど楊楚玉は、男女の機微をよく知った女性であり、大胆に自ら李生を誘惑していく。

ある日、突然、楊楚玉が手に鳳仙花一輪を折って、李生の前に投げ去っていった。そしてしばらく堂婆と話をしていたかと思うと、また西軒に来て李生に尋ねた。「さっきの花をどうご覧になりましたか」李生はすでにその花を硯の水入れに挿していた。花は綺麗だけど、おまえさんの美しさには及ばないね。(36)

楊楚玉は花が宮廷に咲けば、王族や貴公子の目に留まることになるが、巷間にあれば牧童に手折られることを説明しながら、李生の身の上と全く同じであることを述べる。そして自らの身の上も嘆くのである。李生はその言葉に驚き、彼女がどこにでもいるような婢ではないことに気づき、鳳仙花を媒人とし縁を結ぶことを提案する。

王のいる都に近ければ科挙試験に合格し尊い身分になりますが、才能と徳がすぐれているからでしょうか。遠い田舎に生まれれば貧賤になりますが、誠が足らないからでしょうか。女もまたそうで、士大夫の家に生まれれば淑女になり、巷間に生まれれば、ただの夫の妻になるだけです。どうして容貌や徳が劣っているからでありましょうか。それゆえ私が、この花の美しさを見て、君の誠を惜しく思い、私の賎しさも嘆くのです。そして、この花が惜しまれるだけに、君も私も惜しまれるのです。私は自らを惜しんでいる暇などございませんが、君をして惜しませるようにと思ったのです。(中略) 李生は楊楚玉の美しさを思慕していたので、その言葉までも美しく思われ、知らぬ間に満足げに感服していた。「おまえさんは果たして巷にありふれた女ではないようだ。この花を我々の媒人とするのはどうかな」(37)

楊楚玉の言葉は田舎出身の不運な李生に対する哀惜である一方、自らの現状を哀惜するものである。それは後に楊楚玉が李生にいった「文章をよくする士（ソンビ）と出会い、朝夕に話をして一生を送るのが私の願いでした」[38]という言葉にも表れている。彼女は幼い時から南寧尉宮の別駕に仕えながら[39]『通鑑』『史略』『詩伝』『孝経』『古文』などの書を暗誦し、『蘭雪軒集』などの漢詩集についても論評できるほど漢詩文に精通した女性であった。その後、楊氏から養女として身請けされて嫁になったが、十九歳の夫は全く文字が読めない男であった。したがって、彼女の「文章をよくする士」を慕う気持は、身分の制約[40]によって、全く合わない男の妻になった不満からも来ている。楊楚玉は初めての逢瀬で、李生の全く知らない『蘇秦伝』の故事[41]を説明する。したがって二人の対話は完全に楊楚玉の主導でなされて、夜が明けると何もせずそのまま帰ってくることになった。李生は楊楚玉と肉体関係を結ばなかったことだけを考えて後悔するが、ここに大きな誤解が生じる。肉体関係を結ばなかったことで、楊楚玉は李生を、『論語』にある「色」ではなく「賢」を愛する「大丈夫」であると勘違いをする。[42]また李生が他人の心を思いやることの出来ない愚者であることを悟れず、ただ清貧な田舎の士であるとばかり誤解する。実際、李生が愚者であることは、楊楚玉が送った漢詩に対する返しが一首しかなかったことからも推察できる。つまり李生は両班の家に生まれながら漢詩もろくに作れない男だったのである。

その後も彼女の誤解は続き、「貴くも互いの心を知る知遇になったから、心を欺くようなことがあってはなりません」[43]といいながら男女の関係を結ぶ。

今や君は既に杜牧の風彩、伯符の年記、王氏謝氏の貴さ、范石の富でもありません。私がこのようにするのは淫乱やお金を好んだからではありません。君もまた酒と女を求める放浪の徒ではありませんから、何を疎うことがありましょうか。願わくば君はただ心の欲することをなさって、胸の奥に思いをためないでください。情があるのに吐かなければ必ずや病になり、病が続けば初めから知らなかったほうがましでしょう。影に情をはせることも、絵を愛することもできません。私は君のために死をもいといませんが、一杯の酒をどうして遠慮いたしましょうか。卓文君が司馬相如に逢いに北堂に走りましたが、身を清くしたいと思ったでしょうか。ただ、お相手を楽しんでも淫乱ではなく、悲しんでも傷つかずと言いますから、必ずそうなさるのが良いでしょう。(44)

彼女は李生の心が酒色を好んでではなく自分に対する真心によるものと錯覚する。そして関係を結んだ翌日には、二人の関係を「天縁」(45)とし、李生のために一足の美しい靴下を作って、その居所である西軒近くに来て投げ入れるのである。また、張進士の庶五寸である張士先から李生との関係を尋ねられると、「一〇回叩いて倒れない木がどこにありましょうか」(46)と答える。このように彼女は始終積極的な態度を取り続け、不倫関係が露見しても隠そうともしない。都において経済的に十分な生活をしており、科挙試験のために山寺に登った李生へ贈り物まで届けたりするのである。

一方で、李生はこのような楊楚玉の心を全く理解できず薄情である。張進士の甥である張仲約が楊楚玉をものにしてみせると豪語するや、「渡り廊にいる物なのに、どうして難しいことがあろうか」(47)「道端の井戸水をどうして一人で飲めるのだ。ましてもともと私の物でもないのに」(48)といいながら、楊楚玉が張仲約と密通したのではないかと疑い、彼女にたいする想いが次第に薄れていく。そして張仲約に、楊楚玉の心を全く掴めないからどうにかしてくれと訴えられても「他人がすでに食った女をいったい俺にどうしろっていうんだ」(49)と答える。さらに、楊楚玉にもらった手紙を張士先に見せるなどの軽率な行動をとる。

しかし楊楚玉の誤解はそのまま続いていく。張士先が、李生は楊楚玉との手紙を人に見せるなど軽率な行動をとる上に、老いて貧しいのはもちろん、醜く文才もない者だから、付き合うなら、李生より張仲約のほうがずっとましだと警告しても、全く聞く耳を持とうともしない。

私は決して富貴な暮らしではありませんが、すでに十分満ち足りており、美しく貴い姿態に気高く優れた才能があり、常に貧賤の交友に従い、死ぬまで忘れないことを望んできました。首を長くして待ち望んでいたところ、天が私をお見捨てにならなかったからでしょうか、幸いにも西軒で李様に出会い、死ぬまで忘れない知己と思ったのでございます。私が自ら進んで従ったのであって、李様が望んだのではございません。私の心は金石より固く水に入れても染みず、火にくべても燃えませんから、これ以上おっしゃっても無駄でございます。もし李様が張様のように裕福で若かったなら、私は見向きもしなかったでしょう。今この華やかな都市では官吏と貴公子、裕福な商人と豪傑たちがいくらでもおります。しかし私はこれらを全て望まず、ただ李様だけを選んだのですから、その心はお分かりでしょう。昔、洗濯女が韓信を哀れに思って好意を施したのと同じ心です。見返りを望んだり淫らな心でそうしたのではありません。(50)

彼女が李生と付き合った理由は既に述べたように「文章をよくする士と出会い、朝夕に話をして一生を送ること」であり、「貴くも互いの心を知る知遇（貴相知遇）」になり、「死ぬまで忘れない知己（没世不忘之知己）」の関係を維持することだった。

ところが、この不倫話は、李生が「知己」ではなかったことがはっきりしてから結末を迎える。楊楚玉は不倫のせいで舅と夫から拷問を受け、自ら命まで断とうとするほどの苦難を味わうが、李生は彼女が張仲約とも関係していると思い、仲を取り持つように頼む仲約の話をしてしまう。

ある日、李生は楊楚玉と会って仲約の頼み事について述べた。楊楚玉は静かにたたずんでいたが、にわかに「ご冗談ですよね、本当のことですか」といった。李生はその言葉を聞いて、すでに事が誤った方向に行ったことに気付き、あわてて「もちろん冗談だよ」といった。楊楚玉は「私は君こそ真の士だと思っていましたが、本当はそうではなかったのですね」というと、しばらく顔色が変わったまま肩を震わせて涙を流した。どのくらいの時間が経ったのだろうか。楊楚玉が口を開いた。「私は君と正式に婚姻を交わした仲ではございませんが、分けあうものが夫婦より深かったのは、その心ゆえでした。ところが今になってどうしてこのような軽率な言葉をおっしゃられるのでしょう」この後、楊楚玉は李生に対して以前のような情のある態度をとらなかった。積情は雪のように溶けて、雲のように去り、金石のごとく固い契りは、風に雹が落ちるように消え、再び元通りの関係になることはなかった。(51)

「知己」だと思っていた李生から思いがけない言葉を聞いて、楊楚玉は失望したのである。そして真の士《ソンビ》だと思っていた李生がそうではないと悟り、それ以来、李生との接触を断ってしまう。その後、楊楚玉は女伶(52)として選ばれ、礼曺において再び李生と邂逅するが、李生の友である閔参奉の助けで、女伶にならずに済み、家に帰れることになる。この時、李生は瑛山紅の花一輪を手折って楊楚玉を誘惑するが、彼女はすでに終わったこととして、やんわり拒絶する。そしてこの後、丙寅洋擾(53)によって、楊楚玉についての消息も跡絶えるのである。

作品の後記には、彼女に関して「官職にない士と付き合うのは聞いたこともなく、楊楚玉は果たして美人の中でも義の気運を持った、侠気ある人物であるといえよう」(54)という鄭公輔の評が付けられている。これは彼女が犯した不倫に対する批判ではなく賞賛の言葉である。

単純に考えると楊楚玉は夫のいる身で李生とも関係を持った不義の女性である。しかしその行動は、「文章をよくする士と出会う」志を遂げられず、文字を理解できない夫との結婚生活を余儀なくされた不幸に因るものである。彼女の不倫に対して、批判ではなく賞賛で終わるということは、それなりの作者の意図があったといえよう。作者の『布衣交集』の叙述目的は不倫でなく「布衣の交わり」[55]を描いたところにある。この点は序文にも記されており、最後の楊楚玉と妓女との対話を通じて表れる。彼女は不倫を犯したものの、『春秋』を重んじ、「草や水で腹を満たし、腕枕で眠りにつこうとも、楽しみはその中にあるから、どうして財物と色にうつつをぬかす者と、それを共に出来ようか」[57]とすることから、精神的な節を守った者として賞賛されたのだといえる。このような楊楚玉の行動は、既存の妓女と貴公子の愛情関係のパターンとは異なる。一般にその関係は、貴公子の科挙合格によって幸せな結末を迎え、一介の妓女から両班の妻妾という地位を得て富貴栄華を享受するからである。その典型が『春香伝』であり、十六世紀末の『周生伝』[58]以来、十八世紀にかけての貴公子と官婢との愛情を描いたものはすべてこの関係にあるといえる。

しかし、楊楚玉の李生に対する感情は、科挙に合格するような貴公子に仕え富貴栄華の享受を望むのとは全くかけ離れている。上でも述べたように、「文章をよくする士と朝夕に話をして一生を終えたい」という願いの基本は「知己」にあり、「貧賤の交友」を望む心にある。つまりここでは女性の経済的あるいは社会的な身分上昇希求とは何ら関係ないところでその愛情関係が成立するのである。ゆえに作者は「美人の中でも義の気運を持った、侠気ある人物」という評を付けたのだと思われる。そしてこのような「知己」による愛情関係は、今までにはない新たな女性像を生み出したといえよう。[59]

一方、日本の作品では相手を愛してではなく、どうしようもなく不倫関係になってしまうことが多い。つまり本人の意志とは関係なく、周辺の状況によって不倫に陥り、最終的には発覚して処刑あるいは自ら命を絶つのである。それに該当する作品が『好色五人女』巻二〈情けを入れし樽屋物語〉と巻三〈中段に見る暦屋物語〉である。

〈情けを入れし樽屋物語〉に登場する女主人公おせんは隣家の葬儀の手伝いに行き、納戸[60]から器物を取り出す際に、頭に当たって髪が乱れる。これによって、その家の妻から夫との間に何かあったのではと疑いをかけられ、腹を立てたおせんは実際にその家の主人と関係を持つ。引用文には結婚して幸せに暮らしていたおせんが急に不倫関係に陥ったいきさつが書かれている。

されば一切の女、移り気なる物にして、うまき色咄に現をぬかし、道頓堀の作り狂言をまことに見なし、いつともなく心をみだし、天王寺の桜の散り前、藤のたなのさかりに、うるはしき男にうかれ、かへりては、一代やしなふ男を嫌ひぬ。（中略）死別れては、七日も立たぬに後夫をもとめ、さられては五度七度の縁づき、さりとは口惜しき下々の心底なり。上々にはかりにもなき事ぞかし。女一生にひとりの男に身をまかせ、さはりあれば御若年にして河州の道明寺、南都の法花寺にて、出家をとげらるる事もありしに、なんぞ、かくし男をする女、うき世にあまたあれども、男も名の立つ事を悲しみ、沙汰なしに里へ帰し、あるいは、見付けて、さもしくも金銀の欲にふけて、曖《あつか》ひにして済まし、手ぬるく命をたすくるがゆえに、この事やみがたし。[61]世に神あり、むくいあり、隠してもしるべし。人おそるべきこの道なり。[62]

作者はここで、まず芝居に熱中するあまりその内容を実際のものと錯覚する女たちの例を挙げている。江戸時代には、男たちの遊興場所が遊郭なら、女たちの遊興場所は芝居小屋であった。歌舞伎はもともとお国歌舞伎からはじまり、それが風俗上の問題で取り締まられ、野郎歌舞伎に移ったものであるが、見物客には女たちが多くいた。特に見物が終わったあと、俳優と直接会う機会もあり、経済的にも余裕のある女たちが俳優と密通することもあった。当時の幕府は地方で大きな力を持っていた藩主たちを掌握するため、江戸に正妻を人質として囲い、藩主と臣下は一年ごとに江戸と地方を往来しなければならなかった。したがって、江戸で暮らしていた正妻や周りの侍女たちは遊興のため芝居を楽しむことも多かった。特に大奥で暮らす侍女たちの中には、芝居に熱中するものが多かった。そのため幕府は十八世紀になって武士階級の女性が芝居を見に行くのを禁止したほどであった。(63)このほかにも『嵐は無常物語』下巻三話〈むかしはしらぬ瘊子見るかな〉には嵐三郎四郎に心惹かれ刺青までした商家の娘の話があるが、これらによって当時の役者の人気のほどが分かる。(64)しかし〈情けを入れし樽屋物語〉のおせんはこのような理由ではなく、完全に偶然の機会から不倫関係に陥った女性である。その詳しいいきさつは次のようになっている。

亭主の長左衛門、棚より入小鉢をおろすとて、おせんがかしらに取りおとし、うるはしき髪の結目、たちまちとけて、あるじ、これをかなしめば、「すこしもくるしからぬ御事」と申して、かい角ぐりて、台所へ出けるを、かうぢやの内儀、見とがめて気をまはし、「そなたの髪は、今のさきまでうつしくありしが、納戸にて俄にとけしは、いかなる事ぞ」といはれし、おせん、身に覚えなく、物しづかに、「旦那殿、棚より道具を取りおとし給ひ、かくはなりける」と、ありやうに申せど、これをさらに合点せず、「さては、昼も棚から入子鉢のおつる事もあるよ。いたづらなる七つ鉢め、枕せずにけはしく寝れば、髪はほどくる物ぢや。よい年をして、親の弔ひの中にする事こそあれ」と、人の気つくして盛形さしみをなげこぼし、酢にあて粉にあて、一日この事いひやまず、後は、人も聞耳立てて興覚めぬ。かかるりんきのふかき女を持合すこそ、その男の身にして因果なれ。おせん、めいわくながら聞き暮せしが、「おもへばおもへばにくき心中、とてもぬれたる袂なれば、このうへは、是非におよばず、あの長左衛門殿になさけをかけ、あんな女に鼻あかせん」と思ひそめしより、格別のこころざし、ほどなく恋となり、しのびしのびに申しかはし、いつぞのしゆびをまちける。貞享二とせ正月二十二日の夜、（中略）樽屋も、ともし火消えかかり、男は昼のくたびれに鼻をつまむもしらず。おせんがかへるにつけこみ、「ないない約束、今」といはれて、いやがならず、内に引入れ、跡にもさきにも、これが恋のはじめ、下帯下紐ときもあへぬに、樽屋は目をあき、「あはばのがさぬ」と声をかくれば、よるの衣をぬぎ捨て、丸裸にて、心玉飛ぶがごとく、はるかなる藤の棚にむらさきのゆかりの人ありければ、命からがらにてにげのびる。おせんは「かなはじ」とかくごのまへ、鉋にしてこころもとをさし通し、はかなくなりぬ。その後、なきがらもいたづら男も、同じ科野に恥をさらしぬ。その名さまざまのつり歌に、遠国までもつたへける。あしき事はのがれず、あなおそろしの世や。[65]

おせんは嫉妬心の強い隣家の妻によって不倫の疑いを受ける。そしてそれをきっかけに実際の不倫関係に陥ってしまい。はじめて肉体関係を結ぼうとしたその夜にばれてしまい自殺してしまう。

この不本意な不倫関係は〈中段に見る暦屋物語〉に登場するおさんでも同じである。暦屋の下女りんは同じ使用人である茂右衛門[66]を思慕していたが、字がうまくかけず、手紙もだすこともままならなかった。そうこうするうちに主人のおさんが代筆した手紙を出したところ、その返しは女心をまったく理解しない野暮な内容であった。[67]これに怒りを覚えたおさんは茂右衛門にりんの寝室に誘う返事をかく。おさんはりんの身代わりになって茂右衛門をからかうつもりであったが、下女たちとぐっすり寝入ってしまい、気づいたときは茂右衛門と事に及んだ後であった。

りんも大方なる生まれ付き、茂右衛門め程なる男を、そもや持ちかねる事やある」と、かさねて又、文にしてなげき、「茂右衛門を引きなびけて、はまらせん」と、かずかず書きくどきて、つかはされける程に、茂右衛門文づらより、哀れふかくなりて、（中略）あひみる約束いひ越しければ、おさんさま、いづれの女房まじりに声のある程は笑ひて、「とても事に、その夜の慰みにもなりぬべし」と、おさんさまりんになりかはらせられ、身を木綿なるひとへ物にやつし、りん不断の寝所に、暁がたまで待ち給へるに、いつとなく心よく御夢をむすび給へり。下々の女ども、おさんさまの御声立てさせらるる時、皆々かけつくるけいやくにして、手毎に棒、乳切木、手燭の用意して、所々にありしが、宵よりのさわぎに草臥れて、我しらず鼾をかきける。（中略）その後、おさんはおのづから夢覚めて、おどろかれしかば、枕はづれてしどけなく、帯はほどけて手元になく、鼻紙のわけもなき事に、心はづかしくなりて、「よもやこの事、人にしれざる事あらじ。このうへは身をすて、命かぎりに名を立て、茂右衛門と死出の旅路の道づれ」と、なほやめがたく、心底申しきかせければ、茂右衛門、おもひの外なるおもはく違ひ、のりかかつたる馬はあれど、君をおもへば夜毎にかよひ、人のとがめもかへりみず、外なる事に身をやつしけるは、追付け、生死の二つ物掛け、これぞあぶなし。(68)

一度疑いをかけられたり、一度でも関係を持てば、覚悟をきめてその災いの中に身を投げ、新しい男についていく。このように、西鶴の作品に登場する不倫関係は始終女側の能動的な行動が描かれる。実際には男側の誘いによる密通もあったと思われるにも関わらず(69)、このような女側からの描写が描かれるにはそれなりの理由があり、次のような見解もその参考になる。

事実無根の噂や、たった一度の過ちから、密通の覚悟を決めて夫を捨てる、おせん、おさんの潔さも、じつは、単なる噂であろうと、心ならずも犯した過ちであろうと、世間や夫に向かって「潔白」を弁明できない妻の立場の弱さと、妻に強いられた倫理規範の強烈さの裏返しである。西鶴が、密通を、このように事実無根の噂や、ふとした偶然に端を発することとして描いたのは、そうすることで、彼ら当事者には、決定的な倫理的落ち度がなかったことを示そうとしたからであろう。そして、最初は夫に次には密通の相手にと、結果的には、つねに一人の男に真心を傾けて打ち込んでいく女性の姿を描くことで、逆説的ではあるが、密通の中にさえも、排他的に一人の男を守ろうとする、女性の誠実さが浮彫りにされることになったと思われる。(中略)近世の密通が、「同じ屋根の下に暮らす」男女の、恋情というよりは、より原始的な欲望、愛欲に近いものであり、女が男の力や威嚇に屈するかたちでなされた場合も多かったことは見逃せまい。西鶴が文学の中で描いたのは、後者のような、女を力によって屈服させた密通でも、欲望に流された男女の馴れ合いでもなかった。それは、女性が意図的に選択した密通であり、男女の恋情や情愛に基づくものであった。そして、そう描くことで、人々の心の中に潜む、こうした男女のあり方への共感を引き出すことに成功したのではあるまいか。(70)

しかし作品からもわかるように、西鶴は決して密通を通じて女性の誠実さを浮き彫りにさせたわけではない。むしろ彼は「世に神あり、むくいあり、隠してもしるべし。人おそるべきこの道なり」(71)と好色への警戒で締めくくっている。元々おせんとおさんは商家の妻として理想的な人物であり、その様は次のように語られている。

殊更、男を大事に掛け、雪の日、風の立つ時は食つぎを包みおき、夏は枕に扇をはなさず、留守には、宵から門口をかため、ゆめゆめ外の人にはめをやらず、物を二ついへば、「こちのお人こちのお人」とうれしがり、年月つもりてよき中に、ふたりまでうまれて、なほなほ男の事をわすれざりき。

（〈情けを入れし樽屋物語〉）[72]

明暮、世をわたる女の業を大事に、手づからばんがら絲に気をつくし、すゑずゑの女に手紬を織らせて、わが男の見よげに、始末を本とし、竈を大くべさせず、小遣帳を筆まめにあらため、町人の家にありたきは、かやうの女ぞかし。

（〈中段に見る暦屋物語〉）[73]

ところが、おせんの隣家の嫁から嫉妬心を受けたことや、おさんの茂右衛門への嘲弄心が不倫関係に至るきっかけとなってしまった。嫉妬心の強い隣家の嫁や、女心も分からない野暮な茂右衛門をからかう気持ちが、不倫へと至らせてしまう道となる。これは女が持つ男への恋情や恋愛とは異なる次元のものと見なければならない。これはつまるところ好色の一断面であり、ここにおいて作者西鶴の鋭い視点が示されている。叙述の表面では女の能動的な行為、男に対する一途な思いが描かれる。しかしその裏にはどんな理由であれ犯した不倫に対する相応の罰が待っているという事実とそれを単純な真心とはみなさない理性的な視覚が表れている。

おせんとおさんの例から、日本では既婚女性に対する不倫への処罰は相当厳格であったと推測される。既婚女性の密通が明るみになれば男女ともに死刑に処せられ、万一、夫が間男を殺す場合は妻も殺さなければならない密懐法があったのである。[74]そしてこれは身分の区別なく適応されたため、女の立場としては夫から離婚状をもらえば再婚も自由である反面、婚姻関係にあるままの不倫は死罪と直結していた。おせんはその場で自殺しており、おさんは茂右衛門と駆け落ちし、途中で遺書を残して投身自殺したようにみせかけ、ひそかに村に隠れて暮らす。しかし、結局は見つかってしまい、捕まえられて処刑される。そのため、おせんもおさんも法の通り死罪同様の結末を迎えている。もちろんこれはあくまで法的な次元であり、実際の状況は様々であり、処刑の決定に際しては夫の心次第であったといってよい。このような法的次元についての詳細な説明は六章で論じることにする。

五―一―三　変装話素

変装話素は男女が結縁を行うための方法の一つであるが、変装そのものに関しては、朝鮮の古典小説にみられる男装は、一般的に女が身を守るために行う場合が多い。例を挙げると、『崔陟伝』では戦乱中に、『花門録』では道を行く途中に、無頼漢から身を守るため男装する場面が見られる。また英雄小説の場合、女が男装をして出戦する場面がある。『玉楼夢』に登場する江南紅も男装して出戦している。そして男装がすべての男女の結縁の直接的な契機になるわけではない。例えば江南紅が楊昌曲と出会ったとき男装をしている場面がある。彼女は楊昌曲を見て、容貌と才能が優れていることを悟り、その言動と志操がどうであるか詳しく探るために男装をして楊昌曲に近づいたのである。(75) 男装した江南紅は楊昌曲の言葉を聞いて、彼が文才のある風流人であるだけでなく、道学君子の風貌を兼備していることが分かり縁を結ぶ。この時の男装は己れの身を生涯託すだけの人物であるかどうかを見極めるための手段である。

これと比べて男子が女装する場合、みな男女が結縁する際の直接的な役割をする。男は気に入った女または婚約者に直接会うために女装する。朝鮮の古典小説で男主人公が女装するのは士族の女性に対する法が厳しかったことと関連しているだろう。または男子の女装は、月代《さかやき》などがなく、男女の髪型がさほど異ならなかったため可能だったといえる。実際に中宗八年(一五一三)十月、全羅道観察使である権弘の報告をみると当時の風俗に対して次のような記録があるのが興味深い。

本道の弊風に居士と称する男と回寺と称する女はほとんど農事に従事せず、淫乱な行いが横行し、風俗を害しております。法によって当然禁止すべきです。その中で最も甚だしいのは両中（俗に花郎といい、男巫と称する）でございます。（中略）二十歳頃でまだ髭も十分には得ていないものが、女の服を着て変装し、化粧を施して人家に出入りしております。黄昏時、夜に女巫といっしょに混じって堂室に座り、隙を見ては人妻と姦通する。（中略）化粧して女装し人家に出入りする物は、良賤を分かたず、収贖を除いて一族をそれぞれ絶島に送り、良人は奴婢とする。(76)

ここでいう「回寺」とは寺堂の前身で、その当時、広大の役割をしていた女寺堂があったことが分かる。また「居士」とは寺堂を引き連れている男をさしている。そして「両中」とは花郎とも称し、男巫をさす言葉として使われた。したがって若い両中すなわち男巫は夜に女装をして人家に出入りし、隙を窺って婦女と通じていたことが分かる。

『九雲夢』に登場する楊少遊は女楽士に変装して、鄭侍史の家に入り琴を弾きながら鄭小姐と面会する。そして最後の曲「鳳凰曲」を聞いた鄭小姐は相手が自らの容貌を伺おうとする男であることを見破る。女楽士は「両中」を髣髴させる。そして作品に現れた女装は虚構の話ではなく、あり得る事実であったことが分かる。ただ歴史の記録にみられる女装は生活の方便だったのに比べ、(77)小説に現れた女装は男女が結縁するためのものであり、浪漫性が加味される役割を果たしている。これについては「女の立場からは奇縁として受け入れるしかないものと諦念させるものであり、男の立場からは積極性に運命を開拓していく方法ではあるが、一度会ってしまえばすでに純潔を失ったと見なす封建社会のモラルに便乗した賎しくも人為的な話素とする」(78)見解もある。また明末清初の小説に変装話素がしばしば登場することを考えれば、朝鮮作品に現れた女装話素がその模倣である可能性も考えられるであろう。(79)しかし事実がどうであれ、男女が互いに会うことが難しかった朝鮮両班社会で女装が互いの顔を見るための一つの方法であったことは明らかである。

一方、日本の作品に現れた変装話素には男装だけが存在する。(80)これについては主に朝鮮の作品と同様に、男装は女性が外出する際、身軽であり護身のための機能を持っていたとする点がその理由としてあげられる。『西鶴諸国ばなし』四巻収録の〈忍び扇の長歌〉には武家の女性が愛する男性と一緒になるため、密かに駆け落ちする際に男装して出てくる場面がある。女は自分を思慕する下男のために長歌を送り、その内容にあった約束通り、男とともに家を出て落ち合う。この時の男装は女が密かに逃走するためのものである。非実用的な上流女性の衣服での逃走は難しく、男装をしてこそ可能なことであった。このように女性が身軽になるためたの男装の例は記録にも多く見られる。文政（一八一八〜一八二九）の頃、おかげまいり(81)に関連する風俗として記録された『実録鏡』に、大阪の若い女性五十余名が各々男装し、しゃもじを手に持ち、傘をかぶって旗を立てて歌いながら道中を過ごしたとあり、これを変装の領域を越えた、封建的な差別のもとにあった女性たちの解放への要求と見る見解もある。(82)しかしこれらの女性たちの風俗はおかげまいりという特殊な状況でなされたものであり、彼女たちの男装もまた身軽に旅行をするためのものであったと考えられる。

この他に歴史の記録を見ると、男装した実在人物として原采蘋《はらさいひん》という女性詩人がいる。原采蘋は名前を猷《みち》といい梁川紅蘭、江馬細香とともに近世三代閨秀詩人の一人であった。一七九八年、現在北九州にある筑前の秋月藩の教育機関である稽古館の教授であった原古処の娘として生まれた、幼い時から虚弱であった兄弟にかわり父からの学問を受け継ぎ、十七才の時には父の名代として稽古館で講義を行うほどであった。また父に従って全国を巡り、文人たちと交流する機会を得た。一八二三年、二十六才になった采蘋は長崎で清国の文人と漢詩の応酬をするが、「誰も私より優れた人はいない」(83)と自負するほどであった。一八二五年、二十八才の時には父の命で、久留米藩士の養女となり京都に行き、父の死後も男装帯刀で江戸を遊覧しながら多くの文人たちと交流した。[84]

しかしこのような女性たちは当時の社会では極めて例外的な存在であった。さらに女性が男装をしたということ自体が風紀上の問題にもなった。この点は当時の人倫を乱したという理由で逮捕された「たけ」[85]の話からも明らかである。

たけは幼いころから女性としての自覚がなく、竹次郎と名乗って、男たちに混じって働いていたが、周辺の男たちに怪しまれ、女であることが発覚して強姦されたり、店の主人から追い出されたりして、ついには生計をたてられずに、詐欺、窃盗などをした挙げ句、天保三年（一八三二）に流罪となり、二十五歳で一生を終えた。[86]

ここでは彼女の罪状が単純な窃盗犯ではなく、人倫を乱したという理由になっている点が重要である。彼女が男として世間を渡っていたこと自体が罪になるのであり、絶対に許容されることではなかったのである。しかし彼女は最後まで男として生きることを諦めなかった。そして流刑地でも男性と同じ作業を選択し、険しい環境の中でこの世を去る。

当時の日本は朝鮮と異なり、男性が成人になれば、儒学者や医者などを除き、前髪を削り月代にする慣習があった。したがって成人男女の髪型が全く異なっていたわけで、男装や女装はするのが難しかったといえる。このような規定は当時行われていた男色にも適応される。当時の男色は弟分の役割をする若者を若衆といい、十八、九才の成人式を迎えるまでの前髪を削っていない少年をさした。若衆は成人式を迎えた後、前髪を削り野郎頭または月代頭になって、念者すなわち成人として男色するものとなり、これは武士はもちろん町人の間でも当時の一般的な慣習であった。[87]変装に関しては十七世紀に発生した歌舞伎とも関連がある。もともと歌舞伎は一六〇三年にお国という女性が男装をして歌舞伎踊りをしたのがその由来である。しかし後に遊女たちが舞台に立つようになり、売淫行為が行われ風紀が乱れた。一六二九年に幕府は女歌舞伎を禁止したが、これに変わって流行ったのが若衆歌舞伎である。彼らは振り袖を着て女装をし、歌舞伎踊りをしたが、若衆たちの中には売淫行為に及ぶ者が多く、これもまた風紀を乱すという理由で一六五二年、公に禁止された。(88)後に一部の狂言芸能が許可され、月代頭をしている成人男性による野郎歌舞伎が演じられるようになり、前代の売色的要素がなくなり、芸能としての水準が高められ、現在までその伝統が伝わることになったのである。

男色の慣習はもともと女色を避けるため僧侶たちがはじめたものであるが、主に十二世紀以降、武士社会になって一般化された。したがって、男色を好んだ地域は人口当たりの武士の比率が高かった薩摩で特に盛んに行われた。

西鶴の作品に登場する男女関係で男色を好む男性に恋をした女が男装をして逢いに行く場面があるが、その背景もまた薩摩となっている。

源五兵へといへるは、さつまの国かごしまの者なりしが、かかる田舎には稀なる色このめる男なり。（中略）明暮、若道に身をなし、よわよわとしたる髪長のたはぶれ、一生知らずして、今ははや、二十六歳の春とぞなりける。

（〈恋の山源五兵衛物語〉）(89)

男色しかしらない源五兵衛は二人の若衆と縁を結ぶが、皆続けて早くに亡くなってしまった。悲哀を感じた彼は出家し、法師になって山で庵を建て、独り過ごしていた。そこに彼を慕うおまんという女が庵をたずねていくが、ちょうどその時、死んだ若衆の亡霊が現れ、その二人が源五兵衛の袖をつかんで争う姿を見ることになる。以下の引用文は男装をしたおまんと源五兵衛が縁を結ぶきっかけになる場面である。

自らよき程に切りて中剃して、衣類もかねての用意にや、まんまと若衆にかはりて忍びて行くに、（中略）我事、見えわたりたる通りの若衆をすこしたて申す。かねがね御法師さまの御事聞伝へ、身を捨て、これまでしのびしが、さりとは、あまたの心入れ、それともしらず、せつかく気はこびし甲斐もなし、おもはく違ひ」と、うらみけるに、法師横手を打つて、これはかたじけなき御心ざしや」と、又、うつり気になりて、二人の若衆は世をさりし現の始めを語るにぞ、ともに涙をこぼし、「そのかはりに我を捨て給ふな」といへば、法師かんるい流し、「この身にもこの道はすてがたし」と、はやたはぶれける。女ぞとしらぬ仏さまもゆるし給ふべし。（中略）入道せき心になつて、耳をいらふ。おまんかたあしもたせば、ひぢりめんのふたの物に、肝つぶして、気を付けて見る程、顔ばせやはらかにして女めきしに、入道あきれはてて、しばしば詞もなく、起き出るを引きとどめ、「最前申しかはせしは、自らがいふ事ならば、何にてもそむき給ふまじとの御事を、はやくもわすれさせ給ふか。我事、琉球屋のおまんといへる女なり。過ぎし年、数々のかよはせ文、つれなくも御返事さへましまさず。うらみある身にも、いとしさやるかたもなく、かやうに身をやつして、ここにたづねしは、そもや、にくかるべき御事か」と、恋のただ中もつてまゐれば、入道俄に、わけもなうなつて、「男色、女色のへだてはなき物」と、あさまひく取りみだして、移り気の世や。(90)

このように二人の関係は始まるが、これは当時の日本の男色流行と関連して変態的に現れた現象だといえる。一方で女装の例がまったくないことについては、比較的日本の作品に登場する主人公の身分がそれほど高くないのに加えて、武士階級の女性以外であれば男の顔を直接見る機会が多かったことと関連する。そしてすでに言及したように、男女の髪型が完全に異なっていたこともその理由であろう。

五―一―四　処刑話素

処刑話素とは男女が結縁したことで死罪や流罪などの刑罰を受けるモチーフをさす。朝鮮作品では王または大君のような主君になる人との対立によって生じており、該当する作品としては『尹知敬伝』『劉生伝』『雲英伝』があげられる。

この中でも『尹知敬伝』と『劉生伝』はすでにのべたように男女が同じ両班階級であり、王権を悪用した政治的圧力によって流刑されたり、獄に入れられたりする内容になっている。またこれらの作品は結婚を拒否したことへの報復から問題が始まり、奸臣たちの悪事が発覚することですべての問題が解決するという特徴をもつ。

まず『尹知敬伝』だが、尹憲の末息子である知敬は十六歳で進士に主席合格し、ぜひ婿にと望む者が多かった。この年、天然痘が流行し、判書家の下人が病にかかると、判書は知敬をつれて従妹の夫にあたる崔興一参判の家に避難する。そこには崔参判の先妻李氏の娘で、十三歳になる蓮愛がおり、二人はいつのまにか将来を約束しあう恋仲になっていた。ところが彼が庭試に主席合格をすると、檜安君から婚約の話が舞い込む。この時、知敬の父である尹公はすでに崔参判に蓮愛との婚約話をしており、檜安君からの結婚話を断るが、檜安君はそのことを恨みに思い、王に知敬を敬嬪朴氏の娘である延貞翁主の婿にするよう推挙する。王の命令に対して、知敬はすでに崔氏を娶った以上、命令を受け入れられないと断る。しかし檜安君は、崔蓮愛と納幣奠雁をしたが[91]、まだ夫婦関係がないことを理由に、婿にするのに問題なしと王に告げる。王が無理やり知敬を婿にしようとすると、王が強制的に自分を婿にするのは罪であり、小人輩の謀《はかりごと》であることを悟れない王は賢明でないと告げる[92]。これによって王は怒り、知敬を父とともに不敬罪として監獄に閉じ込める。そして後には、婿がねであるという理由で釈放し、翁主と無理やり佳約を結ばせる[93]。しかし彼は王の婿になっても翁主と夫婦生活をせず、毎夜崔氏のところに行くばかりである。翁主が母を通じてそのことを王に告げると、知敬はかえって、嫉妬は婦道に反するといって反発する。これによって王の直命が下り、崔小姐の父である興一には、知敬が蓮愛に会わないように、尹憲には知敬を翁主の部屋から離れないように監視することを命じる。そして崔家ではその間に蓮愛がなくなったことにして葬儀まで行う。しかし三年後に知敬は蓮愛の甥の案内で再び蓮愛と逢い、その後は蓮愛の側を離れなくなってしまう。また翁主の母である敬嬪朴氏の誕生祝いの宴にも参席しなかったことで王は大いに怒り、知敬を探しだすよう内侍の金宋桓を遣わせる。知敬は王の使者の前で、王は奸妾にだまされ奸臣と結託し忠信を殺した愚王であり、他のことはともかく朴氏や翁主に関する命令には絶対服従しないことをことを告げながら、崔蓮愛の美しさと夫婦仲の良いことを見せつける。王からの厳命によって宮中に上がるときも、二十日間、昼夜を崔蓮愛と過ごし、すでに妊娠しているはずであり、死んでも翁主の許には行かないと言い放つ。知敬は王の前で朴氏と奸臣達によって無辜である趙光祖が殺されたことを告げ、強制的に自分を翁主の婿にしてしまった王を批判する。(94)これに王は怒り、知敬を殺したいくらいだが、翁主の婿であることを考慮し、湖南に流罪とし、崔蓮愛を北境の咸鏡道に送ることに決める。(95)流刑地で知敬は崔夫人に食糧や物品を送るなど最後まで愛情細やかな面を見せ、そうこうするうちに朴氏の世子にたいする悪事が発覚し、すべてのことが解決され、知敬は崔蓮愛と再会する。この時、朴氏親子は流刑となるが、世子が即位すると翁主は恩赦を受ける。以降、崔氏は三子二女、翁主は二子二女を産み、それぞれ仲よく暮す。そして朝鮮の役で翁主が亡くなり、知敬が九十歳で亡くなると、崔氏は夫の後を追って井戸に身を投げ自害する。(96)このように『尹知敬伝』では、王の婿選びに不服を唱える主人公の姿が描かれる。そして趙光祖のことなど、中宗朝の歴史的事件が巧妙に結合して虚構の世界が事実のように描かれている点が特徴である。死も省みない主人公の態度によって王への反抗心を表す一方で、婿にした以上殺すこともできず、流刑にしかできなかった王の姿は、権力者の滑稽さをも表している。(97)そして世子に対する敬嬪の悪事が発覚することですべてのことが解決へと向かうのである。

これに比べて『劉生伝』は女主人公の方栄愛が後宮に選ばれたことで事件が始まる。したがってその苦難は男主人公より女主人公がより中心となって表れる。最初は皇帝の命に逆らえず、男女主人公の父親である方尚書と劉丞相が監獄に入れられてしまう。両家が婚約していたにもかかわらず、後宮に入るのは二夫に仕えるも同然であると主張し、礼儀に違うと王に告げたことで、その怒りを買ったのである。この状況は皇帝が病死し、世子が即位したことで解決されるが、その後、劉丞相と夫人は亡くなってしまい、息子の劉正玉は方氏の家に居候することになる。次は奸臣の達睦が皇帝の命を得て栄愛に結婚を申し込むことで第二の苦難が始まる。皇帝の命に従わなければ方氏一族が滅亡すると伝えられると家族は皆、達睦が登科し栄華を極めていることから、劉氏よりも達氏に嫁に行くことを勧める。彼女の父母もまた一族を守るため、娘を達睦に嫁がせることを決意する。栄愛は婚約を破棄して達睦に嫁ぐことは二夫に仕えることと同じであると反抗するが、(98)それが不可能であると知り、自ら死を覚悟し、これ以上、劉氏に災いが及ばないよう決意する。そして一人娘であった栄愛は劉正玉に、自分の父母の世話をしてくれるよう手紙を書く。一方で彼女の決意を知った劉正玉は親孝行を考えて死なないように伝えるが、どうしようもない状況におかれた自らの運命を嘆き、そのまま方家を去っていく。劉正玉は方栄愛が送ってくれた酒を飲みながら来世で再会することを約束し、方尚書に対しては感謝の意を述べた手紙を残して、その日の夜に方家から去っていった。一方で栄愛は結婚式当日、方家から達家へ向かう輿の中で自ら首を絞めて自害する。彼女は劉氏の父母の墓に自分の死体を埋めてくれと遺言を残すが、ちょうど国朝大乱が起こり、賊輩たちがあちこちで蜂起していた。方尚書は死んだ娘の死体を開元寺の青蓮山の麓に臨時に埋めて避難する。栄愛は自害した日に父母の墓を守っていた劉正玉の夢に表れた。栄愛の死を悟った正玉は慟哭する。泣き疲れて再びまどろんだ正玉に、今度は青衣童子が表れ、宮中に行く夢を見る。彼は紅布仙官と会い、上帝が彼の誠孝と栄愛の貞節に感動し、后土夫人に彼女を再び蘇生させて縁を結ばせ、子孫がみな出世すると告げられる。また後に朱元璋が天下を平定した時、優れた将相となり立身揚名し、天下第一の功臣になるというお告げを聞く。彼はまた夢中で青衣童子に引導され、死んだ父母と栄愛に会い、彼女が開元寺の青蓮山に埋められていることを知る。開元寺の青蓮山に行くと、墓地が裂け、栄愛が蘇生する。その後、二人は会稽山右三峰に行き、名前を変えて夫婦としていっしょに生活し、三男一女を得る。(99)一方で明国に朱元璋が起こり、元は滅亡する。方尚書は会稽太守となり、皇帝の命にしたがって民を治める。ある日、人才を薦挙するため郷校明倫館にいくが、そこで劉正玉の息子である東仁と出会う。方太守はその容貌が正玉を髣髴させるため、父の名前を訪ねるが、仮名である劉成権と答えたため、人違いと思い、がっかりする。それでも故郷はどこかと訪ねると、元々浙江の人であったが、戦乱を避けるためここにやってきたことを告げる。太守はそれが劉正玉であることを確信し、自ら馬に乗って探しあて、涙を流しながら邂逅すると、栄愛もまた父の姿をみて慟哭した。折しも達睦一家が誅伐される。(100)方太守は官職を捨てて劉氏夫婦と故郷に戻り共に楽しく暮らした。その後、劉正玉は登用され、翰林となったが、この時、北方の異民族が国境を犯し、皇帝が劉正玉に平定させた。この功によって劉正玉は兵部尚書となり、三子はそれぞれ高位に上がり富貴栄華を享受する。

『劉生伝』で男女主人公の二つ目の危機は、達睦との結婚を受け入れなければ方氏一族が滅亡するという、とんでもない王命によって始まり、これによって方小姐の自決という最悪の状況に陥る。しかし玉皇上帝の力と朱元璋の登場で新しい王朝が起こると、達睦が誅伐されすべての問題が解決する。これは夢の啓示を通じて表れており、結局すべてのことが玉皇上帝によって掌握されていることが分かる。このようなことから『劉生伝』は処刑話素を持ちながらその内容は天定話素とも関係する。

次は『雲英伝』について考察してみよう。『雲英伝』に表れた処刑は宮女という身分で安平大君の命令に従わず、金進士と恋愛関係に陥ったことによって起ったものである。安平大君は十三歳の時、寿城宮という私宮に住むことになったが、ここで仕えていた宮女たちは安平大君だけに仕える女たちであり、それ以外の男に感情を持つことはあってはならなかった。ところが宮女の雲英は安平大君を訪れた金進士と偶然恋に落ちてしまい、幼いころからお仕えしてきた安平大君に対しての恩を忘れてしまう。そしてあふれる情欲を押さえることができず、金進士との縁を結ぶが、最後には事が明るみになり、自ら死を選ぶことになる。

もともと朝鮮時代には宮殿の中にいる宮女が外部の人間と接することは厳しく禁じられていた。宮女の中でも、房子（部屋での掃除や個人の使いをする女）、炊飯婢（飯炊き女）、ムスリ（水賜、水汲み女）、水母（洗顔や沐浴を手伝う女）、パジ（巴只、使いや掃除をする下女）などの肉体労働に従事する奴婢や、上級宮女である尚宮に仕える奴婢たちは、婚姻が許可されていた。しかし房子やムスリでさえも宮殿の中で勤務するという理由でいろいろな制限があり、万一朝廷官僚が出宮した宮女と関係した場合、棍棒百回の刑に処せられた。(101) そして英祖の時に至っては宮女が外部の男と姦通すれば、男とともに斬首刑に処せられ、妊娠していた場合は子供が産まれると即時に死刑となった。これは普通の女性が同じ罪を犯したとき、子供が産まれた後、授乳するために百日間の死刑執行が延期されたのより重い刑罰となっている。(102)

ところが宮女たちがなぜ結婚できず生涯独身で生きなければならなかったのかについてはもう少し詳しい説明が必要となる。(103) 宮女が宮中で籠の鳥となって生きなければならなかった理由には様々な説がある。その中で最も有力な説が、宮中で起きた事が外に漏れないようにしたという理由である。元来宮女は官奴婢、すなわち官奴出身者から選ばれるようになっていた。(104) 官奴とは国所有の奴婢として強力な忠誠心で王に仕え、その運命を王族と共にしていた。

文才豊かだった大君は仕えていた宮女たちに『中庸』『大学』『論語』『孟子』『詩経』『書経』および李白や杜甫など唐詩を何百首も選び教えていた。そして宮女たちは経済的に不自由のない生活を保証された反面、外部の人間との接触を一切禁じられたのである。

侍女が一度宮門を出れば則その罪は死に当る。外の人が宮女の名を知れば則その罪はまた死に当る。（『雲英伝』）(105)

そのうえ早くから安平大君は雲英に気をとめていたため、宮中でそのことを知らないものはいなかった。しかし雲英は年頃の乙女、十七歳という花のさかりで、神仙のような美男である金進士と出会い、一目で恋に落ちてしまったのである。それほど厳しく外部との接触を禁じていた安平大君が、雲英と金進士の会う機会をつくってしまったのは、金進士の若さゆえであり、まだ幼いと油断したためである。金進士は十四歳のときに進士第二科に登科したまだ十代の少年であった。

二人の出会いは頻繁となり、雲英と同じ部屋にいた紫蘭もその逢瀬を積極的に助けるようになる。しかし雲英が宮中を脱出する計画を打ち明けると、次のようにいさめている。

垣根を越えて逃走しようなんて、人としてどうしてそんなこと出来るっていうの。第一、主君の心があなたに傾いてすでに久しいのに、去ってはならないでしょう。第二に、大君夫人がいとおしんでくださることこの上ないのに、去ってはならないでしょう。第三に、災いが両親に及ぶのに、去ってはならないでしょう。第四に、罪が西宮の人たちにまで及ぶのに、去ってはならないでしょう。（中略）やがて年取って容貌が衰え、主君の恩と愛は少しずつなくなるだろうから、時勢を見計らって病気と称して臥せっていれば、必ず帰郷をお許しくださるでしょう。その時こそ金進士と手を携えて共に帰り、生涯夫婦になったらいいじゃないの。

これより大きな計画はないわ。そういう考えもなく、あえて理にもとる罪を犯して生きようなんて、誰を欺くのよ。天を欺くのかしら。（『雲英伝』）[106]

宮中からの脱出は重罪であると同時に主人である大君に対する裏切り行為である。そしてこのような脱走計画は、雲英の生活道具がなくなったということが端緒となって発覚し、全宮女たちが疑われた。この事態に雲英もまた自身の罪が大きいことを認めざるを得ず、最後に自殺する。これは結局処刑されたのと同じであり、『尹知敬伝』や『劉生伝』と異なり、大君の権威があまりにも大きかったことと雲英がその対立に勝てなかったことを意味する。『尹知敬伝』では王自体ではなくその周辺人物で王を操縦する人々、すなわち王の奸妾や奸臣たちが一掃されればすべてのことが解決したが、『雲英伝』の場合、雲英と大君の直接対立であったため、主人である大君が死なない限り、二人がいっしょになることはまったく不可能なことである。これは『雲英伝』と類似する作品である『相思洞記』をみれば明らかである。『相思洞記』の場合、主人である檜山君が死んだ後に三年という歳月が流れており、その後二人がいっしょになることができたのである。すなわち主君である檜山君の死後、檜山君夫人の許可を得て縁が結ばれており、主君の恩を裏切らない方法を択んだといえる。したがって二人は何の処罰も受けず、幸せな結末を迎える。このような点からも処刑話素は王や大君のような主君との対立をなすものであり、それが解消された時にはすべての問題が解決され、そうでない場合、死を迎えることになる。

一方、日本作品での処刑話素は放火など、非社会的な行為を犯したときや男女が主従関係にありながら密通した時に表れる。そして最後に処刑されて命を落としている点で、朝鮮の作品に表れるものとはかなり異なる。処刑話素を持つ作品はすべて十七世紀に著された『好色五人女』巻一、三、四に収録された話に出ており、この中でも不倫話素を兼ねている作品は、巻三の話を除外すれば、次のようになる。

巻一〈姿姫路清十郎物語〉に登場する清十郎は主人の娘お夏と恋に落ちた後に駆け落ちする。京都からの苦難の貧しい生活も手を携えれば何とかなると家を出たのである。しかし乗船する際、偶然ある飛脚が荷物を宿所に忘れて取りに戻っていたので、船が出るのが遅くなり、後を追って来た者に見つかって捕らえられてしまう。その後に清十郎は意外にも主人の家にあった七百両を、お夏を通じて盗んだという嫌疑をかけられ処刑される。

巻四〈恋草からげし八百屋物語〉は女主人公の切ない恋心をもっともよく表した作品として、まだ十六才の年で処刑された男女の悲恋物語である。八百屋の娘お七は火災が起った際、家族といっしょに寺に避難する。そこで同い年の浪人吉三郎と出会い、手に刺さったとげを抜いたことが縁で二人は恋に落ちる。その後、互いに文のやりとりをしながら日々を過ごしていたが、お七の母親の監視が厳しくなり、お互いに簡単に会えなくなってしまう。雨が降り、雷の鳴る夜に、葬式で人がいなくなった隙を見計らってお七は吉三郎の居る部屋に一人で訪れる。吉三郎は他人に知れるかとビクビクするが、お七の積極的な言動によって二人は関係を持つ。

神鳴あらけなくひびきしに、「これは本にこはや」と、吉三郎にしがみ付きけるにぞ、おのづから、わりなき情ふかく、「ひえわたりたる手足や」と、肌へちかよせしに、お七うらみて申しはべるは、「そなた様も、にくからねばこそ、よしなき文給はりながら、かく身をひやせしは誰がさせけるぞ」と、首筋に喰ひつきける。（〈恋草からげし八百屋物語〉）(107)

このように二人は縁を結ぶが、日が明るくなるとお七の母親が探しに来て引き連れられていく。このため二人の逢瀬はただ一夜のものとなってしまう。避難生活も終り、寺から家に帰ってきた後も互いに文のやりとりを続けるが、逢える機会はなく、思いだけがつのる日々であった。そうこうするうちにある冬の夜、商人に身をやつした吉三郎がお七の家の玄関に立っており、ふたりは再び会うことになる。お七はその男が吉三郎であることをすぐ悟り、ひそかに自分の部屋に入れる。しかし周りの人たちや父親にばれてしまうかと声さえも出せずに、筆談でその夜を過ごす。その後お七は明けても暮れても吉三郎だけを考え、ついにまた火事が起り避難できれば、再会できるのではないかと思い詰め、家に火を付けてしまう。しかしこのことが明るみになると彼女は放火罪で処刑され、その事実を聞いた吉三郎もまた割腹自殺をしようとする。お七の父母は彼が僧になって娘の魂を慰めることができれば二世までの夫婦の縁が無駄にならないというお七の遺言を伝え、それを聞いた吉三郎は僧になる。

この話は幼い男女が恋愛関係になったが、父母の監視から抜け出せず、お七の放火という非社会的行為によって処刑されている。話の背景である当時の江戸では一度火事が起ると家を破壊して消火することもあり、ほとんどの木造住宅は大きな被害を受けるしかなかった。したがって放火は大罪扱いであり、お七が死刑になったのも当然のことであった。しかしその原因が恋しい男に逢いたいというものであったため、人口に膾炙したのである。

日本作品で処刑話素のある作品をみるとすべて『好色五人女』に収録されており、またここで登場する男女関係は女性の積極的な行為から始まっている。またその内容はすべて主従関係または不倫関係や放火という非社会的行為が描かれており、それらに対し次のような鋭い作者の批判が見られる。

その方も親兄次第に男を持たば、別の事もないのに、色を好みて、その身もかかる迷惑なるぞ。

（〈姿姫路清十郎物語〉[108]）

汝等、世になきいたづらして、何国までか、その難のがれがたし。されども、かへらぬむかしなり。向後浮世の姿をやめて、惜しきとおもふ黒髪を切り、出家となり、二人別れ別れに住みて、悪心さつて菩提の道に入らば、人も命をたすくべし（〈情けを入れし樽屋物語〉）(109)

かりにも人は悪しき事をせまじき物なり。天これをゆるし給はぬなり。（〈恋草からげし八百屋物語〉）(110)

この評価はすべて好色女に対する批判であり、当時の社会的風潮を知ることができる。女の立場から命をかけて没頭する恋愛の結果がこのような批判で終わっていることは当時の社会通念の中で生きてきた作者の限界を表すものである。もちろんこれら好色女たちの犯した罪、特に不倫や放火は、現在社会でも非社会的な行為とみなされている。しかしそのような行動に至った女性の心情をまったく考慮せず、引用文のような批判で締めくくっているのは、最後まで好色を追求しようとした『好色一代男』への態度とは差があるといえよう。

五―一―五　逃走話素

逃走話素とは恋愛関係にある男女がともに駆け落ちすることで結果的に幸福な結末を得るモチーフをさす。この話素を持つ朝鮮作品には『月下僊伝』のみである。黄判書の息子の黄直卿は生涯を共にする約束をした同い年の官妓月下僊と天縁の契りを交わす。しかし歳月が流れ、父にしたがって上京した黄直卿は崔判書の娘と婚約させられる。一方、月下僊は南監司の息子の南進士に奉公を強要されるが拒絶したため笞刑を受け監獄に入れられる。黄直卿は崔判書の娘と結婚する日に咸鏡道に向かい、月下僊と会う。二人は以前親しくしていた官奴の助けを経て密かに逃亡し共に暮す。月下僊は刺繍をして生計を助け、黄直卿は科挙試験の勉強に専念する。何年か後、科挙試験を受けた黄直卿は主席合格するが、彼の父は不孝息子を登用するわけにはいかないと上訴する。しかし黄直卿の文才を称賛する王は彼を登用するように命じ、月下僊を貞烈夫人に、また崔小姐を貞淑夫人に任じた。

朝鮮作品で逃走話素を持つものは、この一作品だけである。孝を国家の最高理念とした朝鮮社会において、男女が愛情成就するために駆け落ちすることは到底ありえないことであり、絶対に許されないことであった。したがって愛情と孝の対立がみられる時は、必ず天縁や王命という方法でその問題が解決される。ここでは王が不孝を犯した黄直卿を許し、月下僊と崔小姐を各々貞烈夫人と貞淑夫人に任じたことで全ての問題が一気に解決する構造を持つ。

一方、日本の作品で逃走話素をもつ作品としては『好色五人女』巻五〈恋の山源吾兵衛物語〉と人情本『清談若緑』『閑情末摘花』が挙げられる。この他にも主従関係にある男女が駆け落ちする場合もあるが、その結末はすべて処刑という悲劇で終わっており、先に述べた処刑話素に属している。

まず〈恋の山源吾兵衛物語〉からみてみよう。〈恋の山源吾兵衛物語〉は先に紹介したように男色しかしらない美男を思慕する女性が自分の気持を伝えるために男装して家出する話である。彼女はすでに何度か手紙を送っているが、返事がない上に、男が頭を剃って僧侶になったという噂を聞いて、気が動転し、ついには男装して男の許を訪れたのである。そしてうまく男と接触できた後に真実を打ち明けて関係を持ち、男と共に暮らすために大道芸人となって生活する。そして二人は家出しても何の問題もなく幸福な結末を迎えるが、それは女が裕福な商家の一人娘であったことと関係する。貧しい生活のなかで、女の両親が行方を探しだし、男を婿に迎えることですべてが解決する。父母は、一人娘の好いた男を夫婦として認め、商家を継がせることにし、二人を喜んで迎えたのである。そして吉日を選んで蔵の鍵を男に与え、夫婦は経済的になんの苦もなく暮すことになる。

次は『清談若緑』である。『清談若緑』に登場する武士金五郎の息子金之助は叔母の紫雲の養女と互いに恋仲になる。二人はある夜、偶然城内で出会うが、年寄の局に見つかり、局に指示されるまま船に乗って駆け落ちする。これは城内での色事は不義とされ厳禁だったことと関係する。後で事件を知った父の金五郎は逃げたところで結局捕まるのであれば、今すぐ捕まったほうが家名を傷付けないと言うが、金五郎の祖父である白翁が現れ、次のように述べている。

　其方が武士道を、立てると言って引捕へ、突き出したらば恵みある、八十島どのにも咎めが罹り、情けを仇で報じる道理。また紫雲どのも是れ程の事、隠して本店へやられもせまい。左様して見れば言訳に、尼にするか然でなくば、自害でもさせずばなるまい。可惜花《あったらはな》の若い者を、殺すも活かすも其方の料簡、只一ッにあることだ。老年のいらぬ世話と、思ふかは知らないが、是なりけりにして措けば、人の噂も七五日、何時まで人が言ふものか、紫雲どのもなに悪かろうと、出来たことなら是非もなし、本店へ此の由を、言って仕舞へば夫れで済む。二人は定めて、折磨もしようが、心がらなら是非もなし、また年月が経つたなら、切る切られぬ親子の血筋、めでたく逢はれるをりもあらう。[11]

金之助とお政を駆け落ちするように船を用意し、金五両を与えた人は局であり、実際に二人を生かしておくように決定した人物は家長である金五郎の祖父となっている。父である金五郎はそれとは反対に処刑しようとするが、男女の命を救おうとする金五郎の祖父は、金之助の養母であるお雪の承諾を得て、二人を乗せた船が到着する港に十五両を送る。その間に金之助は病になり旅館に留まることになり、お政は芸妓になり、金を稼ぐが、しつこく言い寄る客のあしらいに苦労する。しかし観音菩薩の助けと最後に送られた金十五両を受取り、二人は幸せな結末を迎える。

『閑情末摘花』の場合、隣家同士の男女が恋仲になり駆け落ちする内容となっている。裕福な商家の娘お遠世は隣に住む清之助とは幼なじみであった。お遠世の兄米次郎と三人で菓子を食べながら話し合っていたが、米次郎が用事のため出ていき、その後は二人だけになる。お遠世は自分の許嫁である従兄《いとこ》について清之助と話していたが、偶然目が合ってしまい、互いに男女として意識することになる。お遠世は父母が勝手に決めてしまった許嫁と結婚するのはいやになり、二人が恋仲になった後には、夜昼清之助の部屋に行き、最後には二人で心中しようと約束する。婚約者のいる女が他の男と通じるのは当時の法で不義に当たることであり、万一発覚すれば、二人は処刑されることになる。清之助は自分が間男のような存在であり、絞首刑になりたくなければ、別れるしかないと告げる。ところが、お遠世が心中しようと言い出し、二人は共に駆け落ちする。まずお遠世が昔世話になった下女の家に行き一夜を過ごす。何か事情がありそうだと悟った下女は二人が末長く幸せに暮らし、変な気持を起こさないようにと警告する。しかし二人はしばらく話をした後、捕まれば批難を受けると考え、急いで出立する。そして相善寺まで行き、その夜、寺で心中しようとする。清之助は準備した刀を引き抜き、お遠世が南無阿弥陀仏を唱えたとき、明かりを持った一人の老婆が現れ、次のように告げる。

オヤ、お前方は相対死をなさらうといふのかえ。見ればまだお若いのに、何様訳かは知りませんが、夫れは大きな御料簡違ひでございませう。勿論死にに出なさるからにやぁ、言ふにいはれぬ分解もあり、竝大抵のことでないとは、聞かずとも知れて居るが、定めて、お両親もござりませうが、相対死をしたとお聞きなされたら、ママ、どの様にお嘆きと、察しても胸が痛い。若いお方の前後見ずに、可惜命を亡くす人も、邂逅には随分ある事で、又分解を聞いて見れば無理といはれぬ所もあれど、死ぬ程に思ひ詰めたら、たとへ野の末山の奥、どんな所に住居して、手鍋はおろかともどもに、湯洗濯賃針線、又は蕨の根を掘っても、活業はできるもの。畢竟各各の体だと思ふゆえの料簡ちがひ、親から貰うた大切な、体へ瑾をつけてはならぬ。

（中略）食うや食わずのわたしでも、人の命助かる事、当分お世話をいたしませう。(112)

それで何日かその老婆の家に留まることになるが、老婆もまた貧しく、二人はいつまでもそこに居られなかった。結局、清之助は他の家に婿に行くと嘘をついてお遠世を残して去ってしまう。そしてその後は行く当てもなくそのまま自分の家に戻り、お遠世の兄である米次郎に事実を告げ、二人は老婆の家に向かう。その間、米次郎は老婆の娘であるお里と偶然出会う。お里は米次郎が道ばたで出会い思慕し続けていた三味線弾きであった。そして最後には、お遠世の母方の叔父の万右衛門の許しを得て、また叔父の娘の夫である久治の助けで、清之助とお遠世はいっしょになる。このような駆け落ちは、当時の厳しい法や家のため父母が定めた結婚から逃れる意味合いを持つ。

一方で『閑情末摘花』に登場するお遠世の叔父、万右衛門は家を維持するために子供を結婚させる人物として描かれる。お遠世は七才の時、叔父の息子と許嫁になるが、彼女の家出によって、その話がなくなると、次は自分の娘をお遠世の兄米次郎と結婚させようとする。(113) したがって彼は家の繁栄だけを考える俗物であり、お遠世と清之助が家出した後にお遠世の母と万右衛門との対話にそれが良く表れている。(114) 万右衛門は自分の息子とお遠世の結婚がうまく行かなくなると、米次郎に自分の娘のお繁を嫁がせることを提案する。当時は親戚同士、または縁故によって結婚することが普通であり、家同士の結び付きが強かった。したがって万右衛門は自分の娘に家出してしまったお遠世の兄の米次郎のところに嫁に行けと強要する。そして娘をつれてきて米次郎と会わせるのである。しかし急なことに納得できない米次郎はお里とすでに婚約中であると口まかせに嘘をついてしまう。そして万右衛門は直接お里の家に行って別れてくれるように頼む。それで、米次郎はなじみの取引先である縫箔屋久治の叔父である太助に、三味線弾のお里の叔父役をたのみ、一度決めた婚約を取り消すわけにはいかないと言わせる。

　このように当時は父母の命令によって全く知らない相手と婚約させられることがしばしばあり、万一お遠世のように父母が決めた婚約を破棄し、自らの意思で好いた男と結婚しようと思うなら、駆け落ちという方法をとらざるを得なかったのである。そして駆け落ちした男女がその愛情を成就させるためには周辺人物や家族、特に家長的立場にいる人の同意が必要であった。この点は先にあげた三作品のすべてに共通して現れる。〈情けを入れし樽屋物語〉には家出した一人娘を探し出した父母が、駆け落ちした二人を夫婦として認め家の財産を譲ることですべてハッピーエンドとなっている。また『清談若緑』では駆け落ちした金之助の曽祖父である白翁、『閑情末摘花』では早死したお遠世の父と婚約を結んだ万右衛門が家長にあたる人物であるが、彼らから認められることが、駆け落ちした男女の愛情成就のため、不可欠となっている。万右衛門はお遠世の家の人ではないが、お遠世の父との間で決めた婚約を守るためにしばしばお遠世の家に現れ、妹であるお遠世の母のお杣《そま》を通じてお遠世の結婚に干渉する。また、お遠世が駆け落ちしたため、米次郎を娘のお繁と結婚させようとするが、お里を好いている米次郎は拒絶する。そしてこれによって傷付いたお繁は家出してしまい、米次郎を深く恨み、お里の姉であり、芸妓である清鶴に頼んで、米次郎とお里の祝言を台無しにしてしまう。ところで後に行方不明になった娘のお繁は九治と恋仲になり、今までの許しを乞い、再び米次郎とお里の祝言をあげるように斡旋する。そしてお繁と結婚した九治は、お遠世の母と万右衛門に、お遠世と清之助らの結婚についての許しを請う。これによって、家出していたお遠世は家に戻り、清之助と祝言を挙げる。

　要するに、これらの人情本作品において、逃走話素は、身分が同じ男女が家長に該当する人物の許しを得て、幸福な結末を迎えるという敍事構造の中で現れていることがいえる。これは目上の人からの許可という点で、身分が異なる男女の駆け落ちの後に王に認められ幸福な結末を迎える朝鮮の作品と相通じるところがある。ただし、目上の人が王であるか家長であるかという違い、そして根本的に駆け落ちした理由が身分的な制約であるか家の制約であるかの違いがあり、朝鮮の作品では個人の恋愛問題が、家を越えて国家と直結している。

五―二　朝鮮の作品にだけ表れる話素：天定話素

天定話素とは天の命令によって男女が結縁するものをいう。この話素を持つ作品には『洞仙記』『劉生伝』『白鶴扇伝』『淑英娘子伝』などがある。これらの各場面を挙げると次のようになる。

夜半に至り、腕枕でうつらうつらしていた時、忽然と黄色帽子に青衣の者がいて、呼んで言うには、「洞賓。洞賓。汝洞仙に逢うがよい。三世の良き縁というべし」といった。目が覚めていつもと違う心で座って朝を待つ。直ぐ洞仙のところに行き「こんな夢をみた。三世の良縁といっていたが、なるほどそのようだ。我を洞賓と呼んだのは、意味が詳らかでないが、あなたはその意味が分かりますか」洞仙が聞いて驚き嘆き言うには、「私もまた同じ夢を見ました。黄色い冠に青衣の者がいて、わたくしに言うには『西門氏を知らないのか。玉洞の呂仙の霊が万歳山の下に移托され西門勣を孕んで生むに、これが洞賓である。汝すなわち元は桓公の娘で、玉洞の仙女だったが、横になって簫を吹き、誤って別の曲を奏でてしまい、海中に流され、今では数百年になる。妓籍に身を落とし、苦労させ、前に犯した罪をつぐなってから十余年後、必ず福地に入るから、西門氏を捨てることがあってはならんぞ』と告げるのです。まことにそうなら、良縁ではありませんか。これを思うに、人が私を洞仙と呼ぶのも、おそらく天意なのでしょう」生がこれを聞いて、万歳山が孕んで出たという説を異常に思って、行李の小箱を急いで探し、以前詠んだ詩を探しだし、洞仙に見せたところ、洞仙がますます奇異に思い、「〈万歳山の高さは幾千丈でしょうか〉から〈美人を抱き共に笑い語りながら〉とはまさしく今のことで、落句の〈曲を終えて人間界を離れ最後にはいずこへ〉または福地に入るというのもいわゆるこのことでしょう。ただ妓籍に生まれ、辛苦を経て十余年というのも、その間、多く患難分散の弊があることを言うのでしょう。しかれども神に救ってくれるように祈り、大きな祥瑞があるでしょうから、これからはあなたといっしょに一つになっても、恥ずかしいことはございません」このように話をする間に日は暮れ、枕を交わし、その喜びはこの上ない。

（『洞仙記』(115)）

忽然として青衣童子が来て生の前で拝して曰「仙童はどうしてここへ来たのですか。おそれ多くもありがたいことです」童子がいうには「郎君、何をおっしゃいますか。私の先君が郎君に会っておっしゃりたいことがありまして、このように私をここにお送りくださいました。願わくば仕え奉りたく、郎君はお従いくださいませ」生はこれを奇異に思い、その童子に従い去っていった。ある所に至り、五色彩雲が有り、あちこち相飛び、奇異な臭いが鼻に触り心を射る。果たして仙境であった。その中に珊瑚橋のようなものがあり、その上にまた一紅袍仙官がいて手に周易を執って、香を焚いて静かに坐っている。劉生の来たのを見ると、急いで橋に下りて生の手を把っていうには「老夫がこの者を送り、ここにお供させたのは、君の孝誠を全うされるのを上帝が察せられ、君をして顕達させ、多福を受けさせようとのこと。また上帝が方娘子の節行を奇特に思われ、后土夫人に命じて、方娘子を人間に生き返らせ、君と同楽、縁を続けさせ、子孫繁栄、皆出世させよう。

（『劉生伝』(116)）

ある日夫人が屏風にもたれてすこしまどろんだところ、忽然と五雲が起こり、玉童子が白鶴に乗って降りてきて、お辞儀をしていうには、「わたくしは上帝のお側に仕える童子ですが、罪を犯して、行くところがなく、北斗七星のお導きで来たのですが、夫人はどうか可愛がってくださいますように」といって懐に入っていった。夫人は驚き、目覚めると南柯一夢であった。すぐ夫君の尚書を呼んで夢のことを告げると、夫もまた喜ぶ。その日から妊娠したようで十ヶ月後に夫人が床に臥していると、天から二人の仙女が降りてきていうには「この子の配偶者は西南に住む趙氏だから縁を忘れないように」と、玉壺の香水を傾け子供を洗い、置いて消えていくので、夫人は奇異に思い、尚書を呼んでこのことを告げると、尚書は喜び、生年月日を記録し、名前を伯魯、字を延祐とつけた。ある日、夫人が疲れてすこしまどろんでいたところ、五雲が南方から起こり、風楽の音が聞こえるので、尹氏が見物しようと窓を開け覗くと、何人かの仙女が錦に護衛され尹氏の前に現れ、お辞儀をしていうには、「我々は上帝の侍女で七夕に銀河水の烏鵲橋を間違えて渡った罪で人間界に生まれてきました。一月星辰にいたりこちらに指示をうけて至りましたから、夫人は可愛がってやってください。この娘の夫は南京の土地に住む劉氏だから天の定めた縁を忘れないように」と言い終わり、娘の部屋のなかに入っていくので、夫人が感激して部屋を掃除しようとしたところ、ふと目が覚め、それは夢だった。（『白鶴扇伝』(117)）

仙君がいうには、「私はこの世の俗客で、あなたは天上の仙女ですが、どうして縁をお忘れですか」娘が答えるには「君はもともと天雨を司る仙官でしたが、雨を間違えて降らせてしまった罪で、人間界に降りて来ましたから、先に然るべく相逢う時があることでしょう」といって忽然と消えるので、仙君が奇異に思って目覚めると南柯の夢であった。異香が部屋中にただよった。（中略）昨日、玉帝が朝会なさった時、わたくしを招き、お叱りになっておっしゃるには「白仙君と会う期限があるのですが我慢しきれず一〇年を待てずに縁を結んでしまったので人間界に落され、つらいことで悲しいのですが、誰も恨んだりできません」（中略）「願わくば再び私を世の中に生まれさせ元通り仙君と尽きせぬ縁を結ばせてください、千万乞うと、玉帝が哀れみ、侍臣に命じていうには、淑英の罪はそのままにしても懲戒されるだろうから、再び人間界に下ろし、尽きせぬ縁を結ばせよ、とおっしゃるので、閻魔王に命じ、淑英を早く下向させよ、とおっしゃるので、閻魔王が申し上げるには、命令の通りいたし、二日後、下向させようと思います、というので、玉帝がそうしろとおっしゃり、また南極星を命じて寿命を定めて、南極星が八十を定め、三人が同一に昇天するようにせよ、とおっしゃるので、わたくしが玉帝に申し上げるに、仙君と私だけなのにどうして三人とおっしゃられるのですか、すると玉帝のお言葉が、おまえは自然と三人になるから、天でのことを漏らしてはならぬぞとおっしゃり、釈迦如来に命じて、子供を定めよ、というと、釈迦如来は三男を定めたので、君はまだ疑わず、数日だけ待ってください」

（『淑英娘子伝』）[118]

この中には『洞仙記』『劉生伝』『淑英娘子伝』のように天定として結縁される作品がある一方で、『白鶴扇伝』のように、天定とともに、男が女に与えた白鶴扇の信標で結縁されるものもある。元来、天定とは古代中国の天敬および天命思想と深い関係を持つ。『詩経』「大雅」「大明」には文王の結婚を祝福し「文王の初年に天が配偶者を与え給う」[119]という句があるが、これはその典型だといえる。[120]

この他に天定が愛情成就の方法として使われたのには、中世社会から抑圧を受けていた男女の自由恋愛を合理化させ、両班の理念を反映させようとする目的がある。[121]本来、父母の意に合わない恋愛を成就させるのは不孝であり、幻生[122]と天定によってそれを回避させている。最終的に天定という方法で愛情を成就させるのは両班たちの理念ないし儒教徳目に逆らわないようにするための装置であり、それだけ男女の恋愛の本質が弱化または観念化されている。(123) ところでここで注目すべきことは天定話素を持つ作品はそのほとんどが謫降話素と結合して表れるという点である。先の例示文で傍線をひいた部分を見ると『劉生伝』を除外した全ての作品に謫降話素が含まれていることが分かる。

謫降話素については「羿が不死薬を西王母に請うたが、姮娥はこれを竊《ぬす》んで月宮に奔走した（羿請不死薬于西王母、姮娥竊之、奔月宮）」という『淮南子』「第六覽冥訓」の故事があり、以前から多くの文学作品に引用されている。(124) その他にも李白を謫仙としたり、(125) 明の四大奇書である『西遊記』に謫降話素がみられるなど、(126) それが中国からの影響であることはすぐに察せられる。しかし具体的にこれら中国の謫降話素が朝鮮文学とどのような受容関係にあるのかは詳らかでない。また謫降話素にはたいてい道教の玉皇上帝が最高神として君臨しているが、このように玉皇上帝が最高神として認められるようになったのは宋代以降のことである。宋の太祖である趙匡胤が自から玉皇上帝の臣下と称した。また宋王朝では趙氏の始祖とする「翌聖真君、趙玄朗」という神を創作し、玉皇上帝の命により世に下ったとされた。これによって宋王朝と玉皇上帝との関連が強調され、玉皇上帝を崇拝し、「太上開天執府御歴含真体道玉皇大天帝」と呼ぶようになった。その後、徽宗によって尊号が追贈され、ますますその地位が上がり、玉皇上帝は天界の主神としての地位を確立していったとされる。(127) したがって玉皇上帝を天の最高神とする謫降話素が本格的に朝鮮文学に受容されたのはおおよそ宋代以降の事であったといえる。もちろん謫降話素自体は姮娥や李白の故事にも出てくるように以前から存在していたものである。しかしそれが具体的に朝鮮文学作品に現れたのは相当後のことであったと推定される。(128)

例えば『蘭蕉再世録』(129) は神仙道化劇(130) と呼ばれる元の雑劇〈金安寿〉と酷似している。〈金安寿〉は題名を「鐵枴李度金童玉女雑劇」(131) とも称され、作品内容は男女主人公が人間世界から幻生して夫婦になったという点と、女主人公の誕生日に天界の人と出会うという点で、(132)『蘭蕉再世録』と共通する。特に女主人公の童嬌蘭は誕生日の祝宴に現れた鐵枴李から前世の事を知らされるが、これは『蘭蕉再世録』で文成公主が誕生日に夢中で真道覧先生の使いである白衣童子と出会い、「孔雀詩」の縁を知ることになる部分と類似する。この点で、二作品はなんらかの受容関係にあったと考えられる。

これと関連して、さらに言えることは、作品と北魏仏教信仰との関係である。北魏仏教信仰の特徴をいうと、欲界の一つである兜率天で生まれ、諸神、菩薩、玉女などのそばで、快楽を得たり、人間界で王后や貴族として生まれるという極めて現世的な色合いが強いものだといえる。(133) ところがこのような天上界についてのイメージや現世利益的な考えは、〈金安寿〉や『蘭蕉再世録』に共通しており、作品に表れる謫降話素とともに、何らかの影響関係にあることを示唆している。

一方で、このような謫降話素をもつ愛情小説の形成と背景について「謫降型の愛情小説は天上界で罪を犯し謫降したという道仏融合思想(134)と男女間の愛情が社会道徳に優先するという愛情認識が複合した小説である」(135)と規定し、善書(136)との関連が言及された。(137) 李睟光(一五六三〜一六二八)は「人心の神はすなわち天の神、いわゆる善悪は天と相通じる(人心之神、即天之神也。所謂善悪上與天通)」と主張した。これは善書の一つである『関聖帝君覚世真経』の文句「凡人心即神神即心」と類似しており、人心を肯定するという側面で互いに一致する。このような「心即神」「心即仏」という思想の浸透は節制しなければならない人心をときほぐす役割をしたとされる。(138) また十七世紀以降、西王母の蟠桃大会を描いた「群仙慶寿蟠桃会図」が制作され、古典小説にも謫降と関連して西王母は登場している。(139) 特に呉桂煥の所蔵となっている「天王図」(140)には玉皇上帝の許で二人の仙官仙女が並んで立ち、互いに視線を送りながら密かに愛情表示をしている点で注目される。(141)

さらに善書の流入や謫降話素と関連して重要と思われるのが、了凡袁黄の存在である。袁黄(一五三三〜一六〇六)の元々の号は了凡ではなく学海であった。幼い時に、父を失い母の命令で科挙を放棄し、医学を学んだが、雲南孔道人の『皇極数正伝』[142]に伝統をもつ易者から、科挙合格と寿命は五十三歳、子はなしと予言される。以降、彼は科挙の勉強をし、生員と貢生などを経たが、それはすべて予言と一致していた。ゆえに彼は、栄辱死生すなわち、栄枯盛衰や寿命にはみな定数があるものと信じて、宿命論者になった。しかし隆慶三年（一五六九）に雲谷禅師から教えを受け、みずからの過ちを改め、功過格[143]を実践し、謫仙[144]として自らの運命を開拓していった。これに因って立命説を悟り、凡夫にはならないという意味で学海を了凡と改号した。[145]彼は壬辰年（一五九二）に朝鮮に出兵し、咸境道で加藤清正を撃破し戦功を立てた。しかし主事の柳黄謨の妬みによって翌年万暦二十一年（一五九三）二月には削籍され、謫居するに及んだ。万暦九年（一五八一）に息子の天啓を得て万暦三十四年（一六〇六）に七十四歳でこの世を去った。

彼が叙述した善書は多い。その中にも謫降話素と深い関連があるものは『祈嗣真詮』と『立命篇』[146]である。『祈嗣真詮』は了凡の息子の天啓が生まれた万暦九年から万暦十八年（一五九〇）間に叙述したものとして「改過積善によって積功し聚精な房中金丹術を治め祈祷すれば成胎得子は必ず達せられる」ことを主張した内容である。特に「祈禱」第十の冒頭には「改過積善祈禱之本也、現盡其本、兼修其文、無不應矣」と書かれていて、祈祷の根本に改過積善の行為があってこそはじめて成就するとある。[147]『立命篇』[148]は万暦二十五年（一五九七）頃に叙述されたものである。凡人は天が定めた命数に支配されているが、極めて善人と悪人はそれに支配されず、自ら積んだ善悪行為によって命数が良くなりも悪くなりもするということを仏教と儒教の説を引用して僧の雲谷禅師の影響下に叙述したものである。そして具体的には積善によって科第任官し、長生きして子を得た経験が書かれている。[149]彼は道教的な寿命論を否定し、儒仏思想をもとにした善書の因果応報を言及したが、道教自体を否定したのではなかった。それは三教一致したものであり、そのまま善書思想と合一するものといえる。[150]

朝鮮古典小説に表れた謫降思想にはその大部分に祈子致誠[151]がみられ、これは謫降型愛情小説においても同じである。このような点から『祈嗣真詮』と『立命篇』などの中国の善書が何らかの経路を通じて当時の朝鮮に輸入されたと考えられる。特に著者の了凡が壬辰倭乱に参戦した人物であることを考えると、その可能性はさらに高いといえよう。

天定話素、謫降話素、祈子致誠などは、さきに言及した神仙同化劇または神仙図などと共に、善書の影響も受けているといえる。もちろん。祈子致誠については『祈嗣真詮』だけではなく、玉皇上帝の由来譚[152]にもみられるが、これがそのまま朝鮮古典小説の謫降話素と通じる。たいていの謫降話素には西王母や玉皇上帝が表れる点で、それらが各々受容されたのと共に、十七世紀以降には善書や四書伝奇である西遊記や水滸伝も受容され、謫降話素が古典小説によく登場するようになった。そして謫降話素が男女の恋愛と関連したのは、男女の自由恋愛が野合と批判された儒教道徳理念の許で謫降話素が、それらの結縁を正当化させる役割を担ったためだといえよう。

五―三　日本の作品にだけ表れる話素：心中話素

心中については元来『色道大鏡』に「男女の中、懇切入魂の昵《むつ》び、二心なき処をあらはすしるしをいふなり」[153]となっているように、二心がない証拠として、遊女が男に指、爪、髪の毛、誓紙[154]などを送ることをさしたが、後には男女が共に死ぬことをいうようになった。

しかし、心中は『情死考』[155]にあるように、もともと情死とは異なる言葉で、「『色道大鏡』をはじめとして、近松作品と関連する述語としてみる」のが妥当である。「心中」につづいて「相対死」[156]という言葉を経た後に生じた言葉が「情死」であるといえる。したがって、心中という言葉をたまに「情死」と区分せず使っているが、厳密にいえば区別しなければいけない。また、ここで述べる情死とはすべて「心中」の意味である。

当時の情死については様々な資料がある。一七〇四年に書かれた『心中大鏡』[157]の編集者早川順三郎の緒言には「元禄の末、京阪において、男女の相対死いたく流行したるを、一一其の事実を書留たるものにして、今の新聞雑報の類なり」と書かれている。[158]さらに『色道大鏡』をはじめとし、『情死の研究』[159]『心中ばなし』[160]『上方趣味心中の巻』[161]などを参考にして著した「心中年表」[162]をみると、心中は、寛文二年（一六六二）から文政三年（一八二〇）まで、大部分が大阪を背景とし、近松によって作品化されたといえよう。

ところでその当時の心中はたいてい遊女といっしょに行われたものであり、心中についての人々の認識は決して肯定的なものではなかった。[163]『色道大鏡』を著した藤本箕山は「昔から良き遊女で死んだものはいない。多くは格の低い遊女の真似事である。」[164]とし、西鶴もまた『好色二代男』巻八に収録された〈流れは何の因果経〉で、心中は「義理でも情でもない」[165]とした。そして近松みずからも「金と不孝で名前を残しただけで、情愛で死んだ者は一人もいないと」[166]としながら心中が真実の愛情とは異なることを認めていた。

しかし、それにもかかわらず近松作品に表れた心中の大部分には男女の愛情が重要視されている。その例として『心中宵庚申』[167]が挙げられる。そこに描かれた心中は男女の真摯な愛情の結果による行為であるといえる。男女の純粋な愛情の結果としての心中を作品化したものには近松作品以前には見られなかった。たとえば西鶴の『好色五人女』に登場する恋愛話の結末は捕らえられて処刑されるもので、心中ではない。であれば、近松はなぜ心中を愛情成就として表す方法をとったのであろうか。その答えは『心中宵庚申』で心中するまえに繁兵衛が妻のお千代にいった言葉の中にある。

「なうおちよ。この毛氈を毛氈とな思はれそ。二人が一所にのりの花。紅《くれなゐ》の蓮《はちす》と観ずれば一蓮托生《いちれんたくしょう》頼みあり。（中略）サアサア観念、最後の念仏怠りやるな（中略）千世は合掌手を合わせ、光明遍照十方世界、念仏

衆生摂政不捨、南無阿弥陀仏」(168)

ここに登場する「一蓮托生」とは死後極楽浄土で同じ蓮の上に再生することを意味するが、これはこの時代に心中した男女のもっとも大きな願いであった。(169) 近松を中心として主に心中を話素とする浄瑠璃作品をみると一蓮托生という言葉がしばしば表れる。

神や仏にかけおきし、現世の願を今ここで未来へ回向し、後の世も、なほしも一つ蓮ぞやと。(170)

南無観世音菩薩様、母様の戒名教誉珠林信女、一つ蓮に導き給へ。(171)

悲しきかなや娑婆に親、伯母、冥途に妻、未来に情け、現世に慈悲、中に憂身をはさみ箱、いつの世にかは一対の一つ蓮に生るべき。(172)

一蓮托生、南無阿弥陀仏。(173)

白きをみればしに貌の一つはちすのいき如来。(174)

来世で再び生まれ変わって夫婦になるという考えの根本には、日本人の精神生活に影響を与えた浄土思想がある。日本では平安時代の末期以降、源信の『往生要集』によって現世で阿弥陀仏を唱えれば来世において極楽浄土を往来できるという考えが広く普及し、後には法然の専修念仏[175]と親鸞の悪人正機説[176]を経て日本人の未来観の土台を作った。したがって心中が男女の愛情を成就させる方法となったのには、このような日本的仏教観によるところが大きい。『往生要集』によれば、次のような一蓮托生と関連した内容がみえるが、これによれば、輪廻より極楽往生し、蓮の上で生を託するのが好まれたといえよう。

釋尊入滅、至慈尊出世、隔五十七倶胝、六十百千歳［新婆沙意］。其間輪廻、劇苦幾処乎。何不願終焉之暮、即託蓮胎、而期留悠悠生死至龍花会耶。（『往生要集』）[177]

彼忉利天上億千歳楽、大梵王宮深禅定楽、此等諸楽、未足為楽、輪轉無際、不免三途。而今処観音掌、託寶蓮胎、永越過苦海、初往生浄土。爾時歓喜心、不可以言宣。（『往生要集』）[178]

本来仏典には、死後、蓮花の上で各々生まれ変わるとあるが、後になり、縁があった人たちが蓮花のうえでいっしょになるという考えに変わっていった。[179]

ところが、以上のような宗教的な理由と共に、武士の義理を重んじる気質と死を軽んじる殉死的な考え方が結び付いた。[180]『心中宵庚申』の男主人公である繁兵衛は本来武士であったが、成人になった後、八百屋の養子になった人物で武士の義理を重んじる人であった。[181]一方で、武士の殉死については武士の処身書である『葉隠』[182]に「一生忍んで思い死にする事こそ恋の本意」[183]という言葉で表現される。特に、その中にある次のような言葉は、作品に登場する男女が恋愛問題で苦悩の末に、あっさりと心中してしまう思想的源泉を表すものと思われる。

「武士道と云うは、死ぬ事と見付けたり。（中略）武士道は死に狂い也。（中略）本気にては大業ならず。気違に成て死狂ひする迄也。また武道に於いて分別出来れば、早おくるる也。忠も孝も不入、士道におゐては死狂ひ也。此内に忠孝はこもるべし。」[184]

ここでは忠や孝という理は要らない。「武士道で重要なことは死を前提として突き進むという態度であって、その中に自然と忠や孝、つまり理が含まれている」[185]といえる。このような思想は特に浄瑠璃作品にみられ、男女が一緒に心中する状況を理解するのに助けとなる。そこに登場する男女は自らの愛情関係が周辺の人々に到底容赦してもらえるものでないことを悟り、ただ黙って心中してしまう。そしてその根底には理を超越した気を重んずる武士道的思想が脈をなしている。

一方で、『心中宵庚申』上巻には、繁兵衛の弟を思慕する若い武士たちの中でただ一人を選ぶために、弟に死に装束をさせ、その場で共に死んでくれる者、すなわちあの世で運命を共にしてくれるものであるかを問う場面がある。このような箇所は全体の話からは関係のない内容であると思われるが、実は主人公の武士気質と深い関連を持っており、心中とはそのような気質と同時に彼らの間で行われた衆道、すなわち男色とも無関ではないことを示唆している。[186]

衆道とは戦場で生死を共にし、主従関係を結んだり、義兄弟の契りを行うもので、武士の間で広く行われた。また封建時代の武士社会での女たちは子孫を残すだけで、男たちの立場からは命をかけて恋愛する相手ではなかった。したがって、実際には衆道こそが現在さす、恋愛感覚に近いものであったといえよう。[187]さらに衆道は義理を重んじる武士道の恋愛で近松作品の男女関係に少なからぬ影響を与え、西鶴など町人たちの間で「格の低い遊女のわざ」「義理でもなく情でもない」とした心中を、その精神面において止揚させる役割を果たした。そしてそれが結果的に「家制度」に縛られた町人夫婦間にまで波及したのである。したがって、心中が文学作品において男女の愛情成就の方法として描かれたのは武士階級出身である近松によるところが大きい。[188]近松作品での心中は武士の義理、さらには生死を共にする衆道の契が男女の愛情関係に適応されたものと思われる。そしてこのような武士道の適応は朝鮮作品で両班の理念が男女の愛情関係に反映されたのと共通している。またこのような心中における武士道の適応は男女主人公が不利益を被っても、なんの言葉もなく死を選択する態度にも良く表れている。元来、武士道にはどんな場合にも、弁明をしない清さを最高と見なす精神があった。[189]したがって作品での男女主人公が、なんの解決も試みないまま死を選ぶのも、このような武士動的精神の表れであるといえる。これは西鶴作品の『好色五人女』で主人公が最後まで生き残る方法を考え駆け落ちするのとは対照的であるといえる。

五―四　比較論議

日・朝の烈女話素に対する比較はまず烈女に対する概念の違いから始めなければならない。朝鮮では烈女の基本は節婦、すなわち一夫のみに仕える女性をさす。朝鮮では再嫁女子孫禁錮法、すなわち再嫁した女性の子供は科挙試験を受けることができなかったという事実、[190]そして徹底した父兄社会重視によって女性の貞節を守る行為が金科玉条であった。このため、朝鮮作品に現れた烈女は「女必従一、不事二夫」であり、婚約したり、一度肉体関係を結べば最後まで貞節を守る「節婦」となっている。そして烈女話素は主人公の妓女が貞節を守ることによって最後に幸福な結末を得る。一方で日本の烈女は、武士社会の主従関係を投影した殉死という形で表れた。朝鮮の作品に比べて日本の作品にみられる烈女話素は「節婦」というより、相手のために命をささげる「義女」に近い概念で描かれる。この時、相手の男は武士階級であることが多い。結論からいえば、このような烈女話素の相違は、朝鮮の作品では両班の理念すなわち王と臣下の関係を、日本の作品では武士の理念すなわち主人と家臣の関係を表したという点に起因したものだといえる。

不倫話素は女主人公が既婚女性の場合にのみの場合に表れ、これは日朝両国の作品で共通である。朝鮮の作品の場合、男女間に身分差があり、相手が既婚女性だと知りながら恋情を持つという特徴がある。特に女性の身分が低く設定されているが、これは万一女性が両班階級である場合、不倫が発覚すれば本人だけではなく家門全体の恥辱となり男もまた処刑されるので、そのような不道徳なことをあえて文学作品化することはなかったと考えられる。従って不倫話素に登場する女性たちが賎民ばかりであるというのは当然の結果であるといえよう。またその恋情は、周辺の人目を避けるあまり、男性の恋愛放棄あるいはその不誠実さで長くは続かず、二人の愛は中断された状態で結末を迎える。また、『折花奇談』の作者の叙述態度には色に溺れた者に対する冷徹な心が表れている。これらの色への否定的な見方は、『布衣交集』でもまた同様である。楊婆が不倫を犯したにもかかわらず侠気ある女性という評価が下されたのは、彼女の行為が好色ではない「布衣の交わり」によることに起因しており、作者の叙述態度もそこに重点を置いている。一方で、日本の作品『好色五人女』に示された不倫は身分とは関係なく、恋情よりは偶然のきっかけと女性の能動的な態度によるものとして描かれる。そして他人の目を気にして、その関係を放棄するのではなく、関係を持続しながら、最後に発覚し処刑される。この点は、既婚女性が非を犯した時に厳しく法で裁かれたという点と関係する。さらに作者の叙述意図も、不義は必ず発覚し、処罰されるものであるという考えと、既婚女性の好色に対する警戒を表したものとして確認できる。したがって、日朝の作品を比較する時、朝鮮の作品は色そのものを否定、日本の作品は、色に陥った者は処罰されるという結果を叙述することにより、色に対する警戒を表したといえる。

変装話素とは男女が結縁するための方法として、変装するモチーフをいう。朝鮮古典小説に表れた男装は一般的に女が体を守ったり、出戦するためのものである。従ってこれらは男女の結縁に直接的役割を果たすものではない。ただ『玉楼夢』には例外的に妓女が男装をして主人公の人となりを窺う場面がある。一方で女装については男性が閨秀の容貌を見るための手段として使われており、男女の結縁過程を助ける一つの要素になる。特に歴史的に男性が女装をして姦通する弊害があったという記録がみられ、それが小説に使われたとみる余地も無きにしも非ずであろう。また明末清初の小説に変装話素がしばしば登場することから、その模倣である可能性もなくはない。いづれにせよ、男女が直接会うことが難しかった朝鮮両班社会で、恋愛をするための一つの方法として使われたことには違いない。これに対して、日本の作品に登場する変装話素は男色を楽しむ男の気をひくために女が男装したのが一例あるだけとなっている。日本の作品において変装話素があまりみられない理由としては、当時の男女の髪型がかなり異なっており、変装自体が不可能に近かった点と、変装が風紀を乱すということで法的に禁止されていた点とも関係するだろう。

処刑話素とは男女が結縁したことを理由に死刑または流刑などの刑罰を受けるモチーフをいう。これは朝鮮の作品では王や大君のように主君にあたる人との対立として現れる。王との対立であるとき、主に勒婚として表れ、その対立は実のところ政敵との対立でもある。そして、この時の勒婚は、政敵の結婚の申し入れを断った報復であるという特徴を持つ。したがって、政敵が一掃されると、すべての問題が解決される。例外として『雲英伝』の雲英の愛は対立というより、主君である大君に対する背信であり、最後には自殺という処罰と同様の結果がもたらされる。一方、日本の作品に現れた処刑話素はすべて好色女による積極的かつ非社会的行動として描かれる。内容は主人の娘や妻と使用人との恋愛、恋しい男に会うために犯した放火など、当時の法からしても全て処罰されるべき男女関係である。そして物語の最後の箇所には、好色に対する作者の警戒の言葉が記されている。

逃走話素は、愛する男女が一緒に駆け落ちすることで、結果的に幸せになるパターンをさす。この話素に対応する朝鮮の作品は『月下僊伝』のみである。その原因は、孝を国の最高理念としていた朝鮮で、父親の意向に従わず、駆け落ちすることはありえないことだからである。また、妓生である女とは身分の差があるので、最後に二人の婚姻を認めてくれる人物は王ということになっている。一方、日本の作品に現れた逃走話素は、特に人情本に多く表れる。そこでは、親が決めた結婚から逃れるため、男女が駆け落ちする例がほとんどであることから、それだけ当時の世相を表したものと見られる。駆け落ちする男女は、いとこや隣人同士であり、これにより、当時の男女がごく限られた空間で恋愛していたことがうかがえる。最後に、家長に当たる者が二人の関係を認めることで、すべて大団円となる。また、男女が一緒に駆け落ちした理由は、朝鮮は身分の違いからであり、日本では家の制約のためという違いがあるが、これにより、総体的に見て朝鮮の作品では、個人の恋愛感情が家内問題を越えて国家と社会の問題と結合して描かれているといえよう。

天定話素と心中話素は、両国の特徴的な話素として挙げられる。天定とは天命によって男女の縁が結ばれることをいう。これらの話素が朝鮮の作品にのみ表れるのにはそれなりの理由がある。それは儒教社会での自由恋愛は野合と同様なので、天定はこれを合理化するための装置であるといえる。特に天定話素を持つ作品では、主人公が天定によって結ばれることで、不孝にならないように設定されている。また天定話素が作品に表れたのは、三教一致の思想による謫降話素とも深い関連がある。一方で日本の心中話素は、主に近松の作品に現れる。ここでの心中は「一蓮托生」、つまり来世で同じ蓮の上に生まれるという日本の仏教思想と結合している。それと同時に武士道の忠誠を尽くす殉死的理念と、その慣習であった男色が男女の愛情関係に反映されている。したがって、これら両方の話素は、それぞれ、当時の支配層の理である忠孝を反映しているといえよう。

注

（1）致了宋代二程因崇理之故、対於貞節概念遂厳格起来、誰也知道他提出餓死事小、失節事大的名訓。元代節婦頗受人頌揚。明太祖曽有優禮寡婦的詔令、民間寡婦、三十以前夫亡守制、五十以後不改節者、旋表門閭、除免本家差役。高遭「我邦貞節堂制度的演変」（鮑家麟編『中国婦女史論集』台北：台北稲郷出版社、一九八〇）二〇六頁。

（2）節婦只是犠牲幸福或毀懐身体以維持她的貞操。而烈女則是犠牲生命或遭殺戮以保她底貞潔。前者是「守志」、後者是「旬身」。她們都受封建道徳的束縛而犠牲、方法雖然不同、原因却無差異。董家遵「歴代節婦列女的統計」（上掲書）一一三頁。

（3）散騎以上妻為命婦者、毋使再嫁。判事以下、至六品妻、夫亡、三年不許再嫁違者、坐以失節。散騎以上妾及六品以上妻妾、自類守節者、旌表文閭、仍加賞賜。『高麗史』巻八四、志巻第三八、刑法一、戸婚条。

（4）太宗六年（一四〇六）に今まで「失行婦女」にたいする記録のみであった〈恣女案〉に「三嫁女」が追加され、世祖十二年（一四六六）に成立した『経国大典』には失行婦女と再嫁女の子孫が文武班識に任用されないように規定された。成宗八年（一四七七）に至って、婦女子の再嫁禁止の与否を決定するための重臣会議まで開かれ、再嫁女の息子と孫に対する禁錮が決定された。成宗十二年（一四八一）十二月には『諺文三綱行実烈女図』を刊行、頒布し、成宗十六年（一四八五）に『経国大典』が頒布された時、再嫁女と失行婦女の子孫および庶孽の子孫に文科、生員、進士試を許容しないように規定した。厳基珠「近世の韓・日儒教教訓書――「東国新続三綱行実図」・「本朝女鑑」・「本朝列女伝」を中心として」『比較文学研究』七〇（東京：東大比較文学会、一九九七、三九～四〇頁）、李成茂『韓国의 科挙制度』（韓国学術情報、二〇〇四）二一六～二一七頁。

（5）崔吉城「韓国人の貞操観」（諏訪春雄編『アジアの性（遊学叢書　四）』東京：勉誠出版、一九九九）八四～九六頁参照。

（6）家門の繁栄と婚事問題を描いた大長編小説をさす。拙稿「文学からの接近：古典文学史」（上掲書）二九～三六頁を参照。

（7）李弘斗『朝鮮時代身分変動研究――賤人의 身分上昇을 중심으로』（혜안、一九九九）、崔承熙『古文書를 통해 본 朝鮮後期社会身分史研究』（知識産業社、二〇〇三）参照。

（8）互いに愛情を持つ男女が貞節を守るという事は極めて当然のことなので、そのような意味においての烈女の概念は昔からあったといえる。しかしここでは社会的な慣習または法的な意味としての烈女の意識をさす。

（9）「聖武帝、天平十四年秋八月、令左右四畿内七道国司等、上孝子、順孫、義夫、節婦、力田之名、表基門閭、免基徭賦」（同文館編輯局編纂『日本教育文庫孝義篇下』東京：同文館、一九一〇、二八一頁）。

（10）現在、九州福岡県である黒田藩に仕えていた書記の子で名を篤信という。彼は本草学者または儒学者としても著名で本草書として「大和本草」「菜譜」「花譜」、教育書としては「養生訓」「和俗童子訓」「五常訓」、思想書としては「大擬録」、紀行文としては「和州巡覧記」などがある。

（11）和歌森太郎『和歌森太郎著作集　第八巻』（東京：弘文堂、一九八一）、二四七〜二四八頁。

（12）手ごろの割り木にて、このごとく眉間を打ちて、「私両夫にま見え候べきか」と、戸をさしかためて入りける。世に又かかる女もあるぞかし。（『好色一代男（新編日本古典文学全集　六六）』五八〜五九頁）。

（13）「男よく、姑なく、同じ宗の法花にて、奇麗なる商売の家に行く事を」と、云へり。（『本朝二十不幸（新編日本古典文学全集　六七）』一七二頁）姑がいないほうが良いという価値観は、今とさほど変わらず興味深い。この部分は舅姑に使えるのが美徳とされた朝鮮の家族中心の価値観とは差があることが分かる。

（14）『本朝二十不幸（新編日本古典文学全集　六七）』一七六頁。

（15）同文館編輯局編纂、上掲書収録。内容はすべて活字となっている。

（16）上掲書収録。寛文八年（一六六八）版による複製本である黒澤弘忠編述の『全像本朝古今列女伝（一〇巻一〇冊）』（大阪：青木嵩山堂）で、表題には『本朝烈女伝』（浪葉書肆、嵩山堂蔵版）とある。内容は「第一后妃、第二夫人、第三孺人、第四婦人、第五妻女、第六妾女、第七妓女、第八処女、第九妓女、第十神女」など二七〇名の伝記である。解説は寛文八年（一六六八）版によるものであるが、一六五五年（明暦元年）に記された黒澤弘忠の序文〈全像本朝古今列女伝序〉が記載されており、一六八八年以前に初版が出た可能性もある。「聖武帝天平十四年、秋八月、令左右四畿内七道国司等、上孝子、順孫、義夫、節婦、力田之名、表基門閭、免基徭賦。基開寛裕之路、以延天河之英俊、古如斯也。而於貞女節婦無全伝、雖古今大才碩筆、未暇斯挙者乎。並用、不佞且無有游観広覧之知、雖有至愚極陋之累、貞婦之忠肝、節女之義膽、恐或久而慢滅。竊閲国史、洽掇諸記、略擬劉更生列女伝、而后妃、夫人、孺人、婦人、妻女、妾女、妓女、処女、奇女、神女。（中略）明暦元年秋八月望安弘忠書」同文館編輯局編纂、上掲書、二八一頁。以上、この〈全像本朝古今列女伝序〉から、聖武帝天平十四年（七四二）秋八月に、「孝子、順孫、義夫節婦力田」などが表彰され、負役を免除したことがわかるが、貞女と節婦にたいしての伝記が全く見られないことから、国史や諸記での題材をとり、劉向の『烈女伝』を手本に書いたのではないかと考えられる。

(17) 上掲書収録。作者未詳。全三巻になっており、徳川幕府時代、徳に十七、十八世紀の諸侯内室の賢婦烈女を主に記録した本である。巻之一と巻之二に各々六話、巻之三には四話載っている。巻之一第一話に載っている〈酒井遠江守忠隆内室之事〉に登場する妻は、異国の例をあげて、武士の妻に勇猛さが必要であると論じており、興味深い。「異国本朝、女の武勇にて忠臣と成し事数多し、是迄武勇の女は、色の道を離れ、忠貞孝の三ッを専とし、義の強きを本とす」上掲書、五七七頁。

(18) 疋田尚昌編輯『本朝列女伝』（東京：文昌堂、一八七一）二巻一冊。巻之上には狭穂姫、馬飼歌依妻、小式部内侍、源渡妻袈裟、静女、大磯の虎女、佐藤忠信妹、松下禅尼、楠正行の母、巻之下には瓜生判官の母、奈良左妹、鳥井与七郎妻、武田勝頼婦人、原本辰母、鈴木氏妻、富女備中国貞婦、出羽国貞婦が載せられている。

(19) 松平直温編纂『本朝列女伝』（大阪：寶積堂、一八七九）。この本は、題言にあるように婦女子の修身書であり、小学勧善のためのものである。疋田尚昌の「本朝列女伝」と題目の内容は、大同小異であるが、挿話に説明文が入っており、本文の後ろの部分に後評がある点が異なる。また、十一世紀以前に登場する皇室や貴族の女性の話が抜けている。

(20) 妓女に関しては、『漢武外伝』の「妓女楽也。古未有妓、漢武始置営妓、以待軍士之無妻者」という記録がもっとも古いものといえよう。同文館編輯局編纂、上掲書、四〇〇頁。

(21) これらに関する話は大部分『平家物語』や『吾妻鏡』などに登場する。

(22) もちろん妓女でありながらも節概を守った例もある。都賀庭鐘が一七四九年に書いた『英草子』四巻〈三人の妓女趣を異にして各名を成す話〉に登場する妓女の都産《みやざと》は『女四書』などに叙述された儒教の婦道を手本に、一度心を許した客に会った後には絶対に他の客を相手にしなかった。『英草子（新編日本古典文学全集　七八）』一三〇〜一四八、六三五頁参照。

(23)〈噯嗒という俄正月（新編日本文学全集　六九）〉四六〜四七頁。

(24)〈噯嗒という俄正月（新編日本文学全集　六九）〉四八頁。

(25)「そなた様を、最前から、世のつねの商人とは見受けず、いかなる事ぞかし。女の無用なる尋ね事ながら、かりそめながら契りをこめて、子細を聞かでは置かれじ。先づ自らが命は、貴様へ参らせおくからは」（中略）「欲捨てて、浪人して、そなた様にふしぎの縁を結びぬ。命を進らすべしといふ一言はたがへじ。（中略）行く先の三月五日より、そこへ奉公に出で、自ら手引きをして、心任せに討たせ申すべし。」（中略）虎之助涙をこぼし、「いまだなじみもなきうちに、身に替へての心ざし、二世までも忘れおかじ」と、なほなほ情けを掛けあひける。（〈野机の煙競べ（新編日本文学全集　六九）〉二八七〜二八九頁）。

(26)かの女来て、歎く事を歎かず、はじめの段々を語り、「この子も、我が腹はかし物」と、そのまま刺しころし、その手にて自害して、目前の落花とはなりぬ。この女仕方、惜しまぬ人はなかりき。（中略）虎之助は、かの女の事を思ひやりて、叡山にのぼり出家して、その跡を弔ひけるとなり。（〈野机の煙競べ（新編日本文学全集　六九）〉二九一〜二九二頁）。

(27)再嫁失行婦女の子と孫に対する科挙応試制限は庶孼禁錮とともに朝鮮時代だけの特殊な法制であった。李成茂、上掲書、二一七〜二一八頁。

(28)士族婦女失行者、[更適三夫者同]録案、移文吏兵曹、司憲府、司諫院。（『経国大典』巻五刑典禁制）士族婦女者恣行淫慾、瀆乱風教者幷姦夫、処絞。（『後続録』刑典禁制）『後続録』は中宗の時に制定された法典であるが、ここにある規範は朝鮮時代後期においても受け継がれた。そして刑典に姦犯という項目が生じたのには英祖の時に編纂された『続大典』からであった。それを見ると次のような追加項目が出ている。士族妻女劫奪者、勿論姦未成、首従皆不待時斬。[士族妾女劫奪者同律。常賎女子劫奪成姦者絞。為従限己身極邊為奴。未成者杖一百流三千里。]（『続大典』刑典姦犯）。

(29)舜梅、年方十七、顔不藻飾、而千態無缺、身不粧束、而百媚倶生。其若柳腰桃頰、桜唇鴉鬢、真絶世之秀色。見為方氏叉鬟、適人加髢者、已有年矣。李生一見其容、魂飛意蕩、不能定情。（『折花奇談』九八頁）。

(30)李生情不自禁、仍言曰「不期一佩已結芳縁。人生譬如水中漚草上露。青春難再、楽事無常。幸無慳一夜之期、得遂三生之願、如何」那女含笑不答、汲水飄然而去。生惘然無聊。（『折花奇談』九八〜九九頁）。

(31) 因厲声向生言曰「相公乃明徳君子。胡為乎作此不義之事乎」生曰「是何言。是何言耶。爾且不知其一二也。吾之親乎梅者、歳已屢矣。向日之同盃相酬、適欲使汝為滅口掩目之計。而汝反不知是東是西是真是仮、今乃責之。而不当責之地、誠甚可笑。劃是計者、即老媼也、瞞過爾者、亦老媼也。一則老媼之罪、二則老媼之罪也、於汝亦有何与哉。自今之後、吾当不譲為爾之姪壻、到処周章、為我乗便、則何幸幸」仍将一大碗、奉酒壓驚。（『折花奇談』一二二頁）。

(32) 嗟乎、後期難再。撫孤枕而依依。先天已隔、望片雲之悠悠。痛自絶而永訣、歎相思之無極。天荒地老、此恨難消。日居月諸、此情未泯。畧伸素褱、聊表丹心、言有窮矣、情不可終也、云云。（『折花奇談』一二五頁）。

(33) 自帰於無何之鏡、而尤不能発禁操妄者、即尤物也。（中略）一期二違、二約三失、如鬼弄揄、如天指導。今以後、方知色之所媚人之易惑也」（『折花奇談』九六〜九七頁）。

(34) 事始偕於十逢九遇之後、今以後始信天縁之所在。惜乎、莫如痛断於未遇之前。然、猶幸自絶於一見之後也。（中略）意極而情篤、若是可観焉。（中略）俗且俚、既詳且盡、吾子文章、大且至矣夫。（『折花奇談』九六〜一二六頁）。

(35) 李生亦看気色、冷若秋霜。而非但年紀不少、且家有少妻、雖在旅館之寒燈、何可念及花奸哉。然、其色則歆羨也。（『布衣交集』二一四頁）。

(36) 一日、忽楊婆手摘一枝鳳仙花、投于生前而過。與堂婆相語良久、回至西軒、謂生曰「俄間之花、何如耶。生已将其花、挿于硯滴之口矣。生曰「此花美則美矣、不及娘之美也」（『布衣交集』二一五〜二一六頁）。

(37) 近於王都者、必登科成貴、豈才徳之有勝哉。生乎遐郷者、必貧賎迂闊、豈精誠之不逮哉。女子亦然、生乎士夫宅者、必為閒雅之淑人、生乎匹夫家者、必為糟糠之庸婦。豈貌徳之不相及哉。使処之而然也。是以、妾看此花之美、而惜郎君之誠、惜郎君之誠、而歎女子之賎也。故、花可惜、而郎君亦可惜、妾亦可惜也。（中略）生既美其色、又美其言、不覚欣然驚服曰「娘果非閭巷間匹婦也。願娘花此始令此花作一媒婆何如」（『布衣交集』二一六〜二一七頁）。

(38) 妾情願得一文章之士、昼夕談論、以送一生矣。（『布衣交集』二二一頁）。

(39) 南寧衛は純祖の三女、徳温公主の夫である尹宜善をさす。徳温公主は十六歳の時に降嫁し二十三歳で亡くなったとされるが、夫の尹宜善は一八八八年まで存命であった。別駕とは高麗時代には随行員としての意味で使用した単語であるが、ここでは尹宜善の妾をさすものと思われる。上掲書、一三七、一五〇頁。当時は降嫁した王女が早世すると、王の寝殿にいた宮女を代わりに与えることがあった。この場合、宮女は表向き妾として扱われるが、その内実は本妻と変わりなかった。金用淑、上掲書、七六頁。

(40) 朝鮮時代の奴婢は、長らく母の身分に従った世襲制であったが、一七四五年には一〇〇両（米十三石）で私奴婢の身請けが可能になったことが『続大典』に記録されている。「工匠代給奴贖良価、毋過銭文百両。濫徴者以詐不以真律論。私奴婢贖良価同。（『続大典』巻之五刑典「贖良」）韓相夏『朝鮮王朝法典集』景印文化社、一九八五、四五〇頁参照。これは奴婢制度の崩壊を意味していた。その後も奴婢の解放は行われ、一八〇一年には貞純王后によって、宮中にいた官奴婢の解放が行われた。また一八六六年には奴婢世襲を禁止する王命が下り、全ての奴婢の子は良人として扱われ、一八九四年に奴婢制度そのものが完全廃止された。楊楚玉も、このような時代の流れによって、良人化した者であったと推測される。また金銭の力で奴婢の身分を免れたということは、財力のある旧奴婢出身も多く、舅の楊氏もそうした一人であったと考えられる。従って楊楚玉が都で満ち足りた生活できるのも楊氏の力によるところが大きく、それゆえに全てが自由とはいいがたいのである。そして楊楚玉の身の制約はあたかも女であるがゆえに、その才能を発揮できなかった十六世紀の女流詩人、許蘭雪軒のはかない人生と重なるものがあるといえよう。楊楚玉が送った詩は蘭雪軒詩を踏襲しているとされる。하성란「『布衣交集』의 삽입시 연구」（『韓国文学研究』三八、東国大学校韓国文学研究所、二〇一〇）。

(41) 蘇秦は遊説客として諸国を放浪したが、受け入れられず、惨めな姿で帰宅するが、妻は全く相手にしなかった。それにより、蘇秦は奮発して昼夜勉強し、合従説を唱え、六国の宰相となった。『史記』「蘇秦列伝」参照。「卜子夏能以賢賢易色。今郎君不愛妾之色、而能愛妾之賢、推此可之。（中略）郎君豈不誠大丈夫哉」（『布衣交集』二二二頁）。

(42) 卜子夏能以賢賢易色。今郎君不愛妾之色、而能愛妾之賢、推此可之。（中略）郎君豈不誠大丈夫哉（『布衣交集』二二二頁）。

(43) 貴相知遇、而不可相欺心也（上掲書、二二三頁）。

(44) 今郎君既無杜牧之風彩、伯符之年記、又乏王謝之貴、范石之富、而妾之有此行、非貧淫楽貨之類也。郎君亦非酒色放浪之徒也、有何嫌乎。願郎君唯心所欲、無使甕深於胸臆也。有情而難吐則必然生病、病一生、則不如初不知也。不可作影裡思情、畫中愛寵也。妾為郎君、死且不避、巵酒安足辭。卓文君之走北堂也、豈有欲潔其身之意耶。但関雎楽而不淫、哀而不傷、必而此為勉、可也。(『布衣交集』二二三頁)。

(45) 向夕之逢、郎先於妾、近夜之寝、妾先於郎、豈非天緣之自成耶。(『布衣交集』一五七、二二三頁)。

(46) 木之十伐豈有不催折者哉。(『布衣交集』二二四頁)。

(47) 入廊之物、何可難也。(『布衣交集』二三四頁)。

(48) 路邊井鑿、豈可獨飲。況本非我物乎。(『布衣交集』二三五頁)。

(49) 既餐之色、又何使我。(『布衣交集』二四三頁)。

(50) 小的雖無富貴之勢、既有豊艶之貴色、高明之富才、恒願従貧賎之交友、至死不可忘。故延頸希望、皇天不棄賎誠、行逢李郎於西軒、自以為没世不忘之知己。及小的之所肯、非李郎之所期也。此心堅於金石、入水不潤、投火莫燃矣。願勿復言。若李郎如張郎之豊少、亦不顧也。今紅塵紫陌之間、縉紳公子富商豪傑不知其幾個。妾皆不願、而獨取於李郎者、小的之心可知也。古者漂母哀王孫之意也。豈望報乎。豈為淫哉。(『布衣交集』二三八頁)。

(51) 一日、與楊婆相遊、語及仲約之請。楊婆聴罷謂生曰「郎君欲戯耶実耶」生見其語意已舛、及曰「果戯也」楊婆曰「午以郎君謂真士也、今也則非也」於是、変乎色者、良久、低頭垂涙者、移時曰「吾於郎君、雖非結髪、所以交情、勝於結髪者、以其心也。今何語之妄率耶」自此以後、不與慰勤。邱山之情、雪消雲散、金石之約、風飛雹零、難可復合。(『布衣交集』二四四頁)。

(52) 女伶とはソウル区域内の子供のいない既婚女性の中から選択し、舞楽を学ばせ宮中儀式に奉仕した女性。役が終われば、そのまま妓生になることもできた。

(53) 一八六六年、興宣大院君のカトリック弾圧を理由に、フランス軍が侵入した事件。

(54) 未聞而紅顔而交布衣也、楊少婦果紅粉中義気称侠者也。(『布衣交集』二五五頁)。

(55) 布衣とは白衣、すなわち無位無冠の士をさすことから、「布衣の交わり」とは清貧の交わりをいう。

(56) 紅顔之美、人所易合、而布衣之交、従古難得。故、述此篇、以助一場之笑、而及其至也。(『布衣交集』二一二頁)。

(57) 飯蔬食飲水、曲光而枕、楽在其中矣。豈能以淫於貨色者幷驅耶。(『布衣交集』二五〇頁)。

(58) 周生の幼馴染の妓女は、身分上昇を図って周生と共に暮らし始めるが、結局その浮気と裏切りによって命を落とす。
(59) 拙稿「十九世紀韓国古典小説『布衣交集』と『玉楼夢』にみられる〈知己〉について」(東大阪:近畿大学教養・外国語教育センター紀要外国語編、第二巻第二号、二〇一二)四四～四八頁。
(60) 壁の上についている物入れをいう。器物をしまっておくのに使われる。
(61) 夫には姦通した妻と間男を殺す権利があったが、実際は内々にして離婚する場合が多かった。密通に関する法である密懐法については六章一節を参照。
(62) 『好色五人女(新編日本文学全集 六六)』三〇〇～三〇一頁。
(63) 一七一二年、大奥御年寄の江島が歌舞伎役者の生島らと宴会をして、江戸城の門限に間に合わなかったことから発生した事件。後に二人は流罪となった。高柳金芳、上掲書、一一六～一二四頁。
(64) 『嵐は無常物語』下巻三話〈むかしはしらぬ瘊子見るかな〉にその内容がある。
(65) 『好色五人女(新編日本文学大系 六六)』三〇三～三〇五頁。
(66) 茂右衛門は遊郭に行ったこともなく、ただ金儲けばかり考える無粋な男だった。「髪置きしてこのかた、編笠をかぶらず、ましてや脇差をこしらへず、ただ十露盤を枕に、夢にも銀まうけのせんさくばかりに明かしぬ。」『好色五人女(新編日本古典文学全集 六六)』三一七頁。
(67) おぼしめしよりて、おもひもよらぬ御つたへ、この方も若いものの事なれば、いやでもあらず候へども、ちぎりかさなり候へば、取りあげばばがむつかしく候。さりながら、着物、羽織、風呂銭、身だしなみの事どもを、その方から賃を御かきなされ候はば、いやながら、かなへてもやるべし(『好色五人女(新編日本古典文学全集 六六)』三二〇頁)。一六四六、一六六七、一六八〇年にかけて堕胎が禁止されたが、実際はその後も多く行われた。上掲書、二八二頁参照。
(68) 〈中段に見る暦屋物語(新編日本古典文学全集 二一)〉三二〇～三二二頁。
(69) 曽根ひろみ『娼婦と近世社会』(東京:吉川弘文館、二〇〇三)一七二頁。
(70) 上掲書、一六四～一六五、一七四頁。

(71)『好色五人女（新編日本文学全集　六六）』三〇〇～三〇一頁。

(72)〈情けを入れし樽屋物語（新編日本古典文学全集　六六）〉三〇〇頁。

(73)〈中段に見る暦屋物語（新編日本古典文学全集　六六）〉三一六～三一七頁。

(74)二宮守編『江戸文学概説』（京城興文研究社、一九三一）七一～七三頁。ソウル大学校図書館所蔵本。日本では昭和女子大にだけ所蔵されている珍本である。緒言には平春真一郎が某会の依頼で江戸文学について講話したものを聴講者がノートをとっていたものが二宮守の手に渡り、整理編集して活字に附したとある。

(75)略知其容貌文章이오 未知其言行志燥ᄒᆞ니 将欲托百年인됸 難可遽然許身矣라 吾ㅣ 当用一時之権ᄒᆞ야 更試其心ᄒᆞ리라（『玉楼夢』三九頁）。

(76)「観本道弊風、男子之称為居士、女人之称為回寺者、皆不事農業、縦淫横行、傷風敗俗、法所当禁、其中尤甚者、莫過両中［俗云花郎、男巫之称］（中略）間有弱冠無髯者、則変着女服、塗粉施粧出入人家、昏家夜與女巫、雑坐堂室、乗間伺隙奸人妻。（中略）其変着女服粧、出入人家者、勿分良賎、並除贖、全家八送絶島、良人則為奴」『中宗実録』十九巻一張、八年一〇月丁酉条。一五四三年に刊行された『大典後続録』五、刑典、禁制条にも類似の言及がある。『続大典』巻五〈刑典禁制〉には「変着女服出入人家者、杖一百、絶島定配。勿分良賎」と定められている。

(77)金用淑によれば、王朝実録の記録には、しばしば女装の話が出てくるが、それらは女巫として変装し、惑世誣民したり、宮家に出入りしたとかの類いであり、これは生計のための方便であるとした。妖人卜大伏誅卜大文州人服女服、為覡惑乱愚民。（『太祖実録』巻一三七年四月一四庚寅条）。又聞妖人福同本以男漢、変着女服、出入宮家、豈非寒心之大者乎。（『光海君日記』巻一八二一四年一〇月五日丁卯条）金用淑『朝鮮朝女流文学의 研究』（淑明女子大学校出版部、一九七九）一〇九頁参照。

(78)上掲書、一一〇頁。

(79)明末清初小説にも男装や女装の話素がしばしば発見できるとされる。최수경「청대소설에 나타난 바꿈입기 분석」（『中国小説論叢』一七、한국중국소설학회、二〇〇三）、鄭吉秀「一七세기 장편소설의 형성 경로와 장편화 방법」（ソウル大学校博士学位論文、二〇〇五、七四頁参照）。また中国の女装結縁譚には『喬太守乱點鴛鴦譜』がある。신동일「한국고전소설에 미친 명대단편소설의 영향――혼사장애구조를 중심으로」（ソウル大学校、一九八五）一四

九頁参照。

(80) 日本で男の女装があまり見られなかった理由としては、当時の成人男女の髪型が完全に異なっていたことが挙げられる。これについては後章で論述する。

(81) 庶民たちが伊勢参りする時には、御師と呼ばれる伝道師と旅行者の役割をする者の案内に従って行ったのであり、これをおかげまいりという。道の途中では地方の有力者が食事や宿を提供することが多かったとされる。

(82) 藤谷俊雄『「おかげまいり」と「ええじゃないか」』（東京：岩波書店、一九六八）九二頁。

(83) 詩鋒筆陳寥無競、辮髪禿頭椎少文。原采蘋に関する作品紹介と資料は次の本による。福島理子『江戸漢詩選　第三巻「女流」』（東京：岩波書店、一九九五）一三四、三二一～三二八、三三八頁参照。

(84) 当時の女性漢詩人の活躍は文化文政期（一八〇四～一八二九）の学問の隆盛に従ったものであり、次の人物が挙げられる。江戸には篠田雲鳳、関箖箊、河川秋香、海老原南豊、林柳川、土井松濤、多田秀婉、大崎小窓、錦岫女史、京都には張（梁川）紅蘭、吉田神蘭、皆川練卿、左野若鸞、馬杉玉英、馬玉僊、小幡瑤華、また大阪の島文琴、大和の森田無該、美濃の江馬細香、村瀬雲峡、近江の藤小燕、澁谷松琴、飛驒の白川琴水、丹波の吉見梅農、九州の亀井少琴、伴薫叢、仙臺の高橋玉蕉、安房の平井幽蘭、佐渡の長嶋春雀、加賀の津田蘭蝶などがいた。前田淑「近世閨秀詩人原采蘋と房総の旅原采蘋研究その二」（梅村惠子・片倉比左子編『日本女性史論集七　文化と女性』東京：吉川弘文館、一九九八）二八〇～二八一頁）。

(85) 石井良助編『御仕置例類集　第一六冊　天保類集六』〈五拾五之帳女之部人倫を亂し候もの〉（東京：名著出版、一九七四）一六六～一六七頁。

(86) 林玲子編『日本の近世　巻一五　女性の近世』（東京：中央公論社、一九九三）三二～三七頁、関民子『恋愛かわらばん江戸時代の男女の人生模様』（東京：はまの出版、一九九六）二三四～二五二頁参照。

(87) 『新編日本古典文学全集　六七』六〇六頁参照。

(88) 上村行彰編、上掲書、一一二頁。

(89) 〈恋の山源五兵衛物語（新編日本古典文学全集　六六）〉三六八～三六九頁。

(90) 〈恋の山源五兵衛物語（新編日本古典文学全集　六六）〉三七八～三八四頁。

(91) 納幣奠雁とは結納と婚礼の儀式をさす。男は請婚書と四柱と呼ばれる生年月日を書いた紙を送り、結納の品物を箱に入れて女の家に送り、結婚の日取りを決め、女の家で拝礼、杯を交わし婚礼を挙げる。

(92) 이혜화「윤인경전연구」(『월산 임동권박사 송수기념논문집 국어국문학편』集文堂、一九八六)五〇〜五二頁。不
生怒曰「自家宿感欲逞、今日薦我于駙馬、蔽君之罪有所難逃。且朝百僚有子者多、獨以聚妻之人違薦甚可怪也。不悟小人之奸、此則、殿下之不明也」上大怒曰「檜安君、予之弟也。汝面辱予側以予為不明凌侮君上、不敬之罪、爾父当矣」(『尹知敬伝』)。

(93) 上伝教礼曺、将定吉高数十日、禽赦尹憲父子、除仁鏡應教、仁鏡強為謝恩。(『尹知敬伝』)。

(94) 趙光祖(一四八二〜一五一九)は儒教政治の実現の為、様々な改革を行ったが、旧貴族層によって粛正された。ここでは歴史上の人物を挙げることで、小説内容に臨場感を醸し出す役割を果たしている。

(95) 上曰「当殺女以徵罪悪、而為翁主減爾之罪、仁鏡則定配于湖西、崔女以爾之罪定配于咸興」(『尹知敬伝』)。

(96) 最後の部分は異本によって差がみられる。ソウル大学本には駙馬が崔夫人と翁主の三人で仲よく暮すことについて知敬の兄たちが登場し、最初から翁主とも仲よくすれば良かったものをなぜ出来ずに王から罰せられたのかと問われる。そして知敬が青山緑水で契った成川の妓女の緑雲仙をなぜつれてこなかったのかと、からかう言葉が入っている。しかしこの内容は漢文本にはない。一方で漢文本には崔氏が亡くなった知敬の後を追って井戸に身を投げて死んだ部分は筆写状態が不鮮明になっている。

(97) 上曰「如此可憎之漢、予不忍殺、生女之罪也」(『尹知敬伝』)。

(98) 忠臣不事二君、烈女不更二夫。小女既行礼於劉、又婚姻於達、則此何異於二夫乎。(『劉生伝』一〇張)。

(99) 長子名東栄、仲子名東仁、三子名東連、一女名彩蘭。(『劉生伝』三二張)。

(100) この箇所については「此時、達家諸族、無老少、皆被誅。尚書、乃棄官而與劉生鄉子、倶帰郷里、昼夜歓楽矣」となっているだけで、明国の建国以降、なぜ達睦が誅伐されたのかについての説明はない。林治均・拙訳、上掲論文、一七〇頁。

(101) 朝官娼放出侍女水賜者(中略)杖一百。(『経国大典』刑典禁制)。

(102) 宮女通姦外人者、男女皆不待時斬。[懐孕者亦待産行刑、而不用産後百日之例」(『続大典』刑典姦犯)。

(103) 朝鮮の宮女たちが生涯独身だったのに比べ、江戸時代の大奥は、禁制が緩やかだった。将軍や御台所の直の奉公をするお目見得以上の場合は、奉公に上って三年目に一回六日間、また三年目に十二日間、三度目が十六日間と、比較的宿下がりが厳しかったが、お目見得以下の部屋方の場合、もともと嫁入り準備のために、町人、百姓の娘が行儀見習いに上ったもので、春秋二季には宿下りもできた。また外出が制限されていた直の奉公の女性でも神社仏閣の参拝のためには比較的自由であったとされる。これらの禁制は妻妾を表である政治に介入させないための制度で、六代家宣のころから形成され、八代吉宗の享保六年（一七二一）四月に「奥女中法度」が定められ、文通や往来が規制されたことに始まる。高柳金芳、上掲書、八四～八五頁参照。

(104) 宮女以各司下典選入。［内婢足可充選、寺婢則非特教勿選、良家女一切勿論］（『続大典』典刑公賤）朝鮮時代の宮女たちは基本的に各司や本房から充員され、一部分のみ良人出身の女性たちもいた。本房の内人とは王妃、世子嬪、後宮たちが実家から連れてきた内人をさす。良人出身の女性が宮女になる場合、成人なら自らの生計を立てるため、幼い娘なら父母の意思によって参内することが一般的であり、主に経済的理由によるものと考えられる。このような状況は、英祖代の『続大典』で、良人出身の女性達を宮女として参内させないように禁じてから変わったとされる。신명호『宮女』（시공사、二〇〇四）一一〇～一一二頁参照。

(105) 侍女一出宮門、則其罪当死。外人知宮女之名、則其罪亦死。（『雲英伝』七頁）。

(106) 踰墻逃走、豈人之所忍為也。主君傾意已久、其不可去一也。夫人慈恤至感、其不可去二也。禍及兩親、其不可去三也。罪及西宮、其不可去四也。（中略）娘子若年貌衰謝、則主君之恩眷、漸弛矣。観其事勢、称病久臥、則必許還郷矣。当此之時、與郎君携手同帰、與之偕老、計莫大焉。不此之思、敢生悖理之計、汝誰欺、欺天乎。（『雲英伝』四一～四二頁）

(107) 〈恋草からげし八百屋物語（新編日本古典文学全集　六六）〉三五〇頁。

(108) 〈姿姫路清十郎物語（新編日本古典文学全集　六六）〉二七三～二七四頁。

(109) 〈情けを入れし樽屋物語（新編日本古典文学全集　六六）〉三三一～三三二頁。

(110) 〈恋草からげし八百屋物語（新編日本古典文学全集　六六）〉三五八～三五九頁。

(111) 『清談若緑（近代日本文学大系　二一）』一九三～一九四頁。

（112）『閑情末摘花（近代日本文学大系　二一）』七八六頁。

（113）現代日本でも四親等であれば結婚できるが、江戸時代には定められた区域内で知り合いや親戚同士で結婚するのが普通であった。これと反対に朝鮮では昔から近親婚、特に父系のそれが厳しく禁じられており、結婚相手を選ぶときの基準が日本とはかなり異なる。高麗忠烈王三四年には憲司の要請によって外家四寸の通婚が禁止され、恭愍王一六年には人妻が死に妻の姉妹を継娶すること、及び異姓の再従姉妹を娶ることを禁じていた。（『高麗史』巻八四志巻第三八刑法奸非条）。朝鮮王朝においては、外戚に対しては五世以後にも厳禁されており、儒者たちはこれを東国の美俗として自負した。星湖李瀷の言葉に「我東（国）在百餘年前、猶俗尚秦贅。故外親殆同於本親、雖五世之以後、断不餘婚、遂成流風、可以行之天下而無弊者也。（『星湖僿説』東国美俗条）」とある。金斗憲『韓国家族制度研究』（ソウル大学校出版部、一九六九）四三六～四三七、四六五頁参照。

（114）『閑情末摘花（近代日本文学大系二一）』八二四～八二六頁。

（115）尹栄玉、上掲論文、一九九～二〇〇頁。原文は以下の通り。至夜将半、曲肱之頃、忽有黄帽青衣者、呼生而言曰「洞賓、洞賓。汝逢洞仙、可謂三生好縁矣」既覚、心異之、坐而待朝、直抵洞仙曰「有夢如此、三生好縁、雖云然矣。呼我為洞賓、基旨未可詳也。娘基釈之」洞仙聞、即驚嘆曰「吾亦有是夢、果有黄冠服青者、謂妾曰「不識西門氏呼。玉洞呂仙之霊、移托万歳山下、孕出西門勣、及是洞賓也。汝則本以桓公之女、玉洞之仙、拋床吹簫、誤了別曲、適来海中、今数百紀于茲矣。降生妓籍、特令苦之、以贖前愆爾。後十餘年、当入福地、其勿捨西門氏」云。誠若是、非好縁乎、以今思之、人所以字我者、殆天意也」生聞此言、異其万歳山孕出之説、急捜行李小箱、得前所賦詩、以示之、洞仙益奇之曰「自〈万歳山高幾千丈〉、至〈提抱美人共笑語〉、甚協是事。落句云〈曲終携手去、人間竟何許〉此亦所謂当入福地之漸也。但生妓籍、酸苦十年云、其間、多有患難分散之弊矣。雖然、神祈黙佑、休詳既襲、自今以来、與子為一、無我醉乎」論難移時、不覚劤慰、及宵同枕、其喜可掬。（『洞仙記』八〇～八一頁）

（116）忽有青童、来拝於生前、生亦答拝曰「仙童奚為而来臨繋処。惶恐感謝」童子曰「郎君、是何言也。吾先君、欲見郎君、有所言故、令遣小童如是、請奉邀。願郎君、従焉」生奇之、以従其童子而去。至一処、有五色彩雲、片片相飛、奇異臭触鼻射心、可謂仙境。其中、有珊瑚橋儀、其上、亦有一紅袍仙官、手執周易、焚香嘿坐、見劉生之来、急下橋側把生之手曰「老夫所以奉邀至此者、君侍全誠孝、上帝察焉、使君身顕名達、受福尤強。又上帝、奇方鄉子節行、命后土夫人、使方娜子、還生人間、與君同楽、以来盡続之縁、子孫万端、皆使身達也」(『劉生伝』二六～二七張)。

(117) 일일은 부인이 병풍을 의지ᄒᆞ여 ᄌᆞᆷ간 조흐더니 문득 셔ᄃᆞ일셔 오운이 이러나며 옥동ᄌᆞ ᄇᆡᆨ학을 타고 ᄂᆞ려와 ᄌᆡᄇᆡ왈 「쇼ᄌᆞᄂᆞᆫ 상제 향안젼 동ᄌᆡ러니 득죄ᄒᆞ여 갈ᄇᆡ를 모르더니 북두칠셩이 인도ᄒᆞ기로 왓ᄉᆞ오니 부인은 어엽비 네기쇼셔」 ᄒᆞ고 품으로 들거날 부인이 놀나 ᄭᆡ니 남가일몽이라 즉시 샹셔를 청ᄒᆞ여 몽ᄉᆞ를 이르ᄃᆡ 상셔 ᄯᅩ한 깃거ᄒᆞ더라 그날부터 ᄐᆡ긔잇셔 십삭만의 부인이 침셕의 누엇더니 ᄒᆞᆫ날노셔 ᄒᆞᆫ 쌍션네 ᄂᆞ려와 아회를 밧고 「이 아희 ᄇᆡ필은 셔남ᄶᅩᆨ히 죠씨니 인연을 일치 머루쇼셔」 ᄒᆞ고 옥호의 향슈를 기우려 아희를 씩게 누이고 간ᄃᆡ 업거날 부인이 긔이히 여겨 샹셔를 청ᄒᆞ여 이 닐을 고ᄒᆞ니 샹셔 깃거ᄒᆞ여 ᄉᆡᆼ년월을 긔록ᄒᆞ며 일흠을 ᄇᆡᆨ노라 ᄒᆞ고 ᄌᆞ를 연우라 ᄒᆞ다 (中略) 일일은 부인이 고뇌ᄒᆞ여 ᄌᆞᆷ간 조흐더니 오운이 남방으로 이러나며 풍악소ᄅᆡ 들니거날 윤씨 그경코져ᄒᆞ야 ᄉᆞ창을 열고 바라본득 여러 션네 금덩을 옹위ᄒᆞ여 윤씨 압헤 이르러 ᄌᆡᄇᆡ왈 「우리ᄂᆞᆫ 샹제 시녜더니 칠월칠셕의 은ᄒᆞ슈 오작교를 그릇 노흔 죄로 이간의 ᄂᆡ치시ᄆᆡ 일월 셩신이 이리로 지시ᄒᆞ여 이르러시니 부인은 어엽비 역기쇼셔 이 낭ᄌᆞ의 ᄇᆡ필은 남경 ᄯᆞ 유씨오니 쳔졍 ᄇᆡ필을 일치 말ᄂᆞ」 ᄒᆞ고 말을 맛츠며 낭ᄌᆞ 방즁을 드러가거날 부인이 감격ᄒᆞ여 방을 쇄소코져 ᄒᆞ더니 문득 ᄭᆡ달으니 침샹일몽이라.（『白鶴扇伝』二、四～五張)。

(118) 션군이 갈오ᄃᆡ 「나는 진간 속ᄀᆡᆨ이오 그ᄃᆡ는 텬샹 션녀여ᄂᆞᆯ 엇지 연분 닛다ᄒᆞᄂᆞ뇨」 낭ᄌᆡ 갈오ᄃᆡ 「낭군이 본ᄃᆡ 하늘의 비 맛튼 션관으로셔 비 그릇 준 죄로 인간의 ᄂᆞ려 왓ᄉᆞ오니 니 압헤 ᄌᆞ연 샹봉홀 ᄯᆡ 이스리이다」 하고 믄득 간ᄃᆡ 업거ᄂᆞᆯ 션군이 긔이 녀겨 ᄭᆡ다ᄅᆞ니 남가 일몽이오 이향이 방즁의 옹위ᄒᆞᆫ지라.（中略）작일의 옥뎨 조회 바드실식 첩을 명초ᄒᆞ사 ᄭᅮ지져 갈ᄋᆞᄉᆞᄃᆡ 「ᄇᆡᆨ션군과 맛ᄂᆞᆯ 긔한이 ᄂᆞᆺ거ᄂᆞᆯ 능히 참지 못ᄒᆞ고 십년을 젼긔ᄒᆞ여 인연을 미잣는고로 인간의 나려가 ᄋᆡ미ᄒᆞᆫ 일노 비명회ᄉᆞ ᄒᆞ미니 쟝ᄎᆞᆺ 누를 원ᄒᆞ며 누를 한ᄒᆞ리오.（中略）ᄇᆞ라건ᄃᆡ 다시 쳡을 셰샹의 ᄂᆡ여 본ᄂᆡᄉᆞ 션군과 미진ᄒᆞᆫ 인연을 ᄆᆡᆺ게 ᄒᆞ여 주소셔 쳔만 ᄋᆡ걸ᄒᆞ온 즉 옥제게셔 긍측히 녀기ᄉᆞ 시신더러 하겨ᄒᆞᄉᆞ 왈 슉영의 죄는 그만ᄒᆞ여도 족히 징계될 거시니 다시 인간의 ᄂᆡ여보ᄂᆡ 미진ᄒᆞᆫ 연분을 닛긔ᄒᆞ라 ᄒᆞ시고 념나왕의게 하교ᄒᆞᄉᆞ 슉영을 밧비 ᄂᆡ여보ᄂᆡ라 ᄒᆞ시니 념나왕이 엿ᄌᆞ오ᄃᆡ 하교ᄃᆡ로 ᄒᆞ오리러니와 닛틀만 지ᄂᆡ오면 ᄂᆡ여보ᄂᆡ려 ᄒᆞᄂᆞ이다 ᄒᆞ니 옥제게셔 그리ᄒᆞ라 ᄒᆞ시고 ᄯᅩ 남극셩을 명ᄒᆞᄉᆞ 슈한을 졍ᄒᆞ라 ᄒᆞ신 즉 남극셩이 팔심을 졍ᄒᆞ여 삼인이 동일 승쳔ᄒᆞ게 ᄒᆞ라 하엿기로 쳡이 옥뎨게 엿ᄌᆞ오되 션군과 쳡 ᄲᅮᆫ이어ᄂᆞᆯ 엇지 삼인이라 ᄒᆞᄂᆞ니잇고 한 즉 옥뎨 말슴이 너의 ᄌᆞ연 삼인이 되리니

천긔랄 누셜치 못하리라 ᄒᆞ시고 셔가여릐를 명ᄒᆞᄉᆞ ᄌᆞ식 졈지ᄒᆞ라 하신즉 셔가여릐 삼남을 정ᄒᆞ엿ᄉᆞ오니 낭군은 아직 과상치 말고 슈일만 기다리소서」（『淑英娘子伝』二四〇、二四二、三〇四、三〇六頁）

(119) 文王初載、天作之合。（『詩経』〈大雅文王之什大明〉）。

(120) 古代中国人は人と人との関係を結ぶ原因を「天」に帰属させた。先秦から漢代に至っては、まだ相関関係ないし仏教的因果関係を表す「縁」という言葉を使わず、その代替観念としての「天」すなわち「天命」という言葉を使った。『詩経』には「縁」字は全く見られず、『論語』をはじめとした諸家たちの本にも相関関係を表す「縁」字を見いだすことはできない。後漢末の作品の『孔雀東南飛』には「縁」字が見られるが、相関関係を表した「縁」すなわち、再び関係を結ぶきっかけとしての意味であり、仏教的な因果関係を意味するものではなかった。反面、日本で使われる「縁」は最初から仏教用語として伝来してきたもので、九、十世紀頃に定着したものである。古田島洋介『叢刊・日本の文学　一三「縁」について――中国と日本――』（東京：新典社、一九九〇）三四〜四〇、七四、一一四〜一一五頁参照。一方で「天縁」という言葉は明清時代の伝奇小説の題目よくみられることから、作者はこのような小説に精通していた人物であったといえよう。

(121) 神物による結縁については礼教に対する間接的否定を表わしたものとしてみる見解がある。梁惠蘭、上掲書、一六〇頁。しかし筆者はこれをむしろ礼教との合理化を図るものと考えた。

(122) 幻生とは、生まれ変わることをさす。

(123) 金一烈「敍事文学에 나타난 Eroticism의 展開像」『語文学』二八（韓国語文学会、一九七三）九頁。

(124) 『西廂記』をはじめ文学作品に姮娥を引用したものは多い。これらをみると姮娥が不死薬を盗んだことにより謫降させられたことが分かる。「雲母屛風燈影深、長河漸落曉星沈。嫦娥應悔靈薬偸、碧海青天夜夜心」（李商隠〈嫦娥〉）、「我月府姮娥也。渠是王母第九女、偶謫塵世」（『聊齋誌異』〈那子儀〉）、「姮娥被謫、浮沈俗間、其限已滿、託為寇切、所以絶君望耳」（『聊齋誌異』〈姮娥〉）吉川幸次郎『吉川幸次郎全集　第一巻』（東京：筑摩書房、一九六八）四八五頁、成賢慶『韓国小説의 構造와 実相』（嶺南大学校出版部、一九八一）八六頁参照。「君不見羿妻竊薬奔月裏、羿不得詰誰詰之。無奈先生筆有舌、嘲弄風月無休時。因笑仙娥盗撍物、忍背佳耦為狐嫠。詩成乃被天所取、飛出月脇娥先窺。與君欲釈憾矯天之命、不贈桂一枝。仙娥此罰天已断、更待明年猶未遲」（『東国李相国集』巻

一〈李先輩陽下第東帰以詩慰之〉）。この他にも次のような神仙同化詩がある。「我夢乗風到月宮、排門直捉姮娥問、奈何使爾司春桂、與奪不公人所惱。低頭再拝謝我言、妾不愛憎皆委分、紫府今書君姓字、曽陪王母遊閬苑、也為輕狂多負過、帝令遣適方知困、従此文星不在天、世人誰識塵中隠、四海詩名三十秋、焼丹金鼎功成近、留着高枝且待君、明年折取應無恨」（林椿『西河集』巻一〈記夢〉）、文福姫「韓国神仙詩歌研究」（경원대학교 博士学位論文、一九九五）一六〇〜一六一頁参照。その他にも以下のような引用もある。「魏寓言、見姮娥遲、虚負青春之年、空遺黄壤之恨」（『相思洞記』一二〜一三頁）、「항아를 ᄂᆡ치긴가· 직녀를 적강ᄒᆞᆫ가· 너ᄂᆞᆫ 어힌 아히완ᄃᆡ 강산젹긔를 ᄒᆞᆫᄌᆞ 타서 나의 간장 석이ᄂᆞ니」（『春香伝』三五二頁）、「月裡嫦娥下世来、千金也難買」（『折花奇談』八一頁）。朝鮮古典文学における謫降話素は得罪の原因が天上界おける男女のたわぶれである場合が多く、そのパターンが『淑英娘子伝』『雲英伝』『烈女春香守節歌』などに表れる。

(125) 李白をさして謫仙という。『雲英伝』には次のような金進士の言葉がある。李白天上神仙、長在玉皇香案前、而来遊玄圃、餐盡玉液、不勝酔興、折得万樹琪花、隨風而散落、人間之気象也。（『雲英伝』一五頁）。

(126) 成賢慶によれば、「西遊記の主人公の孫悟空と猪悟能らが龍王の息子として或は天河水神として玉帝に対し罪を犯し、塵世に追われてきた者となっており、注目される」としている。しかし龍王の子として罪を犯したのは三蔵法師が天竺まで乗ってきた白馬である。白馬は元来、西海龍王の敖閏の第三王子として名前を龍馬といった。天上界で法を犯したが、観音菩薩に救われ馬になった。孫悟空は東勝州敖来花果山にある仙石の卵から生まれた。また猪悟能は元来、天河の天蓬元師であったが、姮娥を戯弄した罪で玉帝が木槌で二千回打ち、下界に下したとされる。成賢慶『韓国小説의 構造와 実状』（嶺南大学校出版部、一九八一）八四〜八五頁参照。『西遊記』に見られる謫降話素もやはり仏の極楽浄土ではなく玉皇上帝が君臨する天上界になっているとする点で、その構造が道仏融合思想になっており、朝鮮古典小説の謫降話素と同じである。

(127) 道教での最高神は元来、老子が神格化した太上老君であったが、六朝時代以降は太乙が神格化した元始天尊、宋代以降には玉皇上帝になった。一方で道士の階級には太上老君と元始天尊に、道を神格化した霊寶天孫（太上道君）を加えて三清とし、これらを最も重要視した。増尾伸一郎・丸山宏編『道教の経典を読む』（東京：大修館書店、二〇〇一）二一四頁。

(128) 玉皇上帝が登場するハングル文献で最も古い作品は『癸丑日記』である。ここでは亡くなった永昌大君が仁穆大妃の夢の中に現れ、自分は玉皇上帝がいる天上界にいると告げる場面がある。

(129) 『난초직세록』（精神文化研究院、一冊八十四張筆写本）、『蘭蕉再世録初』（ソウル大学校図書館本、一冊七二張、筆写本）。朝鮮民主主義人民共和国には活字印刷本として지정엽『란초재세기연록（해외우리어문학연구총서 一〇三）』（文化芸術綜合出版社、韓国文化社影印、一九九六）がある。その内容は『孔雀東南飛』に影響をうけて創作されたものであり、死んだ崔仲卿とその妻蘭蕉が、地上界から丞相の楊文喜の息子仁好と文成公主として生まれ変わり、〈孔雀詩〉を媒介として縁を結ぶ話である。蘭蕉の生まれ代わりである文成公主は誕生日に下賜された書院で〈孔雀詩〉を発見する。それを眺めながら寝てしまった公主は夢の中で真道覧先生や白衣童子と出会い、孔雀詩の内容が自らの前世にあったものであることを知る。そしてその話を聞いた父帝と母后はその啓示のとおり〈孔雀詩〉と縁を持つ楊氏の息子を公主の婿にすると決める。この話を聞いた仁好のいとこの仁道は仁好が以前から持っていた〈孔雀詩〉を盗みだし、皇帝の前に現れる。その人となりを不満に想った皇帝は夢のお告げによって科挙主席になった者を婿に命じるとし、その結果、仁好が主席合格し、公主の婿になる。

(130) 慶寿劇ともいう。現存の元雑劇のなかには全真派道教の仙人が俗人を感化して出家させる話が多い。田仲一成『中国演劇史』（東京：東京大学出版会、一九九八）一三二頁参照。

(131) 〈鐵枴李度金童玉女雑劇〉は明の初期賈仲名の作品として臧晋叔編の『元曲選』に収録されている。臧晋叔編『元曲選』第三冊（北京：中華書局、一九五八）、一〇九三〜一一〇六頁。晋叔は字であり、名前は懋徇という。浙江長興人で万暦八年（一五八〇）に進士になった。それに関する伝記は銭謙益の『列朝詩集』七丁にある。『元曲選』には二種類の序文が載せられているが、その中で「万暦旃蒙単閼之歳春上巳日書于西湖僧舍」と書かれたのは万暦四十三年（一六一五）の記録であり、「万暦丙辰春上巳日若下里人臧晋叔書」と書かれたのは、次の年四十四年（一六一六）の記録であるので、作品がこの頃に成立したことが分かる。吉川幸次郎『元雑劇研究』（東京：岩波書店、一九四八）四三〜四四、八六〜八七頁。

(132) 中鉢雅量『中国の祭祀と文学』（東京：創文社、一九八九）三一八頁。

(133) 速水侑『弥勒信仰（日本人の行動と思想一二）』（東京：評論社、一九七一）三八頁。

(134) 謫降話素には『雲英伝』、『蘭蕉再世録』のような死人が霊魂として現れ生前に成就できなかったことを話す内容があるが、これは巫歌が持つ娯楽性と結合しており、巫との関連がある。金東旭・李佑成・張徳順・崔珍源『韓国の伝統思想と文学（韓国文化選書八）』（東京：成甲書房、一九八三）一三頁。謫降話素に関しては、成賢慶、上掲書、四一〜四三頁参照。仮名草子とは慶長期（一五九六〜一六一五）から天和期（一六八一〜八四）にかけて約八十年の間に著作された小説を中心とする散文文芸の総称である。仮名草子には三教一致の物語が多くみられる。三教融合思想は昔から受容されていたが、文学作品としての本格的な盛行は十七世紀以降のことであった。またそれは融合状態ではなく、「新しく台頭し始めた儒教勢力に対する仏教側の防衛意識が生んだ文芸ではないか」とする主張がある。青山忠一『近世前期文学の研究』（東京：桜風社、一九七四）九二〜九三頁。

(135) 안동준「적강형 애정소설의 형성과 변모」（韓国精神文化研究院韓国学大学院碩士学位論文、一九八七）二二頁。

(136) 善書とは人をして善を行わせる本をいい、明代以降百章たちを教化する目的で作られた。其の内容は儒仏道の三教を融合した道徳思想だといえる。酒井忠夫『増補中国善書の研究　上』（東京：国書刊行会、一九九九）八頁参照。

(137) 車柱環『韓国道教思想研究』（ソウル大学校出版部、一九七八）八八〜八九頁参照。

(138) 안동준、上掲論文、二五、二八頁。

(139) 박은순、上掲論文、九〜一九頁。神仙図には〈群仙慶寿幡桃会図〉〈群仙慶寿図〉〈波上群仙図〉〈神仙図〉〈寿星図〉の五種類があるとされる。〈群仙慶寿図〉は西王母の蟠桃会に招待された群仙を描いたもので、明初の朱有燉（一三七九〜一四三九）の戯曲〈群仙慶寿幡桃会図〉が最初の文献であると考えられる。〈群仙慶寿図〉は寿老人を瞻仰する群仙を描いたものである。〈波上群仙図〉は波上に浮かぶ群仙の行列を描写したもので、〈神仙図〉は神仙、或は八仙たちが一連の作品として、個別的に描写されたものである。〈寿星図〉は寿星すなわち老人星、寿老人、南極老人などとして呼ばれる人間の寿命を管掌する南極星を崇拝する思想を背景として描かれている。

(140) 김호연編『韓国民話』（庚美出版社、一九七七）一四六〜一四七頁。

(141) 안동준、上掲論文、二七頁。

(142) 『皇極経世書』のような占卜を中心とする民間道教的な暦学本の一種である。

(143) 中国の道徳書。日常生活の行為を功過すなわち善行と悪行に分け点数計算を行う。

(144) 非凡な人をさす。

(145) 酒井忠夫、上掲書、三七八〜三七九頁。

(146) 上掲書、三八六頁。

(147) 上掲書、四〇八頁。

(148) 現存する本は「丁未春孟日晏然居士書」という序文記録を通じて万暦三十五年に刊行されたと分かる日本内閣文庫蔵本が存在する。上掲書、三八一頁。

(149) 上掲書、三九四、三九八、四〇九頁。

(150) 上掲書、三九九頁。

(151) 子供ができるよう祈願して潔斎すること。

(152) 遠い昔、名を「光厳妙薬」という国があり、その国王を浄徳王といった。王には皇后がおり、その名を宝月皇后という。ところが国王には跡継ぎがいなかった。ある日、国王は跡継ぎがないことを思い悩んで言う。「わしはもう老いているにもかかわらず、国を継ぐべき太子がおらぬ。もし我が身に万一のことがあった場合、この社稷と九廟を誰に委ねたらよいのか」嘆じ終わると、国王はすぐに勅令を下して、多くの道士に命じて、宮殿において功徳のための儀礼を行わせた……その後半年を経て、国王の意は変らなかった。するとある夜、宝月皇后の夢に、太上道君が多くの神仙を引き連れて現れた。……この時、道君は龍輿（帝王の乗るこし）に安座し、一嬰児を抱いていた。……太上道君は言う。「いま国王は跡継ぎがない。この子を社稷の主とするように」……夢から覚めると、皇后は妊娠していた。一年を経た丙午の年、正月九日の午の時に王宮において玉帝は誕生した。（〈清微天宮神通品〉）〈清微天宮神通品〉は『高上玉皇本行集経』巻上に収録されている。『高上玉皇本行集経』は道教の最高神を著した経典で、上中下三巻に分かれており、九〇七年以前に成立したものと推定される。増尾伸一郎・丸山宏編、上掲書、二一九〜二二〇頁参照。

(153) 『色道大鏡』巻六〈心中部〉（野間光辰編『完本色道大鏡』京都：友山文庫、一九六一、五〇三頁）。『色道大鏡』の著者は藤本箕山であり、一六七八年十月に初撰本が著された。

(154) 二人の関係を誓う手紙である。

(155) 小林隆之助『情死考（軟派十二考　第三巻）』（発藻堂書院、一九二八）一、七頁参照。

(156) その当時、心中という文字を逆に詠めば「中心」すなわち「忠」の文字になるので、それを忌避した幕府が相対死を心中の公式的な名称として使用した。福永英男編、『〈御定書百箇条〉を読む』（東京：東京法令出版社、二〇〇二）二四八頁参照。

(157) 全五巻に情事事件の話が載せられている。一、二巻には京都での九事件、三、四巻には大阪での八事件、五巻にはその他地域での四事件となっている。

(158) 編輯者である早川順三郎が著した序言である。早川順三郎編集兼発行『近世文芸叢書 小説第四』（東京：国書刊行会、一九一〇）三頁。

(159) 大道和一『情死の研究』（東京：同文館、一九一一）。

(160) 未詳。弘化四年（一八四七）に創作された『読売心中ばなし』のことのようである。

(161) 未詳。

(162) 総二十四件の情死事件の中で大阪での事件が十六件でもっとも多く、残りは京都での四事件と江戸での四事件となっている。近松によって創作された作品を挙げると以下のようになる。年度については、創作年度ではなく、事件が起きたときの時期をさす。二宮守編、上掲書、一七七～一七九頁にある図表参照。

一．近松門左衛門『お夏清十郎笠物狂五十年忌歌念仏』大阪：一六六二
二．近松門左衛門『長町女腹切』大阪：一六九八
三．近松門左衛門『曽根崎心中』大阪：一七〇三
四．近松門左衛門『心中重井筒』大阪：一七〇四
五．近松門左衛門『心中二枚繪草子』大阪：一七〇六
六．近松門左衛門『卯月紅葉』大阪：一七〇七
七．近松門左衛門『心中万年草』大阪：一七一〇
八．近松門左衛門『今宮心中丸腰連理松』大阪：一七〇九
九．近松門左衛門『心中刃は氷の朔』大阪：一七〇九

一〇．近松門左衛門『冥土の飛脚』大阪：一七一〇
一一．近松門左衛門『生玉心中』大阪：一七〇三
一二．近松門左衛門『心中天の網島』大阪：一七二〇
一三．近松門左衛門『心中宵庚申』大阪：一七二二

(163) 檜谷昭彦「西鶴の心中観」（『西鶴論の週辺』東京：三弥井書店、一九八八）一二七〜一三一頁。

(164)『色道大鏡』巻十五「雑談部」（野間光辰編、上掲書、五〇三頁）。

(165) 富士昭雄校注『好色二代男・西鶴諸国ばなし・本朝二十不孝（新日本古典文学大系七六）』（東京：岩波書店、一九九一）二三八頁。『好色二代男（諸艶大鑑）』は一六八四年四月に池田屋三郎によって出刊された。

(166) 近松門左衛門『長町女腹切』上之巻（鳥越文蔵校注訳『近松門左衛門集　二（日本古典文学全集　四四）』東京：小学館、一九七五、一七三頁）。

(167) この作品は養子夫婦の愛を描いたものであるが、姑から離婚させられ心中することでその愛を完結しようとしたという点で〈孔雀詩〉をモチーフにした『蘭蕉再世録』とも相通ずる面がある。（拙稿「『蘭蕉再世録』と『心中宵庚申』における愛情成就の方法――「天定」と「心中」モチーフを中心に」『言語と文化』第二號、東京：法政大学言語・文化センター、二〇〇五）。題目である庚申については庚申待という習慣と関連して以下の説がある。人間の体の中に隠れている三尸という霊物が庚申の夜に人の体から脱出して天帝にその人の罪を告げ、生命を奪っていくという。従って庚申の夜には寝ずに三尸が昇天する機会を防ぐという慣習が生じた。（「身中有三尸、三尸之為物雖無形而実魂霊鬼神之属也。欲社人早死、此尸当得作鬼、自放縦遊行饗人祭酔。是以毎致庚申之日、輒上天白司命道人所為過失」『抱朴子』）この慣習がいつ日本に入ってきたかは分からないが、早くに圓仁『入唐求法巡礼行記』の八三八年一一月二六日条に、庚申に関する記録が見られる。また『管家文章』に「庚申夜半曉元遅」という句があるが、宇多天皇（八八七〜八九七）の頃にすでにこの慣習はあったとされる。江戸時代には庚申の夜を明かすための会を開いた人々がお金を出し合って庚申塔を立てた。この庚申塔には「現当二世」の安楽を祈る願文が多く書かれたとされる。「現」は現世を意味し、「当」は未来すなわち、あの世をさす。当時の人々は現世を無事に過ごし、死後には極楽浄土に行くことを希求したとされる。加地伸行『中国思想から見た日本思想史研究』（東京：吉川弘文

館、一九八五）一三三頁。三輪善之助『庚申待と庚申塔』（東京：不二書房、一九三五）二、一五〜一六頁。従って『心中宵庚申』の庚申とは庚申の夜に心中し、来世での夫婦の仲を成就に焦点を当てた題目であるといえる。

(168) 『心中宵庚申（新編日本古典文学全集　七五）』四八〇〜四八一頁。

(169) 「一蓮托生」というイメージは日本人の独特なものではないかと考えられる。諏訪春雄『心中――その詩と真実』（東京：毎日新聞社、一九七七）一七三〜一七四頁参照。

(170) 『曽根崎心中（新編日本古典文学全集　七五）』三八頁。

(171) 『卯月紅葉（新編日本古典文学全集　七五）』一一八頁。

(172) 『卯月の潤色（新編日本古典文学全集　七五）』一五二頁。

(173) 『心中天の網島（新編日本古典文学全集　七五）』四三一頁。

(174) 『袂の白しぼり（日本古典文学全集　四五）』一四三頁。

(175) 法然（一一三三〜一二一二）はただ阿弥陀仏の名号をとなえる専修念仏によって絶対他力の極楽往生を提唱し、その思想を庶民層にまで広く普及させた。『選択本願念仏集』はその著書として知られているが、その内容は、唐の善導をはじめ、念仏に関する諸僧の要門を集録し、自ら解釈をつけるものであった。

(176) 悪人正機説については親鸞の語録を集めた『歎異抄』に次の言葉が載せられている。「善人なおもて往生をとぐ、いわんや悪人をや。しかるを、世のひとつねにいわく、悪人なお往生す、いかにいわんや善人をや。この条、一旦そのいわれあるににたれども、本願他力の意趣にそむけり。そのゆえは、自力作善のひとは、ひとえに他力をたのむこころかけたるあいだ、弥陀の本願にあらず。しかれども、自力のこころをひるがえして、他力をたのみたてまつれば、真実報土の往生をとぐるなり。」金子大栄校註『歎異抄』（東京：岩波書店、一九三一第一刷、一九八一第五九刷）四五〜四六頁。

(177) 石田瑞磨校注『源信』（東京：岩波書店、一九九一）三四五上頁。

(178) 上掲書、三三六上頁。

(179) 相良亨『相良亨著作集　四』（東京：ぺりかん社、一九九四）九四〜九五頁。

(180) 情死が行われた理由としては宗教的及び武士道的なもの、婦人の貞操問題、社会組織での義理、人情の束縛などが挙げられる。また町人社会においての「家制度」問題や遊廓制度問題もやはりその原因になる。諏訪春雄、上掲書（一九七七）二二七～二三二頁。

(181) 徳富蘇峰『近世日本国民史元禄時代世相篇（講談社学術文庫五六五）』（東京：講談社、一九八二）三八五～四〇七頁。

(182) 『葉隠』（一七一六）は佐賀県鍋島氏の家臣山本常朝（一六五九～一七一九）の言葉を田代陳基が再録したものである。当時はすでに殉死が幕府によって禁じられていたため、この書は江戸時代には禁書とされていたが、明治時代に入って読まれるようになった。地方にいる武士たちが主君への忠誠を強調するようになれば、幕府に対する背反になることもあり、それを防ぐためであったといえる。

(183) 一生忍んで思い死にする事こそ恋の本意。（『葉隠』〈聞書第二〉二）和辻哲郎・古川哲史校訂『葉隠（上）』（東京：岩波書店、一九四〇）九一頁。

(184) 武士道と云うは、死ぬ事と見付けたり。（中略）武士道は死に狂い也。（中略）本気にては大業ならず。気違に成て死狂ひする迄也。また武道に於いて分別出来れば、早おくるる也。忠も孝も不入、士道におゐては死狂ひ也。此内に忠孝はこもるべし。（『葉隠』〈聞書第一〉二、百十四）和辻哲郎・古川哲史校訂、上掲書、二三、六五頁。

(185) 前林清和・佐藤貢悦・小林寛『気の比較文化――中国・韓国・日本』（京都：昭和堂、二〇〇〇）一七九頁。

(186) 氏家幹人はなぜ十七世紀後半に心中事件が頻繁に発生したのかという疑問について、「恋愛の感情史」という観点で考えたとき、武士道の影響、特に少年の恋愛作法が強い影響を及ぼしたという。氏家幹人『江戸の性風俗　笑いと情死のエロス（講談社現代新書一四三二）』（東京：講談社、一九九八）一九六～一九五頁。

(187) 十七世紀には若衆や俳優など庶民層にも幅広い形で男色が流行した。井原西鶴の『男色大鑑』巻七に収録された〈女方もすなる土佐日記（新編古典文学全集　六七）〉の五三三～五三六頁を見ると、人気俳優に対する愛を誓うため指を切り落としたり命を捧げる者が登場する。東京の晩青堂から一八八七年に出版された末兼八百吉（宮崎湖処子）の『日本情交之変遷』（柳田泉編『民友社文学集（明治文学全集　三六）』東京：筑摩書房、一九七〇、一九頁収録）によれば江戸時代の恋愛像は「陽陽相愛」すなわち男色をさし、男女間の恋愛は生殖手段としての必要性以外は特に重要視されず、男性同士の情を特に聯契の真情を重んじるあまり、ついに女性と近しくすることを毀損したとされる。

(188) 近松作品により心中は義理と人情による葛藤として受け止められ多くの人々の感銘を呼び起こしたといえる。拙稿、注167の論文参照。

(189) 相良亨『相良亨著作集　三』(東京：ぺりかん社、一九九三)四七頁。

(190) 再嫁失行婦女の子孫にたいする科挙応試を制限する規定は庶孽禁錮と共に中国や高麗にも見られない朝鮮の特殊な法制だった。李成茂、上掲書、二一七～二一八頁。

六　愛情関係の思想的背景と文化・制度的関連

六―一　思想的背景

日本と朝鮮は儒仏道の三教の影響を共通に受け、これらの思想が、両国の文学に与えた影響は非常に大きい。しかし、それは同じ思想の源泉をもとにしていながらも微妙な差がある。十七世紀から十九世紀の間に両国の支配者たちは、儒教を国家の理念としたが、朝鮮が孝を最高理念としたのに比べ、日本は忠を重要視した。一方、朝鮮は日本に比べて道教の影響、特に神仙思想の影響を多く受けた。これは日朝文学を比較するときに決定的な違いを生み出している。また両国は、中国から同じく仏教の影響を受けながらも、それぞれ自分の国に合った形で受容し独特の展開を見せた。これらの点は、特に両国の文学を形成する際に深く作用したのはもちろんのこと、男女の愛情関係を示される表現方法にもその影響を及ぼしている。したがってここでは、そのような思想的背景と男女の愛情関係の関連について言及する。

六―一―一　儒教思想との関係

ここでは、儒教思想が男女の愛情関係とどのように関連があるかについて調べた。このため、文学作品に現れた仲媒《なかだち》と六礼(1)、孝、色に対する認識を検討する。

（一）仲媒と六礼

まず朝鮮文学作品に表れた六礼についての認識をみてみよう。六礼を経ない愛情関係は、野合に過ぎず、儒教理念に合わないものとして罪悪視された。したがって、十七～十九世紀の朝鮮文学に表れた男女関係は常に六礼を意識している。

（一）宰相の家の門を密かに窺い愚かにも私通の罪を犯し、魂がさ迷い、悟りもできず、愚行を恣意にいたしました。桑中の醜聞を最後まで隠し通せず、親への屈辱はおろか、災いが高名な家門にまで及んでしまうことでしょう。どうして警戒せずにいられましょうか。(中略) 誤って蘇相国の家に入り、軽々しい行動をいたし、垣根を越え他人の娘を窺った罪は、万回の死に当ります。(2)

（二）私は無知ではございますが、もとより士族として市井の娼婦のような類ではございませんので、どうして垣根に穴を開け、秘かに会おうという心を持ちましょうか。必ず父母に告げて、最後に礼に従って婚礼を挙げれば、たとい自ら通ずる醜態を犯しましたとはいえ、貞節と信義を守り、夫婦の道理を尽くすことに変わりございません。すでに詩を投げ、正徳を大きく失いましたが、今やお互いの心が分かったので、再びいたずらに手紙を送ったりはしません。これからは必ず仲人を通し、私がみだりな行動をしたという非難を受けないよう、うまく事を図ってくださいませ。(3)

(一)は『韋敬天伝』からの引用だが、主人公が女の家に行った後の言葉で、(二)は『崔陟伝』の女主人公の言葉である。

引用文にもあるように、当時の士族達は、必ず仲媒を通して結婚しなければならず、「不告娶妻」すなわち、それを行わず妻を娶った場合、違法行為であり、罪を犯したことになる。したがって罪にならないようにするため、父母に知らせて婚約するのが正式であり、恋に落ちたとしても、そのほとんどが父母に事実を告げて婚約できるように仲媒を頼むことになる。そして妾をおく場合であっても、女性が両班家門出身であれば、父母の許可を得て、それなりの格式で迎えるのが礼儀であった。ゆえに朝鮮文学に表れた愛情関係は儒教的理念から外れることなく、社会的認定を受けた。また婚事は人倫大事として重要視されたのである。

しかしながら例外もあり、『趙雄伝』には「六礼は諸王や富貴人の好事で、孤独な身でどうして六礼を望もうか」(4)という六礼に対する否定的な反応もあり興味深い。主人公である趙雄と張小姐は、二人とも父親を幼いときに亡くしており、このことが六礼に拘らない要因になっている。張小姐の母親は娘に合う婿を探して、趙雄の人となりから、彼を自分の家の客間に泊めることにする。趙雄も母一人残しての独り旅であり、仲媒や六礼は考えられない身の上であった。このことが「玄琴と縦笛の応酬ではじまる天縁」という状況を可能にしたのである。これは(二)で引用した『崔陟伝』の玉英にもあてはまる。玉英が自ら崔陟に手紙を贈ったのも、家長とする父親がいなかったことに由来する。

また、互いに両班でありながら六礼を行えなかった場合には、代わりに信標を贈る方法がある。先に引用した『趙雄伝』で趙雄が張小姐に信標として詩を贈ったのが、その例である。単身で六礼を行えないため、信標として詩を贈ることを考えつくのであるが、後にこれが、張小姐と趙雄の母が偶然に寺であった際、趙雄の妻になる人物であることを知らせる物的証拠となる。信標には詩の他に扇などもある。最終的に信標は六礼を行えない状況で、その代わりの役割を果たすものであるといえよう。

しかし、このような六礼は両班の娘にだけに該当するもので、男女間に身分差がある時には、適応されなかった。『沈生伝』のように両班と中人の娘との場合、女の家族が二人の関係を知っていても、男は六礼を行うどころか、父母にその事実を告げられないままでいる。そしてやがて科挙の勉強のため、二人が逢えない状況になり、悲観した女が死んでしまうのである。これは男が科挙にまだ及第していないこととも関連しているが、根本的に身分の差によるところが大きい。両班の男と中人の女のばあい、女は妾にしかならず、六礼は挙げられない。相手が妓生の場合は、初めから仲媒や六礼はないため、「天定配匹（天が定めた相手）」や「天定縁分（天が定めた縁）」として男女関係を結ぶ。[5]したがって、『玉楼夢』では、諸侯王となった妓生の江南紅が、自ら六礼を行えなかった恨をはらすために、侍女たちの婚礼を整える場面が表れる。[6]また『ピョンガンセ歌』のような庶民同士の場合、宮合[7]が婚礼代わりの手段として用いられる。[8]

これに比べて日本の作品では六礼やそれに当る特別なものはない。とはいえ、武士階級や上流の商人層では一定のしきたりに従った結納の儀式が行われた。さらに当時の日本では、男女の愛情関係を成就するのに主人の意向が大きな影響を与えた。主人に逆らうことは忠義にそむく行為であり、許されるものではなかった。また身分と職業が世襲であったために、男女関係も周辺や親戚内で行われることが多く、これは「家」の維持が最大の課題であった当時において当然のことであった。したがって家長や主人の許可のない婚姻は不義密通として処罰の対象にもなった。

しかしながら、日本の古典作品に表れた男女関係の中では、婚姻に関しては儒教理念が適応されるが、恋愛のみであれば、そのような理念が一切無視されたという点が注目される。ゆえに日本の作品に表れた男女関係は恋愛至上主義といえるものが少なくない。[9]特に元禄時代（一六八八〜一七〇三）は、儒教が広く普及した時代であり、忠孝の論理によって善悪の判断が厳しく行われた時期であったが、一方で恋愛至上主義的な社会風潮があり、恋愛であれば、すべての綱常も顧慮しない傾向があった。享保三年（一七一八）に初刊された西沢一風の『乱脛三本槍』一巻[10]には二十五歳のおかんが十七歳の軍次郎とお互いに恋仲になり、年齢のことで父母に反対されるかと心配するが、「お前もわしもめなしをなし、何恐ろしい事あらん、浮名が立たばそれからそれまで、命は露供思はぬ」[11]と情を通じる。すなわち当時の男女関係は、かなり自由であって、恋愛関係も婚姻とは直結するものではなかった。このような時代の雰囲気をよく表している作品が、『好色一代男』『椀久一世の物語』『好色五人女』などで代表される好色物である。

　ところがこの作品傾向は江戸時代後期に入って次第に変化する。次の文章は「馬琴の恋愛観」として、江戸後期の読本における恋愛について説明したものであるが、当時の男女の恋愛に対し、儒教思想が相当な影響を与えていたといえる。

> 当時は武士道、儒教の興隆した折柄である。その武士道眼、儒教眼から見れば男女の自由に選択してなすところの恋愛は容すべからざる悖徳行為である。しかし自由な恋愛といふことも厳存する社会現象上の事実である。これは事実なるが故如何否定ようとしても否定することは出来ない。のみならず、古来文学の世界には最も多くかくの如き事件で満されている。然るに之を生地のままに小説家に取り入れると彼等作者の武士道観乃至儒教観が破れてしまふ。於之これ等の事実を武士道又は儒教の要求に合わするやうに作り改めねばならなかった。そしてこれ等恋愛を道徳的に救済する一途を案じたのである。かくして読本の恋愛観を成立した。その道徳的救済の仕方には種々ある。第一に夫婦関係に於てこれを容認した。彼等作者は夫婦関係は自然の道であり天理であるから不義不徳ではない。しかしそれも夫唱婦随の埒を越えてはいけない。強い

夫は弱い妻を保護し、弱い妻は強い夫に服従すべきである。夫は妻を愛し、妻は夫を敬する範圍内に於てのみ、恋愛は許される。第二には許婚関係に於て之を認めた。許婚は夫妻たるものの双方の家の間に、親々が婚姻の約束をして、この約束が成立してゐて、未だ公然儀式を挙げず、従って男女の同棲をしない間をいふのであるが、この間の恋愛は認められてゐた。殊に許婚関係には君候の命令媒妁によるものであったので、親や主君の命を尊重する上に於ても、相愛し相親しむことは何等非難すべきでなく却って徳とすべきであるとされた。第三には忠孝の如き人倫の大道を尽す手段方法としての場合には之を許された。而しこれは恋愛の立場からいへば虚偽であり、欺偽であり婦女を弄び、或は男をたぶらかすのであるから、不徳悖道行為容認し得べき限りではないのであるが、忠孝の名によってそれが許されたのである。第四には女の方から情を訴へて慕ひ寄る場合には黙認されてゐる。これは認容する程度ではないのであるがとにかく黙認される。その意味は女性は弱いものであり男性の保護の下に立つべきもので、男性の弱者を保護することは美徳であるといふ思想の下に於て、かうした関係が容認されるのである。(12)

したがって、読本以降に出版された男女の愛情関係は、そのほとんどが親戚間や養子養女の間によるもので、最初から恋愛関係にあったとしても、父母の反対や批判を受けない状況として描かれている。たとえば人情本に登場する男女関係がこれに該当する。かれらの男女関係は全て家族間やその周辺の人々の間で起っている。特に養女あるいは養子の間の場合、将来、夫婦になることを期待して養育されており、二人は例外なく男女関係を結ぶことになる。したがって江戸時代後期の作品に表れた男女関係は家内または親戚や隣近所といった人々で構成されており、仲媒は存在しない。

なぜこのように日本の作品が変化していったのか、一つの契機は、一七二二年四月に発表した近松の『心中宵庚申』を最後に、同年十二月、幕府は心中を主題とした文芸作品の上演および出版を禁止した事実である。『心中宵庚申』は養母の意向によって離縁させられる夫婦が心中する内容である。幕府の立場としては、どんな理由であれ、養母と対立の末に心中するのは、孝という儒教理念に反する不道徳な行為と言わざるをえない。したがって幕府がこのような不道徳な文芸の流行を防ごうとしたのは当然のことである。つまり、幕府の禁令によって、家との軋轢によって心中するというストーリーは一切、出版できなくなったのであり、結果的に差障のない男女関係が描かれる方向に転向した要因の一つになったといえるのである。また、これは十七世紀以降に次第に強化されて来た儒教的な家制度が一般化し、恋愛であれ結婚であれ、初めから常識を逸しない範疇で行われるようになったことの反映であるともいえよう。

(二) 孝

男女の愛情関係を示す作品の中で孝に関連するものとして、まず『淑英娘子伝』を挙げることができる。家のために、科挙に合格して親孝行を果たさなければならないという要求と夫婦が別れなければならない痛みが孝と愛情の対立として描写されている。結局夫は科挙のために上京する。これは男女の愛情よりも科挙合格という一族栄達を重視し、科挙に合格してこそ、愛しい妻と安心して共に暮せると考えた結果である。また、淑英娘子は孝のために犠牲になったが、その後に再生したという点で、『劉生伝』と類似している。『劉生伝』に登場する方栄愛は親と家の安定のために権臣達睦のプロポーズを承諾するが、結婚当日に籠の中で首を絞めて自殺する。しかし、玉皇上帝の救出によって幻生し、再び劉生と縁を結ぶ。したがって孝と愛情が対立するときは孝を優先させるが、幻生という方法で孝と愛情が対立しないようになっている。一般的に、朝鮮は儒教を国の最高理念としたので、古典的な小説でも強調される傾向が強い。国文小説『月下僊伝』の母胎となった野談系小説「掃雪因窺玉簫仙」では、ヒロインの妓生が両班の息子と逃走して後日、正式の夫婦になる。しかし、小説化された『月下僊伝』は妓生のほか、親が決めた女性を正妻に迎えるように変化しており、孝がより強調されていることが分かる。

一方で、日本の作品でも、孝はある程度重視されるが、愛情と対立する時は愛情のほうが優先される。この例として挙げられる作品に、西鶴の『本朝二十不孝』巻四の第二話に収録されている〈枕に残す筆の先〉がある。その内容は、美しい女性と結婚した息子が母親の忠告も聞かず家出した妻に従って家を離れるという話である。(13)結局、苦悩した母親は、自分の飲食を全廃して死んでしまう。そして後に残された遺書に母親の苦悩が書かれており、夫婦は社会的な制裁を受けて心中する。(14)

作品が書かれた当時、裕福な商人の娘は、経済観念や生活力が欠如している場合が少なくなかった。故に姑の立場では、家の仕事を嫁に任せるのが不安であれこれ指示したのだが、これにうんざりした嫁は家出したのである。ところが、ここで注目されるのは、夫婦は二世という点である。後で詳しく述べるが、日本では親子は一世、夫婦は二世、主従は三世として、夫婦関係を親子関係より重んじた。したがって、男女の愛情関係においても親子関係よりは愛情を重んじている。

〈死首の笑顔〉は、貧しい親戚の娘の宗と結婚することを決めた五蔵の父鬼曽次から反対にあい、最終的に宗が死ぬ悲劇的な物語である。最初は父の命令に気兼ねしていたが、やっとのことで、ようやく結婚式の日取りを決めて、彼女を男の家に連れて来る。この時、宗はすでに心痛のため病になり、死者のようになっていたが、家族の助けを借りて花嫁衣服を身に着けて家の前に現れる。しかし、鬼曽次は彼らの前で断固として反対する。宗の兄は彼女を五蔵の嫁として認め、同じ墓に埋めるように告げ、その場で宗の首を刀で斬り捨てる。後に三人は裁判を受けることになるが、兄は釈放され、鬼曽次は財産を没収され村から追放される。ここで宗が死んだことは悲劇だが、一方で五蔵が最後まで彼女を妻として迎えようとしていた点で、孝よりも愛情が重視されていることが分かる。そして結末は五蔵が出家し、生涯彼女の魂を慰めることで終わっている。(15)

孝と愛情の対立は、単に親子ではなく、家と関係するときに、より深刻なものとして現れる。この場合、作中人物は実子より養子の場合が多い。当時、家の主人に反する恋愛は許されないため、その対立は親子よりも大きいものであった。したがって作中人物は、主人すなわち義理の親と愛情の間で葛藤を感じ、その対立を解消するために心中する。十八世紀の人形浄瑠璃の作品群は、ほぼこれに該当する。ところが、幕府は一七二二年四月に発表された近松作品『心中宵庚申』を最後に、同年十二月に心中をテーマとした文芸作品の上演と出版を禁止する。(16)『心中宵庚申』は、先にも述べたように、養母の意向によって離婚された夫婦の愛情を描いた内容になっていて、遊女との金による恋愛ではなく、夫婦による心中という点で、特に問題視されたことは想像に難くない。幕府の立場からすれば、いくら理由があろうと養母との対立の末の心中ということは、孝という儒教理念に反する不道徳な行為であった。したがって幕府が、そのような不道徳な事件の喧伝を防ごうしたのは当然のことである。以後、家と愛情の対立による心中作品は公的に見られなくなる。十九世紀に創作された『閑情末摘花』は男女が一緒に駆け落ちするが、最終的に老婆の家に滞在した後、再び家に戻ってきて、紆余曲折の末、周囲の人々の助けを借りて、順調に結婚することになる内容である。これは十七世紀以降に強化された家制度が固まって世襲が強くなり、恋愛も結婚も、常識を逸脱しない範囲で行われたことと関連する。後代に行けば行くほどの作品に登場する男女の関係が親戚や隣人である場合が多くなるのも、これを端的に示したものである。

(三) 色

全体的に見て朝鮮作品での「色」(17)は「節」に違反するものであり、否定的なものと表現される。これは儒教を国家理念とした朝鮮では、当然のことだといえる。『論語』の「賢賢易色」[18]という言葉から分かるように儒教は色を肯定的に捉えていない。それでも色を肯定的に受け入れた作品には『韋敬天伝』があり、そこには、次のような表現が出ている。

人世の楽しさが深い閨房まで至りませぬところ、この世に生まれて、今日初めて知りました。[19]

これは蘇氏が韋敬天と縁を結んだ後、吐露した言葉である。密かに女の部屋に侵入した韋敬天に対する批判は全くなく、男女の合歓を人世の楽しさとして受け入れた蘇氏の心情を示す。

しかし、前にも述べたように、ほとんどの作品では「色」に対して否定的である。これは、時代的な状況も大きく作用していると思われる。すなわち朝鮮の役や丙子の役による社会的混乱が儒教思想をより強化させるきっかけとなり、「色」に対する否定的観念がその後の文学作品でより強く現れ始めたと推測されるのである。「色」に対する否定的観念を示した作品としては、『王慶龍伝』を挙げることができる。『王慶龍伝』では、酒屋と娼楼に興味を示す慶龍に対し、それを諌める老僕の言葉として、「色」に対する見解が示される。

お坊ちゃま、お坊ちゃま。どうかそんなことは慎んで、なさらないでください。酒は狂薬、口にしたら心は放蕩になります。色は妖しい女狐、目にしたら魂が迷ってしまいます。坊ちゃまはまだお若い書生、志や考えが定まっていません。もし両方をいっぺんに入れてしまったら、それに祟られ、惑わされてしまうに違いありません。だから見たりしない方がましです。[20]

ここで老僕は「色」は「妖狐」であり、見ないほうがましであると慶龍を諭している。そして諫めを聞かないことを悟ると、責任を感じ自害してしまうのである。

　思いがけず途中で、妖しい化物に祟られ、その極みに至ってしまった。金が無くなってしまったのを惜しむのではない。不義に陥《おとしい》れられたのが惜しいのだ。（中略）結局坊ちゃんは妖しい化物に惑わされ、途中で帰ることを忘れてしまった。今や金も坊ちゃんも失ってしまった。僕の罪は死罪に当たろう。どの面をして、大臣にお目にかかりましょうか。[21]

老僕にとって「色」は「妖物」であり、慶龍を「不義」に陥れた「否定的なもの」である。よって、慶龍を諭せなかったことは自らの罪であると認識している。

　このように老僕を通して語られる「色」への否定は、男女の愛情関係のあり方とも深く関わっている。というのも、そもそも「娼楼」への好奇心から始まった愛情関係というのは、「色」を抜きにしては語れないのであるが、『王慶龍伝』ではそれを否定しようとするが故に、作品前後の内容の違いが見られ、男女の愛情関係もまた儒教理念から外れないことになっている。

　その例として、慶龍が玉丹に会う時の言葉が挙げられる。最初、慶龍は玉丹を一目見て、その美しさに引かれ、老婆に玉丹の素性を尋ねる。その際に「私が会いたいというのは、ただ美人を見たいというだけで、合歓の心があるわけではない」というのである。ところが玉丹と実際に詞をやり取りする時は、「ひょっとして玉丹と一緒に合歓することが出来ないかと心中疑い懼れ〈龍恐丹難与為歓 心自疑懼 遂和其曲 以観其意〉」[22]ており、最初に言った「合歓の心があるわけではない（我之欲見者 只欲観絶色而已 非有意於合歓也）」[23]という言葉とは全く違っている。

これらの矛盾は多分に当時の両班階級の建前と本音を示したものといえよう。また、慶龍が玉丹への情に溺れ五、六年を費やしたにもかかわらず、後日、父の出題する作詩試験に合格するという箇所もそうである。

作品前半部での描写では、慶龍が玉丹と合歓した後、情愛に堕溺し、歓楽に耽って日夜を過ごしている。(24) そして高楼を建て、北楼と称して玉丹と共に住み、妓母の策略で五、六年の間に金銭を使い果たすのである。この時、玉丹が慶龍に、情に溺れず父母の元に帰り、科挙に合格するよう説得するくだりはあるが、(25) 慶龍が勉学に励んだという内容はない。

ところが、後半部で慶龍が父と再会し試験を受ける際には、「徐州に五六年いながら、玉丹と共に文墨に専事した」(26) ことになっているのである。この時慶龍は父の怒りを買い、棍棒で打ち殺されそうになるが、(27) それを見かねた父の婿は、持ち帰った財宝を見れば、酒色に身を過ったのでないことは明らかと擁護している。(28) そして父の出題する作詩試験に合格した後は、「長く帰ってこなかったのは、必ず途中で読書に耽ったからであって、色を好んだからではない」(29) と認められるのである。

このような前後の内容の違いは、当時の両班階級の「色」に対する否定観を表すのと同時に、『王慶龍伝』における男女の愛情関係が儒教的徳目の支配から決して外れていないことを示唆している。

また、『布衣交集』では、相手の情を認めながらも、「色」は徹底的に否定している。

天の生物、草木、禽獣、皆その情があるのに、況や人の事を為すに、どうしてその情がなかろうか。(30) 今、君は妾の色を愛さず、妾の賢をよく愛すること、これを推して知るべし。(31)

女主人公である楊楚玉、すなわち楊婆は李生が自己を愛する理由が色ではなく、情け深いからだと誤解する。

したがってここでは、肉体と精神を別個のものとしていることが分かる。これは娼家での愛が色を否定することができないのにもかかわらず、色を排除したい『王慶龍伝』の作者の意図と同様といえる。

また、『切花奇譚』では、「色が人を魅了させるのではなく人が自ら迷うというが、果たして人が自ら迷うのだろうか。色が人を惑わさしめるのだろうか」という疑問を提示して、「これから昔の習慣を改め、誤ったことを反省し、正しきに戻るだろう」との結論を下し、色に対する否定的観念を表す。

両班階級の色に対する否定的観念は、朝鮮後期世相小説の毀節譚[32]にもよく表れている。日本はもちろん、中国の小説にもあまり見られない毀節譚が朝鮮の古典小説に見られる理由は、色を排除することで節が強調され、それが男にも適用されたことにある。『王慶龍伝』では、主人公の王慶龍が玉堂と会う時まで、節を貫くため、親が勧める盖小姐と同衾しなかったという話に、それが表れている。これは、中国の『玉堂春落難逢夫』で男主人公が玉堂春と別れた後、親の勧めに従って正妻を迎えて仲良く過ごす内容と大きく異なるもので、節を重要視する点は朝鮮独特の儒教理念の強化として考えられる。

日本の古典作品に現れた「色」[33]は「恋」の延長線上にある。すでに十世紀に書かれた『伊勢物語』を見ると、男主人公が複数の女性と関係する姿が描かれており、好色がまさに風流として男女の愛情と深く結びついている。これは西鶴の好色物や十九世紀に書かれた人情本を見ても、やはり同じである。特に人情本では「いろ」が多くの漢字に当てられており、「恋人（いろ）」「情男（いろ）」「情人（いろ）」「情合（いろ）」と表現されている。このことからも「色」「情」「恋」は分離できないものだったことが分かる[34]。

一方、『王慶龍伝』と深い関連がある唐代伝奇『李娃伝』の翻案で室町時代に創作されたと推定されている『李娃物語』では、主人公の保典が遊女李娃との恋のためなら命も惜しまないといった後、作者が「色」について次のように述べていて目を引く。

嗚呼悲哉、古人ノ言ニ、少之時戒在色ト云ヘリ、加旃賢賢易色、コレ孔子ノ魯論ニ、記セル所也、中将ホトノ、道学ベル人ノ、角有ヘキ共覺スト、友ニ興サメタル体ニソ、見エシ。去レバ可堪モアラヌ事ニモ、能堪忍ハ色ヲ思カ故也、誠ニ愛着ノ道、其根深ク源遠シ、六塵ノ楽欲多トイヘ共、皆厭離シツベシ。其中ニ、唯彼惑ノ一難止ノミソ、老タルモ若モ、智アルモ愚ナルモ、替ル所ナシト、吉田ノ兼好法師カ、言置キケンコト、復タ、女ノ髪筋ヲヨレル綱ニハ、大象モ能繋レ、女ノハケル履ニテ作レル笛ニハ、秋ノ鹿、カナラズ寄トゾ、言イ伝ヘ侍ルモ実皆理ニソ覺ル。[35]

ここで作者は『論語』の「賢賢易色」や「少之時戒在色」[36]を引用しながら、「保典ほど学問を極めた人が色に惑わされることは興ざめであると」とした。しかし、一方で、『徒然草』の説[37]を挙げ、「忍び難きを忍ばせるのは色を想うため」と色慾の強さを記して、自から警戒しなければならないのに、老若男女はもちろん保典さえ、それに惑わされないことがない」のが「道理」であるとする。したがって、ここで作者は「色」自体を否定しているのではなく、人なら誰でも「色」に惑わされるが故に、警戒しなければならないと述べている。[38]また、作者は張蘊古の伝記を引用して、「色は人性を変え、楽が極まれば、悲哀が生じる」[39]とした。勇敢な中国の王といっても色に陥れば命を失うしかない。保典は命を失うことはなかったが、零落して末代まで家の恥となった。したがって作者は再び「唯人ノ慎ムヘキハ、此道也」[40]と述べており、これらの記述の観点は、後で保典の父が保典を叱りながら「汝の心を恨むべし」[41]という言葉からも、色に陥った保典自身の悲哀として表現される。

一方、日本の作品でも、十九世紀以降に書かれた人情本には、『娘太平記操早引』の序文にあるように、この色に陥ることへの警戒が記述される。「婀娜《あだ》なる色に身を崩して、貞烈なる渾家《つま》をすて、慈心ある父を思わず、放蕩惰弱の息子の伝記は色に溺るる世の弱冠《わかうど》を、戒めんとする一端ならん」[42]というのがまさにその箇所であり、

ここでは色は悪という色彩が強くなる。(43)

これは、主に作品の序や作者の言葉として表示され、この時代にあった幕府の政策(44)とも関係するようである。人情本の中には内容が卑俗なものも多く、後に幕府が出版を禁止する程だった。戯作作家たちは生計を維持するために、教訓めいた言葉を挿入し、幕府の検閲から逃れようとしたのではないかと考えられる。また、同じ人情本『娘太平記操早引』の登場人物には、次のような言葉があり興味深い。

地物でも売女でも、何も変わった事はあるまいが、珍しいと珍しく無いので、変わった様に思われましょうョ。アノマア鰻屋の子供が、鰻よりは外の魚が好きで、上菓子屋の子が美い菓子より、駄菓子を好いて食べるようなもので、鼻については悪味いとやら、マァ嫁も貰い立ても初物の中は、格別珍しいものだから、放蕩名亭主も、その当座はうちにばつかりいませうが、毎日食べると鼻について、だんだん珍しくなくなって、それに何時でも御用が足りるから、どうしても倦き勝手で御座いますのさ。(45)

この記事は、妻を捨てて他の女性と一緒に住む男に対する言葉だが、色の本質を端的に示したものである。それによると、色は刹那的なものであり、長く持続されにくい。そして、いくら楽しいものであったとしても、それが日常のありふれたものとなってしまうと、その楽しさがなくなるということだ。ここでの色は、情と通じるものでありながら、特に姿形に重点が置かれている。

六―一―二　道教思想との関係

新羅時代、唐を通じて道教思想が広く伝わったことは、金可紀(46)のような道士がいたことでも明らかである。金可紀は新羅人として唐に渡り、外国人のために実施された科挙制度である賓貢科に合格した人物で、新羅に戻った後に再び唐に渡り、八五九年二月二十五日に玉皇上帝の命を受け昇天したという伝説が伝わっている。(47) また新羅時代の花郎が実践した風流道は神仙思想と関連しており、当時の神仙思想の盛行を示唆している。(48)

高麗時代十二世紀初めには道教が公式に王室の信仰として認められた。特に十六代の睿宗は、道観である福源宮を建て、北宋から道士を招き、齋醮を頻繁に実施した。(49)(50) また延慶宮の後苑に建てた玉燭亭に、元始天尊像を安置し、月例的な醮祭を行い、(51)(52)(53) 延英殿内の清讌閣に古今の道書を所蔵し、韓安仁（生年不詳〜一一二二）に老子の『道徳経』を講読させた。(54)(55) そのような時代的背景によってか、高麗時代の詩世界には神仙思想を反映した内容と浪漫的な表現が多くみられる。(56)

さらに、十七〜十九世紀の古典作品の中で、中国伝奇小説の影響を受けた朝鮮の愛情伝奇小説の愛情詩の大部分は、神仙思想と関連する。『王慶龍伝』では夢の中で仙女と出会い、神仙になったような気分を描く主人公の詩がある。


昔神仙の本を持ち神仙をよく学び、金丹を焼いて十年、
洞庭の蘭香と鐘陵の彩鸞が、月の世界で因縁があることを、どうして知ろうか。

今宵互いに出会って歌を歌い、白い美しい笛を吹いて緑の綺紘を奏でる。

豊潤な酒を飲み干し、枕にもたれれば、藍橋に向かいてまどろむも宜なるかな。

一度神仙の楼台の美しき宴に登り、佳人と美人をみると蘭蕉と蕙草が互いに連なる。

生来美しい仙女の姿態のように妖婉で、紅白の蓮を映すよう。

歌詞はしとやかで、曲調は明るく、海に光る月の玉のように明るく藍田に霞がかかった玉のように艶やかだ。

この体が神仙になり、羽が生えて蓬莱山に渡ったようだ。(57)

相手の女性を仙女にたとえるやり方は、朝鮮の愛情伝奇小説で多くみられるもので、恋愛感情を表す常套的手段である。

魂が飛び出し、心が空中に浮いたように髣髴としました。（中略）夢で五色の雲に包まれた瑤台に入り、九華の帳の中で仙娥と出会ったのだ。(58)

その下に美人が一人座っていた。年は十七、八歳くらいだったが、おとなしく仙女のような姿態がこの世の者とは思われなかった。(59)

このように、神仙思想が反映された非現実的な世界として、恋愛感情を表した理由は、次のような説がある。

相手の女性が仙女として描かれていることは、妓女に道家的要素を強く見ていることの表れといえる。唐代では、妓女を一般に仙とよび、妓館を仙境にたとえていた。それは基本的には、技館が日常的な社会生活と離れた非日常の場所であり、妓女が家という棹組みの外にいる非日常的な性格を持つ女性であるがゆえに、俗世を離れた仙境に比擬され、そこにいる妓女も仙女に喩えられたのだろう。だがそれだけでなく、房中術などを通じて仙術との繋がりを持つ女道士が一面で妓女と同じ生活をしていたことも、妓女に対するこうした見方と深くかかわっていたと考えられる。(60)

引用文によれば、当代の妓女は仙と呼ばれ、非日常的な性格を持つ女性とみなされていた。これと関連して晩唐詩人の李商隠は、成就不可能な妓女との恋愛を、非現実的な仙女との恋に喩えたとされる。[61]

しかし、朝鮮の愛情小説[62]で妓女が仙女に喩えられたのは、妓女との恋愛が不可能だからではなく、女を見た男の胸中を示すためであり、同時に自由恋愛を罪悪視したことによる。朱子学に「去人欲、存天理」という命題があるように、当時の士大夫達にとって自由恋愛とは反道徳行為とかわりなく、それを文学作品として表現するためには、女を非現実的な仙女として喩えるしかなかったといえる。

一方で、神仙思想と関連がある丹薬は、男女の三角関係を叙述した愛情小説に登場する。元来、丹薬は神仙思想において長寿を目的として作られたものであるが、ここでは女が男の愛を得るための薬として使われる。『花門録』では、胡紅梅が花子卿を一人占めするために、変容丹という薬で、李夫人が若い男と情を通じているように策略し、李夫人を追い出そうとする。現実的に人間の姿を変えさせることは不可能である。しかしここでは、神仙思想の影響を受け、不可能な事を可能にするものとして、変容丹が使われている。

日本では奈良時代、文武天皇の慶雲年間（七〇四〜七〇七）に、唐代最初の恋愛小説ともいわれる『遊仙窟』が伝来し、八世紀頃に成立した『万葉集』を始め、平安時代以降の文芸に大きな影響を与えたとされる。[63]また貞観期（八五九〜八七七）に成立した『竹取物語』[64]は神仙思想と関連しており、「物語のいできはじめの親」[65]であるのみならず、謫降話素すなわち、天上界と地上界の二元的世界観を持つ唯一の日本の作品である。[66]

ところで、ここで最も重要な事実は『竹取物語』の結末で不老長寿の薬を焼くことによって、神仙思想、特に外丹に対する否定観念が表れていることである。[67]これは日本の朝廷で、道教神を崇め祈祷する齋醮や、その儀式である科儀[68]が行われず、祭儀の専門家である道士が全く存在しなかったという事実とも合致するだろう。[69]その一方で朝鮮時代に中宗が、趙光祖らの諫めで醮所である昭格署を廃する時まで、道教的祭祀を行っていたのとは対照的である。後に中宗が病になった母后の要請を受け入れ、昭格署を復活させたことを鑑みても、朝鮮では道教の影響が相当強かったといえる。

このようなことから、妓生を仙女として比喩する朝鮮の古典作品に比べ、なぜ日本の作品では、そのような例がないのかが理解できる。朝鮮の作品では、妓生との恋愛関係は、神仙思想の如く非現実世界にたとえられたが、日本の作品では、妓女と神仙思想はなんら関連性をもたなかったのである。全般的に道教思想が朝鮮文学に与えた影響は、日本のそれに比べ、圧倒的に大きく、これが両国の文学の質を異なるものにした要因の一つだといえる。

六―一―三　仏教思想との関係

朝鮮の愛情小説に「三生の縁」(70)という概念がある。「三生の縁」は元来、仏教に由来する語で、後の中国の三世観と深い関わりを持つ(71)。さらに、これが朝鮮半島において最初に伝わった仏教の教説である因果禍福之説、すなわち業説で、人間の意志による行為である業には必然的に結果が伴うという因果の観念が、前世、現世、来世の三世に渡る業報輪廻説として発展したものである(72)。実際に三生の縁に関して作品内容をみてみよう。

①芳卿のもとに、三生の縁は重く、千里のはてから文が来たので、感動しその人が想われ、身の置き所もなかった。

(『周生伝』(73))

②女は男が起きるのを見て、手をとり、顔を隠して低い声で言った。「三生の佳縁が一夜にして結ばれました。必ずまた黄昏時にいらしてください」

(『韋敬天伝』(74))

③私は西宮におります。君が隙をみて、夕方に西側の垣根からお越しくだされば、三生の尽きせぬ縁をそこで果たすことができましょう。

（『雲英伝』[75]）

④忽然と黄色い帽子に青い服をきた者が生を呼びながら言うには「洞賓、洞賓。おまえは洞仙に逢って三生の佳縁を結ぶであろう」といった。

（『洞仙記』[76]）

⑤この身と君を想う、三生の縁分であり、天のお定めだ。

（『春香伝』[77]）

①は周生が母方の親戚の張氏を通じて、偶然仙花と縁を結んだ後に彼女からもらった手紙に対する答えである。②は蘇淑芳が男と縁を結んだのち再び逢うことを約束している場面である。③は宮女の協力で男と逢瀬を企てる雲英の言葉である。④は青衣童子が男の夢に現れ、三生好縁があることを告げる場面である。⑤は春香が李道令と別れた後、一人で嘆く場面である。これらをみると「三生の縁」とは男女の愛情を成就しようとする切ない心を表したものといえる。またこのような「三生の縁」は輪廻思想とも深い関係にある。関係を成就できず死んだとき、幻生、すなわち生まれ変わって希望をかなえるのは輪廻による。そしてこの時の輪廻は、際限無く繰り返される多環論ではなく、一環論に基づくものである。元来、仏教のいう輪廻は無限に繰り返される多環論をさすが、朝鮮の作品に表れた輪廻は、天上界から地上界へそして再び天上界へと、一度だけ循環する一環論による。この点は永遠に輪廻すると考えず、せいぜい過去、現世、未来と考えた中国の三世観と儒教の天人合一思想に基づく。儒教の天人合一思想[78]によると、霊魂は天と一つのものであり、散じたときにはもとに帰って天と合一するという。天は永遠不滅の存在であるから、この天と合一すれば霊魂も不滅ということになるという[79]が、これが輪

廻思想と結合している。そして現世での幻生とは儒教がいう現世での再生、すなわち招魂再生とも合致するものである。一方で、ここでいう天上界は仏だけでなく道教の最高神である玉皇上帝が君臨する世界になっているという点から、その構造が儒、仏、道の習合思想になっているといえよう。[80] したがって、朝鮮の輪廻思想は儒、仏、道が結合したものであり、このような結合は『玉楼夢』をはじめとする謫降型小説によく表れる。

ところで男女の愛情を成就できないまま死んだ時、幻生するのは、前世で結ばれなかった因縁を、現世において成し遂げるためである。この点は、現世で遂げられなかった因縁を来世で遂げようとする日本の作品の三世観と異なる。そして、その原因は現世仏としての弥勒下生信仰が主流をなした朝鮮仏教と異なり、来世的な阿弥陀信仰が主流をなした日本仏教の特徴と合致する。[81]

日本でも、三世観と輪廻思想は、仏教の伝来とともに広がった。平安時代の作品である『蜻蛉日記』『源氏物語』には前世からの因縁という意味で宿世[82]という言葉があり、男女関係を表すのにも使われた。したがって、現世において夫婦の因縁を結んだことを、宿世からきたものと考えられていた。ところがこのような前世と現世の夫婦概念は[83]、武士が政権を持つ鎌倉時代になって変化した。『平家物語』には従来のような前世と現世の夫婦関係を「先世の契」[84]、現世と来世に及ぶ夫婦関係は「契」[85]あるいは「いもせのなからへ」[86]という言葉で表現した。したがって、前世と現世の夫婦関係が、現世と来世に至る夫婦関係として認識されたのが、この時代だったのである。[87] 実際に「夫婦は二世」という言葉が登場するのは、鎌倉時代後期に成立した『源平盛衰記』巻二六〈忠盛婦人の事〉からである。これによると「これも誠に二世の契りにや、愛念類なくして月日を重ねし程に、其の期も満ちにければ、産平らかにして男子を生む、喜ぶ事斜ならず」[88]となっている。ここに引用された「二世」とは前世と現世をさすといえる。しかし『平家物語』に表れた夫婦に関する概念をみたように、鎌倉時代を経て、その概念は前世と現世から、現世と来世に変化したといえよう。そして室町時代にいたっては、現世と来世の関係だけを表すようになっていった。

したがって、江戸時代の作品をみても夫婦は現世来世の二世になっており、このような点が多くの作品、特に西鶴作品に表れる。

二世とおもひし妻におくれ　（『男かと思へばしれぬ人さま』）(89)

吉三郎殿、誠の情けならば、うき世捨てさせ給ひ、いかなる出家にもなり給ひて、かくなり行く跡をとはせ給ひなば、いかばかり忘れ置くまじき。二世までの縁は朽ちまじと申し置きし　（『恋草からげし八百屋物語』）(90)

これよりして後、脇に若衆のちなみは思ひもよらず。我がいふ事は御心にそまずとも、背きたまふまじとのご誓文のうへにて、とても事に二世までの契り　（『恋の山源五兵衛物語』）(91)

これ程いとほしらしき御方に、逢ひ参らするも、不思議の一つ。酒まゐりて、二世までと約束のこの男奴、大方ならぬ因果　（『喚嗒といふ俄正月』）(92)

これらの内容から二世は、現世と来世にわたる男女関係を表していると分かる。江戸時代初期に成立した『夫婦宗論物語』をみると「かねてより夫婦は二世と期したれば」という箇所があり、一七〇五年に成立した『傾城武道桜』には「ふうふは二世の契り」と書かれている。(93)

また『袂の白しぼり』は店の主人の娘おそめと下人久松の恋を描いたものであるが、二人別々に油屋の蔵の中と外で心中する。ここで、蔵の中にいたおそめがなぜ蔵を開けないのかと久松に訊ねると、久松は、夫婦は二世であるが一緒に心中すれば主人殺しと同様だと答える場面がある。

爰へござんすな。二世とはいへど親たちのゆるさぬが内に御一所に。しぬればわしは主ころしあいもかはらぬ夢の内（中略）おそめもなんのおくれうと、かみそり出して忽に紅ながすみつせ川。めいどの坂に久松も哀ときゆるはるの雪。白きをみればしに貌の一つはちすのいき如来。（『袂の白しぼり』）(94)

久松の言葉からは、二世の夫婦関係以上に三世の主従関係を重んじていることが分かる。元来、二世とは夫婦関係とともに、親子関係と主従関係、または当時の基本的人間関係を形成していた。しかし中世の武士の時代になって、特に主従関係を重んじるようになり、主人が死ねば従者も殉死する習いとなった。それが江戸時代には全ての階級で影響を及ぼすに至り、主従関係が重んじられるようになったのである。二人は男女の関係でありながら主従関係であるため、一緒に心中すれば主人である女を殺すことになる。それを避けるために別々の場所で心中するのである。また夫婦が二世という概念は江戸時代後期の人情本にも表れる。(95)したがって、夫婦が二世であり現世と来世の因縁で結ばれているということは、十七世紀から十九世紀までの男女の愛情関係を表す基本的な概念だったといえる。それらは現世で成就できなかった因縁を、来世である極楽浄土で成し遂げようというものである。すなわち、来世に行けば輪廻せず、永遠の縁を結ぶものと考えていたのである。

引用した作品をみると、前世に関して特別な言葉はないが、現世を苦界、来世を成仏のできる極楽浄土としている。すなわち成仏することで現世の罪と苦悩がなくなり、来世で愛を成就できると考えたのである。そして一度成仏してしまえば極楽浄土で願いをかなえることができ、それ以上輪廻するという考えはなかった。『心中宵庚申』では夫婦が心中する際「手に手をとってこの世を去る、輪廻を去る、迷いを去る」[96]としているが、これはすなわち苦悩を脱し、極楽浄土で永遠の願いをかなえようとする作中人物の心を表している。

このように死後に仏となり極楽浄土に行くという思想は極めて「来世成仏」としての性格をもつものであり、十一世紀以降に盛行した末法思想と浄土教に立脚した鎌倉仏教に起因する。[97]もともと日本仏教は、弥勒下生信仰が強い朝鮮とは異なり、弥勒上生信仰と阿弥陀信仰が未分化の状態で伝わり、[98]唐代浄土教の影響を受けて阿弥陀仏を追善の仏とし、[99]極楽往生を盛んに願うようになった。以後、地獄の恐怖と極楽往生を唱えた源信、[100]専修念仏に立脚した日本の浄土教の開祖である法然、そしてその思想を受け継いだ親鸞の悪人正機説が生じるのである。

結論をのべると、前世・現世・来世という三世観による男女の愛情関係は日朝の作品に共通に表れる。しかし韓国の作品では前世と現世に、同時期の日本の作品は現世と来世に重点がおかれる。そして韓国の場合は現世即仏的な弥勒下生信仰に、日本の場合は来世成仏的な阿弥陀信仰に、その思想的背景がある。韓国作品では前世に成就できなかった愛を現世で成し遂げようとし、日本の作品では現世での苦悩から解脱し、来世で成仏、すなわち阿弥陀として生まれ変わることで愛情を成就しようとする。韓国の作品にある三世観は、前世と現世に重点をおき、現世での愛情を成就しようとする点で、現世に対して肯定的だといえよう。そして三生についての来世観はほとんど表れないので、作品は、現世での栄華を享受する主人公達が天上界に昇天して終りとなる。これは弥勒仏が婆羅門の女、梵摩波堤として託生し、現世で仏となり縁者を説法で解脱得度させるのと類似した構造である。[101]そしてこのような三生観は、謫降話素や天人合一思想とも結合して、前世に犯した罪によって、現世に幻生、愛を成就し、最後に天上界に戻っていくというストーリーで表れる。そしてここで幻生とは一環論に基づく輪廻をさす。また幻生して現世に生まれることから、現世即仏的な弥勒下生思想と天人合一思想が大きく作用しているといえよう。一方、日本の作品では死によって阿弥陀仏になったと考え、作中人物が幻生して現世に表れるという形はみられない。[102] また日本の来世での愛情関係の成就は、来世成仏的な阿弥陀思想と武士社会で形成された「夫婦は二世」という考えに基づいている。

六―二　文化・制度的関連

六―二―一　社会慣習と愛情追求

ここでは当時の愛情追求について、その認識を理解するためにまず、それと関連する法律を紹介する。なぜならば当時の道徳観念が男女の愛情追求と深い関連を持っているからである。したがってこれらと関連する法律を考察することは当時の社会慣習や愛情追求と関連する男女の行動が現在と異なるという点を理解するのに大きな助けになるだろう。

現在我々が接する十七〜十九世紀の作品をみると自由恋愛があたかも今日のように行われていたかのごとく見える。しかし実際はそのような恋愛が許されるのは青楼といわれる遊郭のような限られた空間においてであり、たとえば『好色一代男』のような世界がどこにでもあるわけではなかった。父母の許可のない自由恋愛が密通と呼ばれ、犯罪になった当時の法をみればそれは明らかである。

密通の概念が登場し、それに対する法が作られたのは日朝両国みな同じ時期である。元来、日本での密通の概念は父系社会が中心になった十二世紀以降に生じたものであり、[103] それが密懐法として定着したのは十六世紀以降のことであった。このような点は『経国大典』が成宗の時に改編され、その時定められた法令が社会的に伝播していったのと似ている。そして中宗の時に編纂された『後続録』をへて、英祖二十二年（一七四六）に刊行された

『続大典』に「刑典姦犯」という項目が生じ、その後、この法令が適応された。その内容は次のようなものである。

士族の婦女で、行実が良くないものは［三人夫を変えて迎えた者も同様］文案に記録し、吏曹・兵曹・司憲府・司諫院に公文を送る。

（『経国大典』巻五　刑典禁制）(104)

士族の婦女で、淫慾を恣行し、風俗と教化を瀆乱する者は姦夫と共に絞殺する。

（『後続録』刑典禁制）(105)

士族の妻女を劫奪した者は姦淫の成立与否を論ずることなく、首を従え、皆時を待たず、斬殺する。［士族の妾女を劫奪した者も律と同じ。常賎の女子を劫奪し姦淫が成立した者は絞殺し、従い為すは自身に限って極辺の奴とし、姦淫が成立なされなかった者は、杖一百度、三千里に流す。］宮女で外人と通姦した者は男女すべて時を問わず斬殺する。［孕胎した者は出産を待ち、行刑するが産後百日の例を使用しない。］

（『続大典』刑典姦犯）(106)

引用を見れば、士族女性の密通が厳しく扱われたといえる。『経国大典』には、失行した士族女性と三回夫を迎えた女性について記録するようになっているが、具体的にどのような罰が加えられるかについては、言及されていない。

しかし、『後続録』には士族女性が夫以外の男と通じると姦夫とともに絞首刑に処されると明記されている。したがって『韋敬天伝』では夜這いしたことを友人である張氏に告白して非難を受けているが、その恋愛は、現在でいうところの恋愛行為ではなく、士族にとっては重罪を犯したことになる。朝鮮作品に登場する男女主人公の身分を見れば、士族が最も多いが、彼らの恋愛が結婚と結び付いていない場合は、死刑に処されるべき重罪であった。したがって、彼らの恋愛が必ず六礼を備えた結婚と直結しており、六礼の手続きを経ない限り、男女がお互いに堂々と会うこともなかったのは、このような法令と無関係ではない。作品の男女とも士族である場合は、最初から婚事を前提に、その愛情関係が描かれることも、これと関連される。

一方、相手が常賤民の女性であれば強奪した場合に限り、絞首刑に処されると『続大典』に規定されている。強奪でない密通の場合は、宮女を除いて、特別な言及がないので、士族のように厳しく罰せられなかったといえる。この点については、その関係が明らかになれば一定の罰を受けたものと推定されるが、女性側が告発しなければ、どこまでが密通でどこまでが強奪なのか見分けが難しかったと考えられる。したがって、公的には曖昧な部分が多く、特に両班の男性と賤民女性の場合そうだったと推定される。『切花奇談』の場合、両班である男が老婆を懐柔して賤女と密通しようとする。だから最後の部分で賤女の叔母が法通り裁いてやると大声で叫ぶシーンが表される。これは士族が老婆と結託して既婚女を誘惑しようとする男の不正行為を強奪と同じように考えた叔母の判断によるものである。一方、『布衣交集』の場合は、楊婆と呼ばれる若い婢女が士族の李生を誘惑しようとする心があり、男もまた彼女の心に応えるように、その関係が始まっている。さらには、周りの男たちが、年老いて愚かな李生より若い男とのほうがいいと、他の不倫まですすめている。

後に楊婆の不倫は明らかになったが、最終的には義父の判断ですべてのことが収拾される。したがってここでは、公的な法の適用がない。これらの点から両班が不倫して問題となるのは士族の女に限ったことであり、以外はほとんど問題視されない。これは夫の有無にかかわらず同じであり、中人の女が両班の男と関係を結んだ場合でも同様である。士族女性との恋愛行為は、それ自体が密通という犯罪になるのに対し、相手が常賤民の娘であれば強奪でない限り、法が適応されることすらほとんどなく、男女が別れた場合も悲恋で終わるのみである。『憑虚子訪花録』の男女関係がそれに該当するが、もし女が士族であれば憑虚子が彼女に接近する態度も全く違ったのである。この点は、基本的には、男女間に身分差があったことに起因する。そして、その裏には、これらの恋愛行為自体が法的に男の命と関係ないことだったといえる。もちろん当時の密通に関しては法律よりも社会規範としての力がより強く適用されているものと思われるが、法的な関連性も無視できないだろう。

一方、日本の場合には、一七四二年に施行された〈御定書百箇条〉[107]には、密通に関する法律が、以下のように定められている。

「第四八条：密通御仕置ノ事」[108] 一、密通致し候妻、死罪。一、密通の男、死罪。一、密通の男女共に、夫、殺し候はば、紛れ無きに於いては無構。一、密夫を殺し、妻存命に候はば、死罪。(但し密夫逃げ去り候はば、妻は夫の心次第に申し付くべし。)(略) 一、密夫致し実の夫を殺し候女、引廻しの上、磔。(但し、実の夫を殺し候様に勧め候か、又は手伝に致し候男、獄門。)(略) 一、離別状遣はさず、後妻を呼び候者、所拂。(但し、利欲の筋を以っての儀に候はば、家財取上。江戸拂。) 一、離別状取らさず、他へ嫁り候女、髪を剃り、親元へ相返す。(但し右の取持ち致し候者過料) 一、離別状無き女、他へ縁付候親元、過料。(但し引取の男、同斷) 一、主人の娘と密通したる者、中追放。(但し娘は手鎖懸け親元へ相渡す) 一、主人の娘へ密通の手引き致し候者、所拂。(略) 一、夫之れ無き女と密通致し、誘い引き出し候者、女は相帰らせ、男は手鎖。一、下女下男の密通、主人へ引き渡し遣わす。(略)「第四九条：縁談極まり候娘と不義致し候事」一、縁談極め置き候娘と不義致し候男、竝に娘共に切り殺し候親、見届け候段紛れなきに於ては無講。一、縁談極まり候娘と不義致し候男、軽追放。(但し女は髪を剃り親元へ相渡す。)「第五〇条：男女申し合わせて相対果て候の事」一、不義にて相対死致し候者、死骸切り捨て、弔はせ申すまじく候。(但し、一方存命に候はば下手人)(109)。一、双方共存命に候はば、三日晒、非人手下。一、主人と下女と相対死致し、仕損じ、主人存命に候はば、非人手下(110)。

特にここで注目されるのは、主人の娘と密通した場合、男は追放されるという点である。このことから『好色五人女』に登場する主人の娘と恋に落ちた男が、女性と一緒に駆け落ちするしかなかった理由が分かる。つまり当時の庶民にとって自由恋愛とは、状況によっては、発覚したら刑罰を受けることもあったのである。したがって、作品において男女が発覚する前に駆け落ちするしかなかったのは、これらの厳しい掟に関連しているといえよう(111)。

中世の密懐法は父系社会への移行に伴い、家父長的な嫁入り婚(112)の下で、妻の貞操を確保しようとする目的のために法制化されたものであり、妻の性的自由は、法制上、完全に禁止されていた。それは近世になって、より性的に自由であった下層庶民にまで一律に強制にされ、ますます厳しく断罪されるようになったといえる。

実際に一六五七年から一六九九年にかけて江戸にて牢獄に入れられた者の記録である『御仕置裁許帳(113)』という裁判記録を見ると、全九七〇件中、四十一件の密通の事例があり、これらの中で十七件が主人の妻や娘と密通した場合である。妻と密通した姦夫九件中五件は死刑、二件は監獄刑、二件は江戸から追放されている。一方で、妻のほうは三件が死罪であり、一件は夫に殺され、一件は自殺であり、残りの四件については記録が欠けている。未婚女性の場合は無罪となったが、相手の男は、八件のうち三件が死刑、二件は江戸から追放、一件は監獄に入り、一件は流罪、一件のみ無罪放免となっている。したがって、これを見れば未婚女性は罪が軽く、既婚女性には重いという差があるが、ほとんど〈御定書百箇条〉に応じて処罰されたことが分かる。そして主人の娘と密通した男の場合、追放程度に定められているが、作品では、例えば、〈姿姫路清十郎物語〉のように、主人から店のお金を盗んだという疑いにより罪にかけられ死刑となっている。『袂の白しぼり』で男女が情事を行ったのも、やはり同じ場合に該当する。

これらの公的な法制とともに武家には、家法といった私的な規範もあり、それなりに厳しかった。〈忍び扇の長歌〉では、主人の娘と駆け落ちした下級武士が捕えられた後にすぐさま不義として処刑されている。『清談若緑』に主人公の金之助とお政が夜中に城内の庭で偶然出会い話を交わしていたが、それをお局にとがめられ、次のように告げられる。

二人して、この暗がりに斯うして居るは、聞かでもしれた不義淫奔、お家の厳しい禁制では、知つてか知らずか何にしろ、表立つてはむづかしい。とは云うもののお政どのは、御奉公といふではなし、ほんの御殿へ逗留客、御法の通りにせずとも宜かろう。男は元よりわたしらの、成敗すべき係りぢゃないが、女の方を宥免の、計らひをするからには、男ばかり表へ渡し、厳しくするのも不便な訳。一体お館の掟というは、侍分と奥女中が、不義をいたせば男は切腹、女は一生押籠と、是れは先規の御法ぢゃが、（中略）男の来られぬ御場所といい、二人斯うして居るからには、何を證據に不義でない、淫奔でないとは言はさぬ。彼是言い訳される程、尋常では済まぬようになる。（中略）二人の者の刑罰には、彼処にちょうど僥倖いな、池に繋いだアノ小船、（中略）あらゆる罪もしら波に、洗ひ落せばまた何時か、霽れて真如の月を見る、時節もあろう（中略）彼の船へ突き落とされて夢の中に、なほ夢見たる心地して(114)

ここに登場する男女は、いとこ同士でありながら互いに愛し合う仲であり、夜に偶然に城内で出会い、ことが発覚した。彼らは弁明もできないまま、船に乗ってその場を離れなければならない身となったが、これらの点は、人知れず関係を結んだ男女が仕方なく突然家出してしまう状況の如くである。他の作品を見ても、男女関係が発覚する前に、駆け落ちしてしまう理由は、家の主人の許可なく男女が親しく過ごすことは不可能であり、それが発覚した場合、厳しく罰せられる事実と全く無関係ではないだろう。

以上の日・朝における恋愛と密通、すなわち密懐法の関連を考察した。その結果、朝鮮は士族女、日本は人妻と主従関係での不義について、法的に厳しく罰せられたことが分かる。作家層がほとんど両班であり、作中人物もほとんど両班である朝鮮作品では男女の愛情関係が結婚に直結していることは当然である。一方、商人をはじめ庶民層が主な作家層である日本の作品で人妻との密通が厳しく取り締まられた点は、当時の法と関連があり、主人の娘と使用人が店のお金を盗んだ疑いをかけられ死罪になったことも商人の生活意識が強く表れている。そして一般に密通した男は相手が既婚女性の場合は死罪、主人の娘である場合は追放に定められており、作品の愛情関係を結んだ男女主人公が駆け落ちする理由もここにあるといえる。武士階級の場合、城内で行われた密通はすべて不義とみなされ、男は即時死刑となった。

さらに、同じ武士階級であっても藩主である上級武士と家臣である下級武士は全く境遇が違い、すべて主従関係によって定められており、両班であれば基本的に同等で、家風や人柄で格を決めていた朝鮮とは大きな違いがあることが分かる。基本的に朝鮮時代の主従関係とは、王との関係にのみ適用されるものであり、その他の人間関係ではあまり適用されなかった。この点は、科挙制度による中央集権社会だった朝鮮と、世襲制度で藩主が領土を支配していた封建社会である日本との違いに起因するものであり、それは男女の愛情関係にも影響を及ぼし、それぞれの様相を異にする原因となった。朝鮮の作品では、男女が両班の場合、お互いの親に告げて六礼を整えるだけで、二人の愛情はすぐに成就できるが、日本の作品では、そのような場合はほとんど見られず、同じ階層であっても、それは主従関係や経済問題など、さまざまな要因が作用しており、容易に成就することがなかった。

六―二―二　妓女の性格

日朝文学作品に登場する妓女に関する記録はそれほど多く残っておらず、その実体がはっきりしない。一般的に朝鮮では妓生をさして妓女という言葉を使用するが、日本では遊女という言葉をその総称として使用しており、その性格はかなり異なる。朝鮮の妓女は賎民であり、身分的な制約がある反面、居住地域や経済的な面において比較的自由であった。一方、日本の遊女の場合、身分的な制約はなかったが、十七世紀以降に遊郭制度がはじまり、居住地にたいする制約および遊郭を出るために経済的な苦難があった。[115] ここではそのような両国の妓女の性格の違いについて論ずる。

妓女に関する記録としては、『高麗史』にある「楊水尺（ヤンスチョク）」に関する記事が、[116] 比較的、早い時期のものである。しかし、妓女がそれ以前から存在していたことは明らかで、成宗十三年（九九五）の「遣使契丹進妓楽却之」[117]、顕宗即位（一〇〇九）二月の「罷教坊放宮女一百余人」[118]とする記録をはじめ、『高麗史』志と列伝にも、高宗（一二一三～一二五九）以前の妓女と関連する記事がみられる。[119] また中国では、古くから女楽と呼ばれる妓女による雅楽があり、この女楽が妓女と深い関連を持つとされる。日本でも、奈良、平安時代には、宮中で雅楽や舞などを習わせる機関である内教坊を設置していた。瀧川政次郎の記録によれば、元正天皇（七一五～七二四）時代に唐制を模倣し内教坊を設置、内教坊の妓女に蕃客の招宴での歌舞を行わせたという。[120] さらに光孝天皇、元慶九年（八八五）には「正月二十一日丁丑、於仁寿殿、内宴近臣、教坊奏女楽、近臣之外、文人女者五六人賦詩」という記録がある。[121] このように中国からの影響を考えれば、妓女の由来は、朝鮮においてもかなり遡るといえよう。したがって、「楊水尺」の記録は、単に籍と賦役がなかった流民たちを妓籍に編入させたという事実を述べただけで、それがそのまま妓女の起源とはならない。朝鮮の妓女の起源についても、それが相当古いものであることは確かである。

朝鮮では妓女のことを、妓生（キーセン）とも呼ぶが、この名称に関しても、いつからそのようにいわれるようになったのか、はっきりしない。遊女という言葉は、主に娼妓や芸妓の総称として、日本で広く使用されているが、朝鮮においては、高麗時代には娼妓をさし、朝鮮時代には私妓をさした。妓生（キーセン）という言い方は、妓を生業《なりわい》にするという意味だといえるが、歴史的資料には、総称として、「女妓」「妓」という言葉がよくみられる。(122)

『朝鮮解語花史』には「妓生とは元来、地方や各郡の官婢から選んで補充し、歌舞を教え、女楽として用いた」(123)とあるように、官妓の中でも「芸妓」に相当するものを特に意識した名称だといえる。それは妓生をもっとも高級な一牌とし、妓生の中でも密かに売春を行うものを二牌、タバンモリといわれる娼婦を三牌としているところからも明らかである。

朝鮮の妓女制度の起源についてはまだ未詳な点が多いが、それがどのような形態であれ、彼女たちは全て賤民として妓籍に記載され、妓案とよばれる名簿で管理されたことは周知の事実である。(124)ところがその一方で「楊水尺」の生活態度から伺えるように、妓女たちは居住地域に関しては基本的に移動が自由であった。

世宗時には妓妾の所生は良人となることができませんでした。世祖時になって、宰相の李仲至が正妻には息子がなく、妓妾のみに一人いましたが、良人にしてくれと請うので、世祖がこれを承諾し、その後に大典を選定する時、良人にできる方法が定められたのです。同知事の李承召が、「たとえ家畜でも、もし妓役を免除させずにそのまま連れて行った場合は、その所生を良人にすることはできません」というと、金国光が、「臣がいわゆる家畜という者もこのような場合を意味します」と言った。大司諫の安寛厚が言うには、「妓生は決まった夫がなく、日々貪欲に遊び歩くことを業としているので、たとえ家畜であれ、出入りする所が多ければ、家畜とはいえません」掌令の徐走斤は、「官吏が娼婦と寝れば当然罰を受けることになるので、世宗の時の制度に基づいて、良人にできないようにするのがよさそうです。[125]

引用文からは、当時の妓女たちはたとえ妓籍にあっても、その行動は自由であり、自らの力で生計を維持していたことが分かる。〈簪桂重逢一朶紅〉『月下僊伝』に登場する花魁は愛する人のために、自ら生計を維持したり、経済的な支援を与えられるほど自立していた女性である。『白雲仙翫春結縁録』では、池月蓮が武官である池門将の娘でありながら、遊女として登場する。後に門将は通訳官になったことから、彼女もまた経済的にそれなりに余裕があったといえる。経済的に余裕があったのは官妓の母をもつ春香も同様である。

実際の作品世界でも同様で、『春香伝』をみても、官妓の娘である春香が、身分の高い両班の夫人として認められたのは王命による。『春香伝』に登場するヒーローの李道令は、民政を探るため、王の特命使臣である暗行御史《アメンオサ》となり、貞節を守る春香を救う。そして後に彼女は烈女として賞賛され、王命によって貞烈夫人になる。春香が両班の夫人になれたのも、王命による結果といえる。

また引用文にあるように、妓女は身分的制約を受けたが、世祖の頃には王命によって、賎民の身分を免れることもあった。実際の作品内容を見れば、妓女を贖身する人は王命を受けた両班である。『春香伝』の男主人公の李道令は御史になり、命がけで貞節を守る春香を救う。そして後に彼女は烈女と称賛され、貞烈夫人としての王命が下される。したがって春香が正妻になったように描かれたのも、法より王命がより重んじられた結果だといえる。これらの王命が下されない場合、妓女はただの妓妾になってしまう。国から身分的制約を受けた妓女たちが、その運命に抗うことができる方法は、王命を受け、国から認められることであった。そのためか、朝鮮の古典小説に登場する妓女も、烈女として、または武功を立て、王に認められ、婢の身分を脱し、その愛情を成就する。また、そうでない場合、極めて現実的で利益一辺倒な人物として描かれている。

　歴史的に見ても、妓女の身分で両班の正妻になった例は、十六世紀の鄭蘭貞がいるだけで、それも最後には不幸な人生を送っている。実際のところ、『春香伝』のような例は夢物語に過ぎないといえよう。しかし「決まった夫がなく、日々淫らに遊び歩くことを業（妓無定夫、日以淫奔為事）」とする妓女にとって、一生抜け出せない身分から脱出する方法は、唯独りの貴公子に仕え、贖身されることであった。[126]

　朝鮮時代の妓女に関しては、様々な記録がみられる。特にソウル地方を中心とする妓女は京妓とされ、京にある各官庁の婢[127]や地方の官妓たちから選抜された。京妓たちの数は一四四七年頃には一二五名から一五〇名程度で、燕山君の時（一五〇三〜一五〇六）には数千名に増えた後、中宗（一五〇六〜一五四四）以降は以前の人数に戻り、一六一五年には七十名から一四三名程度であった。

　この数字からも分かるように、本格的な妓女制度は燕山君の時代に形成された。この時、津々浦々の邑《むら》に妓楽が設けられ、妓女にも等級が生じた。妓女の号を雲平とし、雲平の中でも入内した者を興清、仮興清、継平、続紅などと呼び、王の側近で仕える者を地科興清、王に寵愛された者を天科興清と称した。[128]

　妓女の等級に関しては、高麗時代にも、王専属の大楽署の妓女、教育機関である管絃坊の妓女、市場機関である京市署の妓女といった、三つの区分があったが、[129]全国に妓楽が設けられ、はっきりとした等級ができたのは燕山君時代からである。

　しかし、実際の作品には、これらの妓女制度に関する言及が全く表れない。当時の両班たちの生活には、妓女が不可欠な存在であったが、官妓を妾とする行為は法に反したからだと推定される。官妓である以上、王の許可なしに特定人物の所有物になることはできなかったといえよう。

　ところで、十九世紀に成立した長編小説『玉楼夢』[130]には、次のような妓女の基準に関する内容があって興味深い。

我が杭州は娼妓の区別が非常に厳しく、娼女は外教坊に処し、張三、李四でも皆逢うことができたが、妓女は内教坊に処し、その品を定めるのに四つの基準があった。第一はその持操で、第二は文章で、第三は歌舞で、第四はその姿色である。行人、過客が金帛（きんぱく）を山の如く積もうとも、文章の才能がなければ、会うのすら難しい。貧乏な儒士といえども志や気が合えば、貞節を守って他の男に移らないというから、どうして無分別といえようか。（中略）外教坊の娼女は多く、数百余名に至るが、内教坊の妓女はおよそ三十余名である。その中で歌舞、姿色、持操、文章を具備している妓女は第一坊に処し、持操、文章のみを有する妓女は、第二坊に処し、各自、厳しく分を守っている。公子が又問いて曰く、「今の、第一坊の妓女は誰か」婆がそれに対して曰く、「妓名は江南紅といい、杭州人士の論ずる所では、その持操、文章、歌舞、姿色が江南第一という」(131)

引用文の背景は、中国の杭州なので、どこまで朝鮮の妓女に適用できるか分からないが、実際の妓女に対しての基準は、李能和の『朝鮮解語花史』二九章「有才貌・異彩之名妓」をみれば参考になる。そこには「姿色、歌舞、善詩詞、善諧談、善書画、守信義、行慈善」という項目があり、これらが名妓の基準といえるようである。さらに「詩妓、歌妓、書画妓、善諧談之妓、節妓、義妓、孝妓、智妓」の章があり、それに該当する妓女が紹介されていることから、『玉楼夢』に示された持操、文章、歌舞、姿色という基準も、ほぼ当てはまるものだといえよう。

相対的にみて、朝鮮は日本より貨幣経済が発達しなかった。世宗十一年（一四二九）十二月乙亥条の、日本通信使の朴端生の報告によると、「日本は国都から沿海列邑が銭幣を興用する故に旅行者が千里行っても、銭さえあれば良い。決して食糧を持ち歩く不便がない」[132]とある。朝鮮は高麗末から楮貨《ちょか》（紙幣）が発行され、世宗時（一四二五）には朝鮮通宝（銅銭）が鋳造されたが、開城地域以外では、あまり通用しなかった。さらに銅銭の原料である銅自体が少なかったため、十七世紀には、銅生産が活発だった日本から大量に輸入して使用し、その量が制限されると流通が滞った。[133]その後、一七九一年以降には、ソウルにおいて店の営業を取り締まる一部商人たちの独占権が禁止されたことによって、自由市場が活発になったが、これはソウルを中心とする一部地域に限られていた。たいていの者、特に無位無官の者であれば、科挙試験に合格するため、貧しい暮らしの中にあったといえよう。また科挙合格というのは明らかに社会的地位の確立であり、そうしたことが妓女の基準にも影響を及ぼしている。したがって、当時の朝鮮社会は、貨幣経済が発達して商人たちが活発に動いた日本の社会とはかなり異なる様相を呈していたといえる。[134]それと同様に日本の遊女制度やその背景となる遊郭も、朝鮮の妓女制度とは相当な違いがあった。

日本遊郭の歴史は概ね豊臣秀吉の時代から始まる。三大遊郭に、京都の嶋原[135]、大坂の新町[136]、江戸の吉原[137]があるが、これらは、年代を経ながら何度かに渡って発展していったところであり、それぞれ特色がある。

京阪の遊郭は、遊郭というより花街、または色里と呼ばれた歓楽街であり歴史が古いため[138]、遊女の外出も可能で、花見や社寺参拝などを自由にすることができたという。一方、吉原の遊郭は、別名が悪所[139]と呼ばれたように、四方に溝があり、遊女たちの行動は厳しく規定されており、近い神社や寺参拝以外、外出しにくかった。したがって、近松作品に登場する遊女が、男と一緒に、外で心中することが可能であったのは、比較的自由な行動がとれたことと関連するのではないかと推測される。これに比して、吉原遊郭の遊女たちは、そのような機会が少なかったといえよう。

大阪の遊郭の特色としては、その付近の問屋が、客をもてなすために使っていた場所であるため、揚屋が派手であったとされる。(140)客をもてなす場所は、主に揚屋の二階にあって、お客を揚げる場所という意味で揚屋と呼ばれた。遊女が実際に生活する場所である置屋から客が待っている揚屋まで行き、実際の出会いは揚屋で行われた。したがって、大阪で遊郭とは、単に遊女と遊ぶ場所ではなく、商人たちの社交場の役割もしていた。これと関連して当代の高級遊女たちは俳諧を教養としており、俳諧師であった西鶴が商人たちと揚屋に行って教えたといわれる。(141)当時の商人たちは、多くのお金を貯めても使うべき場所がなかったので、遊郭は豪奢に遊ぶのに格好の場所だった。また、取引商人たちがお互いに接待をして豪遊することは、その商店の繁盛を示す証拠にもなった。したがって、近松の浄瑠璃など、大阪を中心に商人たちと遊女との愛が作品化された理由も、これら遊郭との関係が深かったといえよう。

日本で遊女の階級を付ける基準は、前述した妓女の基準とはかなり差がある。江戸初期の遊女を見ると、才色兼備な者は太夫とされ、太夫はそれなりの教養があったものと推定される。しかし、何よりも重要な遊女の基準は「情《なさけ》」が深い女性だった。『好色一代男』に登場する吉野太夫は、当代最高の遊女とされ、主人公の世之介と深い関係にあったが、ある日、自分を慕う貧しい客と逢ってやり、寝床まで共にする。しかし、これがかえって情が深い女であると世之介に認められ、その妻になる人物である。(142)彼女が貧しい客と寝床を共にしたのは、「情」を示すのと同時に、自身の遊女としての性的魅力を認めてこそ、できる行為であったといえよう。端的に言えば、遊女の基準は、相手の心を推し量る「情」であるが、同時に性的な魅力があってこその「情」であった。

これと関連して、『春色梅児誉美』には、次のような内容がある。

立派にくらすごしんぞさんでも、色気も濃い情もさめてしまって、ゐあれがかと見違へられるやうになりますぜ。いはんや貧乏所帯を持ってごろうじまし。昨日まで町内の若衆が血道をあげて騒いだ娘でも、ぢきに大腹を抱て味噌こしを袖に、右の袂へ焼芋の八文も買って歩行《あるく》やうになると、まだ嶋田でゐられたものをなんぞと、後悔して泣くのがいっくらもありますぜ。しかし今の娘は親のしつけがわりいから、はやく亭主をもつて子供でも出産《できる》のを、恥かしいとは思はねへで、手がらのように思つてゐます。イヤそれから見ると女郎衆はまあ十人が九人、めったに小児《こども》は産《うま》ねへから、通人《とほりもの》は兎角、おいらん達を引ずり込みたがりますぜ(143)

この記事では、当時の庶民の女性が早く結婚して子供を出産している一方、結婚後は女性としての魅力がなくなるため、好色家は、自分の妻よりも遊女を愛するようになる現実を描いている。これを見れば、当時の男たちが遊女を「色」を売る存在としてみていたことが分かる。「色」を売るということは、身体はもちろん、化粧や服装に気を使って男たちの心を引き付ける艶情的な態度を売るという意味も含めての表現である(144)。また、このように遊女の世界を描いたことから、当時の遊女は(145)、芸者も含め、衣装や髪型はもちろん、流行歌まで歌うファッションリーダー兼芸能人のような存在であり、婦女子を主な読者層に持つ人情本は、現在の女性雑誌のような役割をしてきたことが分かる(146)。

近世社会において庶民の女性が色を醸しだして男の心を引くことは好ましくないことであり、既婚女性や娘たちに期待されることでもなかった。したがって「色」は、男たちが金を払っても求めるに足るもの、女の方からいえば売る価値があるものだったとされる。そして「色」は、まさに「恋」と直結して男女の仲で重要視される要素である(147)。この点は『玉楼夢』の「持操」や「文章」を重要視した妓女の特質や、彼女たちの恋愛とはかなりの差がある。

一方で、遊女の立場からすれば、その非現実的な世界の疑似恋愛体験(148)の中で、経済的な困難を克服し、真実の愛を探そうとしていたことも事実といえよう。次の内容は『冥途の飛脚』にある浄瑠璃『夕霧三世相』(一六八六)の文句であるが、遊女の心の「まこと」を唄っている

傾城にまことなしと、世の人の申せども、それは皆僻事、わけ知らずの言葉ぞや、まことも嘘も本一つ、たとへば、命投げうち、いかにまことを尽くしても、男の方より便りなく遠ざかるその時は、心やたけに思ひても、かうした身なれば、ままならず、おのずから思はぬ花の根引きにあひ、かけし誓ひも嘘となり、またはじめより偽りの勤めばかりに逢う人も、絶えず重ぬる色ごろも、つひの寄るべとなる時は、初めの嘘もみな誠、とかくただ恋路には偽りもなくまこともなし、縁のあるのがまことぞや、逢ふこと叶はぬ男をば、思ひ思ひて思ひが積り、思いざめにもさむるもの。つらや如在とうらむらん。恨まば恨め、いとしいといふこの病、勤めする身の持病かと、恋に浮世をなげ首の酒も白けてさめにけり。(149)

しかし、遊郭の中で抱え主に拘束された遊女が愛する男と実を結ぶことは金によるものであって、本人の意志では絶対に不可能なことだった。実際には、遊女奉行として十年以上過酷な労働をさせられ、その現実は悲惨なものだった。(150)

彼女たちが遊郭に身を置く理由は、ほとんどその家族の貧困からであり、親が受け取った金、つまり借金を返済するために、多くの男性を相手に売春行為を必要とした。彼女たちは、客がお金を出して自由の身となるまで遊郭を離れることはできなかった。そして身請け金は、すべて抱え主のものになるため、客が出すことができる最大限の多くの金を見積もった。したがって、遊女にとって金とは敵のような存在であったともいえよう。

通常、遊女は、遊郭に入ったときに親が受け取る身代金はもちろん、遊郭の中での生活費、つまり衣装代や童

妓を育てるための金などを、すべて自分で用意しなければならず、返済のために長く遊女奉行を続けなければならなかった。このことから遊女は、賎民のような身分的差別はないが、簡単に抜け出すことができない遊郭の中で、経済的搾取を受ける奴隷だったといえる。それゆえ、遊女が全く金のことを考えずに客との関係を持てば、最終的に身の破滅を招く。金がない男は遊女と逢うこともままならず、より多くの金を出してくれる男の身請けを拒絶すれば、抱え主からの虐待を受けるのはもちろん、遊女奉行する期間が長くなるばかりである。近松作品に描かれた遊女たちは、お金がない男との愛を成就しようとし、どうしようもない状況に陥り、最終的に心中せざるを得なくなっている。

一方、人情本には近松作品に見られた深刻な遊女の姿がまったく表れない。これは、主として背景を江戸にし、経済的に独立していた芸妓が登場、遊女たちはほとんど脇役に過ぎない上、相手の男も富豪の独身男性に設定されているからである。この設定には、心中の文芸化禁止という幕府のお触れ（一七二三）の後、一世紀以上を経た後の作品である点とも関係するのかもしれない。また人情本は、実際の事件を脚色した浄瑠璃とは異なり、作者が読者を意識して作った創作物だったからだともいえる。したがって、そこに描かれる遊女の姿は、多分に作家が読者を意識して作り上げた女性像となっている。そして人情本にみられる複数の女と一人の男の間で作られた大団円の構図は事実ではなく、創作上の世界でこそ可能な設定であったと推測される。このことは『玉楼夢』の中で、妓女の江南紅が武功を立て、身分の束縛を越えて、自由になり、主人公の楊昌曲が五人の妻妾を持つのと一脈相通じるものがある。これらもまた読者を楽しませ、その共感を得るための装置であったといえよう。

注

（1）六礼とは元来、中国『礼記』にある納采、問名、納吉、納徴、請期、親迎に由来する。男女が婚姻を結ぶとき必要な正式の手続きである。納采では新婦側が仲媒人を通して新郎側の婚礼の意志を受け入れる。問名では新郎側が新婦の母の姓名を訊ねる。納吉では婚姻の吉凶を占い、吉であればその結果を新婦側に知らせる。納徴では縁談が成立したことを表示（微）するために贈り物を贈る。請期では新郎側から新婦側に、婚姻の日取りを決めることを求める。親迎では新郎が直接新婦の家に行って新婦を迎える。朝鮮では親迎が行われず、新婦の家で婚礼、三日後に新郎の家に行く半親迎が行われたが、その時の六礼は請婚、四柱、択日、納幣、大礼、新婦于礼になる。請婚は媒人を立てて女家に婚姻を申し込む。四柱は当事者の生年月日、生まれた時刻などで相性を占う。択日は婚姻の日取りを決める。納幣は結納のことで、新郎側から新婦側に婚需（婚礼に必要な品物）を贈る。大礼は婚礼式のことで、新婦の家で行う。新婦于礼は新婦が新郎と一緒に婚家に行く。尹瑞石著・佐々木道雄訳『韓国食生活文化の歴史』（東京：明石書店、二〇〇五）六八一～六八二頁参照。

（2）「偸窺相国之門、妄犯私通之律、迷魂不悟、縦意妄心。桑中醜説、終始難掩、則非但辱及君親、抑亦禍延高門。可不戒哉。（中略）誤入蘇相国家、有輕之行、窺垣之罪、死當万矣」『韋敬天伝』（朴熙秉標点校釈『韓国漢文小説校合句解』소명출판、二〇〇五、五〇〇～五〇三頁）。以下、『韋敬天伝』の引用はこの本による。

（3）「妾雖蔑識、源来士族、初非倚市之徒、寧有鑽穴之心。必告父母、終成醬礼、則投詩先私、雖犯自媒之醜、貞信自守、庶追案挙之敬。往来私書、尤失幽閑貞徳、肝膽相照、不復書札而浪伝。自此之後、必須媒妁、毋令妾身貽詰行露」天理大学附属天理図書館所蔵本『崔陟伝』五頁。原本についての詳しい内容は、拙稿「『崔陟伝』（上）」（『近畿大学教養・外国語教育センター紀要外国語編』第一巻第一号、東大阪：近畿大学教養・外国語教育センター、二〇一〇）一六三頁を参照。

（4）「육예난 제왕과 부귀인의 호사라 ᄂᆡ의 혈혈단신이 엇지 육예을 바ᄅᆡ리요」（梨花女子大学校韓国文化研究院編『韓国古代小説叢書第三』通文館、一九五八、五〇～五三頁）以下、『趙雄伝』の引用はこの本による。

（5）「우리 두리 인연 미ᄌᆞ 빅년히로ᄒᆞ려 ᄒᆞ니 잡말말고 날 셤겨라 신통 밍낭ᄒᆞ고 뚧고 실ᄃᆡ 업ᄂᆞᆫ 연분이라 하ᄂᆞᆯ이 마련ᄒᆞ고 귀신이 지시ᄒᆞ온 청경비필（天定配匹）이라（中略）힝믹의혼（行媒議婚）의 뉵네빅냥（六礼栢粱）은 못ᄒᆞ나마

결친납빙（結親納聘）에 ᄇᆡᆨ년ᄒᆡ로ᄂᆞᆫ 정영ᄒᆞ리니 이도 ᄯᅩᄒᆞᆫ 텬정연분（天定縁分）이라 ᄉᆞ양지심은 녜지단（礼之端）이나 잡말 말고 허락ᄒᆞ라」（薛盛璟訳注『春香伝』韓国古典文学全集　十二、高麗大学校民族文化研究所、一九九五、二六〇、二六二頁）以下、『春香伝』の引用はこの本による。

（6）「妾이 会不得備礼成婚ᄒᆞ야 以是為恨故로 今欲雪願於両婢니이다」（東国大学校韓国学研究所編『活字本古典小説全集』六、亜細亜文化社、一九七七、四五四頁）。

（7）男女の四柱、すなわち生年月日を十二支や陰陽五行説などによって占い、二人の相性を見ることとさす。

（8）「당신은 寡婦시오 나ᄂᆞᆫ 홀아비니 두리 ᄉᆞᆯ貞 엇더ᄒᆞ오 ᄂᆡ가 喪夫 지질ᄒᆞ여 다시 郎君 엇자ᄒᆞ며 宮合 몬져 볼터이오 불취동성이라 ᄒᆞ니 마루ᄅᆡ 성기가 누구시오 옹가오 예 나ᄂᆞᆫ 卞書房인ᄃᆡ 宮合을 잘 보기로 三南에 有名ᄒᆞ니 마루ᄅᆡᄂᆞᆫ 부슨生이오 甲子生이오 예 나ᄂᆞᆫ 壬戌生이오 天干으로 보거드貞 甲은 陽木이오 壬은 陽水이니 水生木이 죠코 納音으로 議論ᄒᆞ며 壬戌癸亥大海水 甲子乙丑海中金 가 더 죠은니 아죠 天生配匹이오 오ᄂᆞᆯ 마즘 己酉日 陰陽不将 쏙 ᄇᆡ字니 當日 行礼ᄒᆞ옵시다」『ピョンガンセ歌』（金泰俊訳註『韓国古典文学全集　十四』高麗大学校民族文化研究所、一九九五、二五二頁）。

（9）徳富蘇峰『近世日本国民史　元禄時代世相篇（講談社学術文庫、五六五）』（東京：講談社、一九八二）二六〇～二六一頁。

（10）享保二年（一七一七）、大坂高麗橋で雲州松江藩の松井宗義が妻のおかんと姦夫の池田軍次郎を処罰した事実を浄瑠璃と歌舞伎の脚本として上映したもので、同じ女敵討の話である二作品を合わせて『乳熞三本鑓』とよんだ。おかんは美人だが十五、六歳から好色で、男の好みにうるさかった。武家の娘に生まれたことから、言われた通りの嫁入りをしたが、離婚されて家に戻ってきた女だった。武士である軍次郎は能をよくし、ある日おかんは、その能を見て軍次郎に好意をいだくようになった。早川順三郎編輯兼発行、上掲書、三～四頁。

（11）「お前もわしもめなしをなし、何恐ろしい事あらん、浮名が立たばそれからそれまで、命は露供思はぬ」（上掲書、四三五～四三六頁）。

（12）二宮守編、上掲書、一九三一、四五〇頁。

（13）西田勝編、『恋歌恋物語──文芸にあらわれた恋人生死』（東京：北樹出版、一九九五）九五～九六頁。

(14) 嫁の習ひとて、これ程悪しからぬ姑を嫉み、春雨のふりつづき、物の淋しき曙に、「久々の部屋住ひ、今といふ今、気を懲らしぬ。おいとしさ限りなきに、思ふ中の別れ路、浮世とは、かかる事ならん」と長枕の端に書き残し、男の夢に、もしも見られぬうちと閨纏《ねまき》ばかりの乱れ姿にして、この宿を忍び出、身の行く末は定めずなりぬ。助太郎、目覚めて、枕に筆の形見、「これは」と、男泣き、大かたならぬ嘆き、各々驚き、尋ねけるに、山本近き比丘尼寺に駆け込み、（中略）助太郎、この女を恋ひ焦れ、親の事は外《ほか》になして、かの寺に行きて、夫婦は二世と戯れ、日数を重ね、宿に戻らず。科なき母親、邪見《じゃけん》の名を立てける。（中略）その日より、湯水も飲まず。一九日目に、はかなく世の夢となり給ふ。助太郎は、「時節の死去」と、嘆かず。女房は悦び、それより宿に帰り、むかしのごとく、世間を勤め、独りの親仁をも、耳の遠きを幸いに、あるかひなくおしこめて、顔見る事もなかりき。一とせあまりも、程過ぎて、書置きせし枕、とり出《いだ》し見れば母親の筆にして、書き付けおかれし。「世を見るに、嫁年寄りて姑となる。人の心のおそろしきに、艶《やさ》しき狼を恐れる。子のかはゆさあまりて、をしからぬ身なれば、千とせもちらぬ花嫁子《はなよめご》に、命をまゐらす」と、書き残されし。これを聞きつたへ、人のつき会ひかけて、おのづから、取りこもりてありしが、夫婦、さし違えて果てける。『本朝二十不孝（新編日本古典文学全集　六七）』二四七〜二五〇頁。

(15) 詳細な内容は四―二―二を参照されたい。

(16) 二宮守編、上掲書、七二頁、諏訪春雄、上掲書（一九七七）二三〇〜二三一頁。一七九三年二月十九日に大阪で情死事件が起った時、奉行所で男女の死骸を千日墓所にさらしたところ、おびただしい数の見物人が集まったので、以後、心中した男女をさらすことを止めたという。氏家幹人、上掲書、一八九〜一九〇頁。このことからも当時の人々の心中に対する関心の高さが伺え、心中の美化は奉行所にとってはあってはならない不本意なことであった。

(17) ここでいう色とは主に女色をさすが、より広い意味で性的な快楽をはじめ、互いの姿形の美しさを愛する心や、その心を惹き起こす艶情的な態度などを全て含んだ概念である。

(18) 『論語』〈学而〉による。「賢者を尊び好色を改めよ」という、好色を慎むための戒《いまし》めの言葉だといえる。

(19) 人間歓楽、不到深閨、此生於世、始見今日。（『韋慶天伝』二五二頁）。

(20) 郎君、郎君。慎無為也。酒是狂薬、着口心蕩、色為妖狐、入眼魂迷。郎君年幼書生、志慮未定、若使両物一寓心目、不為彼祟所動者幾稀、不如不見之為愈也。（『王慶龍伝』一九〇頁）。

(21) 不意中路、為妖物所祟、遽至於此極也。銀子不足惜、惜渠之陷於不義也。(中略) 終使郎君、惑於妖物、中途忘返。今既失銀子、又失郎君、僕之罪当誅。将何面目、歸見閤老乎。(『王慶龍伝』一九七頁)。
(22) 『王慶龍伝』一九五頁。
(23) 『王慶龍伝』一九一頁。
(24) 龍遂與丹就寝、喜可知矣。龍自此之後、墮情溺愛、欲去未去、耽歓取楽、靡日靡夜。(『王慶龍伝』一九六頁)。
(25) 勿傾児女之深情(中略)還郷省親 読書勤業 妙年科第 早得当路事君 則公有立揚之誉 妾遂団圓之約矣(一九八頁)。
(26) 在徐州五六年、與玉丹専事文墨。(『王慶龍伝』二二八頁)。
(27) 汝叛父忘帰、一可殺也。眈酒敗身、二可殺也。滅財覆業、三可殺也。(『王慶龍伝』二二七頁)。
(28) 此児年少迷色、自不能速帰爾、豈無愛親之心乎。今日之得返、可見其良心也。況其財寶、今盡載還、不敗於酒色者、亦明矣。(『王慶龍伝』二二八頁)。
(29) 夫人之子、久而不返者、必以中途、眈読之故、非好色也。(『王慶龍伝』二二九頁)。
(30) 天之生物草木禽獸、皆有其情、況為人事、豈無其情乎。(『布衣交集』二三七頁)。
(31) 今郎君不愛妾之色、而能愛妾之賢、推此可之。(『布衣交集』二三二頁)。
(32) 『裵裨将伝』など、妓生をして建前ばかりの両班を誑かし、その節操を破らせ戯弄する話をさす。
(33) 日本ではもともと「愛(あい)」という固有語がなく、それに該当する単語は「恋(こい)」だけである。「愛」という言葉は明治時代以降に生まれた概念で漢字語として音読した者である。宮地敦子「愛す考」(『国語国文』第三五　第六号、京都:京都大学国語国文学会、一九六六)、玉村禎郎「言葉と文字――恋愛などをめぐって」(光華女子大学日本文学科編『恋の形　日本文学の恋愛像(和泉選書一〇六)』大阪:和泉書院、一九九六)二一七頁。
(34) 古い色は見覚めがして、新しい色にばっかり取ってかかるから(『教外俗文娘消息(近代日本文学大系　二一)』三三三頁)おほかた外に情男《いろ》でも出来たんだらう(『辰巳清談梅之春(近代日本文学大系　二一)』六七二頁)情人《いろ》のことやなんぞを思つて居るもんだから、する事為す事が手に付かねぇゃァ(『辰巳清談梅之春(近代日本文学大系　二一)』六七四頁)　米次郎は心に思ふお里が事を、まづでたらめに情合《いろ》といはせ、叔父が方なるお滋が縁談、断らんとしけれども(『閑情末摘花(近代日本文学大系　二一)』八三一頁)。

(35)『李娃物語』の引用は次の本に拠る。本文の句読点については筆者による。以下同様。松本隆信『室町時代物語大成補遺二』（東京：角川書店、一九八八）六二二下～六二三上頁。

(36)『論語』〈季氏〉に「少之時、血気未定、戒在色」とある。

(37)『徒然草』〈第九段〉。

(38) このような主張は色においても一定の作法、すなわち道があるとする『色道大鏡』と、相通ずる。

(39) 勿内荒於色、内荒代人性、楽不可極、楽極生哀、コレ張蘊古カ筆ノ跡、今コソ被思知ケレ（『李娃物語』六二七頁）『舊唐書』巻一九〇上にある張蘊古の伝記を参照。『舊唐書』では「内荒代人性」の「代」が「伐」となっている。

(40) サレハ、周ノ幽王ノ、驪山燧ヲ挙テ、天下ヲ亂リシモ、褒女似カ故、唐ノ玄宗ノ蜀道ヘ蒙塵シテ世ヲ被奪シモ貴妃ノ為、又、呉王夫差ハ、西施ニメテテ、遂ニ命ヲ、勾践ニ被取給ヒキ（中略）是等ハ皆、サシモ武カリシ王ナレ共、色ニメデテ、命ヲ捨、或ハ国ヲ被奪給フソカシ、今コノ中将ハ、邪ニ命ヲモ捨給ハス、角成ハテテ、末代ノ恥辱、浅増トモ中々也、去ハ、唯人ノ慎ムヘキハ、此道也（『李娃物語』六三〇上下頁）。

(41) 汝世ニ有テ、父ノ名ヲモ顕シ、其身モ、芳ヲ万年ニ流ヘタランコソ、誠ノ人ノ道ナルニ、角浅猿ク成ハテテ、父ノ名ヲ塵ス耳ナラス、餘多ノ親戚、万世迄ノ恥辱也（中略）角成ヌル上ハ、生テ與有恥、死テ孰若無愧、汝、相構テ吾ヲ不可憾、汝心テ心ヲ可恨トテ（『李娃物語』六二九頁下）。

(42)『娘太平記操早引（近代日本文学大系　二一）』四三一頁。

(43) 二編と四編の序文にも各々以下の作者の言葉がある。「おおむね作者の用心は巻尾の至りて善を善とし、悪を悪とするの外に出でねば（中略）それ戯作の本意たるや、勧善懲悪の理を明らかにして、漢文字に疎き婦人方、子供の教へに設けしより、ただひたすら時好にかなへんとて、新奇無量の趣向を巧み、専ら人情世態の、解すに易きを要として、アレサ馬鹿らしい何ざますと、北里《さと》の言葉もそのままに、綴るにいたって風調下り、故人の作意にそむくものから、わかき人は粋だと称せど、往昔性質の老人は、埒なき物との爪弾、一理なきにはあらざれど、其処に作者の用心あり、淫奔に見せてこれを戒め、かたいと見せて和《やわら》かき、筆のあや鳥くれは鳥、つづまる処は勧進帳悪、夜光のお玉も打ちわられて、八千代に栄ふ阿千代《おちよ》が貞操、よく気をつけて見なましといふ。」（『娘太平記操早引（近

代日本文学大系　二一)』四三一、五一七頁)。

(44)寛政異学の禁で一七九〇年以降、朱子学だけが幕府が認める正式な学問となり、古典小説また勧善懲悪を表す読本が盛行した。

(45)『娘太平記操早引』(近代日本文学大系　二一)』四五〇〜四五一頁。

(46)金可紀に関する中国資料としては五代南唐時代(九三七〜九七五)に沈汾が叙述した『続仙伝』があり、これが最初の記録として知られている。その内容が後代になって『太平広記』巻五三、『雲笈七籤』巻百十三下、『道蔵』巻上などに収録されている。また康熙帝(一六六二〜一七二二)が勅撰した『全唐詩』巻五百六、章孝標には〈送金可紀帰新羅〉がある。韓国資料としては『海東伝道録』『海東異蹟』『択里誌』『東史綱目』『燃藜室記述』『五洲衍文長箋散稿』『海東繹史』『氷淵齋輯』などがある。『氷淵齋輯』については李能和の『朝鮮道教史』(普成文化社、二〇〇〇再版)三八二頁に収録されており、金可紀が広法寺の天師である申元之から内丹法を学んだという内容である。これらの中でもっとも詳細なのは『海東異蹟』の記録である。

(47)金可紀は新羅人で、賓貢進士であった。性格が沈着冷静で、修道を好み、贅沢を尊ばず、服気錬形を楽とした。博学強記で、文章は秀麗、容貌が美しく、言動が超然として、中華の風を思わせた。俄かに抜擢されたが仕官しなかった。終南山の子午谷に茅葺きの菴を結び、隠遁を趣味とし、手ずから珍しい花や果実を大変多く植えた。常に香を焚き静座し、深く考えながら、道徳経と様々な仙経を休まずに誦んじ、三年後、帰郷を思い船に乗り去った。再び渡来し、終南山に入り、人知れず徳を施し、求めることがあれば拒まず事をなしたが、人々は共にいることができなかった。唐大中十一年(八五七)十二月に忽然と表文を差し上げ、「臣は玉皇上帝の詔書を受け英文台侍郎になったので、明年二月二十五日には昇天いたします」という。宣宗がその表文を見てただ事ではないと思い、使いを送り参内するように命じたが、固辞するので、仕方なく「それでは玉皇上帝の詔書を見せよ」というと、「仙官が保管しておりますので、人間世界にはございません」と答えた。宣宗はどうすることもできず、可紀に、宮女四人と、香、薬、金銀、絹を下賜し、また中使二人を送り侍らせた。しかし可紀は静かな部屋に一人いて、宮女と中使を近づけないようにした。ところが夜になると、部屋の中で常に客の話し声と笑い声が聞こえるので、中使が部屋を密かに覗くと、仙官と仙女が龍と鳳に乗り、厳然と対話をしており、宮女と中使は驚き、動くことすらできなかった。その年の二月二十五日、春の景色が美しく、草花が爛漫と咲くなか、果たして天から五色の雲がたなびき、鶴が鳴き、鸞が飛び交い、笙と笛の音、金石の雅楽が一斉に響きながら、羽の覆いをした玉の輿が現れ、旗が空に満ち、神仙たちが金可紀を迎え、天に舞上がっていった。この時、朝廷の官員と士族、庶民など、見物する人々が山と谷を埋め尽くしたが、これを見て感嘆し、頭を下げない者はなかった。(訳は筆写による)「金可紀、新羅人也。賓貢進士、性沉静好道、不尚華侈、或服気錬形、自以為楽。博学強記、属文清麗、美姿容、挙動言談、迥有中華之風。俄擢第不仕。隠於終南山子午谷葺居、懐隠逸之趣、手植奇花異果極多。常焚香静坐、若有思念、又誦道徳及諸仙経不綴。後三年、思帰本国、航海而去。復来、入終南、務行陰徳、人有所求、無阻拒、精勤為事、人不可偕也。唐大中十一年十二月、忽上表言、臣奉玉皇詔、為英文臺侍郎、明年二月二十五日当上昇。時宣宗極以為異、遣中使徴入内、固辭不就。又求玉皇詔辭、以為別仙所掌、不留人間道。賜宮女四人、香薬金綏、又遣中使二人伏侍。可紀獨居静室、宮女中使、多不接近、毎夜、聞室内常有客談笑声。中使竊窺之、但見仙官仙女、各坐龍鳳之上、儼然相対。宮女中使、不敢輒驚。二月十五日、春景妍媚、花卉爛熳、果有五雲、唳鶴翔鸞、笙簫金石、羽蓋瓊輪、幡幢満空、迎之昇天而去。朝列士庶、観者塡溢山谷、莫不瞻礼嘆異」本文引用はソウル大学校嘉藍本『海東異蹟』による。それによると昇天した日は本文に十五日となっているが、横に二十五日と筆で修正してある。『続仙伝』をはじめとする他本では、全て十五日となっている。金可紀は崔承祐、慈恵(後の義湘)と一緒に留学したが、当時の外国人のために実施した科挙制度である賓貢科に先に及第し進士になった。また一説には、官位が華洲参軍と長安慰に昇進したという。「服気錬形」とは神仙の境地に至る術法の一種である服気法をさす。「楽」は『道蔵』には「薬」とある。

(48) 韓国精神文化研究院編『韓国民族文化大百科事典』(精神文化研究院、一九八八)「神仙思想」の項目参照。

(49) 道教の宗教的祭祀儀式をさす。

(50) 『宋史』巻四八七〈高麗伝〉宋、徐兢『宣和奉使高麗図経』巻十八〈道教条〉参照。車柱環『韓国道教思想研究』(ソウル大学校出版部、一九七八)一八五~一八七頁。車柱環『韓国의道教思想』(同和出版公社、一九八四)。

(51) 開城松岳山の下にあった高麗時代の王宮。

(52) 醮とは災厄を消除する方法の一つ。夜中、星空の下で酒や乾肉などの供物を並べ、天皇太一や五星列宿を祭り、文書を上奏する儀礼をいう。のちには斎《ものいみ》の儀礼と結合して斎醮と呼ばれた。『世界大百科事典』第二版（東京：平凡社、一九九八）参照。

(53) 閏月庚子、始置元始天尊像於玉燭亭、令月醮。『高麗史』巻十四、睿宗二年閏十月条。

(54) 高麗時代、王殿の中にあった書籍を置いて臣下と学問に関する質疑をする場所。仁宗十四年（一一三六）には集賢殿に改名した。

(55) 丙子、御清讌閣、命韓安仁講老子。『高麗史』巻十四、睿宗十三年閏九月条。

(56) 金東旭「高麗期文学의 概観과 그 問題点」『高麗時代의 言語와 文学』（蛍雪出版社、一九八二）二一三頁。李演載『高麗詩와 神仙思想의 理解』（亜細亜文化社、一九八九）一九四頁。このような表現は謫仙とよばれる太白の影響が大きい。

(57) 「昔被瑤笈好学神仙、燒盡金丹十年。洞庭蘭香、鐘陵彩鸞、那知月中有縁。今夕相逢歌、弄白玉簫、奏緑綺絃。酒酣更盡一枕、宜向藍橋眼。一登玉大綺筵、睹佳人美人蘭蕙相連。天姿綽約、仙態宛転、疑是紅蓮映白蓮。詞婉調清、珠明滄海月、玉潤藍田烟。却怕此身、羽化経到蓬萊邊」『王慶龍伝』（정하성 역주『十七세기 한문소설집』삼경문화사、二〇〇〇、一九四頁）。

(58) 魂飛雲外、心在空中。（中略）夢入瑤臺彩雲裏、九華帳裏夢仙娥。（『周生伝』二三七、二五一頁）。

(59) 下有一美人、年可十七八、綽約天姿、非世上人也。（『韋敬天伝』二五一頁）。

(60) 相手の女性が仙女として描かれていることは、妓女に道家的要素を強く見ていることの表われといえる。唐代では、妓女を一般に仙とよび、妓館を仙境にたとえていた。それは基本的には、技館が日常的な社会生活と離れた非日常の場所であり、妓女が家という枠組みの外にいる非日常的な性格を持つ女性であるがゆえに、俗世を離れた仙境に比擬され、そこにいる妓女も仙女に喩えられたのだろう。だがそれだけでなく、房中術などを通じて仙術との繋がりを持つ女道士が一面で妓女と同じ生活をしていたことも、妓女に対するこうした見方と深くかかわっていたと考えられる。齊藤茂『妓女と中国文人（東方選書　三五）』（東京：東方書店、二〇〇〇）三一～三二頁。

(61) 上掲書、三二～三三頁。

(62) 朝鮮古典文学のジャンルについては、拙稿「文学からの接近：古典文学史」（上掲書）二九～三六頁を参照。

(63)　八木澤元『遊仙窟全講　増訂版』（東京：明治書店、一九七五）一四頁。

(64)　かぐや姫のモデルは『淮南子』〈第六覧冥訓〉に登場する姮娥であると推定されるが、定説はない。吉川幸次郎、上掲書、四八五頁。君島久子「嫦娥奔月考」『武蔵大学人文学会雑誌』第五巻一・二併号（東京：武蔵大学、一九七四）三二一〜三三、四二〜四三頁。『竹取物語』の起源説話については求婚譚を中心として斑竹姑娘説、不死の薬の消失については『漢武帝内伝』説がある。伊藤清次『かぐや姫の誕生』（東京：講談社現代新書、一九七三）、渡辺秀夫「竹取物語と神仙譚文人と物語〈初期物語成立史階梯〉」『日本文学』三二巻三号（東京：日本文学協会、一九八三）。

(65)　現存する最も古い伝本は一五九二年に筆写された天理大図書館所蔵の武藤元信氏の旧蔵本である。しかし、『竹取物語』については十世紀に書かれた『宇津保物語』や『源氏物語』にも引用されており、昔から伝承されてきたものといえる。片桐洋一・福井貞助・高橋正治・清水好子『竹取物語　伊勢物語　大和物語　平中物語（新編日本古典文学全集　一二）』（小学館、一九九四）九五頁参照。

(66)　その他に二元的世界観を示している作品に山東京伝の『忠臣水滸伝』後編巻之五など、江戸時代の中国翻案小説がある。筆者は「物語」が実際に聞いたり見たりした話を基本に創作されたことから、天上界と地上界の二元的世界に対する否定こそが物語の始発点になったと考える。日本で天上界と地上界、すなわちあの世とこの世は厳密に区別されており、『古事記』にある黄泉国に対する認識からも明らかである。したがって、霊魂は一度成仏されれば二度とこの世に表れないのである。

(67)　「あふこともなみだにうかぶ我が身には死なぬ薬も何にかはせむ」かの奉る不死の薬壺に文具して御使に賜はす。勅使には、つきのいはがさといふ人を召して、駿河の国にあなる山の頂を持てつくべきよし、仰せたまふ。峰にてすべきやう教へさせたまふ。御文、不死の薬の壺ならべて、火をつけて燃やすべきよし仰せたまふ。（『竹取物語（新編日本古典文学全集　一二）』七六〜七七頁）これについて、小嶋菜温子は天皇が不死の薬を費にくべてしまう煙は天界と地上界を分ける境界であり、皇権が存在する人間界とかぐや姫が帰属する道教的な神仙界はあくまで対峙関係にあるとする。小嶋菜温子『かぐや姫幻想皇権と禁忌』（東京：森話社、一九九五）二三四頁。

(68)　道法の「科範威儀（かはんいぎ）」すなわち規則・儀礼を「科儀（かぎ）」とよぶ。科儀のおもなものは「斎醮科儀」である。

(69) 下出積与『道教と日本人（学術文庫　四一二）』（東京：講談社、一九七五）一三九頁。

(70) 「三生縁分」ともいう。「三生の縁」を主題とした作品にソウル大学校所蔵本の『삼싱록（三生録）』がある。謫降により天上界を追われた仙人満春と仙女香娘が「三生縁分」によって最後に天上界に帰ってくる話である。金起東『韓国古典小説研究』（教学社、一九八一）六五～六七頁参照。冒頭部分に物欲にかられた中人にたいして批判意識が叙述されていることから、朝鮮後期に経済的に豊かになった中人を好ましく思わなかった両班の手によって書かれたものと考えられる。また「三生の縁」は十六世紀末成立と推定される『皮生夢遊録』にも「三生之説」として表されている。

(71) 儒教は子孫たちの祭祀による現世からの再生、すなわち招魂再生、道教は自己努力による不老長生、仏教は因果と運命による輪廻転生という死生観をもっている。唯一仏教だけが現世を苦界とし、否定的にみている。しかし現世を楽界とする中国人は死んでも再生する転生を肯定的なものと受けとめた。さらに中国人はインド人と同じ長い時間の概念が亡いために永遠に輪廻すると考えず、せいぜい三世の「過去、現世、未来」程度とした。また三世応報であれば努力した結果として来世では生活がましになると考えた。このような誤解は、晋六朝時代から隋唐時代にわたって民間で仏教が普及する役割を果たした。加地伸行『儒教とはなにか』（東京：中央公論社、一九九〇）一七四～一七五頁。

(72) 金南允「新羅 弥勒信仰의 展開와 性格」（『韓国仏教学研究叢書』七三（不咸文化史、二〇〇三）一二〇頁。

(73) 芳卿足下、三生縁重、千里書来、感物懐人、能不依依。（『周生伝』二四五頁）。

(74) 女見生之起、挽其手掩面、低声曰「三生好縁、一宵綢繆。将子無疑、昏以為期」（『韋慶天伝』五〇三頁）。

(75) 妾在西宮、郎君乗暮夜、由西墻而入、則三生未盡之縁、庶可続此而成矣。（『雲英伝』三五頁）。

(76) 忽有黄帽青衣者、呼生而言曰「洞賓。洞賓。汝逢洞仙、可謂三生好縁矣」（『洞仙記』八〇頁）。

(77) 이몸이 숨길실 제 님을조ᄎᆞ 숨겨시니 삼싱의 연분이며 하ᄂᆞᆯ마ᄎᆞᆯ 일이로다.（『春香伝』三五七頁）。

(78) 中国の天人合一については、夫礼天之経也、地之義也、民之行也（『春秋左氏伝』昭公二十五年）、天天人之際合而為一（『春秋繁露』〈深察名号〉）、天人合一（『正蒙』〈乾称下篇〉）という句がある。張岱年・原島春雄訳「儒学の奥義」『日中文化研究』(東京：勉誠社、一九九一)二一四頁。天人相関については、墨子の尊天思想がある。李能和『朝鮮仏教通史　下』(東京：国書刊行会、一九七四)四〇九頁。

(79) 衣笠安喜『近世日本の儒教と文化』(京都：思文閣出版、一九九〇)九一頁。

(80) 成賢慶、上掲書、四一〜四三、一六五頁。鎌田茂雄編『講座　仏教の受容と変容五　韓国編』(東京：佼成出版社、一九九一)一二、七五頁。

(81) 弥勒下生とは仏弟子である弥勒が釈迦歿後五六億七千万年を過ぎて兜率天からこの世に降りてくることをさす。弥勒は仏になる時期になると婆羅門の女である梵摩波堤として託生し、人間世界に降りてくるとされる。仏になった女は龍華樹の下で三回にわたって説法を行うが、これを龍華三会、それに参加し、救済を受けることを三会値遇といい、弥勒下生信仰の基本である。一方で、人々は龍華三会に参加するときまで五六億七千万年を経なければならないため、まず死後に弥勒がいる兜率天でその期間を過ごした後、弥勒下生の時に一緒に地上に降りて龍華三会に参加し、初会の説法を聞こうとしたのが、弥勒上生信仰であり、弥勒下生信仰が出来た後に生じた概念である。松本文三郎『弥勒浄土論』(東京：丙午出版社、一九一一)。松本文三郎『弥勒浄土論　極楽浄土論(東洋文庫七四七)』(東京：平凡社、二〇〇六)一七〜一八頁。速水侑、上掲書、一二〜一七頁。鎌田茂雄『朝鮮仏教史』(東京：東京大学出版会、一九八七)四六〜四七頁。金南允によれば新羅の弥勒信仰受容には三段階があり、初期には未来仏としての弥勒下生信仰、中期には弥勒上生信仰、そして後期には現世で弥勒の誕生を祈願する弥勒下生信仰が表れたとする。したがって初期の釈迦の次世代の未来仏としての弥勒下生信仰と、後期の現世仏としての弥勒下生信仰は、その性格が変化している。後代に弓裔が弥勒の化身であることを自称したり、下体埋沒仏という特異な現象が表れたりしたのも、現世仏としての弥勒下生信仰の影響によるものである。金南允、上掲論文、一四八〜一五〇頁参照。当時、阿弥陀信仰より現世仏としての弥勒下生信仰が優勢であったことは『三国遺事』巻三　塔像第四「南白月二聖　努肹夫得　怛怛朴朴」で弥勒と阿弥陀が併存しているが、弥勒が先に成仏したところからも分かる。朝鮮で現世仏である弥勒下生信仰が盛行した理由としては、日本とは異なり社会政治的に不安定であり、王権と直結した仏教受容がなされたことが挙げられる。また念仏を修行とする阿弥陀信仰が後に禅宗と重なる現象が起ったのも朝鮮仏教の特徴であるといえる。

（82）宿世とは元来、「前世、過去世」の意であったが、後に「宿因、宿縁、宿業」を意味するようになった。井上光貞・上山春平監修・大隅和雄編『大系　仏経と日本人四』（東京：春秋社、一九八六）一五五頁参照。

（83）『今昔物語』巻一〇〈震丹呉招孝見流詩恋其主語第八〉にも「夫婦ノ契リ、前ノ世ノ宿世也ケリトゾ、互ニ思ケルトナム」とあり、当時の夫婦の因縁は前世と現世にわたるものであった。小峯和明校注『今昔物語集二（新日本古典文学大系　三四）』（東京：岩波書店、一九九九）三一一頁。

（84）中にも夫妻は一夜の枕をならぶるも、五百生の宿縁と申候へば、先世の契浅からず。『平家物語』巻十〈維盛入水〉（梶原正昭・山下宏明『平家物語　下（新日本古典文学大系　四五）』東京：岩波書店、一九九三、二三九頁）。以下、『平家物語』の引用はこの本による。

（85）契あらば後世にてはかならずむまれあひたてまつらん。ひとつはちすにといのり給へ。（『平家物語』巻十一〈重衡被斬〉三三五頁）「契はくちせぬ物」と申せば、後の世にはかならずむまれ逢たてまつらん。（『平家物語』巻十〈内裏女房〉二〇一頁）。

（86）「あかで別れしいもせのなからへ、必ひとつはちすにむかへたまへ」『平家物語』巻九〈小宰相〉一八七頁。

（87）井上光貞・上山春平監修・大隅和雄編、上掲書、一七〇～一七一頁参照。

（88）『源平盛衰記（四）古典研究会叢書第二期（国文学）』（東京：古典研究会、一九七三）一二一頁。

（89）『好色二代男（新日本古典文学大系　七六）』〈巻二　男かと思へばしれぬ人さま〉六五頁。

（90）〈恋草からげし八百屋物語（新編日本古典文学全集　六六）〉三六四頁。

（91）〈恋の山源五兵衛物語（新編日本古典文学全集　六六）〉三八三頁。

（92）〈嘇嗒といふ俄正月（新編日本古典文学全集　六九）〉四七頁。

（93）『傾城武道桜』（早川順三郎編輯兼発行、上掲書、六三頁）。

（94）『袂の白しぼり（日本古典文学全集　四五）』一四二～一四三頁。

（95）「縁ありて金五郎にめぐり逢いしより、二世を契りて、深くなり」『仮名文章娘節用（近代日本文学大系　二一）』一三三頁。「今夜から二世も三世もかはらぬ夫婦」『娘太平記操早引』（上掲書、四三〇頁）。父子は一世、夫婦は二世、主従は三世となっており、親子関係より夫婦関係を重んじた。吉成勇『別冊歴史読本日本女性史「人物」総覧』

（東京：新人物往来社、一九九六）四五頁。

(96)『心中宵庚申』（鳥越文蔵・山根為雅・長友千代治・大橋正叔・阪口弘之校注訳『近松門左衛門集二（新編日本古典文学全集 七五）』東京：小学館、一九九八、七八四頁）。

(97) 釈迦の入滅時を紀元前九四九年として正法・像法おのおの一〇〇〇年とし、一〇五二年に末法を迎えるという正像末三時思想が、唐の浄土教、善導の罪業の自覚と密接に結び付き、その影響を受けた源信は九八五年に『往生要集』を著わし、日本の末法思想の内在化をもたらした。当時は天災人災による社会の不安とも相俟って、平安貴族の間でも末法意識が多く見られるようになる。また源信の影響をうけた法然『選択本願念仏集』（一一九八）、親鸞『教行信証』（一二二四）によって、日本の末法観が確立されたといえる。数江教一『日本の末法思想』（東京：弘文堂、一九六一）第三、五、六、七章参照。

(98) 松本文三郎、上掲書参照。宮田登『弥勒信仰（民族宗教史叢書第八巻）』（東京：雄山閣、一九八四）三一一頁。金三龍『韓国弥勒信仰の研究（史学叢書五）』（東京：教育出版センター、一九八五）一二八頁。一般的に社会が混乱すれば弥勒下生信仰が、安定していれば弥勒上生信仰が盛んになるとされる。陸楨培「韓国弥勒信仰의歴史性」『韓国仏教学研究叢書』七三（不咸文化史、二〇〇三）二三四、二三七頁参照。したがって、当時の日本で弥勒下生信仰が盛んにならなかった理由に、社会や政治が比較的安定していたことが挙げられ、儒生たちへの牽制策としての王即仏のような思想も起らなかったとされる。

(99) 死者の冥福を祈ることをさす。

(100)「願以併写経功徳、仰資二親尊霊、帰依浄域、曳影於覩史之宮、遊戯覚林、昇魂於摩尼之殿、次願七世父母六親眷属、契会真如、馳紫輿於極楽、薫修慧日、沐甘露於徳池、通説有頂、普被无辺、併出塵區、倶登彼岸」『超日明三昧経』巻上（竹内里三『寧楽遺文』巻中 東京：東京堂出版、一九六二、六一八頁）、章輝玉・石田瑞麿『浄土仏教の思想 第六巻 新羅の浄土教 空也 良源 源信 良忍』（東京：講談社、一九九二）六二頁参照。この文は天平十五年（七四三）光明皇后が発願した『超日明三昧経』巻上の奥書である。始めは父母の尊霊について弥勒仏になる兜率天往生を、次は遠く七代先祖や六親等の眷属について阿弥陀仏になる極楽往生を願う内容である。七代祖先はすでに兜率往生した者と考え、そこからさらに極楽往生をしてほしいという願いをこめたもので、この事実から当時

の人々が三界六道に属する輪廻を免れない兜率往生より三界を超越した極楽往生を上位と考えていたことが分かる。また光明皇后が亡くなった七七日後に諸国ごとに阿弥陀仏浄土、すなわち極楽浄土を描いた画像を作り『賞讃浄土教』を筆写した後、毎年忌日に僧侶十名に七日間、阿弥陀仏を拝ませたという。『続日本紀』巻二三、淳仁天皇天平宝字四年七月癸丑参照。井上光貞『井上光貞著作集第七巻』（東京：岩波書店、一九八五）一九、四六、四七頁。宮田登、上掲書、一二三頁。一方で、朝鮮では死後の追善はあまり行われず、国王の福楽を祈願し、現身の災難を打開するための目的を持つ場合が多い。金英美「統一新羅時代 阿弥陀信仰의 歴史的性格」『韓国仏教学研究叢書』七三（不咸文化史、二〇〇三）四一〇頁。死者の追善行事として行われる盂蘭盆会もまた日本では早くから行われていたが、朝鮮では高麗時代の睿宗一年（一〇〇一）に初めて設行された。고익진『韓国의 仏教思想』（東国大学校出版部、一九八七）二七六頁。

(101) 速水侑、上掲書、一一二～一一七頁。

(102) 近松作品の『卯月の潤色』では、死んだ女主人公が生きている他人の口を借りてその魂が乗り移るが、女主人公自体は幻生しない。人情本『仮名文章娘節用』では、行方不明の女主人公が芸妓になるが、それは死による幻生ではなく、死のうとしたが、不良の輩に捕まえられ人身売買されて芸妓になっている。

(103) 密通に対する処罰は密懐法といわれる。戦国時代に定着し、その要点は、①本夫による姦夫・姦婦殺害、②本夫は姦夫を、寝所で殺害すべきであり、この場合、姦婦とともに討つ必要はない、という二点にしぼられる。曽根ひろみ、上掲書、一七三頁。勝俣鎮夫『戦国法成立史成立論』「第一章中世武家密懐法の展開」（東京：東京大学出版、一九七九）一三頁。

(104) 士族婦女失行者、［吏適三夫者同］録案、移文吏兵曹司憲府司諫院。（『経国大典』巻五　刑典 禁制）。

(105) 士族婦女者恣行淫慾、瀆乱風教者幷姦夫、処絞。（『後続録』刑典禁制）。

(106) 士族妻女劫奪者、勿論姦未成、首従皆不待時斬。［士族妾女劫奪者同律。常賎女子劫奪成姦者絞。為従限己身極邊為奴。未成者杖一百流三千里］宮女通姦外人者、男女皆不待時斬。［懐孕者亦待産行刑 而不用産後百日之例］（『続大典』刑典姦犯）。

(107) 福永英男編、上掲書、二三三～二四八頁。〈御定書百箇条〉は元文五年（一七四〇）五月に既存の判決例を参考に定めたもので、寛保二年（一七四二）三月に成立した。その後に増補改版を刊行し一〇三条になった。これが今日伝わっている。二宮守、上掲書、七三頁参照。

(108) 二宮守、上掲書、七一～七二頁。

(109) 下手人とは死刑の中でも最も軽刑である斬首刑をさす。

(110) 非人手下とは非人の身分になることをさす。

(111) 曽根ひろみ、上掲書、一七四頁。

(112) 女性が男性側の家に嫁に行く婚姻形態をさす。日本では十世紀頃までは大部分男が女の家へ通う、通い婚であったが、その後、結婚した女が後に男の家に移る婚姻形態へと変化していき、十二世紀、武士の時代に入ってからは武士階級を中心として、はじめから女が男の家へと嫁に行く婚姻形態になり、次第に定着していった。

(113) 『近世法制資料叢書一』（東京：創文社、一九五九）九〇～九四頁。〈主人之女房並師匠之妻密通仕者類〉と〈主人之妻に密通申懸る者並艶書遣ス者之類〉にある二一七条を除外した二〇八～二二五条までの十七の事件を整理したものである。

(114) 『清談若緑（近代文学大系　第二一巻）』一八一～一八三頁。

(115) 華やかな服装をはじめ、遊郭での格式を保つために、遊女たちが身の回りにつかうお金は大変な負担であった。その費用はすべて抱え主に借金することになり、それを返すために二重の経済苦に陥った。

(116) 契丹兵入寇、京城無備、一情恂懼、皆怨忠獻。初李至栄為朔州分道将軍、楊水尺多居興化雲中道。至栄謂曰「汝等本無賦役、可属吾妓紫運仙、遂籍其名徵貢不已」至栄死、忠獻又以紫雲仙為妾、計口徵貢慈甚、楊水尺等大怨、及契丹兵至、迎降郷導、故悉知山川要害道路遠近。楊水尺、太祖攻百濟時、所難制者遺種也。素無貫籍賦役、好遂水草遷徒無常、唯事畋獵、編柳器、販鬻為業。凡妓種本出於柳器匠家。後楊水尺等。帖匿名書云、我等非故反逆也。不堪妓家侵奪、故投契丹賊為郷導。若朝廷殺妓輩及順天寺社主、則可倒輔国矣。忠獻聞之、及帰基妓紫雲仙、上林紅于其郷。順天寺主亦恃勢、自恣與妓為乱者也、聞之亡去。『高麗史』巻一二九、列伝、巻第四二、崔忠獻。

(117) 『高麗史』巻三成宗十三年八月条。

(118) 『高麗史』巻四顕宗即位年二月条。

(119) 玄文子「李朝 妓女制度와 生活研究」（亜細亜学術研究会編『亜細亜日報』第一〇集、一九七二）四二頁。

(120) 瀧川政次郎によれば、元正天皇の時（七一五〜七二四）、唐制を模倣して内教坊を設置し、内教房の妓女をして蕃客の招宴で歌舞を行わせた。瀧川政次郎『遊行女婦・遊女・傀儡女』（東京：至文堂、一九六五）一六〜一七、六三頁。また『類聚国史』には「光孝天皇、元慶九年（八八五）、正月二十一日丁丑、於仁寿殿、内宴近臣、教坊奏女楽、近臣之外、文人女者五六人賦詩」という記録がある。上掲書、一六、一七、六三頁。『類聚国史 前編』巻七二（黒板勝美編『新訂増補国史大系 第五巻』東京：吉川弘文館、一九六五、三四一頁）。

(121) 高句麗の古墳壁画に歌舞する女が描かれているが、これらは妓女であったことが推測される。李慶馥「高麗妓女風俗과 文学의 研究」（中央大学校大学院博士学位論文、一九八五）一八頁。

(122) 李慶馥「高麗 妓女 風俗과 文学의 研究」（中央大学校大学院博士学位論文、一九八五）五二頁。『宣和奉使高麗図経』の「公卿大夫妻、市民遊女、其服無別」という言葉から、遊女は妓女・娼妓すべて含めた言葉であるとされる。

(123) 李能和『朝鮮解語花史』新韓書林、一九六八、二八〇頁。良家の子女も教坊に籍を置いて女楽を学んだとされる。

(124) これについては楊水尺に関する記録とともに高麗忠烈王代の以下の記録がある。「選諸道妓、有色芸者、又選京都巫及官婢善歌舞者、籍置宮中、衣羅綺、載馬尾笠、別作一隊、称男装、教以新声」（『高麗史』巻一二五「列伝」、『高麗史』巻三八「呉潜伝」）。

(125) 傍線と日本語訳は筆者による。世宗朝妓妾所生不得為良之。世祖朝、有宰相李仲至於嫡無子、但有一妓妾請免為良、世祖許之、其後大典撰定時、立為良之法同。知事李承召曰「雖家畜若不免妓役而奔走者、不可謂之家畜而良其産也」国光曰「臣之所議家畜者、亦此意也」大司諫安寛厚曰「妓無定夫、日以淫奔為事、雖畜于家、出入時多、則不可謂家畜也」掌令徐曰「官吏宿倡、自有其罪莫如因、世宗朝制勿良為便」（『成宗実録』巻九八、十五張、九年十一月二十三日、庚辰条）。

(126) 実際の朝鮮時代の妓女は士大夫の妾になるだけの存在ではなかったことも事実であり、妓夫も認められていた。特に朝鮮末期に至り、京城妓たちには夫がいたものが相当数だった。京妓の妓夫は四処所といわれる妓生が所属する四つの官庁、内医院、恵民署、尚衣院、工曹の外入匠たちであった。外入匠とは別監、補盗庁の軍官、義禁府の羅将、宮家の庁直（下人）、武士をさす。李能和、上掲書、二七七頁にある第三十四章「有夫妓 無夫妓条 五 近世

妓夫 社会的階級」参照。妓夫が抱え主の役割をしたという説もあるが、もともと外入匠は年若い放蕩な輩をさす言葉で、それら全てが抱え主であったとは考え難い。玄文子はこれに対し、「妓夫は、某甲と組合の前近代的な形態であったとみられ、某甲とは抱え主のようなものであり、某甲の下には数十人の妓女を率い、五人に一人ずつ婆子（遣り手婆）を置いて、客と娼妓の世話役をさせたという。このような形態は今日も、抱え主が売春斡旋をする者と一緒に営業をするのと同じである。これが最も近代化され、組織化されたのが妓生組合であって、券番であったといえよう」と主張する。玄文子、上掲論文、七六頁。券番は近代に入って日本から伝わった可能性が高い。券番とは、遊郭で仕事をする女たちを取り締まり、その人別を持つ所で、十八世紀に大黒屋秀民が設置したのが始まりである。安永七年（一七七六）には、吉原の芸者五〇名の花代は、正午から夜十二時まで線香七本で時間をはかり、金一両三分、祝儀は二朱ないし一分に計算された。山根真次郎『日本花柳史』（山陽堂、一九一三）二〇七頁参照。花代という言葉は、置屋店で線香をたいて線香一本をたき終わることを「花一つ」或いは「花一本」といったことから由来する。高橋幹夫頁参照。十二世紀に源氏と平家の合戦で負けた平家の女官たちが遊女になり、彼女たちと遊ぶための金を花代といったとも伝えられる。上村行彰編、上掲書、四三頁参照。

（127）ソウルの各官庁に所属していた奴婢をさす。下は水汲みの婢から、上は衣装を制作した針婢（尚房妓生）や女医の医女（薬房妓生）まで、様々な者が妓女として選抜された。朝鮮では医女や針婢の身分は官婢であり、両班になれる良人とは身分を異にしていた。なお医女は太宗六年（一四〇五）に初めて設置された。李能和、上掲書、六五頁。

（128）「女妓号曰雲平、入内者曰興清或曰仮興清曰継平曰続紅、近侍者曰地科興清、経幸者曰天科興清」『燕山君日記』十二年九月己卯条参照。妓女の等級に関する記事は、『燃藜室記述』『海東野言』にも登場する。李能和、上掲書、四七～四八頁。玄文子「李朝妓女制度와 生活研究」（『亜細亜学報』第十輯（亜細亜学術研究会、一九七二）五九頁。조광국『韓国文化와 妓女』（月印、二〇〇四）四七頁参照。

（129）『宣和奉使高麗図経』第四〇巻、楽律。李慶馥、上掲書、四八～四九頁参照。妓女の等級の三分に関しては、唐時代の三曲との関連も考えられる。

（130）南永魯（一八一〇～一八五七）が創作した小説。その内容は、主人公である楊昌曲が、科挙試験を受けるため故郷を出立し、紆余曲折を経て、多くの女性たちと出会う。また武功によって燕王になり、尹夫人、黄夫人の二人の妻と、江南紅、碧城仙、一枝蓮の三人の妾を持ち、富貴栄華を享受する作品である。そして最後には江南紅の夢中に観世音菩薩が現れ、皆が前世からの因縁で結ばれていることを確認する、というストーリーである。創作動機については、南永魯が晩年に寵愛した妾がいて、その妾を退屈させないために『玉楼夢』を著したという言い伝えがある。そのためかヒロインは妓女の江南紅に設定されており、彼女もまた武功を立てて諸侯となり、燕王になった楊昌曲と結ばれる。拙稿「十九世紀韓国古典小説『布衣交集』と『玉楼夢』にみられる「知己」について」(『近畿大学教養・外国語教育センター紀要　外国語編』東大阪：近畿大学教養・外国語教育センター、二〇一二)四八頁。

(131)　我杭州ᄂᆞᆫ 娼妓之分이 絶厳하니 娼女ᄂᆞᆫ 処於外教坊ᄒᆞ야 張参李四라도 皆可得見이나 妓女ᄂᆞᆫ 処於内教坊ᄒᆞ야 其品教ㅣ有四級이니 第一은 見其持操ᄒᆞ고 第二ᄂᆞᆫ 見其文章ᄒᆞ고 第三은 見其歌舞ᄒᆞ고 第四ᄂᆞᆫ 見其姿色ᄒᆞᄂᆞ니 行人過客이 雖金帛如山이ᄂᆞ 文章才芸之可取則難可得見이오 窮儒寒士라도 志気相合則守節不移ᄒᆞᄂᆞ니 豈無分別也ㅣ리오(中略)外教坊娼女ᄂᆞᆫ 多至数百餘名이로ᄃᆡ 内教坊妓女ᄂᆞᆫ 纔参十餘名이라 其中歌舞姿色持操文章이 具備之妓女ᄂᆞᆫ 処第一坊ᄒᆞ고 但有持操文章之妓女ᄂᆞᆫ 処第二坊ᄒᆞ야 各自所守ㅣ絶厳이니라 公子ㅣ又問曰 方今第一坊妓女ᄂᆞᆫ 誰也오 婆이 対曰 妓名江南紅이니 杭州人士之所論에 其持操文章과 歌舞姿色이 江南第一이니이다」東国大・韓国学研究所『活字本古典小説全集　第六巻　玉楼夢』(亜細亜文化社、一九七七)三五頁。日本語訳は筆者による。

(132)　柳子厚『朝鮮貨幣考』(理文社、一九七四再版)一二七頁。

(133)　元裕漢『朝鮮後期貨幣史研究(韓国研究叢書　二九)』(韓国研究院、一九七五)三七、二二五〜二二七頁。朝鮮では、丙子胡乱(一六三〇)以後に中国人が持って来た銀貨が使用され、国の通貨としては銅銭一種類だけであった。したがって、硬貨の完全な流通量が不足して、英祖七年(一七三一)には一時、銅銭の使用が禁止され、十三年(一七三七)には、端川以北では、中国へ貨幣が流出することを防ぐために、銭幣使用を禁じた。これらの事実から、朝鮮では中国の文物が入ってくる通路が狭く、それを担当した者は海外に出られた訳官であったことが分かる。彼らは中国の通貨である銀貨を持っていたが、国内では使用できなかったので、銀貨を貯蓄して、中国で物を買ってきて、より多くの富を蓄積したという。柳子厚、上掲書、二七三、三五六頁。また朝鮮の古典小説では、頻繁に銀子(銀貨)が登場するが、それは背景が中国であることとも関係するといえよう。

(134) 日本で江戸時代に貨幣経済が発達した理由は、各国の大名が多くの財を携えて妻子が常駐する江戸と地方を定期的に行き来する際に、金を大量に消費する必要があった、という点が挙げられる。彼らは自分の領土で収めた米を自分たちで消費する以外は、蔵屋敷のある大阪などに送ってお金に換金した。大阪の商人たちが繁栄した理由は、武士の禄となる米を換金する中央市場だったという点にある。一方、江戸幕府は、全国にあった直轄地で得られた米の収入と貨幣の鋳造権、長崎貿易管理などでその経済を支えた。

(135) 天正十七年（一五八九）に豊臣秀吉の許可により、京の冷泉万里小路に傾城屋街が作られた。これが日本の遊廓の発端である。この遊廓が拡張し、柳町の遊里といわれていた時には、秀吉自身も遊びに来たとされる。文禄三年（一五九四）に大地震の時、桃山御殿の女中たちが多数横死したので、下女たちの代わりとして、柳町の遊女たちに雑役をさせた。これが後に遊女を公的に使用した最初の例となった。小野武雄『吉原と島原（講談社学術文庫、一五五九）』（東京：講談社、二〇〇二）一五頁参照。慶長七年（一六〇二）には六条に、寛永十八年（一六四一）以降には朱雀に移し、そこが現在の嶋原となった。嶋原は現在島原と表記されており、一七五七年に出版された『一目千軒』に、その内容が詳細に載っている。芳賀登監修・宮本由紀子編『目で見る遊里　江戸の遊廓　島原・新町・丸山編』（東京：国書刊行会、一九八六）三一、三二、三一六頁の「廓之起」「廓惣名之事」解題の「一目千軒」の項目参照。暉峻康隆校注・東明雅訳『井原西鶴集一（新編日本古典文学全集　六六）』（東京：小学館、一九九九）五九六頁にある「伏見撞木町」の項目参照。

(136) 大阪の遊郭は寛永時（一六二四～一六四三）に一定の区画を定めて遊女たちを集めるようになったことから始まる。伏見呉服町にあったが、元和末年（一六二三）に道頓堀、寛永八年（一六三二）に今の新町通に移転した。しかし今日の研究では新町遊郭のはじまりは江戸吉原の開基と同じ年であったという。風俗研究家の原島陽によると、天正十三年（一五八五）に許可され元和三年（一六一七）に新町に移ったとされる。小野武雄、上掲書、二九頁参照。暉峻康隆校注・東明雅訳、上掲書、五九四頁。

(137) 元和三年（一六一七）に、庄司甚右衛門が吉原条目を定め、幕府は遊郭開設を許可した。明歴の大火（一六五七）によって、今の吉原に移され、新吉原と呼ばれていた。また遊女は遊郭の外に出ることができなかったが、寛永年間（一六二四～一六四三）までは、御評定所で太夫三人に給仕させたという記録があり、吉原太夫はちょうど、官妓のような役割もしたことが分かる。小野武雄、上掲書、四二頁。

(138)　京都では、町売り、つまり定められている花街以外でも遊女が客を迎えられたが、一六四一年に禁止されたとされる。上村行彰編、上掲書、一二九頁。

(139)　高橋幹夫、上掲書、七九頁。

(140)　一七五七年に刊行された『大阪新町細見之図「澪標」』による。京都や大阪で揚屋ないし茶屋制度が江戸時代に存続することができたのは、それが商人の接待に使用されたからである。現在、揚屋はないが、その建物は京都角屋に保存されている。遊郭案内所の役割をした茶屋は、現在の京都の祇園に何軒かある。祇園は、茶屋を中心に栄えており、現在まで残っている伝統的な歓楽街といえよう。芳賀登監修・宮本由紀子編、上掲書（島原・新町・丸山編）一一九、三一三、三一六頁。

(141)　小野武雄『江戸時代風俗図誌　遊女と郭の図誌』（東京：展望社、一九八三）二五一頁。

(142)　ここで貴賤の区別なく、自分を慕う男たちを相手するということは、遊女として望ましい態度である。したがって、吉野はむしろ「情《なさけ》」の深い者として慕われたのであり、彼女の貞節はあまり問題視されない。ここで、「情」とは、主体的な愛の感情を表す情とは異なり、「温かい心のいたわり」であり、他人の心を察して、自分が共鳴することだといえよう。相良亨『相良亨著作集五』（東京：ぺりかん社、一九九二）一四～一五頁参照。

(143)　為永春水著・古川久松校訂『梅暦』（東京：岩波書店、一九五二）一七五頁。

(144)　曽根ひろみ『娼婦と近世社会』（東京：吉川弘文館、二〇〇三）三一頁。

(145)　ここでいう遊女とは娼妓、芸妓をすべて含む。

(146)　一八四二年に人情本が発行禁止になり、戯作作家の為永春水が刑罰を受けたことと、現在の人情本研究が比較的活発になされないことも、このような役割を果たしていたことと関連があるといえよう。

(147)　この点は、あくまでも作品に現れた現象であり、実態とは別の話だといえる。一八〇七年に出版された女訓書である翠川士の『遊女大学』には容姿よりも心が優れた遊女が良く、心根が悪い遊女は容姿が美しくても酒をよく飲み、やたら好色な悪性多情を持っているという内容が掲載されている。これらのことから、学問としての教えと、作家たちの色を肯定的に描く遊女の基準は必ずしも一致していない。それゆえに、これらの内容は風俗を乱すものと考えられ、一八二四年に人情本が発刊禁止になり、為永春水が手鎖の刑に処せられたといえよう。

(148) 当時の遊郭は悪所ともいわれた一方、男にとっては疑似恋愛体験をする場であり、非現実世界を醸し出す空間でもあった。遊郭で男が厠に行く際は、ふと現実世界に引き戻され、家の事を考えないように、遊女が厠の近くで待つといった逸話まである。瀧川政次郎『遊女の歴史』(東京：至文堂、一九七五)四三頁。

(149) 『冥途の飛脚(新編日本文学全集　七四)』一二六頁。内容は〈夕霧追善曲〉として作られた浄瑠璃『夕霧三世相』(一六八六)の中にある句節である。

(150) 武陽隠士『世事見聞録(岩波文庫)』(東京：岩波書店、一九九四)三一五~三三八頁の「遊里売女の事」参照。

七　結論

本書では、日朝の古典比較文学研究の新しい方向性を切り開くために男女当事者の主体的意思による縁組あるいは愛情関係という普遍的なテーマを中心に、十七〜十九世紀両国の作品を調べてみた。ここで対象とした日朝の作品は、その内容、形式と主人公の身分面でかなりの差があり、直接比較議論するためには困難な点が多い。そのような点で、本研究は、いわゆる試論的性格を持つといえよう。しかし、これらの違いを克服して、優先作品に登場する人物のタイプ、提携方式や愛情の葛藤の様相、愛情話素などを調べることは決して無益なことではなく、両国の文学の特性を理解するために大きな助けとなるだろう。そして、これらの作業を通し、作品の土台となる思想的背景や文化・制度関連において両国にどのような違いがあるのか調べてみた。その内容を整理すると、以下の通りである。

第一章の序論では、日朝古典比較文学の既存研究について紹介し、本研究の目的、資料、問題、方法などについて述べた。

第二章では男女主人公の種類、敵対者と補助人物のタイプをそれぞれ調べてみた。朝鮮の作品は男女が同じ身分、あるいは男性が女性よりも身分が高い場合の二通りに分けられる。男の身分は『ピョンガンセ歌』を除いてすべて士族である。女性もほぼ士族であるが、女性の身分が低い場合には、妓女が最も多く、中人の娘、宮女、婢が登場する。主人公はたいてい才子佳人であり、文芸志向が高い。一方、日本はほとんど男女ともに町人、すなわち庶民層である。これは男がほぼ両班階級である朝鮮の作品を考えると明確な差だといえる。また、男女主人公の性格を見ると、朝鮮の主人公はほとんど詩文をよくするが、日本の作品では、それに対する特別な言及がない。日本の作品において主人公たちの文才があまり重要視されないのは、科挙制度がなかった社会構造と関連がある。日本の作品での武士階級の例が少ないのは、作者がほとんど庶民層であったこと、武士であれば幕府の法令に従わなければならなかったので、恋愛による結婚がほぼ皆無であったことと関連している。対象作品に登場する武士の主人公たちは、武士という身分を隠したまま遊女や庶民の女性たちとなれそめになっている。また、日本の作品に登場する男主人公は性格的に軟弱で社会的な欠陥がある場合が多い。

　次に、敵対人物と補助人物の類型について調べてみた。その結果、両国の作中人物の類型は、身分や愛情成就過程の障害要素などの社会的な要件に応じてかなり異なる形で表れた。朝鮮の作品では政敵が、日本の作品では、家長や主従関係にある家長が敵対人物として登場する場合が多い。これは朝鮮の男主人公がほとんど両班、日本の男主人公が町人である点と深い関連がある。つまり朝鮮の作品での主人公は、社会的な成功を収めて立身出世するため、敵対人物もまた主人公の立身出世を阻む人として設定されている。これに比べて、日本の作品の主人公は、商人の子であるか、その使用人が多いので、敵対者もまた、家内の人物であるか友人などの周囲の人である。また、妓女が登場する朝鮮の作品には、妓母が拝金主義として描かれており、女主人公の敵対人物として設定されている。たとえば、『王慶龍伝』では妓母が老婆商人と結託して、女主人公の玉丹を欺く場面があり、慶龍と玉丹の仲を裂く役割をしている。朝鮮作品に登場する老婆はほとんど主人公たちの助力者の役割をするが、商いをする老婆だけは悪人に描かれており、朝鮮の作品では商人に対する認識が非常に良くなかったことが分かる。これは儒教的理念の投影であり、ヒロインの貞節を強調するための作者の意図的な装置であったといえる。これに比べて日本の作品に現れた妓母に対する認識はさほど悪くない。

朝鮮の作品は、主人公の下人が補助の役割をするが、日本の作品では、そのような人がほとんど登場しない。また朝鮮の作品では老婆が二人の縁を結ぶ決定的な役割をする一方、日本の作品では、所有者や親戚など周囲の人々によるところが大きい。これは両班層が主な人物として登場する朝鮮の作品と庶民層が登場する日本の作品の違いといえるだろう。そして根本的に日本の作品に現れた男女の恋愛が本人同士で密かに行われたという点とも関連がある。日本の作品に現れた愛情関係はほとんど同じ家内の人や近所や周辺の人によって成立する。特に主人の娘と使用人の恋愛は厳しく処罰の対象となり、他人に漏れてはならない秘め事となっている。

第三章では、作品に表れた男女の結縁の方法について論じた。男女の結縁の方法を知るために三章一節から結縁の契機と様相、三章二節から結縁の媒介形式について調べてみた。まず、三章一節で結縁の契機をまとめてみると偶然の出会い、親戚や近所の人との出会いが、両国の作品に共通して表れる。天定または夢の啓示、遊女の紹介による出会いなどは朝鮮作品のみ表れるものであり、家内の人との恋愛は日本の作品にのみ見られる現象である。全体的に朝鮮作品には結縁の契機と様相の描写がすべての作品で表れるが、日本の作品はそうではない。特にヒロインが妓女の場合、朝鮮の作品で、結縁の契機がほとんど表れるのに比べ、日本の作品ではまったく表れない。これは日本の遊女が遊郭という限られた場所にいる事実と関係する。遊女との愛は遊郭という限られた場所でのみ行われる画一的なものであるため、そのような場面をいちいち記述する必要がなかったといえる。この点は、酒場で妓女と遊ぶ機会があった朝鮮とは大きく異なり、その違いが、描写を異にする要因となっている。また、全体的に朝鮮の作品には偶然の出会いがかなり多く、これが作品の大半を占めている。朝鮮の作品に偶然の出会いのパターンが比較的多い理由は、中国の伝奇小説の影響を受けた創作物だったという点、実際には科挙のために上京する途中で女性と出会う機会があった点、そして日本のように親戚同士で結婚する場合が少なかった点もその理由として考えられる。朝鮮の作品の場合、避難、避接（疫病などの理由で他所に一時避難すること）、科挙のために母方の姻戚や知り合いの家などで、男女が偶然出会うパターンが多い。
一方、日本の作品の場合、偶然に出会うパターンは、十七世紀の作品以外、ほとんど表れない。特に日本の十八世紀以降の作品には、偶然の出会いの場面が見られない。それは身分による世襲制が時代が下るにつれてますます強化された点や、封建制度によって人々が自由に移動することができなかったという点と関連がある。つまり朝鮮のように科挙を受ける必要がなく、一定の土地に代々生きてきた日本社会の構造を反映したものといえよう。さらに『仮名文章娘節用』と『春色梅児誉美』は、男主人公が女の家の養子に設定されているが、これは、最終的に世襲制の強化に加え、「家」を守るために確立されたものであり、当時の日本の社会制度や風習と深い関係を持つ。

朝鮮の作品にしか見られない出会いとしては、天定、夢の啓示、遊女の紹介である。これらが朝鮮の作品にしかみられないのは恋愛による野合が儒教理念から外れたものとみなされ、法的な規制があったことと関連している。また、妓女の紹介で出会うパターンは、妓女が自らの身分を卑下するとともに、豪傑奇男子である以上、多妻多妾あるいは一妻多妾を認めるという論理による結果である。日本の作品にのみ見られる現象は、家内の主人の家族と奉公人との恋愛である。

全体的に朝鮮の作品は出会い、苦難、再会の論理で愛情関係が展開されるので、その出会いのきっかけも運命的かつ劇的であり、人生の歴程を見せるような感じがする。これに比べて、日本の作品のそれは日常的でありながらも恋愛至上的であり、生活の一部を断片的に見せたり恋愛心理を述べたものが多いといえる。

三章二節では、結縁の媒介形式を分析し、その種類に応じて、作品を検討してみた。結縁の媒介形式とは男女の出会から愛情を達成するまで、どのような過程を経るかを意味する。

朝鮮の作品では男は老婆を通って、女は下女を通じて意思を伝えるパターンが最も多い。歌、詩、手紙、信標などを通じたやり方は、結縁の前後に行われるが、これらの媒介は、相手の気持を尋ねたり、自分の心を表すためにある。朝鮮の作品では、男女の縁結び過程で詩才が重要視され、漢詩を通じた応酬が多く行われる。これは、二人が一対の才子佳人として運命的かつ必然的な縁であることを確認させる役割を果たしている。また、その応酬は男女の出会いのきっかけとなり、お互いの愛情を確認し、関係を結ぶためや、六礼の一部である婚姻の意思を問う道具となる。一方、日本の作品では、老婆が登場したり漢詩で応酬するパターンは見られない。朝鮮の作品が才子佳人の運命的な出会いとして叙述されるのに対し、日本の作品は親戚や地理的に近い人との日常生活の中での出来事として描かれ、その結縁過程が当事者同士の直接的な行動によって行われるからである。また恋愛感情を示すのに、漢詩は使用せず、手紙をおくるパターンが多いが、それ自体が結縁の過程で大きな役割を果たしているわけではない。二人が男女の関係を持つ最も重要な要素は、当事者の直接的な行動であり、人知れず縁を結ぶ場面が多く表れる。

旅での滞在、信標、守節の誓い、夢の啓示、知人之鑑などは朝鮮の作品のみに表れる結縁過程である。旅の途中で偶然に縁を結ぶパターンは英雄小説の『趙雄伝』に表れる。修行や科挙のために上京する途中で、男女の縁が結ばれる。このパターンが朝鮮の作品のみに表れるのは、朝鮮では自由な移動が可能であった反面、日本では幕藩体制により商人でなければ自由な移動が不可能であった両国の社会構造の違いに起因する。

信標を媒介として縁が結ばれる場合、女性側からの信標は、その縁を忘れないでくれという意味に過ぎない。一方で男性側からの信標は後で二人を再会させるための役割を果たしている。『趙雄伝』や『白鶴扇伝』で男が送った漢詩や扇がその例に当る。

女主人公が妓女の場合、守節を前提に縁を結んでおり、守節自体が愛情の成就と直結する。これは純粋な愛の感情によるものといえるが、その一方で、一度妓籍に入れば自らその身分を変えることができないので、出世すべき人を迎えて安定した生活を送ろうとする意図も見える。これに比べて、日本の作品では、守節が男女の縁と関連するパターンはない。これらの点は、日朝の妓女の性格の違いとも関係している。

夢の啓示で縁が結ばれる場合、父が遺言を残したり、夢に現れることもある。しかし、ほとんどは、天定によるものであり、夢の中で玉皇上帝の使いの天女や童子が現れ、その縁を伝えることで、二人が結ばれる。恋煩で、その事実が親に知れた後、縁が結ばれるのは、男女が互いに同じ身分である朝鮮の作品にのみ表示される。日本の作品では、恋煩になったからといって、必ずしも二人の縁が結ばれるわけではない。その例として〈死首の笑顔〉の場合、男女は同じ身分だが、父親の結婚反対に直面することになる。また、朝鮮の作品を見ると、婚約をする際に、女の母親の意見が示されていることがあり、『尹知敬伝』がその例としてあげられる。この点は、恋愛がイコール結婚と直結し、家族関係、特に母子関係が近い朝鮮とそうでなかった日本との違いであるといえる。知人之鑑による男女の結縁は互いの資質が優れており、その縁が定められた運命的なものであることを示している。

第四章では、男女の愛情葛藤の様相について考察した。日朝の作品に共通して表れる葛藤には三角関係に起因する葛藤と身分による葛藤がある。三角関係とは一人の男と、複数の女性が関係するときに生じる葛藤である。女性同士の間で身分差があり、妾が正妻の地位を毀損させないときは、さほど葛藤は生じない。したがって妓生が登場した場合、朝鮮の作品では、身分的制約があるので、ほとんど葛藤がみられないが、その逆の場合、葛藤が起こる。一方で、日本の作品では、相手が遊女の場合であっても、その愛情が命をかけるほど深ければ、大きな葛藤が生じている。しかし、日朝の作品とも後代に行けば行くほど大団円となることが多くなる。また、男女が同じ身分である三角関係の場合、両国の作品はすべて、後で入ってきた女性が既に結婚した夫人を追い出すことになっている。この時、正妻は、婦徳の高い人物で、後から恋愛関係になった妾は、才色兼備ではあるが、ひたすら夫の愛だけ独り占めしようとする嫉妬深い女性として描かれる。

一方、身分による葛藤とは男女の愛情が身分の違いによって達成されない状況をいう。朝鮮の作品では庶子差別など、身分の差が確実に表れており、身分による葛藤は主に中人の女性と士大夫の男である場合に表れる。日本の作品では、身分より家の中での関係、すなわち主従関係が問題視されている。したがって、日本の作品に現れた愛情の葛藤とは主人への義理と愛との対立によるものがほとんどである。葛藤要素として特筆すべきものには、朝鮮の作品では、科挙合格または戦争や政治権力によるものが挙げられる。日本の作品では、金と養子であることなど経済的な面や家制度による葛藤が見られ、ほとんどこの二つが結合して表れる。これは主に当時の社会制度の違いと大きく関係する。

第五章では、男女の愛情関係と関連して、日朝の作品に共通して表れる烈女、不倫、変装、処刑、逃走話素、朝鮮の作品にのみ表れる天定話素、そして日本の作品にのみ表れる心中話素に分けて作品を考察した。朝鮮は再嫁女子孫禁錮法の影響を受けて、それが女性の守節すなわち貞節を守る行為になる。このため、朝鮮作品での烈女話素は「女必従一、不事二夫」を守り、婚約したり、一度体を許せば最後まで守節する節婦として表される。そして女が妓生の場合、守節することで愛情達成に至る。一方、日本の作品の場合、武士社会の主君と臣下の関係を投影した殉死という概念によって烈女が描かれる。したがって、日本の作品での烈女は、節婦というより相手に対して命をかける義女に近い人物である。この時、相手の男は武士階級が多い。これらの烈女の違いは士大夫理念、すなわち王と臣下の関係を示した朝鮮と、武士の理念、すなわち主君と臣下の関係を示した日本の社会構造の違いと一致している。

不倫話素は両国とも既婚女性の場合にのみ表れる。朝鮮の作品の場合、男女間に身分差があり、相手が既婚であることを知りながら、恋心を感じるという特徴がある。女性はすべて賎民に設定されているが、士族女性の場合は不倫が発覚したら、法的に本人だけでなく、社会的にも家全体の不名誉となるため、可能性がなかったと考えられる。したがって不倫話素に登場する女性が賎民に設定されていることは当然の結果といえる。その恋心は、周囲の人の目を恐れる男主人公の恋愛放棄または不誠実で長く続かない状態で終わる。『切花奇談』では、色に溺れたことが冷徹に述べられる。『布衣交集』では、好色ではない「布衣の交わり」を実践した女性に対して俠気であるという評価がなされる。一方、日本の作品『好色五人女』に描かれた不倫は、男女の身分が同じで、恋心より偶然のきっかけからの女性の能動的な態度として表れている。そして人目を恐れて、その関係を放棄するのではなく、最後まで持続させ、最後に発覚して処刑される。この点は、日本では既婚女性が密通した場合、身分に関わらず法によって厳しく罰せられた点と関係する。また、作者の叙述態度から不義は必ず発覚して処罰されるという考えと、既婚女性の好色に対する警戒が描かれる。したがって、同じ不倫を話素にしながらも、朝鮮の作品は、色自体を否定し、日本の作品では、色に陥った後の結果に重点を置いて作者の意図が描かれる。

変装話素とは男女が縁を結ぶために変装するモチーフをさす。朝鮮の古典小説に現れた男装は、一般的に女性が身を守るために、あるいは出戦するために試みられる。また女装は、男が閨秀の姿を見るための手段として用いられる。一方で、日本の作品にみられる変装話素は男装のみである。朝鮮の場合と同様に、女性が身を守るためにでもあるが、それとは異なり、男色を好む男の心を引き付けるために男装する例がある。日本の作品で変装があまり描かれない理由としては、当時の男女の髪型がかなり違い、変装自体が不可能という点、変装が風紀上の問題があるという理由で禁止されていた点などを挙げることができるだろう。実際に女性でありながら男性のように行動して流刑に処せられた記録がある。

処刑話素とは、男女が縁を結んだことで、死罪や流刑などの刑罰を受ける話素をさす。朝鮮の作品では王や大軍のように主君となる人との政治的対立によるものが多い。王との対立であるとき、王女と無理やり結婚させようとする勒婚に起因しており、それは実際のところ政敵との対立でもある。そして、この時の勒婚は、政敵からの婚姻の申し込みを断った報復であるという特徴を持つ。したがって、政敵が一掃されると、すべての問題が解決される。一方、『雲英伝』のような場合は、その愛は主人である大君の恩に対する背信であり、女の自殺という、処罰と同様の結果で終わっている。日本の作品に現れた処刑話素はすべて好色女による非社会的行動に起因する。主人の娘や妻と使用人との恋愛、恋人に会うために犯した放火など、当時の法から照らし合わせてみても、当然処罰されるべき恋愛関係が描かれる。そして物語の最後の箇所には、好色に対する作者の警戒の言葉が載せられている。

逃走話素とは愛する男女が一緒に逃げて、結果的に幸せな結末になるモチーフをさす。この話素に当てはまる朝鮮の作品は『月下僊伝』だけである。これは孝を国の最高理念とみなした朝鮮士大夫社会では、父親が定めた女性と結婚せず他の女と駆け落ちするなど、ありえないことだったからといえる。また女が妓生である場合、最後に二人を認めてくれる人物は王である。『月下僊伝』では、王命によって父子の軋轢が解決され、月下僊が貞烈夫人に命じられ、男女の恋愛感情が家の範疇を超えて国と直結して描かれている。一方、日本の作品に表れる逃走話素は、特に人情本に多くみられる。これは、親が決めた結婚を避けるために、男女が家出する場合がほとんどである。家出する男女は、いとこ同志や近隣関係にある人物で、このことから当時の男女がごく限られた空間で恋愛したことが分かる。そして最後には、家長にあたる人物が二人の仲を認めることで、すべて大団円となっている。したがって、男女が互いに駆け落ちする理由としては、朝鮮作品では身分の違い、日本作品では家の制約という違いが指摘できる。

天定話素と心中話素は、両国の特徴的な話素として挙げられる。天定とは天命によって男女の縁が結ばれることをいう。天定話素が朝鮮作品にのみ表れるのは、それなりの理由がある。儒教社会で男女の自由恋愛は野合同様であるため、それを合理化するための装置だといえる。特に天定話素を持つ作品は、主人公が天が定めた縁に従うことにより不孝ではないように設定されている。また、天定話素には謫降話素もみられ、三教一致を標榜した善書の流入と関連があることを指摘した。

日本の心中話素は、主に近松作品に登場する。その心中は「一蓮托生」、つまり来世で同じ蓮の上に生まれようとする日本的仏教思想、武士道の忠誠を尽くす殉死的理念、そして武士の慣習であった男色が男女の愛情関係に反映されるたものだといえる。そして天定や心中話素は、それぞれ、当時の支配層の理念が表されている。

第六章では、作品に現れた男女の愛情関係思想背景と文化、制度関連について論じた。思想背景については、日朝の作品の根底となる儒・仏・道三教との関係を調べてみた。両国は中国を通じて三教の影響を共通に受け、同じ思想的源泉を持ちながら微妙な違いを示している。十七世紀から十九世紀の間に両国の支配者たちは、儒教を国の理念としたが、その形態において、朝鮮は孝を最高理念に、日本は忠を重要視した。そして日本の作品は恋愛至上主義的であり、心中や駆け落ちなど孝に反する男女関係が多く記述される。しかし、十九世紀に入って寛政の改革や朱子学の強化によって勧善懲悪を打ち出す傾向が強くなる。

道教思想の場合、朝鮮は、日本とは違って、その受容において長い伝統がある。これらの点は、日朝作品の本質的な違いと関連する。特に朝鮮の作品で女主人公が仙女に例えられ、丹薬を使ったり、玉皇上帝が最高神として現れるのも、その影響による。

仏教思想は、両国の文学に大きな影響を及ぼし、愛情関係にもそれが大きく反映されている。朝鮮の作品には、仏教的影響が「三生の縁」という言葉で表されるが、最も重要視されるのは、前世と現世である。これは夫婦の関係を現世と来世の二世にして来世的志向を示す日本の作品との違いがある。その原因としては、「現世即仏」的な弥勒をより崇めた朝鮮と「來世成仏」的な阿弥陀を崇めた日本との仏教の受容の違いにある。

文化、制度的問題と関連については、当時の密通について考察した。十七～十九世紀、当時の社会の密通は、浮気はもちろん恋愛関係も含まれる。元来の密通の概念は、父系社会が中心となった十二世紀以降に生じたものであり、それが法で定められたのは十六世紀以降のことであった。これらの点は、日朝で共通してみられる。朝鮮の『経国大典』『後続典』『続大典』では、密通は士族の女に厳しく適用され、日本の〈御定書百箇条〉では既婚女の密通を死刑としている。朝鮮の作品で士族の男女間での不倫がみられないのと、日本の作品で密通と疑いをかけられた既婚女がその場で駆け落ちするしかなかった理由がここにある。

最後に、男女の恋愛に欠かせない存在である妓女について考察した。実際の妓女に関する記録を見ると、彼女たちは、たとえ妓籍にあって身分的制約を受けていても、経済的には比較的豊かであり、空間的には自由な生活を享受していた。一方、日本の遊女は身分的制約は受けなかったが、遊郭制度により、限られた空間の中で経済的奴隷として生活を送らなければならなかった。作品に表れた妓女の特質は、朝鮮の場合、「持操」と「詩才」を、日本の遊女は「情」と「色」が挙げられる。これらの違いは、科挙制度があり士大夫が主たる文学作者層であった朝鮮の社会背景や、貨幣経済が発達して商人をはじめとする庶民が作者層であった日本の社会背景と呼応している。

本書では巨視的な観点から、十七～十九世紀の男女の愛情を素材にした日本と朝鮮の文学を比較検討した。これにより、両国の文学と社会制度、文学と思想の関連などが明らかになった。これは、日朝の古典文学を比較研究していくために一つの足がかりになるものと確信している。巨視的な比較という目的のために、多くの作品を扱い、緻密な議論が不足だったといえるが、引き続き研究していく過程で、将来これらの問題を補完していきたい。

あとがき

本書は二〇〇六年八月に韓国国立ソウル大学校人文大学院国語国文学専攻に提出した博士論文「十七〜十九世紀の日韓叙事文学における男女の愛情関係」を日本語に翻訳、加筆・訂正したものである。執筆から十年近くの年月が流れており、その一部は既に論文として発表したものも含まれている。

元来、『源氏物語』を耽読し、平安女流日記の『蜻蛉日記』研究を志していたが、偶然NHKラジオハングル講座に接したことで隣国の言葉にも興味を持った。そして大学を卒業する頃には、いっそのこと比較文学を志そうと方向転換をした。その後、同じ大学院生で現在釜山の東西大学校日本語学科教授である厳畢嬌氏から金用淑『李朝女流文学および宮中風俗の研究』の内容を少しずつ読み習った。大学院を修了後、ソウルの梨花女子大学校の語学堂で五級を取得、テジョンの国立大田産業大学校、現ハンバッ大学校で二年間日本語教師をしつつ、留学資金をため、語学堂時代のルームメートで、現在、梨花女子大学校中文科で教鞭をとっておられる金芝鮮氏の勧めもあり、一九九六年九月に韓国精神文化院、現韓国学中央研究院で語文古典を学ぶことになった。この時の体験は語るに尽くせないほどである。大学院生ばかりの学生寮に韓国人をはじめ、中国、ロシア、フランス、ウズベキスタン、モンゴル、チェコスロバキア、その中に日本人の私一人で、これまであまり接することのなかった国の人々とも仲良くなった。そして何より漢文小説の解説をしてくれた許元基先輩、蔵書閣でお目にかかった鄭良婉先生、朝鮮時代の文人についての知識を与えてくれた李鐘黙先生、碩士論文の指導をしてくれた林治均先生、数え切れない人との出会いがあり、ここでの修学が韓国文学を学ぶ上での血肉となったことはいうまでもない。

最初は日本と朝鮮の古典女流文学の比較を志して十七世紀の宮中日記『癸丑日記』研究」で碩士論文を完成させたが、すでにこの時、同じ日記文学でも「はかなさ」と「あわれ」を基調とする『蜻蛉日記』と史実の秘話を記録した『癸丑日記』では全く比較の対象にならないことに気づいた。さらにソウル大学校の博士課程では指導教授である朴熙秉先生から天機論に関する授業を受け、この時初めて韓国文学の特徴というものをより鮮明に意識するようになった。すなわち「日本古典詩論と韓国の天機論」の論文執筆を契機に、日本文学は道学と切り離されている反面、朝鮮文学には朱子学的文学観である「載道之文」が根底に流れており、その効用が常に意識されていることを悟った。そうこうするうちに、一体何を比較文学の対象として研究していくか、はたと行き詰った折、指導教授から提示されたのが、「十七〜十九世紀の日韓叙事文学における男女の愛情関係」であった。すなわちこれまでの受容関係にとらわれた研究ではなく、両国の文学の特徴を巨視的に考察するものであった。最初は躊躇していたものの、外にこれといった案もなかったこともあり、そのままこのテーマに取り組むことにした。まず、男女の恋愛関係がストーリーとして描かれている対象作品をピックアップし、内容をまとめて報告した。その間、ひたすら原典や研究論文を探し出し図書館でコピーしたことが、昨日のことのように思い出される。入手しにくい資料は個人を訪ねていった。朝鮮女性と伝統社会に関する資料を申貞淑氏に、『尹知敬伝』に関する資料を李恵和氏からいただいた。深くお礼申し上げる。そして作品を読んで特徴を分類していくうちに、文化的な差がより明らかになり、特にその社会構造や宗教観などが文学とは不可分の関係にあることが分かり、それに関しては六章でも書いたが、まだ十分ではない。特に朱子学の受容に関しては、いまだ十分に論じているとはいえない。朝鮮朱子学は主に元の政権中枢から政治的に導入された反面、同時期の日本のそれは南宋の僧侶たちを通じて、禅宗の布教のための権威付けや方便として取り入れられていったとされるが、その内容はまだまだ未詳なところが多い。また礼学に関しても、なぜ朝鮮で国を揺るがすまでに発展していったのに対し、日本ではほとんど無視されたのか。つまるところ、日本においての朱子学はあくまで学問レベルにとどまり、宗教としてなぜ根付かなかったのかという点に関しても、十分には答えていない。今回はあくまで男女の愛情関係をメインとした比較研究であるため、その点までは言及ができなかった。しかし、これを深く掘り下げていけば、さらに新たな疑問も生じる。朝鮮朱子学の理気論が権近によって提唱され、それがさらに李退渓によって二元論として発展したが、日本において二元論は受容されなかった。また儒教的制度である科挙が根付かなかったことも、皇室、貴族、武士といった支配層の世襲と関連づけてしまえばそれまでだが、もう少し理論体系づけて考える必要があるだろう。また儒教とは少し離れた側面から、例えば朝鮮古典文学における上帝についても、その由来はおそらく宋代以降であるとは述べたが、しかしこれも深く掘り下げて考察すべきテーマである。さらに十七世紀〜十九世紀の日朝の作品全体を見ていくと、後期になればなるほど儒学の影響が強くなり、男女の仲もパターン化されている。そしてこのことは歴史的に見れば寛政異学の禁（一七九〇）や正祖の文体反正（一七九二）などの儒学による文学統制とも無関係ではない。なぜ同時期の日朝でこのような流れが起こったのか、今後の課題として取り組みたい。

最後に、この本が刊行されるまで私を支えてくれた皆に感謝したい。特に両親には大いに世話になった。大学院修了後、父は祖母が私名義で貯金してくれていた通帳を快く渡してくれた。このお金がなければ韓国に羽ばたくことはできなかったであろう。そして母はいつも厳しく精神的に支えてくれた。この母がいなければ、最後まで粘り強く論文を書き上げることはできなかった。また韓国での生活を助けてくれた只于金英美画伯、本当にありがとう。本書の土台となる博士論文提出後、指導教授から早い時期に公刊すべきであると勧められていたが、私は素晴らしい伴侶と娘に恵まれ、日々の生活に流されてしまった。その間、ソウルに行くこともままならず、少しずつ論文の日本語訳を進めていたところ、幸い現職である近畿大学からの助成金をいただき、また勉誠出版の和久幹夫様をはじめとする皆さまの御尽力によって、今回ようやく刊行にこぎつけた。重ねてお礼申し上げる。

末筆ながら、その間、天国からの幸せを祈るMarco Vaccaiに、本書を奉げる。

なお、本書は、近畿大学学内研究助成金制度（刊行助成）による出版である。

二〇一七年春分

山田恭子

参考文献

一、資料

（一）基本資料

『구운몽』（인권환・설중환・장효현・전경욱 편『한국고전소설선』（太学社、一九九五、影印本）
『난초ᄌᆡ세록』（韓国精神文化研究院、一冊　八四張筆写本）
『洞仙記（洞僊辭）』（朝四八二〇五、国立中央図書館本）
『洞僊記』（한古朝四八―二一九、国立中央図書館　古典運営室本）
『蘭蕉再世録　初』（ソウル大学校図書館本、一冊七二張筆写本）
『백학선전』（梨花女大韓国文化研究書『韓国古代小説叢書』二、通文館、一九五九）
『ᄇᆡᆨ학션젼』（朝四八―一三三、国立中央図書館本）
『삼ᄉᆡᆼ록』（ソウル大学校奎章閣本）
『沈生伝』（李鈺〈梅花外史〉『藫庭叢書』）김균태編『文集所在伝資料集　六』啓明文化史、一九八六、影印本）
『月下僊伝』（金起東編『（筆写本）古典小説全集　二二』亜細亜文化社、一九八〇）
『劉生伝』（李相沢編『海外蒐佚本　韓国　古小説叢書　八』太学社、一九九八、影印本）
『尹仁鏡伝』（東国大所蔵本）
『윤지경전』（ハングル本、表題目『巨平尉日記』国立中央図書館本）
『折花奇談』（鄭良婉「折花奇談에 대해서」『韓国学報』六八、一志社、一九九二、影印本）
『조웅전』（梨花女子大学校韓国文化研究院編『韓国古代小説叢書　三』通文館、一九五八）
『天倪録』（박용식・소재영・大谷森繁編『韓国野談史話集成　四』泰東出版、一九八九、影印本）

『布衣交集』（ソウル大学校奎章閣本）
『花門録』（文化財管理局蔵書閣貴重本叢書　第六輯、文化財管理局蔵書閣、一九七六）
김경미・조혜란訳註『一九세기 서울의 사랑 절화기담 포의교집』（여이연、二〇〇三）
金起東編『（筆写本）古典小説全集　六』（亞細亞文化史、一九八〇）
――・李鍾殷共編『古典漢文小説選』（教学研究社、一九八四）
金泰俊訳註『韓国古典文学全集　一四 흥부전／변강쇠가』（高麗大学校民族文化研究所、一九九五）
東国大学校韓国学研究所編『玉楼夢』（活字本古典小説全集　六、亞細亞文化社、一九七七）
朴魯春「憑虚子訪花録・白雲仙翫春結縁録 약고 ―기소개〈영영전〉과의 동일작자설에 중점을 두고―」（『한메 김영기선생 고희기념 논문집』蛍雪出版社、一九七一）
박종수 편『나손본 필사본고소설자료총서（二六）』（보경문화사、一九九一）
薛盛璟編著『春香芸術史資料叢書　二』（国学資料院、一九九八）
――訳註『춘향전』（韓国古典文学全集　一二、高麗大学校民族文化研究所、一九九五）
이상구 訳註『一七세기 애정전기소설』（月印、一九九九）
이강용「교주〈月下僊伝〉」（『배달말』一〇、배달말학회、一九八五）
李佑成・林熒沢訳編『李朝短篇小説集（上）』（一潮閣、一九七三）
임방 著・정환국 訳『天倪録』（成均館大学校出版部、二〇〇五）
――編著、東旭・최상인・한혜인・전련숙 共著『天倪録』（明文堂、一九九五）
韓国文集編纂委員会『韓国歴代文集叢書』一七九〇（景印文化社、一九九九）
韓国精神文化研究院『厳氏孝文清行録・花門録』（韓国古代小説大系　三、韓国精神文化研究院、一九八二）
黄浿江訳註『淑香伝／淑英娘子伝』（韓国古典文学全集　一五、高麗大学校　族文化研究所、一九九三）
国民図書株式会社編輯『名作浄瑠璃集　下（近代日本文学大系　九）』（東京：国民図書株式会社、一九二七）
――編輯『人情本代表作集（近代日本文学大系　二一）』（東京：国民図書株式会社、一九二六）

富士昭雄校注『好色二代男・西鶴諸国ばなし・本朝二十不孝』（新日本古典文学大系　七六、東京：岩波書店、一九九一）
――――・広嶋進校注訳『井原西鶴集　四（新編日本古典文学全集　六九）』（東京：小学館、二〇〇〇）
宗政五十緒・松田修・暉峻康隆校注訳『井原西鶴全集　二（新編古典文学全集　六七）』（東京：小学館、一九九六）
中村幸彦・高田衛・中村博保校注訳『英草紙　西山物語　雨月物語　春雨物語（新編日本古典文学全集　七八）』（東京：小学館、一九九五）
為永春水作・古川久松校訂『梅暦』（岩波書店：一九五〇初版、一九五二二版）
鳥越文蔵校注訳『近松門左衛門集　二（日本古典文学全集　四四）』（東京：小学館、一九七五）
鳥越文蔵・山根為雅・長友千代治・大橋正叔・阪口弘之校注訳『近松門左衛門集　一（新編日本古典文学全集　七四）』（東京：小学館、一九九七）
――――校注訳『近松門左衛門集　二（新編日本古典文学全集　七五）』（東京：小学館、一九九八）
横山正校注訳『浄瑠璃集（日本古典文学全集　四五）』（東京：小学館、一九七一）
暉峻康隆・東明雅校注訳『井原西鶴集　一（新編日本古典文学全集　六六）』（東京：小学館、一九九六）

（二）その他の資料

『経国大典』
『高麗史』
『大典会通』（木版本、韓国精神文化研究院、マイクロフィルム）
『道蔵　洞真部　記伝類』（上海：涵芬楼、一九二三、影印本）
『東国李相国集』（釋尾春芿編『東国李相国全集』京城：朝鮮古書刊行会、一九二三）
『東史綱目』Ⅲ（民族文化推進会、一九七八）
『三国遺事』

『宣和奉使高麗図経』（徐兢選・今西龍校定『宣和奉使高麗図経』京城：今西春秋、一九三二）
『続大典』（ソウル大学校奎章閣本、一七四六）
『練藜室記述』x（民族文化推進会、一九六七）
『五洲衍文長箋散稿』下（東国文化史、一九五九）
『雲笈七籤』巻百十三下（『道蔵精華』第七集、台北：自由出版社、一九七八、影印本）
『全唐詩』巻五百六〈章孝標〉（武漢：湖北人民出版社、二〇〇一）
『朝鮮王朝実録』
『太平広記』巻五三
『擇里志』（乙酉文化社、一九九三）
『海東繹史』（ソウル大学校古文獻資料室、一九一二）
『海東異蹟』（ソウル大学校嘉藍本）
『海東伝道録』（ソウル大学校奎章閣本）
韓国精神文化研究院編纂部『韓国民族文化大百科事典』（韓国精神文化研究院、一九八八）
『開元天寶遺事』（古典研究会『和刻本漢籍随筆集』東京：汲古書院、一九七三）
『舊唐書』（後晋 劉昫 等撰『舊唐書』二紀、北京：中華書局、一九七五）
『性理大全』巻二八（ソウル大学校奎章閣本）
『宋史』（元脱脱等撰『宋史』四〇、北京：中華書局、一九七七）
『詩経』（目加田誠訳『詩経・楚辭（中国古典文学全集一）』東京：平凡社、一九六〇）
『易経』（今井宇三郎『易経』東京：明治書院、一九八七）
『正蒙』（王夫之著『張子正蒙注』北京：中華書局、一九七五）
『春秋繁露』（漢 董仲舒 撰・清 凌曙 注『春秋繁露注（下冊）』台北：世界書局、一九五八）
『春秋左氏伝』（鎌田正『春秋左氏伝（新釋漢文大系 三三）』東京：明治書院、一九七一）

『淮南子』（楠山春樹、『淮南子　上（新釋漢文大系　五四）』東京：明治書院、一九七九）
臧晉叔編『元曲選』第三冊（北京：中華書局、一九五八）
馮夢龍編『警世通言　中（古本小説集成）』（上海：上海古籍出版社、一九九〇）
『類聚国史　前編』（黒板勝美編『新訂増補国史大系　第五巻』東京：吉川弘文館、一九六五）
『夫婦宗論物語』（前田金五郎・森田武校注『假名草子集』東京：岩波書店、一九六五）
『源平盛衰記（四）古典研究会叢書第二期（国文学）』（東京：古典研究会、一九七三）
京都大学文学部国語国文学研究編『諸本集成　和名類從抄［本文篇］』（京都：臨川書店、一九六八）
国民文庫刊行会編『国訳漢文大成　文学部　第一二巻』（東京：国民文庫刊行会、一九二〇）
今野達校注『今昔物語集　一（新日本古典文学大系　三三）』（東京：岩波書店、一九九九）
金子大栄校註『歎異抄』（東京：岩波書店、一九三一第一刷、一九八一第五九刷）
大江匡房『傀儡子記』（大曽根章介校注『古代政治社会思想（日本思想大系　八）』東京：岩波書店、一九七九）
同文館編輯局編纂『日本教育文庫　孝義篇下』（東京：同文館、一九一〇）
麻生磯次・富士昭雄訳注『椀久一世の物語　好色盛衰記　嵐は無常物語（對訳西鶴全集　四）』（東京：明治書院、一九八

三）

法然著・大橋俊雄校注『選擇本願念仏集（岩波文庫）』（東京：岩波書店、一九九七）
福永英男編『〈御定書百箇條〉を読む』（東京：東京法令出版社、二〇〇二）
石田瑞麿校注『源信』（東京：岩波書店、一九九一）
石井良助校訂『近世法制史料叢書　第一』（東京：創文社、一九五九）
――編『御仕置例類集　第一六冊　天保類集六』（東京：名著出版、一九七四）
小島憲之・木下正俊・東野治之校注訳、『万葉集　二（新編日本古典文学全集　七）』（東京：小学館、一九九五）
小峯和明校注『今昔物語集　四（新日本古典文学大系　三六）』（東京：岩波書店、一九九四）
――校注『今昔物語集　二（新日本古典文学大系　三四）』（東京：岩波書店、一九九九）

松本隆信『室町時代物語大成　補遺二』（東京：角川書店、一九八八）
狩谷棭齋自筆校正書入本　江戸初期刊『下学集（静嘉堂文庫蔵）』（東京：雄松堂書店、一九七四）
野間光辰編『完本色道大鏡』（京都：友山文庫、一九六一）
早川順三郎編輯兼発行『近世文芸叢書　小説　第四』（東京：国書刊行会、一九一〇）
谷山茂編『日本文学史辞典』（京都：京都書房、一九八六年再版）
日本古典文学大辭典編集委員会『日本古典文学大辭典』（東京：岩波書店、一九八四）
池上旬一校注『今昔物語集三（新日本古典文学大系　三五）』（東京：岩波書店、一九九三）
川瀬一馬『下学集』（東京：雄松堂書店、一九七四）
翠川士『遊女大学』（早稲田大学戸山図書館本、一八〇七）
片桐洋一・福井貞助・高橋政治・清水好子『竹取物語　伊勢物語　大和物語　平中物語（新編日本古典文学全集　一二）』（東京：小学館、一九九四）
疋田尚昌編輯『本朝列女伝』（東京：文昌堂、一八七二）
黒澤弘忠編述『全像本朝古今列女伝（一〇巻一〇冊）』（大阪：青木嵩山堂、『本朝烈女伝』浪葉書肆、嵩山堂蔵版、一六六八年複製本、早稲田大学戸山図書館所蔵）

二、単行本

고익진『한국의 불교사상』（東国大学校出版部、一九八七）
김기동『한국고전소설연구』（教学社、一九八一）
김용숙『조선조 궁중풍속 연구』（一志社、一九八七）
――『조선조 여류문학의 연구』（淑明女子大学校出版部、一九七九）
김일열『숙영낭자전연구』（亦楽、一九九九）
김정자『한국결혼풍속사』（民俗苑、一九七四）
김학동『비교문학론』（새문사、一九八四）

김현정『일본고전소설 총론』(牙山財団研究叢書　第一七四輯、集文堂、二〇〇五)
김호연 편『한국민화』(庚美出版社、一九七七)
민영대『조위한의 삶과 문학』(国学資料院、二〇〇〇)
박일용『조선시대 애정소설』(集文堂、二〇〇〇)
박종성『백정과 기생-조선천민사의 두 얼굴』(ソウル大学校出版部、二〇〇三)
박희병『베트남의 기이한 옛이야기』(돌베개、二〇〇〇)
――『한국전기소설의 미학』(돌베개、一九九七)
成賢慶『韓国小説의 構造와 実相』(嶺南大学校出版部、一九八一)
貰冊古小説研究会編『貰冊古小説研究　大谷森繁博士停年退任記念論文集』(혜안、二〇〇三)
신명호『궁녀』(시공사、二〇〇四)
신해진 역주『조선후기 세태소설선』(月印、一九九九)
安輝濬『朝鮮王朝実録의 書画資料』(韓国精神文化研究院、一九八三)
梁恵蘭『조선조 기봉류소설 연구』(以会文化社、一九九五)
元裕漢『朝鮮後期貨幣史研究(韓国研究叢書　二九)』(韓国研究院、一九七五)
柳子厚『朝鮮貨幣考』(理文社、一九四〇初版、一九七四再版)
李能雨『古小説研究(国語国文学叢書八)』(三文社、一九七五)
李能和『朝鮮道教史』(東国文化史、一九五九)
――『朝鮮解語花史』(東洋書院、一九二七)
李能和著・李鍾慇訳、『朝鮮道教史』(普成文化社、二〇〇〇)
李相沢外『한국조선소설의 세계』(돌베개、二〇〇五)
李成茂『韓国의 科挙制度』(韓国学術情報、二〇〇四)
이연숙『한일 고대문학 비교연구』(博而精、二〇〇二)
李演載『高麗詩와 神仙思想의 理解』(亞細亞文化社、一九八九)

李弘斗『朝鮮時代身分変動研究――賤人의 身分上昇을 중심으로』（혜안、一九九九）
丁奎福『韓国文学과 中国文学』（国学資料院、一九八七）
정명기『야담문학연구의 한단계 三』（보고사、二〇〇一）
정종대『염정소설구조연구』（啓明文化社、一九九〇）
鄭学成訳註『一七세기 한문소설집』（삼경문화사、二〇〇〇）
조광국『기녀담 기녀등장소설연구』（月印、二〇〇〇）
――『한국 문화와 기녀』（巻、二〇〇四）
趙東一『소설의 사회사 비교론 二』（知識産業社、二〇〇一）
――『소설의 사회사 비교론 三』（知識産業社、二〇〇一）
曺喜雄『고전소설 줄거리집성 二』（集文堂、二〇〇二）
지승종『조선전기 노비신분연구』（一潮閣、一九九七）
지정엽『란초재세기연록（해외우리어문학연구총서 一〇三）』（문화예술종합출판사、한국문화사 영인、一九九六）
車柱環『韓国道教思想研究』（ソウル大学校出版部、一九七八）
――『韓国의 道教思想』（同和出版公社、一九八四）
崔承熙『古文書를 통해 본 朝鮮後期社会身分史研究』（知識産業社、二〇〇三）
崔仁鶴ほか『韓・中・日説話比較研究』（民俗苑、一九九九）
韓永愚『鄭道伝思想의 研究』（ソウル大学校出版部、一九八九改訂版）
현상윤『朝鮮儒学史』（民衆書館、一九六〇）
加地伸行『儒教とはなにか』（東京：中央公論社、一九九〇）
――『中国思想から見た日本思想史研究』（東京：吉川弘文館、一九八五）
鎌田茂雄編『講座　仏教の受容と変容　五　韓国編』（東京：佼成出版社、一九九一）
――編『朝鮮仏教史』（東京：東京大学出版会、一九八七）

古谷知新編『江戸時代女流文学全集』(日本図書センター、二〇〇一)
佐伯順子『遊女の文化史(中公新書八五三)』(中央公論社、一九八七)
高橋幹夫『江戸いろざと図譜(ちくま文庫九五〇)』(東京:筑摩書房、二〇〇四)
高群逸枝『招婿婚の研究』(東京:大日本雄辯会講談社、一九五三)
高柳金芳『大奥の秘事(江戸時代選書三)』(東京:雄山閣、二〇〇三)
古田島洋介『叢刊・日本の文学一三「縁」について――中国と日本――』(東京:新典社、一九九〇)
関民子『恋愛かわらばん江戸時代の男女の人生模様』(東京:はまの出版、一九九六)
宮崎湖處子『日本情交之変遷』(柳田泉編『民友社文学集(明治文学全集 三六)』東京:筑摩書房、一九七〇)
宮本由紀子編『目で見る遊里 江戸の遊郭 吉原編』(東京:国書刊行会、一九八六)
――編『目で見る遊里 江戸の遊郭 島原・新町・丸山編』(東京:国書刊行会、一九八六)
宮田登『弥勒信仰(民族宗教史叢書 第八巻)』(東京:雄山閣、一九八四)
金賛会『本地物語の比較研究日本と韓国の伝承から』(東京:三弥井書店、二〇〇一)
吉成勇『別冊歴史読本[日本女性史「人物」総攬]』(東京:新人物往来社、一九九六)
吉野裕子『扇――性と古代信仰』(京都:人文書院、一九八四)
吉川幸次郎『吉川幸次郎全集 第一巻』(東京:筑摩書房、一九六八)
――『元雑劇研究』(東京:岩波書店、一九四八)
金東旭・李佑成・張徳順・崔珍源『韓国の伝統思想と文学(韓国文化選書八)』(東京:成甲書房、一九八三)
金三龍『韓国弥勒信仰の研究(史学叢書五)』(東京:教育出版センター、一九八五)
瀧川政次郎『遊女の歴史』(東京:至文堂、一九七五)
――『遊行女婦・遊女・傀儡女』(東京:至文堂、一九六五)
大道和一『情死の研究』(東京:同文館、一九一一)
徳富蘇峰『近世日本国民史元禄時代世相篇』(講談社学術文庫五六五、東京:講談社、一九八二)
徳田進『孝子説話の研究 近世編』(東京:井上書房、一九六三)

藤谷俊雄著『「おかげまいり」と「ええじゃないか」』（東京：岩波書店、一九六八）
武陽隠士『世事見聞録』（東京：青蛙房、二〇〇一）
門玲子『江戸女流文学の発見――光ある身こそくるしき思ひなれ』（藤原書店：一九九八）
方蘭『エロスと貞節の靴　弾詞小説の世界』（東京：勉誠出版、二〇〇三）
邊恩田『語り物の比較研究　韓国のパンソリ・巫歌と日本の語り物』（東京：翰林書房、二〇〇二）
福島理子『江戸漢詩選　第三巻「女流」』（東京：岩波書店、一九九五）
福島正夫『戸籍制度と「家」制度』（東京：東京大学出版会、一九五九）
福永光司『道教と日本思想』（東京：徳間書店、一九八五）
富士昭雄『江戸文学と出版メディア近世前期小説を中心に』（東京：笠間書院、二〇〇一）
北小路健『遊女　その歴史と哀歓』（東京：人物往来社、一九六四）
北原保雄編『日本の古典――名著への招待――』（東京：大修館書店、一九八六）
山根真次郎『日本花柳史』（東京：山陽堂、一九一三）
三輪善之助『庚申待と庚申塔』（東京：不二書房、一九三五）
相良亨『相良亨著作集　三』（東京：ぺりかん社、一九九三）
――『相良亨著作集　四』（東京：ぺりかん社、一九九四）
――『相良亨著作集　五』（東京：ぺりかん社、一九九二）
上村行彰編『日本遊里史』（東京：春陽堂、一九二九）
西島孜哉『近世文学の女性像』（京都：世界思想史、一九九三）
西田勝編『恋歌恋物語――文芸にあらわれた恋　人生　死』（東京：北樹出版、一九九五）
小嶋菜温子『かぐや姫幻想皇権と禁忌』（東京：森話社、一九九五）
小林隆之助『情死考（軟派十二考　第三巻）』（発藻堂書院、一九二八）
小野武雄『江戸時代風俗図誌　遊女と郭の図誌』（東京：展望社、一九八三）
――『吉原と島原（講談社学術文庫一五五九）』（東京：講談社、二〇〇二）

速水侑『弥勒信仰（日本人の行動と思想一二）』（東京：評論社、一九七一）
――『日本仏教史　古代』（東京：吉川弘文館、一九八六）
松本文三郎『弥勒浄土論・極楽浄土論（東洋文庫七四七）』（東京：平凡社、二〇〇六）
――『弥勒浄土論』（東京：丙午出版社、一九一一）
松平直温編纂『本朝列女伝』（大阪：寶積堂、一八七九）
數江教一『日本の末法思想』（東京：弘文堂、一九六一）
水野稔『江戸小説論叢』（東京：中央公論社、一九七三）
氏家幹人『江戸の性風俗　笑いと情死のエロス（講談社現代新書一四三二）』（東京：講談社、一九九八）
阿部吉雄『日本朱子学と朝鮮』（東京大学出版会、一九六四）
染谷智幸『西鶴小説論對照的構造と〈東アジア〉への視界』（東京：翰林書房、二〇〇五）
鈴木俊幸『近世書籍研究文獻目錄』（東京：ぺりかん社、一九九七）
韋旭昇著・柴田清継・野崎充彦訳『中国古典文学と朝鮮』（東京：研文出版、一九九九）
尹瑞石著・佐々木道雄訳『韓国食生活文化の歴史』（東京：明石書店，二〇〇五）
衣笠安喜『近世日本の儒教と文化』（京都：思文閣出版、一九九〇）
二宮守編『江戸文学概説』（京城：興文研究社、一九三一）
李能和『朝鮮仏教通史　下』（東京：国書刊行会、一九七四）
伊藤清次『かぐや姫の誕生』（東京：講談社現代新書、一九七三）
林玲子編『日本の近世　巻一五　女性の近世』（東京：中央公論社、一九九三）
張競『恋の中国文明史』（東京：筑摩書房、一九九七）
章輝玉・石田瑞麿『浄土仏教の思想　第六巻　新羅の浄土教　空也　良源　源信　良忍』（東京：講談社、一九九二）
前林清和・佐藤貢悦・小林寛『気の比較文化――中国・韓国・日本』（京都：昭和堂、二〇〇〇）
田仲一成『中国演劇史』（東京：東京大学出版会、一九九八）
井上光貞『井上光貞著作集　第七巻』（東京：岩波書店、一九八五）

――・上山春平監修・大隅和雄編『大系 仏経と日本人　四』（東京：春秋社、一九八六）

浄土宗総合研究所編『浄土教文化論』（東京：山喜房仏書林、一九九一）

齊藤茂『妓女と中国文人（東方選書三五）』（東京：東方書店、二〇〇〇）

酒井忠夫『増補　中国善書の研究　上』（東京：　国書刊行会、一九九九）

竹内勝『日本遊女考』（東京：ブロンズ社、一九七〇）

中鉢雅量『中国の祭祀と文学』（東京：創文社、一九八九）

中村幸彦『中村幸彦著述集　第四巻』（東京：中央公論社、一九八二）

曽根ひろみ『娼婦と近世社会』（東京：吉川弘文館、二〇〇三）

増尾伸一郎『万葉歌人と中国思想』（東京：吉川弘文館、一九九七）

――・丸山宏編『道教の経典を読む』（東京：大修館書店、二〇〇一）

車柱環著・三浦国雄・野崎充彦訳『朝鮮の道教』（京都：人文書院、一九九〇）

川村港『大東亞民俗学の虚実』（東京：講談社、一九九六）

青山忠一『近世前期文学の研究』（東京：桜楓社、一九七四）

諏訪春雄『心中――その詩と真実』（東京：毎日新聞社、一九七七）

八木沢元『遊仙窟全講　増訂版』（東京：明治書店、一九七五）

下出積与『道教と日本人（学術文庫　四一一）』（東京：講談社、一九七五）

忽滑谷快天『朝鮮禅教史』（東京：名著刊行会、一九六九）

和歌森太郎『和歌森太郎著作集　第八巻』（東京：弘文堂、一九八一）

和辻哲郎・古川哲史校訂『葉隠（上）』（東京：岩波書店、一九四〇）

三、論　文

권도경「〈白雲仙翫春結縁録〉의 작품세계와 변심테마의 전기소설사적 맥락」（『古典文学研究』二四、韓国古典文学研究会、二〇〇三）

권혁래「윤지경전」의 이본연구―하바드대 소장〈윤지경전〉을 중심으로」（『古小説研究』八、韓国古小説文学会、一九九九）
김남윤「新羅　弥勒信仰의 전개와 성격」（『歴史研究』二、歴史研究所、一九三三、『韓国仏教学研究叢書』七三、不咸文化史、二〇〇三 수록）
金東旭「高麗期文学의 概観과 그 問題點」（『高麗時代의 言語와 文学』蛍雪出版社、一九八二）
김영미「統一新羅時代　阿弥陀信仰의 歴史的性格」（『韓国史研究』五〇・五一、一九八五、『韓国仏教学研究叢書』七三、不咸文化史、二〇〇三収録）
金一烈「서사문학에 나타난 Eroticism의 전개상」（『語文学』二八、韓国語文学会、一九七三）
――「조선조소설에 나타난 효와 애정의 대립―숙영낭자전을 중심으로」『조선소설의 구조와 의미』（蛍雪出版社、一九八四）
金泰俊編「韓・日小説의 比較文学」（華鏡古典文学研究会編『古典小説研究』一志社、一九九三）
大谷森繁「朝鮮後期의 貰冊 再論」（石軒 丁圭福博士 古稀記念論叢 刊行委員会『韓国古小説史의 視角』国学資料院、一九九六）
――「朝鮮朝의 小説読者 研究」（高麗大学校 博士学位論文、一九八四）
文福姫「韓国神仙詩歌研究」（경원대학교 博士学位論文、一九九五）
박은순「一七、一八세기 조선왕조시대의 신선도 연구」（弘益大学校大学院 美術史学科 碩士学位論文、一九八四）
박일용「애정소설의 사적 전개 과정」（사재동編、『한국서사문학사의 연구』、中央文学社、一九九五）
박희병「浅見絅齋와 洪大容中華的 華夷論의 解体様相과 그 意味」（『大東文化研究』四〇号、成均館大学校大東文化研究院、二〇〇二）
――「한문소설과 국문소설의 관련양상」（『韓国文学研究』二二、韓国漢文学会、一九九八）
白川豊「韓日　口碑文学研究小考판소리와 語り物을 중심으로」（『日本学』四、東国大日本学研究所、一九八四）
拙稿「日本古典詩論과 韓国의 天機論」（『冠岳語文研究』二四、ソウル大学校国語国文学科、一九九九）
송진영「古代 동아시아의 通俗小説研究――『金瓶梅』・『好色一代男』・〈변강쇠가〉를 중심으로」（『중국어문학지』一

二、중국어문학회、二〇〇二）
송하준「〈王慶龍伝〉연구」（高麗大学校碩士学位論文、一九九八）
신동일「한국고전소설에 미친 명대단편소설의 영향—혼사장애구조를 중심으로」（ソウル大学校 博士学位論文、一九八五）
申相弼「『洞仙記』研究—一七世紀에 있어서의 伝奇小説의 한 変貌様相」（成均館大学校大学院漢文学科碩士学位論文、一九九八）
심치열「옥루몽 연구」（誠信女子大学校国語国文学科博士学位論文、一九九四）
안동준「적강형 애정소설의 형성과 변모」（韓国精神文化研究院韓国学大学院碩士学位論文、一九八七）
오세하「月下僊伝研究」（高麗大学校碩士学位論文、一九九〇）
陸楨培「韓国弥勒信仰의 歴史性」（『韓国思想史学』六、韓国思想史学会、一九九四、『韓国仏教学研究叢書』七三、不咸文化史、二〇〇三収録）
尹栄玉「『洞仙記』의 国訳과 解釈」（『嶺南大国語国文学研究』二五、嶺南大、一九九七）
이경복「고려기녀 풍속과 문학의 연구」（중앙대학교 대학원 博士学位論文、一九八五）
李樹鳳「紫鸞伝論攷」（『論文集』八、嶺南大併設高等専門学校、一九七一）
李樹鳳「규방문학에서 본 이조여인상」（『여성문제연구』一、暁星女子大学附設韓国女子問題研究所、一九七一）
李恵和「윤인경전연구」（월산 임동권박사 송수기념논문집 간행위원회 편、『월산 임동권박사 송수기념논문집 국어국문학편』、集文堂、一九八六）
林熒沢「伝奇小説의 恋愛主題와《韋敬天伝》」（『東洋学』二二、檀国大学校東洋学研究所、一九九二）
張孝鉉「중세 해체기 소설에 나타나 賤妾의 형상」（紀念論叢刊行委員会編『陽圃李相沢教授還暦紀念論叢 韓国 古典小説과 敍事文学（上）』集文堂、一九九八）
鄭吉秀「一七世紀 長篇小説의 形成 徑路와 長篇化方法」（ソウル大学校博士学位論文、二〇〇五）
――「一七世紀 동아시아 소설의 편력구조 비교―『구운몽』・『肉布団』・『好色一代男』의 경우」（『古小説研究』二一、韓国古小説学会、二〇〇六）

鄭炳説「一七세기 동아시아 소설과 사랑―〈九雲夢〉〈玉嬌梨〉〈好色一代男〉의 비교」（『冠岳語文研究』二九、ソウル大学校国語国文学科、二〇〇四）
鄭煥局「一七세기 애정류 한문소설 연구」（成均館大学校博士学位論文、二〇〇〇）
――『王慶龍伝』연구」（『韓国의 経学과 漢文学』大学社、一九九六）
조광국「月下僊伝研究」（『韓国 古典小説과 敍事文学（上）』集文堂、一九九八）
趙東一「김시습과 一五세기 귀신론의 전개」（『문학사와 철학사의 관련양상』한샘、一九九二）
――「중국・한국・일본 소설의 개념」（『한국문학과 세계문학』知識産業社、一九九一）
曽天富「韓国小説의 明代擬話本小説受容의 一考察」（釜山大学校博士学位論文、一九八八）
――「韓国小説의 明代話本小説受容研究」（釜山大学校碩士学位論文、一九九五）
차용주「愛情小説과 그 展開様相（『韓国漢文小説史』亜細亜文化社、一九八九）
최수경「청대소설에 나타난 바꿈입기 분석」（『中国小説論叢』一七、韓国中国小説学会、二〇〇三）
최종운「옥루몽에 나타난 도교사상」（大邱大学校碩士学位論文、一九九五）
현문자「이조 기녀제도와 생활연구」（亜細亜学術研究会編、『亜細亜学報』第一〇輯、一九七二）
君島久子「嫦娥奔月考」（『武蔵大学人文学会雑誌』第五巻一、二合併号、東京：武蔵大学、一九七四）
宮地敦子「愛す考」（『国語国文』第三五第六号、京都：京都大学国語国文学会、一九六六）
今西龍「朝鮮白丁考」（『芸文』第九年第四号、京都：内外出版、一九一八）
大谷森繁「朝鮮と日本における明・清小説受容の様相と特色」（『大谷森繁博士古希記念朝鮮文学論叢』（東京：白帝社、二〇〇二）
渡辺秀夫「竹取物語と神仙譚文人と物語・〈初期物語成立史階梯〉」（日本文学協会編『日本文学』三二巻三号、東京：日本文学協会、一九八三）
服藤早苗「遊行女婦から遊女へ」（女性史総合研究会編『日本女性生活史　一　原始　古代』東京：東京大学出版部、一九九〇）

福田晃「巫覡文学の展開日韓の比較を志して」（『伝承文学研究』三二、東京：伝承文学研究会、一九八六）
拙稿「『癸丑日記』研究」（『朝鮮学報』第一八五号、天理：朝鮮学会、二〇〇二）
――「日韓古典文学における男女の愛情関係――『李娃物語』『王慶龍伝』を中心に」（『異文化五号』東京：法政大学国際文化学部国際文化情報学会、二〇〇四）
――『蘭蕉再世録』と『心中宵庚申』における愛情成就の方法――「天定」と「心中」モチーフを中心に」（『言語と文化』第二号、東京：法政大学言語・文化センター、二〇〇五）
――「文学からの接近：古典文学史」『韓国語教育論講座』四巻（東京：くろしお出版、二〇〇八）
――「『崔陟伝』（上）」（『近畿大学教養・外国語センター紀要外国語編』第一巻第一号、東大阪：近畿大学、二〇一〇）
――「十九世紀韓国古典小説『布衣交集』と『玉楼夢』にみられる〈知己〉について」（『近畿大学教養・外国語教育センター紀要外国語編』第二巻第二号、東大阪：近畿大学教養・外国語教育センター、二〇一二）
――「朝鮮文学の花・妓女（妓生）――日朝遊女比較論の前提として」（染谷智幸・崔官編『日本近世文学と朝鮮』東京：勉誠出版、二〇一三）
厳基珠「近世の韓・日儒教教訓書――「東国新続三綱行実図」・「本朝女鑑」・「本朝列女伝」を中心として」（『比較文学研究』七〇、東京：東大比較文学会、一九九七）
玉村禎郎「言葉と文字――恋愛などをめぐって」（光華女子大学日本文学科編『恋の形　日本文学の恋愛像（和泉選書一〇六）』大阪：和泉書院、一九九六）
王健康「『太平広記』と近世怪異小説――『伽婢子』の出典関係及び道教的要素」（東京：『藝文研究』巻六四、慶應義塾大学藝文学会、一九九三）
源弘之「高麗時代における浄土教の研究――知訥の『念仏要門』について――」（『京都：仏教文化研究所紀要』第九集、一九七〇）
――「新羅浄土教の特色」（金知見・蔡印幻『新羅仏教研究』東京：山喜房仏書林、一九七三）
林治均著・山田恭子訳「『劉生伝』研究――日本人〈橋本蘇州〉の筆者本を中心に」（『朝鮮学報』一八二輯、天理：朝鮮学会、二〇〇二）

張岱年・原島春雄訳「儒学の奥義」（『日中文化研究』（東京：勉誠社、一九九一）

前田淑「近世閨秀詩人原采蘋と房総の旅――原采蘋研究その二」（梅村恵子・片倉比左子編『日本女性史論集七　文化と女性』東京：吉川弘文館、一九九八）

中村幸彦「朝鮮説話集と假名草子」（『朝鮮学報四九』天理：朝鮮学会、一九六八）

――「林羅山の翻訳文学――『化女集』『狐媚鈔』を主として」（『中村幸彦著述集　第六巻』東京：中央公論社、一九八二）

倉又幸良「『竹取物語』の帝物語」（中古文学会編『中古文学』五一号、東京：中古文学会、一九九三）

崔吉城「韓国人の貞操観」（諏訪春雄編『アジアの性（遊学叢書　四）』、東京：勉誠出版、一九九九）

崔博光「朝鮮通信使와 日本文学――三綱・続三綱実図를 중심으로」（『大東文化研究』二二、東京：一九八七）

花田富士夫「孝行者とその周辺」（『国語国文学』二一号、熊本：熊本大、一九八五）

檜谷昭彦「西鶴の心中観」（『西鶴論の週辺』東京：三弥井書店、一九八八）

喜田貞吉「朝鮮の白丁と我が傀儡子」（『史林』三巻三号、京都：史学研究会、一九一八）

高遭「我邦貞節堂制度的演変」（鮑家麟編『中国婦女史論集』台北：台北稲郷出版社、一九八〇）

董家遵「歴代節婦列女的統計」（鮑家麟編『中国婦女史論集』台北：台北稲郷出版社、一九八〇）

索　引

人　名

作品名

著者

山田恭子（やまだ・きょうこ）

1969年、三重県伊勢市生。

1992年、皇學館大学国文学科卒業。

1994年、学習院大学大学院人文科学研究科日本語日本文学専攻博士前期課程修了。

1999年、韓国精神文化研究院韓国学大学院韓国学研究科語文古典専攻碩士課程修了。

2001年、韓国国立ソウル大学校人文大学院国語国文学科古典文学専攻博士課程修了。

2006年8月、博士（文学・ソウル大学校）取得。

法政、早稲田、大阪大学外国語学部での非常勤講師を経て、現在、近畿大学法学部専任講師。

専門は、朝鮮古典文学、日朝比較文学。


主な論著に、「『玩月会盟宴』における継母の葛藤――継子虐待の原因と懺悔の場面を中心に」（『大谷森繁博士古稀記念朝鮮文学論叢』白帝社、2002年3月）、「古典文学史」（『韓国語教育論講座4巻』くろしお出版、2008年1月）、『韓国の古典小説』（共著、ぺりかん社、2008年12月）、「現代韓国の葬儀事情」（『東アジアの死者の行方と葬儀』アジア遊学124、勉誠出版、2009年7月）、「朝鮮文学の花妓女」（『日本近世文学と朝鮮』アジア遊学163、勉誠出版、2013年4月）などがある。

日朝古典文学《にっちょうこてんぶんがく》における男女愛情関係《だんじょあいじょうかんけい》
――17～19世紀の小説と戯曲

著者　山田恭子
発行者　池嶋洋次
発行所　勉誠出版㈱
〒101-0051 東京都千代田区神田神保町三―一〇―二
電話　〇三―五二一五―九〇二一㈹

二〇一七年三月三十日　初版発行

印刷　太平印刷社
製本　若林製本工場

ISBN978-4-585-29143-5　C3095